LÚCIDA

RON BASS & ADRIENNE STOLTZ

Tradução
GLENDA D'OLIVEIRA

1ª edição

— Galera —
RIO DE JANEIRO

2016

CIP-BRASIL. CATALOGAÇÃO NA PUBLICAÇÃO
SINDICATO NACIONAL DOS EDITORES DE LIVROS, RJ

S884L

Stoltz, Adrienne
  Lúcida / Adrienne Stoltz, Ron Bass; tradução Glenda D'Oliveira. –
1ª ed. – Rio de Janeiro: Galera Record, 2016

  Tradução de: Lucid
  ISBN 978-85-01-07764-6

  1. Ficção americana. I. Bass, Ron. II. D'Oliveira, Glenda. III. Título.

16-33890

CDD: 028.5
CDU: 087.5

Título original:
Lucid

Copyright © 2012 by Predawn Productions, Inc. e West Mystic Works, Inc.

Todos os direitos reservados.
Proibida a reprodução, no todo ou em parte, através de quaisquer meios.
Os direitos morais do autor foram assegurados.

Texto revisado segundo o novo Acordo Ortográfico da Língua Portuguesa.

Direitos exclusivos de publicação em língua portuguesa somente para o Brasil
adquiridos pela
EDITORA RECORD LTDA.
Rua Argentina, 171 – Rio de Janeiro, RJ – 20921-380 – Tel.: (21) 2585-2000,
que se reserva a propriedade literária desta tradução.

Impresso no Brasil

ISBN 978-85-01-07764-6

Seja um leitor preferencial Record.
Cadastre-se e receba informações sobre nossos
lançamentos e nossas promoções.

Atendimento e venda direta ao leitor:
mdireto@record.com.br ou (21) 2585-2002.

*Para minha amada esposa, Christine, que cria a felicidade e a paz
em que todas as demais criações são possíveis. E para minhas
preciosas filhas, Jennifer e Sasha, por terem me ensinado
a verdade mais essencial na experiência de ser humano:
que o amor incondicional existe.*

— Ron

Para Flutter e B.

— Adrienne

CAPÍTULO UM

Maggie

Neste momento, sou Maggie. Na verdade, Sloane Margaret Jameson, mas Maggie desde aquela tarde em que a professora do jardim de infância telefonou para minha mãe, Nicole, para contar que Sloane tinha dado um soco na boca de Devin Cruikshank. Ao ser confrontada, confirmei imediatamente que Sloane era a responsável, apesar de ter tentado dissuadi-la e de ser totalmente contra esse comportamento antissocial. Se bem que, se tem alguém no topo da minha lista de pessoas que merecem levar um soco na boca, não há dúvidas de que é Devin Cruikshank. Nicole disse não saber que havia duas Sloanes na minha turma. Eu esclareci que se tratava da minha melhor amiga, tipicamente invisível, que tinha o hábito de aparecer cheia de más intenções para me deixar em apuros. Meu nome, daquele dia em diante, passou a ser exclusivamente Maggie. E, com todas as minhas dúvidas em relação à competência materna de Nicole, ela concordou com a história sem pestanejar.

Entre essas dúvidas sobressai o fato de que Nicole raramente está presente para exercer seu papel de mãe. Era menos problemático quando papai morava conosco. Apesar de todo o tempo que dedicava tanto aos contos que escrevia quanto aos alunos da Universidade de Columbia, ele nunca deixou a mim e minha irmã, Jade, na mão. Nicole faz o melhor que pode, mas, como editora de nível intermediário da revista *Elle*, uma chefe que é uma vaca de marca maior e uma carga horária fora de controle, fica difícil mesmo.

Meus horários, por outro lado, são imprevisíveis. Não frequento a escola, então fico livre para testes de elenco. O que explica por que, às 11h34 de uma terça-feira, estou deitada no chão do nosso apartamento no West Village, sozinha, claro, escutando o mais absoluto silêncio. Nicole mandou instalar umas janelas que, juro, são feitas de alguma espécie de vidro mágico com o poder de silenciar o mundo lá fora. Nessa ausência de som, consigo imaginar o que todas as outras pessoas vivas estão fazendo: meus amigos da antiga escola caminhando para as salas de aula, gente pegando táxis na avenida Houston, chefs preparando entradas para a multidão da hora do almoço em restaurantes da moda no Centro da cidade, mulheres em trabalho de parto, corretores negociando futuros contratos na Goldman Sachs, clientes passando seus cartões de crédito nos caixas da Barneys, vendedores de cachorro-quente despejando cebolas sobre salsichas em um dos carrinhos Sabrett, cuidadores de cachorro passeando no parque perto do rio Hudson, motoristas de caminhão estacionando em fila dupla no meio da rua para entregar tulipas.

Em vez de estar lá fora, no burburinho, sou a única deitada no chão, contabilizando todas as coisas que não estou fazendo, e não fazendo o que *deveria*, como estudar para a cena do meu teste de amanhã, ou estudar para minha prova do supletivo com o material empilhado aqui do lado. Adoro poder desfrutar da chance de estar só, mesmo que Emma diga que sou uma garota muito solitária e não queira encarar isso. Ficar sozinha me permite procrastinar com minhas divagações e pensamentos desconexos por quanto tempo quiser.

Até que meu telefone toca.

É a Sra. Manoti, enfermeira da escola montessoriana de Jade, explicando afobada que Nicole está presa numa sessão de fotos em algum lugar onde o celular não pega, e seu assistente passou meu número. Depois de conseguir superar o fato aparentemente incompreensível de que não vou à escola e que posso, portanto, atender a uma ligação no meio da tarde, a enfermeira diz que minha irmã de 7 anos "desmaiou" em plena sala de aula.

A maior parte das meninas da minha idade curte um drama, mas tive a sorte de herdar do meu pai tanto seus cílios magníficos quanto a habilidade de manter a calma em momentos de crise. A mulher, porém, está claramente apavorada com a possibilidade de que qualquer doença grave se materialize durante seu turno. Posso senti-la jogando minha irmã como uma batata quente em meus braços pelo telefone, assim como faz com sua responsabilidade. Que surpresa!

Desencavo os sapatos escondidos sob os livros espalhados ao meu redor e saio como um raio pela porta. Chegando à rua, o mundo volta à vida, me atingindo com todos os barulhos do lado de fora das minhas janelas mágicas: uma britadeira, o metrô embaixo de mim, carros ignorando os sinais antibuzina. O dia parece claro e luminoso. Ainda assim, estou tão concentrada em chegar até minha irmãzinha que não me sinto parte dele.

A enfermeira atarracada sussurra que Jade continua dormindo no quartinho ao lado. Ouço, porém, ruídos estranhos do que parecem pés correndo do outro lado da porta. Abro-a devagar e vislumbro minha irmã se deitando depressa na maca de vinil, amassando sonoramente o papel protetor sob seu corpo. Está fingindo dormir. Sento ao seu lado e coloco a mão na sua testa. Sem febre. Nem se mexe. Está se saindo uma atriz e tanto. Dou uma lambida no meu indicador e depois enfio na orelha dela, girando.

Isso faz com que abra um dos olhos.

— Ah. Pensei que fosse a enfermeira peixe-boi — comenta ao se sentar. A Sra. Manoti parece mesmo um peixe-boi, agora que ela apontou o fato.

— E ela por acaso faria isso com você?

— Quando se trata daquela mulher, nunca se sabe.

Jade parece muito bem de saúde. As bochechas sardentas estão rosadas; os bracinhos magrelos abraçam meu pescoço com a força e o vigor de sempre. Joga os volumosos cabelos castanho-avermelhados para trás, revira os olhos e declara:

— Caí no sono tipo uns dez segundos. Não sei por que todo mundo pirou do nada.

Tira um punhado de abaixadores de língua de madeira do bolso do casaco e começa a brincar com eles.

— Você vai roubar isso?

Ela confirma sem o menor constrangimento. Aguardo pacientemente por uma explicação.

Em seguida, Jade pula da mesa e pega a mochila.

— Quero fazer picolé com eles. E quem sabe uma casinha também. Vamos dar o fora daqui. — E segue para a porta.

Uma hora depois, estou na sala de espera do pediatra, visões de tumores no cérebro dançando pela minha cabeça, o coração martelando contra o peito, indicando uma pessoa que talvez não seja realmente tão calma em uma crise real, quando o doutor e a menina surgem sorrindo. O Dr. Edelstein também costumava ser meu médico, e já vomitei nele muitas vezes.

— Foi apenas uma indisposição por conta do baixo nível de açúcar no sangue — informa ele. — Pode acontecer quando crianças estão em fase de crescimento. — Me entrega uma receita. São rabiscos que não consigo entender nem com muito esforço, mas acho que, em algum lugar, está escrito "*Mini*".

O doutor balança a cabeça, confirmando o diagnóstico.

— Sim. Ordens médicas. Agora Jade tem que sempre carregar um Snickers de emergência para todos os cantos.

Incrivelmente, ela concorda.

Não a levo de volta à escola depois da consulta. Passamos a tarde inteira deitadas na grama perto do rio, fazendo correntes com dentes-de-leão, enquanto seu Yorkshire Terrier minúsculo, Boris, aterroriza os cães maiores. Minha irmã preenche cada segundo daquela tarde perfeita com sua tagarelice deliciosamente entediante. Isso inclui o medo absurdo que sente de lesmas, segredos sobre os hábitos de higiene de diversos colegas de classe, comentários sobre o episódio do *The Daily Show* da noite anterior, que, de alguma forma, ela parece não apenas compreender como também justifica seu sono na escola, especulações a respeito da minha vida amorosa (inventivas e sem fundamento) e uma apresentação entusiasmada e completamente pública da sua última versão original do quadradinho de oito. Ela vira o rosto e olha para a bunda magra balançando.

— Ela tem vontade própria. Não dá para ensinar uma coisa dessas, Maggie. Nasci assim!

Por volta das sete da noite, a cor do céu se transforma num dourado em tons cor-de-rosa sobre o rio. No caminho para a aula de teatro, deixo Jade no escritório de Nicole para comerem um indiano. Quero dizer, comida indiana, frango *tandoori*, não canibalismo. A redação da *Elle* fica no quadragésimo terceiro andar do prédio Time-Life. O escritório é menos chique que uma garota ligada em moda provavelmente sonharia: corredores soturnos, iluminados por lâmpadas fluorescentes e decorados por capas fantasmagóricas de edições passadas da revista.

— Olá, raio de sol — cumprimenta Jerome sarcasticamente com dois beijinhos que são mais no ar que no meu rosto. Ele imita minha expressão de preocupação com uma careta antes de tirar Jade para dançar salsa. Não consigo conter um sorriso.

Jerome é o assistente prematuramente calvo, mas absurdamente lindo, da minha mãe. O cara não tem poros, e o formato de seus lábios parece com algum tipo de cadeia montanhosa desconhecida. Tem um corpo esguio de bailarino e fugiu de uma cidadezinha do interior de Oklahoma, chamada Podunk, diretamente para o Chelsea, onde conseguiu mais namorados desfilando pelos corredores do Whole Foods que eu em minha vida inteira. Temos uma relação complicada, porque eu o venero, mas, quando chega a hora do "vamos ver", ele sempre fica do lado da minha mãe (afinal de contas, aqueles sapatos Prada custam uma grana preta), o cão de guarda eterno da agenda irritante de Nicole. Ela chegou a sugerir que nós duas tentássemos uma "terapia de casal" com Emma. Levei Jerome porque converso mais com ele.

Enquanto Jade experimenta sapatos muito maiores que seus pés, Nicole e eu trocamos opiniões a respeito da nossa conversa com o médico. Ela, é claro, finge estar extremamente otimista e já mandou Jerome comprar todo o estoque de Snickers da Duane Reade. Fico aliviada ao perceber que ela estava morrendo de medo por dentro e que, a sua maneira, parece agradecida a mim por ter tomado as rédeas da situação e feito o papel de Mãe mais uma vez.

É interessante tudo que fica escondido nas entrelinhas. Como atriz, me pego imaginando se a plateia entenderia o que está sendo dito entre mim e minha mãe sem qualquer diálogo. A maneira como ela tira os óculos quando entramos em um lugar, como estica os ombros e suspira ao me cumprimentar, os milésimos de segundo a mais que duram seus abraços em Jade. Noto as pequenas linhas de expressão sob seus olhos e sua sobrancelha franzida, a voz aguda de preocupação. Por meio de tudo isso, compreendo a complexidade do que sente. E acredito que, pela minha capacidade de mergulhar nela como se fosse sua substituta, consigo encontrar alguma compaixão e esquecer minha irritação. Por enquanto.

Jerome está ensinando Jade a desfilar como modelo em Louboutins de 12 centímetros. Enquanto observo suas perninhas de aranha avançarem e as solas vermelhas martelarem o chão, resisto ao impulso de agarrá-la e abrachegá-la. (*Abrachegar:* verbo. Uma palavra brilhante que Jade inventou quando tinha 2 anos para designar algo entre "aconchegar" e "abraçar"; exemplo: "Ei, Maggie, quer me abrachegar?"). Normalmente, ficaria preocupada com a possibilidade de que ela torcesse um tornozelo com aqueles sapatos, mas depois do dia que tivemos, não faz a menor diferença.

Nicole chega por trás de mim e beija minha cabeça, o que odeio.

— Ela está bem, Maggie — diz, tentando convencer a si mesma e a mim. Abro a boca para discutir, mas volto atrás. Nicole está certa: Jade está bem. O que eu estaria realmente discutindo seria o fato de que uma mãe deveria se preocupar mais, que deveria ter aparecido na enfermaria da escola e segurado a mão da filha no consultório do pediatra, mesmo que ela estivesse bem. Mas discutir isso seria o mesmo que tentar tirar água de pedra. Então simplesmente vou embora.

A aula daquele dia acaba sendo frustrante, pois a atividade proposta é em grupo e eu estava torcendo para que fizéssemos algo com foco individual antes do meu grande teste de amanhã. Principalmente porque a aventura vespertina com Jade engoliu todo o meu tempo de preparação. Estou mais nervosa que de costume e fazendo o melhor que posso para fingir que está tudo bem.

Depois da aula, recuso um convite urgente de Andrea e Jason para irmos ao Rose Bar. Os dois têm mais de 21 anos, e eu nunca mencionei que não tenho. Saber a verdadeira idade de alguém costuma agravar ainda mais a natureza competitiva das amizades com colegas atores. Não que entrar no bar pudesse ser um problema para mim. Não sei se meu rosto está mostrando sinais de velhice prematura, ou se realmente funciona entrar nos lugares cheia de confiança, mas raramente me pedem para mostrar a identidade.

Em vez disso, caminho em direção ao Union Square Café, que é meu lugar preferido para comer quando Nicole está trabalhando até tarde. Ela nunca chega em casa na hora do jantar, então já me conhecem no restaurante. O lugar parece abarrotado como de costume, mas Jimmy me consegue uma mesinha discreta, e peço minha típica salada Caesar com frango e molho à parte, sem croutons nem anchovas, e um bule de chá verde. Nem preciso pedir para não trazerem o cesto de pães, porque sei que não terei problema algum em resistir a ele. Jimmy gosta de deixar a cestinha no outro jogo americano enquanto retira os talheres do lugar vago. Como se o pão fosse meu companheiro de jantar.

Relaxo e me recosto para assistir às pessoas. Engraçado... sempre carrego meu Kindle comigo por garantia, mas jamais encosto nele. Desde que me entendo por gente, meu jogo favorito quando estou sozinha é imaginar a vida dos outros. Quando era mais nova, as temakerias eram preenchidas por membros depostos da realeza, agentes secretos, artistas de circo na baixa temporada. Agora sou menos criativa.

Por exemplo, aquele casal na segunda garrafa de vinho acabou de se conhecer, naquela tarde. Ela é ventríloqua e sabe fazer leitura labial. Ele é surdo-mudo de nascença. A expectativa de um futuro juntos é irresistível para ambos. Entretanto, ela está de luto pela perda do amado boneco Chester, que recentemente caiu de um caminhão e foi atropelado e esmagado por um Cadillac Escalade, dirigido por um ala-pivô do Knicks, há muito fora de forma. O dedo dele está no bolso de seu casaco. O de Chester, não do ala-pivô. Infelizmente, o cara é alérgico ao *eau de toilette* de uma loura mais velha sentada logo adiante, que nunca aprendeu a comer espaguete da maneira adequada. Ela acha que o perfume seduz o detetive aposentado que conheceu no site de encontros eHarmony e que está sentado à sua frente, engolindo o macarrão enquanto tenta lembrar se já viu o rosto da mulher na lista dos *Mais Procurados da América*. No meio-tempo, o garçom está tão preocupado com o Alzheimer da mãe que... Bem, deu para ter uma noção.

Noto que outras pouquíssimas pessoas estão sós, mas se estão têm algo para ler sobre a mesa. Um livro, uma revista, um jornal. Algo para ajudá-los a se esquecer de que estão sozinhos. Acho isso bem triste.

De vez em quando, alguém chega e pergunta: *Você não é a garota que fez tal e tal?* Aquele dia é um carinha bonitinho, uns dez anos velho demais para mim.

— Oi. Isso não é uma cantada...

Claro. É por isso que você parou tão perto e sua mão continua apoiada no meu ombro.

— Mas eu juro que te vi numa peça off-Broadway no outono passado. Nossa, você estava deslumbrante. Tem como autografar isso aqui para mim? Sei que vai valer muito um dia.

Já aconteceu de outro garoto me pedir algo parecido, e depois que descobriu meu nome, começou a me Stalkear no Facebook, o que foi bem bizarro. Mesmo não tendo mais um perfil on-line, quando esse cara me dá o guardanapo, assino *Julia Roberts*.

— Sua namorada vai ficar bem mais impressionada quando você mostrar isso para ela e contar que conheceu uma atriz. Ela tem sorte de ter conseguido alguém tão bonito e educado.

Ele ri e abre a boca, talvez para dizer que eu tenho sorte, pois na verdade não há namorada alguma. Eu o interrompo:

— Bom apetite.

Ele dobra o guardanapo e vai embora.

Emma está convencida de que sou uma pessoa secretamente solitária. Não desiste dessa ideia. Parece ser o único tópico sobre o qual conversamos. Caminhando para a casa no frio da noite, me pergunto como alguém pode se sentir solitário em Nova York. Ao andar acompanhado, você fica preso àquela pessoa. Mas, ao passear sozinho pela cidade, o mundo inteiro te faz companhia. É possível que seja Emma quem se sinta solitária e esteja projetando isso em mim. Certamente está obcecada com a ideia. Procura por uma resposta fácil. Uma teoria que sirva para tudo. Isso vai custar trezentos dólares, por favor.

Na verdade, suspeito que ela não faça a menor ideia de como os sonhos começaram.

Uma das minhas brincadeiras prediletas enquanto caminho, especialmente à noite, é imaginar o que outras pessoas pensariam se conhecessem meu segredo. Emma é a única no planeta que sabe, e tenho confiança suficiente no sigilo da nossa relação médico-paciente para saber que ela não vai entregar o ouro. Nicole, por exemplo, não saberia o que fazer. Insiste em ser minha amiga em vez de minha mãe. Algo que, além de ser mais cômodo para ela, também figura como um item de suma importância na minha interminável lista de queixas maternais. Mas ela ficaria assustada. Para uma pessoa tão inteligente, Nicole parece possuir uma noção bem limitada da realidade. A vida não pode ser maior nem demandar soluções mais complexas que o resto das coisas que ela está acostumada a editar para a revista. O que aconteceria se uma crise acontecesse de verdade, se alguém desenvolvesse um câncer, um tumor no cérebro ou coisa do gênero? Acho que ela lidaria com tudo, reduzindo os problemas para tamanhos editoriais, negando a dimensão e as consequências reais e tentando convencer a si mesma de que estaria apenas sendo prática ao não se deixar atropelar. Mas a verdade é que as coisas mais importantes da vida nos atropelam. Isso pode parecer estarrecedor, ou mesmo trágico, mas não é necessariamente ruim. E certamente não é algo do qual se deva fugir.

Jade, por outro lado, adoraria descobrir que contos de fada existem, e exigiria participar. Ficaria com ciúmes de não fazer parte da magia — mas jamais negaria a veracidade dos sonhos. Isso está no topo dos motivos pelos quais amo tanto minha irmã.

Meu pai. Ele diria para não ficar com medo. Que eu deveria interpretar os sonhos como um presente, algo precioso que pertence a mim e a mais ninguém. E que, se um dia eu me sentisse isolada por causa disso tudo, ele estaria a postos para me ajudar.

Eu costumava conversar com meu pai sobre meus sonhos. Algumas vezes falava de sonhos reais, noutras, mentia e contava outros que jamais tive. De alguma forma, esperava que ele soubesse distinguir um do outro. Mas ele nunca soube. Ou sou uma bela de uma mentirosa, ou excelente atriz. Ou então ele sabia a diferença e era ele quem conseguia mentir bem. Gostaria de poder perguntá-lo.

Viro na Horatio, e os postes de luz iluminam as flores de cerejeira, parecendo um tipo de neve cor-de-rosa. É nossa primeira primavera morando naquela rua. Nós nos mudamos bastante, ainda que dentro do West Village, para que Jade não tenha que ficar trocando de escola. Nicole tem sorte procurando apartamentos. Minhas amigas acham que deve ser cansativo, mas esse hábito nômade tem suas qualidades. Posso redecorar meu quarto mais que qualquer pessoa que conheço, e Jade e eu nos tornamos mais companheiras ao criarmos juntas nossa vizinhança particular de lojas de conveniência, boutiques e restaurantes. Ainda mais significativo, porém, é que, quando se troca constantemente de ambiente, você se dá conta de como o mundo é imenso e de quantas escolhas possíveis existem dentro dele.

Entro no apartamento escuro em silêncio, presumindo que tanto Nicole quanto Jade estejam dormindo. No meu quarto, fico de pé durante um tempo considerável, olhando pela janela para o rio Hudson. De repente, sinto alguém atrás de mim. Sei quem é, assim como o que vou dizer. Preparada para a briga, me viro e aponto o dedo enquanto berro:

— O que você está olhando, porra?!

Nicole me encara. Seu olhar é insuportável.

— Cale a boca! — continuo. — Não temos nada pra conversar!

— Hmm, na verdade, temos, sim. Se você não baixar a voz, vai tirar uma menina de 7 anos da cama para testemunhar seu comportamento de megera alucinada.

Volto o olhar do meu reflexo no espelho para o sorriso entusiasmado de Nicole.

— Quer dizer que sou uma megera alucinada convincente, então? Uau. Não sabia se conseguiria de verdade.

— Querida, pode acreditar, você consegue. Você vai arrasar naquele teste.

Entra no quarto e desaba na minha cama.

— Quer que eu leia a parte do outro ator na cena?

Nicole sempre se decepciona um pouco porque preciso ensaiar sozinha. Não é que não queira suas críticas e comentários, o que certamente não quero; é mais uma questão de que preciso que minha imaginação alcance um lugar onde o mundo seja só meu, completamente fora de contato com qualquer outra realidade. Mudar de assunto é sempre nosso meio mais prático para eu recusar a oferta.

— Como Jade está?

— Ótima. Já percebeu como não para de falar?

— Comigo, não. Deve ser alguma coisa que você está fazendo de errado.

— De novo.

Com o clima de parceria estabelecido, ela se sente livre para continuar o papo e fingir não demonstrar sua preocupação pela minha fisionomia não ser expressiva o suficiente para o teste.

— Então, como você tem dormido?

Essa é uma pergunta carregada.

— Isso é uma indireta pra comentar que minhas olheiras estão muito escuras? Tem mais alguma coisa que não está esbelta o suficiente para me garantir o papel amanhã?

— Uau. Que bom que você não está na defensiva. Meus parabéns para Emma.

Agora tenho uma escolha. Nicole está apenas sendo Nicole, tentando se relacionar comigo da única maneira que sabe fazer. Posso deixar para lá, ou encarar o desafio. Como sempre, escolho a pior opção.

— Desculpe — digo. — Não dá para você ser passivo-agressiva sobre minha aparência e depois me culpar. Se você quiser agir assim, vai ter que bancar.

Nicole senta na cama e abre os braços, me chamando para um abraço. O que, obviamente, eu correspondo. Esse é nosso padrão. Brigamos, depois fazemos as pazes. Somos amigas, e depois ela quer ser minha mãe.

— Querida, não só é comum uma atriz em plena ascendência ficar insegura sobre sua imagem, como eu desconfiaria que talvez você fosse uma alienígena se *não ficasse*. O problema é que você escolheu uma carreira em que as pessoas te destroem todos os dias, e você vai ter que aguentar a pressão.

Ela levanta da cama e me empurra na direção do espelho, se posicionando atrás de mim, envolvendo minha cintura com os braços. Pousa aquele rosto elegante em meu ombro, olhando nosso reflexo.

— Agora me diga o que você está vendo.

Vejo uma garota comum, que poderia, talvez, ser bonita na luz certa, com a atitude certa. Bonita o bastante para a aparência física não ser um obstáculo em meu caminho, mas tendo certeza de que não compensará qualquer falta de talento. Observo a imagem com atenção. Corpo de bailarina, ligeiramente magro demais, certamente inadequado para qualquer papel mais voluptuoso. Cabelos escuros e cheios que talvez possam parecer glamorosos em uma fotografia de rosto depois de um bom cabeleireiro conseguir domá-lo. Mas tenho que ter uma paciência enorme para conseguir dar um jeito nele, além de fazer com que eu sinta como se estivesse andando com aqueles casacões de esquimó em pleno calor de verão. Odeio andar no sol de qualquer forma, o que explica minha palidez e deficiência de vitamina D, mas pelo menos minha pele não tem manchas e é macia. Meu rosto possui bons ângulos para capturar a luz, e os olhos costumam se destacar na frente das câmeras. Sao piscinas de um azul cristalizado, emolduradas por uma borda azul-marinho. Meus lábios são finos demais para alguns diretores. Dois já me indicaram cirurgiões plásticos, mas me recuso a me submeter às injeções de colágeno. Minha parte favorita de mim mesma é a que o setor de maquiagem de todos os sets ou programas dos quais já participei consideram um defeito. Tem uma falha entre os cílios da minha pálpebra direita, onde a catapora, a menor das coceirinhas imagináveis, deixou sua marca.

Tudo isso passa pela minha cabeça em um décimo de segundo. O que respondo na verdade é:

— Angelina Jolie com peitos maiores e uma boca bem mais bonita.

Nicole revira os olhos pela ironia. Angelina me supera consideravelmente em ambos os departamentos.

— Quando você viu os peitos de Angelina?

— Mãe, você precisa sair mais de casa. *US Weekly.*

E, claro, como não me pareço com Angelina Jolie de jeito algum, Nicole tem que me dizer como sou muito mais bonita, mais natural e saudável (a palavra predileta de todas as garotas) que ela. Depois de aguentar 15 minutos da minha mãe fazendo elogios a cada centímetro do meu corpo, empurro-a porta afora, lanço um último olhar ameaçador ao espelho e me preparo para dormir.

Depois que apago as luzes, meu cérebro acende. Odeio quando esse momento chega.

No escuro, à noite, antes de cair no sono, meu mantra é "ótimo". Digo a mim mesma que Jade está *ótima*, e que Snickers são a cura milagrosa para a narcolepsia. Digo que meu teste vai ser *ótimo*. É um papel bem razoável em um filme independente intrigante, mas trabalhar com o diretor seria a realização de um sonho — e posso dizer o mesmo sobre o ator gato que já foi escalado para ser o protagonista. Como de costume, minha personagem tem 22 anos (meu visual se adapta com facilidade — na vida e no trabalho — a fim de me fazer parecer mais velha, o que explica por que nunca me pedem identidade) e o responsável pela seleção de elenco havia comentado que o fato de eu ser menor de idade poderia ser "um pequeno problema em uma cena, mas nada muito preocupante". Então eu fico na cama por meia hora me preocupando, tentando me convencer de que vai ser tudo *ótimo*.

Nicole diria: *Não seja tímida, não tenha medo do seu corpo, mas não ultrapasse seus limites.* Meu pai diria: *Não me faça uma pergunta para a qual você não queira ouvir a resposta.* O que seria de fato me dar a resposta que eu não queria.

Como sempre, Sloane passeia pelos meus pensamentos enquanto vou apagando. Fecho os olhos.

CAPÍTULO DOIS

Sloane

No instante seguinte, abro os olhos para ver, do lado de fora da janela, a mesma árvore com a qual me deparo todas as manhãs ao acordar. É um elmo, minha árvore. O humor dela frequentemente reflete o clima lá fora, como se tivesse depressão invernal. Aquele dia, porém, apesar dos raios de sol primaveris escorrendo pelas folhas novas, seus galhos parecem tristes. Como se ela se sentisse como eu. Mesmo tendo dormido, não descansei. Sonhei, como sonho todas as noites, com o dia inteiro de Maggie em Manhattan. Meu corpo parece pesado e cansado.

Meu nome é Sloane Margaret Jameson. Jamais soquei ninguém chamado Devin Cruikshank na boca, porque nunca conheci alguém chamado Devin Cruikshank. Além do mais, não sou de socar ninguém. Sou mais de golpear com a cabeça.

Viro de barriga para cima e encaro as estrelas sem graça no teto. São daquele tipo que brilha no escuro, então, quando está claro, têm uma aparência amarelada, como se fossem adesivos desbotados. Foram compradas com um pacote de sorvete de astronauta, em uma viagem que fiz ao Museu de Ciência de Boston. Como eles tiveram a ideia de desidratar sorvete, esses astrônomos geniais?! Quando cheguei em casa, observei com atenção as constelações e fiz o melhor que pude para recriar Órion. Depois decidi que era mais divertido criar minha própria constelação. Ali está Stella, a Égua, que fala igual ao Mister Ed, da série homônima. Tem a língua afiada e não dá para confiar nela. Logo mais podemos observar El Delicioso, o grande crepe de Nutella no céu. Fiquei sem estrelas bem no meio do desenho de um elefante, e ele meio que lembra um pires. Mas o chamo de Rooibus (meu chá africano favorito) e imagino que as estrelas da sua tromba encararam uma supernova um zilhão de anos atrás e desapareceram.

O barulho da minha família no andar debaixo me incomoda da mesma maneira que um mosquito quando ele nos irrita mais do que o som de uma britadeira. Ultimamente, tenho sido sempre a última a sair da cama pela manhã. Faz um bom tempo que não tenho algo que me faça sentir vontade de levantar. Na verdade, faz um ano.

Não estou deprimida. Ao menos não clinicamente, de acordo com minha pesquisa na internet. Claro que tenho algumas questões. Ter um segredo enorme como o meu faz com que a vida seja um pouco solitária. Ainda mais estando cercada de perto por pessoas, pessoas maravilhosas, todos os dias e não podendo contar para elas. Imagino que ser um agente secreto, ou um cônjuge infiel, ou gay não assumido talvez deva provocar uma solidão e desgaste semelhantes.

Não sou atriz como a Maggie nos meus sonhos, mas acho que faço um bom trabalho convencendo todo mundo de que estou bem. E, sério, eu estou bem. Mesmo. Não é todo dia que parece complicado e estafante.

O aniversário da morte do meu melhor amigo Bill está chegando. E convenientemente coincide com meu aniversário de 17 anos. Odeio receber muita atenção, de qualquer maneira. Fico tão sem graça sendo o centro das atenções, me encolho toda sob os holofotes. Gosto mesmo é de estar atrás das câmeras.

Por sorte, o zum-zum-zum irritante da minha família lá embaixo me impede de ficar na fossa, chafurdando na minha poça de autopiedade. Meus pés logo alcançam o piso de madeira, e já estou no banheiro, esperando a água do chuveiro esquentar.

O andar de baixo tem cheiro de café, panquecas, ovos mexidos e dos cabelos recém-lavados da mamãe. Acho que ela conseguiu chegar na água quente antes de mim. Depois sinto o fedor de frutos do mar estragados. Meu irmão de 7 anos, Max, cobriu a mesa inteira com seu caótico "projeto de Ciências" negligentemente arquitetado. Aparentemente, trata-se de um diorama da nossa costa local (e estou oferecendo a Max o benefício da dúvida, nesse caso), o que inclui mexilhões mortos de verdade, algas marinhas, um pedaço do ninho de algum pássaro, a casca asquerosa de um caranguejo, tudo precariamente fixado pela cola de madeira que agora desfigura nossa cozinha inteira.

Eu amo Max. Ele é briguento, encapetado e manhoso. Tem uma imaginação incrível e costumava me deixar participar de suas brincadeiras esquisitas. Ele corria ao meu encontro, entrelaçava os dedos nos meus e me conduzia a horas intermináveis de andança por todos os cantos. Quando era derrotado pelo cansaço, se aninhava no meu colo, encostando a cabeleira contra minha bochecha, respirando quente contra meu corpo, e assim nós dois permanecíamos lendo livros por um tempão.

Foi então que, há mais ou menos um ano, ele e os coleguinhas decidiram que meninas têm doenças altamente contagiosas. E agora não sou mais sua irmã, sou apenas uma *menina*.

Minha mãe está fazendo comida para um batalhão, o que já é menos que o habitual. Ela realmente abusa com todo esse negócio de ser dona de casa. Dá uma atenção ridiculamente meticulosa à limpeza, por exemplo. Não que limpeza seja ruim, a menos que você transforme essa mania num disfarce para os problemas. Por exemplo, ela passa metade da manhã limpando a zona de Max, o que não seria necessário se ela desse uma bronca nele de uma vez por todas, proibindo que ele fizesse bagunça antes mesmo de começar. Aposto que, se as consequências envolvessem videogames ou guloseimas, ele obedeceria. Às vezes, me pergunto se não permite que ele faça o estrago que quiser só para que ela tenha mais coisas para arrumar depois. Ela tem a agenda mais ocupada que qualquer pessoa no sudeste de Connecticut, provavelmente do mundo ocidental. Acho que ela preenche os dias dessa maneira para se consolar por ter "temporariamente" abandonado uma carreira promissora em oceanografia para criar meu irmão mais velho, Tyler. Quando trabalhava no Instituto Oceanográfico de Woods Hole, ela estudava as dinâmicas que governavam o transporte de sedimentos de pequena granulometria em águas costeiras e estuarinas. Ouvi meu pai comentar muitas vezes sobre como mamãe amava aquele trabalho. Mas ela nunca voltou. Depois de Tyler, engravidou de mim quase sem perceber. Quando você sai de campo e fica fora do jogo, as oportunidades de emprego também ficam mais escassas. Acho que nossa família criou raízes. Raízes profundas fincadas no solo de Mystic.

Minha mãe e eu costumávamos ser muito mais próximas. Não que ela tenha pegado uma "doença contagiosa", mas no último ano as coisas ficaram muito ruins entre nós. Sei que isso a magoa. Mas não faço a menor ideia do que fazer pra resolver.

Sem tirar a atenção do fogão, ela pergunta na voz mais radiante e inocente:

— Bom dia, amor. Sabe no que eu estava pensando?

Opa. "Pensando" é eufemismo para "estou prestes a fazer algum comentário que vai te deixar furiosa". Percebo que não está nem mesmo usando seu tom de voz normal, e fico ressentida por ela sentir necessidade de pisar em ovos comigo.

— Sábado seria um dia perfeito para nós duas irmos a Providence e começarmos a procurar um vestido para seu baile de formatura. O que você acha?

Acho que você está deliberadamente tentando me provocar.

— Como não tenho a menor intenção de ir a lugar algum chamado *baile de formatura* — disparo antes de ter tempo de refletir melhor —, não sei o que a gente faria com um vestido desses.

— Parece que alguém andou treinando sua veia irônica.

LÚCIDA

Meu pai entra na cozinha e se mete no meio, com seu jeito pacato e sincero. Não estou a fim de aturar nada disso essa manhã.

— Pai, mamãe sabe muito bem como eu me sinto em relação a esse baile. E, em vez de conversar comigo direito sobre o assunto, ela vem com uma tentativa passivo-agressiva de manipular a situação, fingindo que não sabe. É o que chamamos de Síndrome do "Foi-Apenas-Um--Comentário", na qual as pessoas não assumem responsabilidade por falar coisas que não deviam.

— Fascinante. — Papai calmamente toma um gole de seu café. — Uma aluna que só tira as melhores notas em vocabulário e não entende o significado do termo *passivo-agressivo*. Que na verdade se aplica mais à sua fala do que à da sua mãe.

Tirando o fato de que está absolutamente certo, ele ultrapassou todos os limites.

— Sloane — chama minha mãe, entre dentes. — Vamos ali fora um minuto?

Não parece exatamente zangada. Ou magoada. Está mais para determinada ou convicta sobre o que quer. Ao menos pode ser que tenhamos um diálogo, para variar.

— Sloane — repete. — Você está obviamente certa, estava com medo de mencionar o assunto do baile de formatura porque achei que pudesse reagir assim. Mas vamos direto ao assunto. Nós duas sabemos que tem muito mais coisa envolvida nisso do que uma simples festa.

Fico meio sem palavras. Aquela é uma genuína combinação de franqueza e preocupação que nunca imaginei que faltasse em nossas vidas. Mas agora que estamos de fato conversando, percebo que os assuntos sobre os quais gostaria de falar com ela são claramente inviáveis.

— Quando você tinha 15 anos, me perturbou para que eu a deixasse começar a sair e namorar. E insisti que você esperasse até completar 16. Você era tão impaciente, mas agora um ano inteiro passou, e acho que não te vi sair uma única vez esse tempo todo. O que aconteceu?

Olho para meus pés. Detestando a mim mesma por me sentir estranha e inadequada, e ter que inventar uma mentira efetiva e convincente.

— Não aconteceu nada. Só não tem nenhum cara em especial que eu ache que valha a pena. Acho que eu só não entendia aquela sua regra idiota e queria ver se dava para te convencer a mudar. — Meus olhos ardem enquanto pronuncio essas palavras, então me concentro na grama. Sinto que ela me observa e desejo apenas não ser mais o centro de suas atenções. Olho pra cima e surpreendentemente tenho a presença de espírito de dizer: — E desculpe por ter me comportado de uma forma tão insuportável.

— De novo — diz ela, abaixando-se para arrancar uma erva daninha do meio dos narcisos.

Quem diria que ela tem senso de humor.

Estou prestes a me dirigir para o ponto de ônibus quando Gordy manda uma mensagem de texto, me oferecendo uma carona. É um presente raro, uma vez que minha casa não fica no seu caminho para a escola. Depois manda uma segunda mensagem, pedindo para levar um pouco do que sobrou do café da manhã feito pela mamãe, e presumo que deve estar faminto e sem dinheiro. Gordy é meu melhor amigo desde que nasci. Nossos pais também são próximos e costumavam nos forçar a brincar juntos, mas nossa amizade compulsória se transformou em um laço verdadeiro.

Com um Muffin embrulhado em alumínio em uma das mãos, espero na esquina pela minha carona. Moramos em uma casa antiga na Gravel Street, construída em 1834 por um homem chamado Daniel R. Williams. Ele vendia redes de pescaria no porão, que tem 3 metros de profundidade e era uma estação do Underground Railroad, usada pelos escravos africanos como rota de fuga, uma singularidade que eu adoro. Matilda Appleman Williams, a esposa de Danny, tinha o hábito de conduzir sessões espíritas na sala de estar. Já andei fazendo a brincadeira do copo em homenagem a ela.

LÚCIDA

A casa fica de lado para a rua, e tenho certeza de que, quando foi construída, não havia outras para bloquear sua visão do rio Mystic. Agora conseguimos vê-lo parcialmente pela frente da casa. Dá para espiar os pequenos barcos, chamados *dyer dhows*, e suas velas coloridas balançando e mudando de posição ao redor do porto. O pôr do sol sempre faz ondas de tons pastéis pelo fluxo da água. As garças, socós, gaivotas-alegres e as belas tarambolas-douradas vão cuidar das próprias vidas enquanto nós ficamos observando.

A pick-up de Gordy freia, e, antes mesmo de entrar, já sei que a carona vai me custar mais que o café da manhã. Tem alguma coisa estranha. Ele nem me espera perguntar.

— Sloane. — Usa o tom de voz sério. — Nosso preparador físico, Manard, comunicou ontem à noite que a escola está organizando uma homenagem para Bill. Das grandes, lá no campo de futebol, para todo mundo poder ir. Ele pediu seu telefone porque quer que você participe. Sabia que você acharia uma besteira enorme e que provavelmente desligaria na cara dele, ou soltaria algum xingamento. Então combinei que eu mesmo ia te perguntar. — Pergunta virando pra mim: — Você pode, por favor, aceitar o convite?

Quero vomitar.

— Você está querendo dizer para eu ficar parada no meio do campo de futebol na frente de todo mundo, sem falar na família de Bill? O que eu iria dizer? Que Bill era uma pessoa extraordinária, mesmo que muitos deles nem o conhecessem de vista e basicamente ninguém mais conhecesse ele pra valer? — Gordy está acostumado com meus rompantes, mas nesse caso deve ser difícil para ele também.

— Você não estaria sozinha lá em cima — argumenta, tirando uma das mãos do volante e a pousando com suavidade nas minhas costas. — Vou falar alguma coisa, e seu irmão vai voltar a Mystic para a homenagem também.

— *Tyler* vai vir para isso? — Como é que Gordy cogitou que algo assim poderia me fazer sentir melhor? Meu irmão me deixa maluca. Sempre deixou. Nada que ele possa dizer sobre a morte de Bill vai me confortar. Tem 1,95 metro de altura, e talvez possa ser considerado bonito se você for daquelas que curtem o tipo entediante de "bonitão convencional". Várias amigas minhas acham Tyler um gato. Ele nunca se incomoda com nada. Não tem problemas. Sua vida sempre foi um mar de rosas, ao menos quando se trata das expectativas medíocres com as quais ele parece absurdamente satisfeito. Média 8? Sem problemas. Ele se gabava disso como se tivesse se formado com as maiores notas no MIT. Quarterback no terceiro pior time da nossa liga? Ele adorava. Tinha que afastar a horda de *cheerleaders* com um taco de basebol. Sem brincadeira.

— Tyler quis vir. Ele e Bill eram amigos, Sloane. Não como eu, você e Bill, claro. — Lança um olhar na minha direção. — Você não era a única amiga dele — finaliza, enunciando essa última parte com delicadeza. Que mais parece um piano despencando e se despedaçando em cima do meu coração.

Bill, Gordy e eu éramos um trio inseparável. Mas acho que, às vezes, sou um pouco territorialista com nosso luto compartilhado. E sei que isso não é justo. Durante o ano passado, Gordy e eu cambaleamos por aí como um triciclo sem uma das rodas. Ainda não descobrimos um jeito de nos transformarmos em bicicleta.

Inspiro fundo e olho pras árvores de cor verde-bandeira que começam a virar um borrão. Talvez alguém realmente precise encarar a multidão e dizer a todos que uma pessoa insubstituível se foi, mesmo que as expressões vazias de "sinto muito pela sua perda" me deem vontade de esmurrar aquele bando de falsos até virarem geleia. Os piores são os que fingem que a perda foi deles. Como se ter sentado ao lado de Bill durante uma aula e nunca sequer ter conversado com ele, exceto para pedir emprestado uma borracha, os autorizasse para discorrer sobre o tipo de pessoa que meu amigo era. Quero dizer, eu realmente cheguei a ouvir Mia Wallace se gabar de que os dois eram muito "próximos" porque eles haviam se beijado em uma festa há dois anos. Ela estava soluçando, contando a história do beijo como se fosse uma novela mexicana enquanto as amiguinhas se amontoavam ao seu redor para oferecer consolo, devorando o dramalhão como verdadeiros abutres. Bill me contou que ela basicamente pulara em cima dele e enfiara a língua na sua garganta. É claro que acrescentou que ela era uma garota simpática, porque Bill era incapaz de falar mal de qualquer um que fosse.

Mas Gordy não é da turma dos falsos. E não é justo que eu jogue minhas frustrações em cima dele. Digo que vou pensar a respeito, agradeço a carona e minto que tenho prova na primeira aula e preciso correr para chegar logo à sala.

No almoço com Lila e Kelly, decido nem mencionar a cerimônia. Não importa o amor que sinto pelas minhas amigas, não consigo falar com elas sobre Bill. A verdade é que simplesmente jamais consegui.

Lila não consegue parar de mandar indiretas, pedindo para armarmos um jeito de ela ficar com Gordy, mesmo sabendo que é uma grande furada sem chances de dar certo; mesmo que eu a ame de paixão e acharia muito melhor para Gordy namorar minha querida amiga Lila do que a sobra requentada de *cheerleader* que o idiota do meu irmão Tyler deixou para trás.

Gordy também é atleta, *wide receiver* do time de futebol americano, velocista e, portanto, infelizmente colega de Tyler. Ele é meio que lindo e, sendo honesta, daquele mesmo jeito convencionalmente entediante, mas nele não me desagrada, porque sei que tem um bom coração. Ele se senta com a galera vestida de Abercrombie-and-Fitch no pé da colina. Às vezes, almoço com eles. Às vezes, com Lila e Kelly, ou com o pessoal nerd da maioria das minhas aulas. Na maior parte das vezes, sento no topo da colina e espero para ver quem vem me fazer companhia. Sou meio que uma borboleta flutuando entre os grupos. Não pertenço a nenhum, mas consigo transitar facilmente pela maioria deles (à exceção, talvez, dos metaleiros *hardcore*).

Kelly está dedicada à incansável missão de me convencer a irmos em grupo — eu, ela, Chuck e algum outro pretendente — ao baile de formatura, que parece estar mais próximo do que eu gostaria. Hoje ela revelou que Chuck já pré-selecionou vários candidatos para que depois eu escolha quem será o felizardo a ganhar minha mão em "bailamento". É verdade que ele não chega a ser um atleta, bem longe disso. Em compensação, é maconheiro, preguiçoso e totalmente não merece Kelly, que é genial, a não ser pelo fato de ser bem gatinho e engraçado. Os amigos dele são um bando de chapados. Chegam todos lesados e um pouco atrasados para a hora do almoço, fedendo como se tivessem acabado de rolar para fora da van do Scooby-Doo. Kelly passa 20 minutos tentando discursar poeticamente sobre a profundidade de caráter deles, enquanto eu finjo não estar correndo o risco de vomitar meu almoço com a ideia de um beijo de boa noite em Brad "Erva" Wilcox.

Ao longo do dia, algumas pessoas me perguntam a respeito da homenagem ou me dão os pêsames. Certo. Tento me manter sob controle até o sinal tocar — e depois vou para o quarto escuro, o laboratório de revelação de fotografias.

Como sempre, lá fica meu refúgio. Adoro o escuro silencioso do processo. E o fato de que, ao se trancar a porta e ligar a luz, ninguém mais pode entrar por medo de superexposição. A minha própria e a dos negativos, suponho.

Derramo o líquido revelador no tanque e aciono o cronômetro. Gosto do ritmo e da repetição da operação, invertendo o tanque quatro vezes, dando tapinhas para evitar bolhas de ar. Repito o processo a cada minuto. Jogo fora o revelador e faço o banho com o interruptor ("líquido stop"), coloco a tampa de volta no lugar e inverto duas vezes. O padrão é semelhante a uma oração, ou um mantra, e ajuda meu cérebro a se ocupar e acalmar.

Comecei a me interessar seriamente pela fotografia desde que meu pai me deu uma daquelas câmeras Lomo de brinquedo que tiram umas fotos quadradas bem legais no estilo da década de 1970. Ele costumava me levar para fazer trilhas em Bluff Point ou excursões de barco ao redor da Fishers Island, ou ainda caminhadas por Napatree para me ajudar a desenvolver minha noção de onde encontrar a melhor luz e qual é a melhor composição. Não fazemos isso há um bom tempo, mas não parei de me aperfeiçoar.

Não quero ser fotógrafa profissional nem nada. Gosto apenas de observar. Acho que me ajuda a escrever, que é o que eu gostaria de fazer de fato. E talvez dar aulas de literatura em alguma faculdade, como o pai de Maggie, Benjamim. Mas eu não me limitaria à literatura americana. Muita concentração de homens bêbados para meu gosto. Quero morar em Nova York, disso eu sei. Quero estudar na Columbia, o que sempre afirmei, apesar do pavor em imaginar um envelope magrinho, endereçado a mim, na caixa de correspondência, na primavera do ano que vem. Ser aceita na Universidade de Columbia é a portinha do alçapão para meu plano de fuga.

Pouco antes das 18h, Gordy vem bater à porta do laboratório. Mesmo que não tenha dito que estaria aqui, ele sabe onde me encontrar. Depois, me leva ao Green Marble, que é meu lugar favorito para jogar conversa fora, ficar de bobeira e tomar um café.

Durante toda a vida, Gordy foi um irmão de verdade e fui sua confidente. Estive ao seu lado enquanto passava por cada uma de suas namoradas absolutamente imperfeitas, vi quando rompeu o ligamento colateral medial, o que ameaçou acabar com sua carreira no futebol da escola (o horror!), presenciei cada uma de suas incursões na literatura, filosofia ou qualquer outra coisa que se aproximasse de uma explicação para o sentido da vida. Ele é um fofo até o último fio de cabelo, alguém que eu tentaria proteger de todo e qualquer sofrimento possível.

Mas se conto pra ele o que está escondido ali dentro? De jeito algum. Por quê? Porque, de um jeito ou de outro, receio que ele não entenda completamente. E isso acabaria conosco.

Quando tínhamos 8 ou 9 anos, houve uma noite em que acampamos no meu quintal e meio que juramos, ou prometemos, ou ao menos especulamos, que, se não tivéssemos nos casado com outras pessoas quando estivéssemos velhos (o que acho que significava o ensino médio, naquela época), seria um sinal de que era nosso destino ficarmos juntos "daquele jeito". Depois disso, Gordy com frequência começava as frases com "quando a gente se casar". Geralmente precedia alguma piada, como por exemplo, que ele abandonaria o hábito de soltar pum dentro de ambientes fechados. Muito maduro. Eu interpretava isso como uma desculpa para manter uma porta aberta entre nós. Tipo: se um dia a gente quisesse ficar junto, a possibilidade estava sempre à disposição. E, às vezes, eu correspondia só para ele não se sentir rejeitado. De vez em quando ele ainda tem umas recaídas, e preciso admitir que não acho de todo ruim. Na verdade, vou acabar me casando com algum grande gênio incompreendido — um equivalente moderno de Salvador Dalí, Franz Liszt, quem sabe Genghis Khan.

Ainda assim, a segurança de ter uma pessoa íntegra e decente no mundo com a qual posso contar é reconfortante.

Enquanto tomamos café, Gordy me olha do jeito que costuma fazer quando quer ser persuasivo.

— Não me obrigue a participar dessa homenagem sozinho — implora. — Por favor, Sloane. Sei que você acha uma babaquice, mas não é para eles que vamos fazer isso. É para Bill. E ele merece. Você pode ser agnóstica o quanto quiser, mas não tem como saber se ele não está lá em algum lugar, ouvindo.

— Sou ateia, Gordy — corrijo. — Tem diferença. — Depois me sinto mal por fazer piada sobre o assunto e digo que vou, sim, participar da homenagem e que o amo.

O que, é claro, ele já sabe.

Na cama, com as luzes apagadas, meus pensamentos viajam. Queria que Maggie fosse real para que pudesse visitar Mystic e "fazer um discurso" em homenagem ao Bill. Ela arrasaria, sem problemas.

Então o pânico bate, com todos os meus questionamentos a respeito desses meus sonhos serem fruto de uma insanidade e para onde podem me levar, e a ironia incrível que é Maggie ter uma psiquiatra. Meu grande medo é um dia ser normal: vou adormecer, e Maggie não estará mais aqui. Vou ter apenas sonhos comuns, uma boa noite de sono. E ela terá desaparecido.

Mas meu maior medo é o que preciso repetir pra mim mesma que jamais acontecerá. A noite que Maggie for dormir, e eu desaparecer.

CAPÍTULO TRÊS

Maggie

Meus olhos se abrem para uma manhã cinzenta e chuvosa no West Village. Tem um buraco negro no meu estômago, que está sempre presente nas manhãs em que tenho um segundo teste. Apresentar-me e ser julgada. É pior que um simples teste de elenco, porque eles já gostaram de mim o bastante da primeira vez para ter me chamado de volta, o que me dá esperanças. Por outro lado, sua avaliação será mais rigorosa dessa vez, o que significa que todas as minhas falhas e limitações não passarão despercebidas.

Consigo lidar bem com as rejeições, obviamente, porque acontece com mais frequência que o contrário, e continuo de pé, afinal de contas. Mas voltar para casa e ter que lidar com a forma inepta de Nicole para me consolar quando perco os papéis requer que eu refaça o teste na frente dela, a fim de tornar minha decepção admissível aos seus olhos. Sob sua perspectiva, fracasso e vitória são indistintos; o que importa é não demonstrar fraqueza, provando que seus pais fizeram um bom trabalho em te educar. Mesmo que se tenha pais extraordinários, parece haver sempre um aspecto geral de nossas vidas que diz respeito somente a eles. Não farei isso quando for mãe. Cometerei outros erros, é claro.

Observo meu reflexo nos espelhos do metrô enquanto o trem segue para seu destino, e me dou conta de que Sloane seria muito mais adequada para fazer o papel de Jolene, a personagem que estou tentando conseguir. Sloane tem peitos de verdade. E todo aquele cabelo louro sedoso da cor de manteiga. E olhos verdes. Verdes mesmo. Não importa o quanto eu interprete bem as falas, minha fisionomia continua sendo apenas a minha fisionomia.

Subo as escadas da Columbus Circus debaixo de uma chuva torrencial, sem conseguir abrir meu guarda-chuva rápido o suficiente, o que não ajuda meus cabelos. Nicole diria que dá sorte, mas não me sinto muito sortuda aquele dia. Não deveria pensar em Nicole agora, deveria me concentrar em Jolene e no que ela sentiria, pensaria e comentaria a respeito da chuva, do cabelo e de ficar presa, tagarelando com uma psiquiatra durante duas horas antes de ter que se transformar em uma pessoa completamente diferente. O que, pensando bem, é uma especialidade da casa.

Subo ao consultório de Emma. A sala de espera microscópica tem decoração superfeminina, e me pergunto se ela, de fato, tirou um tempinho para escolher aquelas flores artificiais bregas, ou se simplesmente vieram com a mobília da sala alugada. Essa cafonice quase me fez desistir quando entrei pela primeira vez para falar sobre meus pais. De alguma forma, porém, depois de entrar, as paredes pareciam feitas de aço, fortes o bastante para guardar meu maior segredo, então deixei que ele escapasse logo nos primeiros cinco minutos. Talvez evitasse falar sobre meus pais, ou talvez quisesse me aliviar de uma vez daquele peso, mas, seja como for, essa decisão repentina me atrelou a ela. Emma é a única pessoa na minha vida que sabe que, todas as noites, sonho ser outra menina.

Acendo a luzinha indicando que o paciente chegou e espero, sabendo que, embora não tenha ninguém no horário anterior ao meu, ainda vá demorar coisa de 3 minutos para que me autorize a entrar. Em 2 minutos e 42 segundos, de acordo com o relógio que meu pai me deu, Emma abre a porta com toda aquela falsa cordialidade e entusiasmo que sempre me fazem questionar por que preciso ser totalmente sincera enquanto ela parece interpretar um papel.

Sempre começa com o mesmo papo furado, para tentar me deixar à vontade.

— Está chovendo à beça — comenta perspicaz.

— Está mesmo. — Participo do joguinho porque gasta uns bons minutos nos quais não tenho que falar sobre Sloane. Por sorte, posso discutir o grande pânico que senti quando Jade apagou na escola, os medos em relação à possibilidade de tumores cerebrais, a tarde de diversão e companheirismo no parque com minha irmã, até o cúmulo de fazer uma imitação do quadradinho de oito no meio do consultório. Continuo o assunto até que Emma me pergunta por que estou tão relutante em falar sobre Sloane naquela manhã.

— Porque foi mais um dia como outro qualquer — respondo, sentando de volta no sofá.

E lá vamos nós. Será que hoje estou brava com Sloane? Como é que posso estar brava com uma fantasia? Simples — não há consequências, e tudo que estou fazendo é ficar furiosa comigo mesma de uma maneira disfarçada e, portanto, mais segura.

Emma defende seu diagnóstico de sempre, no qual caracteriza Sloane como uma fantasia minha, o desejo de uma família e bons amigos e estabilidade, uma vida em uma casa normal, com meu pai carinhoso por perto, onde não há testes, rejeições, dietas, foco constante na minha aparência, minhas técnicas de atuação e mais um monte de afirmações do tipo, estendidas para todos os aspectos problemáticos da minha vida. Atores que chamo de amigos, mas que não são confiáveis, e sim adversários competitivos. Homens que não se dão conta da minha juventude, ou não se importam e querem coisas de mim que obviamente não vou proporcionar, mas me deixam preocupada com a possibilidade de ser castigada por dizer não. Uma vida tão solitária que preciso fabricar amizades e inventar histórias a respeito de cada estranho que encontro.

Refeições sozinha. Caminhadas sozinha. Idas ao cinema sozinha (pelo menos nos filmes para maiores de 18 anos). Nenhum namorado. E ao final de tantos exemplos, a temida palavra "solidão". Ela discursa ininterruptamente sobre como estou me iludindo ao fingir que me sinto satisfeita ou mesmo feliz.

Isso me deixa enfurecida, então tento virar o jogo e encontrar lacunas nessa teoriazinha arrogante. Por que eu mesma não poderia ser uma fantasia de Sloane? Sou atriz; não é esse um dos sonhos de toda menina do ensino médio? Moro em Manhattan em vez de Mystic, Connecticut. Quem está delirando com quem? Minha irmã é adorável, além de ser minha melhor amiga e ter suas próprias "doenças contagiosas" particulares. Minha mãe jamais pega no meu pé, nunca tenta me controlar de forma alguma. Mais importante que isso: o mundo inteiro está cheio de possibilidades para mim. Posso escolher entre morar em Londres ou Paris ou Rio ou China, e não preciso de um plano de fuga para que isso aconteça. Sou a fantasia perfeita para uma garota que quer desesperadamente acreditar que tem escolhas, mas encontra-se afundada numa cidadezinha pequena, dentro de uma casinha confortável, levando uma vida comum.

— Então me diga uma coisa — desafio. — Tudo na vida de Sloane está uma droga e a faz se sentir infeliz. Agora me explique por que eu inventaria isso.

— Você adora falar sobre as liberdades na sua vida — responde a psiquiatra. —Mas essas liberdades são todas exteriores. Emocionalmente, você tem que suprimir muita coisa. Você faz testes para que te contratem, melhora o humor da sua irmã, não consegue confiar na sua mãe e não tem amigos que sejam realmente próximos. Sloane te permite ser egoísta, ter raiva, até mesmo ser injusta, e tudo isso no pacote de uma pessoa basicamente íntegra, cercada por um grupo de pessoas prontas para a amparar. Não sei por que você tem tanta resistência a enxergar isso.

Em seguida, abre um sorriso.

— É claro que sei! — Volta atrás. — Você não quer desistir dela.

— Nem ela de mim.

— Você diz isso pelo receio impulsivo de que, se o equilíbrio se desfizesse por um instante sequer, poderia perdê-la. De uma certa maneira, Sloane é uma ficção saudável. É você na forma da sua amiga mais íntima. Mais até que gêmeas idênticas, vocês sabem todos os segredos uma da outra. Enquanto Sloane estiver em sua vida, você acredita que nunca se sentirá realmente sozinha.

— São trezentos dólares, por favor — digo. E ela ri.

— Maggie, o problema é que isso é um desligamento da realidade, que você defende de todas as formas possíveis. Mas esse tipo de raciocínio, e admito que nunca vi um caso tão peculiar, não conseguirá se manter estável para sempre. Alguma coisa vai mudar. A ilusão pode simplesmente desaparecer, rápida ou lentamente. Ou pode se transformar em um processo de desligamento da realidade de outra espécie à medida que você luta desesperadamente para se agarrar a ele. Estou falando de esquizofrenia, distúrbio de personalidades múltiplas. Maggie, não há cura para esse tipo de doença mental. Depois que ela se instala, não existe volta.

Ela nunca havia tocado nesse assunto antes. Eu me sinto tão assustada que sequer consigo pensar em algo espertinho para responder. Ela está falando sério. Tem um medo sincero dessa possibilidade. Tem medo por mim. O que me leva a pensar numa coisa sobre a qual não tinha refletido antes: ela se importa genuinamente com o que pode acontecer comigo.

— Maggie, se eu pudesse usar uma varinha de condão e deixar você ficar dentro da sua fantasia para todo o sempre, seria muito, muito, muito ruim para você. Dá para você imaginar por quê?

Não dá. E apesar de meu ceticismo e desconfiança costumeiros, quero ouvir a resposta.

— Tentar viver duas vidas impede que você se entregue a uma delas de corpo e alma. Imagine você e Sloane se casando, as duas tendo filhos, e se imagine tendo que explicar esse tipo surreal de bigamia em que você está vivendo. Em que você tem esses outros filhos que são imaginariamente...

— Pare!

Demoro um minuto para perceber que estou chorando. Emma se levanta e se aproxima para me abraçar, e até seca meu rosto com as pontas dos dedos. Eu permito.

Ótimo, agora choro logo antes de um teste importante. Quando a consulta acaba, me tranco no banheiro por uns bons 10 minutos. Arrumo o cabelo e dou um jeito na maquiagem. Estou pronta para o *close*, Sr. DeMille.

Meu teste é no escritório de June Weitzmann, uma diretora de elenco realmente maravilhosa. Impressioná-la é muito mais importante do que conseguir o papel. Sempre tento me convencer desse tipo de coisa quando estou brincando de "manter-as-expectativas-baixas". Assim que ponho os pés no lugar, começo a ser julgada. Até a recepcionista me olha de cima a baixo e não consegue evitar um comentário crítico.

— Oi, sou Maggie Jameson. Cheguei um pouquinho cedo.

— Desculpe? — diz, franzindo o cenho.

— Cheguei cedo. Estou marcada para as 15h. Fico esperando aqui, ou...

— Ah! — Ela força uma risada. — Podia jurar que ouvi você dizer um "porquinho". Quando fizer o teste para Tucker, não deixe de falar claramente.

Ótimo. Valeu pela dica.

Finalmente a moça me leva até um enorme loft vazio, a não ser por duas cadeiras, uma longa mesa coberta de páginas de script e vários *storyboards* encostados na parede. Para minha surpresa, o próprio diretor se encontra ali. O filme mais recente de Tucker Martin ficou em primeiro lugar no Festival de Cinema de Tribeca. Ele é o cara. Parada diante deles, sinto meu coração na boca. E, quanto mais simpáticos June e Tucker são, mais percebo que meu pânico está transparecendo e mais assustada fico. É sério, quero sair correndo dali.

O diretor escolhe uma cena diferente daquela que eu tinha ensaiado, e me permite ler as páginas impressas do roteiro. Dando o devido crédito a mim mesma, já tinha memorizado todas as falas de Jolene, então consigo manter um contato visual constante. Supero minha insegurança e até consigo um desempenho extraordinário. Acho que é porque quero muito esse projeto. Ontem à noite, disse a mim mesma que não era nada de mais. Mas agora, olhando nos olhos de Tucker Martin, as coisas mudaram. Talvez eu seja apenas tão competitiva quanto qualquer outro ator.

Ao terminar, uma pausa. June olha Tucker para ver sua reação. Ele continua a me encarar, o rosto indecifrável. Ela me diz que fui ótima, me agradece por ter vindo e diz que vai me telefonar. Meu coração afunda no peito.

O diretor vira-se para ela e pergunta se podemos conversar a sós. Participei de centenas de testes, segundos testes, leituras de scripts. Aquilo jamais aconteceu comigo. June aperta meus ombros afetuosamente enquanto sai da sala.

— Não vou colocar você no elenco — afirma ele na voz mais delicada possível, levando-se em conta que escolheu um tom franco para me tratar como profissional, em vez de uma garotinha com o coração partido, que aliás sou eu. — Quantos anos você tem?

Minto por dez dias.

— Se quiser ter uma carreira nessa profissão, e se trabalhar duro para isso, você vai conseguir. Não estou dizendo que você tem chances de conseguir; estou dizendo que você vai. E meu palpite é que será mais cedo que mais tarde. Você tem uma elegância e uma sofisticação que não se encaixam com a personagem. Vai chegar o dia em que você terá desenvolvido sua técnica o suficiente para superar esse tipo de coisa.

Quero pular pela sala inteira aos berros de felicidade, de uma maneira elegante e refinada, claro.

— Vamos trabalhar juntos um dia, Maggie. E o prazer vai ser todo meu.

Ando pela cidade na chuva por cerca de 20 minutos imaginando os, ah, vinte, trinta ou quarenta filmes que Tucker e eu faremos juntos durante o tempo da nossa colaboração mentor-protégé. Meus favoritos são uma versão imaginada de *Rei Lear daquelas de cair o queixo*, eu fazendo o papel de Cordélia (por algum motivo cheguei a imaginar Tucker como Lear, me carregando no colo para fora de cena no *grand finale*), e um original meu, em que minha personagem é uma alcoólatra, cega, com apenas uma perna ou quem sabe nenhuma (dependendo do quanto minha técnica tenha se aperfeiçoado), e, ah, é, apaixonada por uma bailarina. Mas é um amor tragicamente não correspondido.

Finalmente, chego ao escritório da *Elle* para pegar algumas roupas emprestadas do infinito guarda-roupa mágico de itens do mundo fashion. Algumas das vantagens de sua mãe estar presa a uma revista de moda inclui acesso a maquiagens e produtos dermatológicos de todos os tipos, ser apresentada a modelos famosas (que são frequentemente tão malcompreendidas pela História quanto, digamos, Genghis Khan), receber passe livre para incontáveis festas, algumas das quais realmente divertidas, ganhar convites para a *fashion week* e carta branca para pegar emprestados mimos que você jamais poderia bancar. Estou precisando deles a fim de me arrumar para uma exposição de fotografias naquela noite.

Jerome, cujo gosto está entre o soberbo e o impecável, me ajuda a escolher um vestido *bandage* da Hervé Léger e saltos lindos de matar de Alexander McQueen, e, quando me olho no espelho, subitamente me esqueço do teste.

Enquanto me visto, Nicole pergunta tão informalmente quanto consegue (o que não é muito) se não estou decepcionada por não ter conseguido o papel. Ahn, imagina, nem um pouquinho. Não queria mesmo. Apenas achei que seria uma delícia passar todas aquelas horas me preparando como doida para um teste.

Falo que minha técnica ainda precisa ser aprimorada, mas que me ofereceram algumas palavras de encorajamento e que estou ótima. Se disser que, na verdade, minha cabeça está nas nuvens de tanta empolgação, jamais vou conseguir sair dali. Lançamentos de exposições nunca dispõem de canapés suficientes, mas eles costumam ser da mais alta qualidade em matéria de gostosura. Parece que não como há dias por conta do nervosismo, e minha barriga parece aquela planta carnívora d'*A Pequena Loja de Horrores*. Alimente-me, Seymour.

Entro na Flowers Gallery, e meu nome está na lista. Toda vestida de *Elle*, sinto-me à vontade. A maioria das celebridades do *high-fashion* não chegou ainda, o que se encaixa perfeitamente no meu plano de arrematar todas as torradinhas de patê de caranguejo que conseguir. A inauguração homenageia a nova coleção de Mona Kuhn, fotografada no sul da França. O cara que é dono de um teatro no circuito off-off--Broadway, onde encenei *Algemas de Cristal* quando tinha 14 anos, é muito amigo do representante de Mona, que é minha fotógrafa favorita, então implorei para que me conseguisse um convite. Claro, posso apenas imaginar a inveja insana que Sloane vai sentir pela manhã. Bem, custa apenas 60 dólares para pegar um trem; ela poderia muito bem vir pra cá.

Na verdade, isso jamais poderia acontecer. Tentei procurar informações sobre Sloane em Mystic, Connecticut. Ela não existe. Meu pai nos levou até lá para passar um mês durante o verão, e eu costumava andar de bicicleta na frente da casa que acreditava ser a dela. Uma família simpática morava ali. Mas não a dela. Estou totalmente convencida de que Sloane fez o mesmo comigo.

Cinco torradinhas e dois aperitivos de cordeiro defumado depois, me sinto empanturrada, o que não é um bom visual para um vestido colado como o *bandage*. Estou bebendo vinho tinto de uma taça que nunca parece esvaziar, pois os garçons são eficientes e sabem fazer seu trabalho na hora de enchê-la. Recuso uma série de drinques oferecidos por vários homens daquele tipo que adora olhar para a parte do vestido onde não há vestido. Será que esses caras acham que a gente não vê para onde os olhos deles estão indo? Isso sempre me surpreende. Nicole diz que obviamente eles sabem, mas não estão nem aí. Nah. Os homens acham que são à prova de balas. E, num momento de ironia máxima, bem na hora que estou me dedicando a execrar os homens do recinto, entra pela porta... Bem...

Ele é alto, o que devo admitir que é um pré-requisito indiscutível (os baixinhos que me perdoem). Seu cabelo é incrível, meio dourado e caramelo, lindamente comprido e comportado, sem necessidade de nenhum produto. O cara do cabelo mágico. Os olhos são quase pretos, mas estou tão enfeitiçada pelo seu carisma que nem percebo que talvez o cabelo seja pintado. E daí? Mantenho minha opinião. Eu o encaro fixamente, sem reservas. E espero para ver no que vai dar.

Começa com um sorriso lento. Não sorrio de volta, mas não pisco. Lá vem ele. E, para minha surpresa, a primeira coisa que sai da sua boca é...

— Você não é Maggie Jameson?

Fico perdida sem ter o que responder. Eis o que me ocorre:

— É, para falar a verdade, sou eu mesma, sim.

Provavelmente a maneira mais idiota que qualquer pessoa já confirmou sua identidade para outra na história da humanidade.

— Estava procurando por você. Na verdade, isso é meio exagerado. Estava procurando por uma menina para interpretar um papel no qual você iria arrasar. Tenho uma pequena lista. Nove nomes. Sendo sincero, o seu estava em sétimo lugar. Mas vendo você aqui, hoje, espero conseguir te persuadir a ouvir o que tenho a oferecer.

Essa é a vida de uma *ingénue* em início de carreira. Será que eu deveria ficar mais revoltada porque o cara ("Thomas Randazzo, nascido Tomaso, claro", se apresenta) não está dando em cima de mim, ou mais animada por ele me cogitar para um trabalho, ou mais desconfiada de que esteja fingindo querer me escalar para poder dar em cima de mim? Decido que, com aquela cabeleira, não precisa de desculpa alguma para flertar com ninguém. E, como sou nova demais (bem mais que 1 ano e 10 dias) para viver essa fantasia, vou torcer para que esteja mesmo querendo me contratar.

— Trabalho para a Rosalie Woods. Estamos fazendo testes de elenco para uma série do horário nobre da ABC.

Rosalie é uma diretora de elenco de primeira importância no planeta Terra e galáxias vizinhas. ABC é um canal de TV internacional. Estou literalmente me beliscando para verificar se, de alguma forma, isso não é um sonho dentro de um sonho.

— É baseado na série de livros *Innuendo*. Tenho certeza de que você já ouviu falar.

Para aqueles que acabaram de sair de um coma prolongado, a série de livros *Innuendo* (até agora são cinco) tornaram os vampiros obsoletos em termos de romance adolescente. Devorei todos em um fim de semana. São bem escritos, profundos e muito sensuais. A guerra de lances e ofertas feitas pelos direitos do filme foi divulgada na imprensa à exaustão.

— E você tem a simples tarefa de encontrar a Lara perfeita.

— Com certeza. Não é você. Você nasceu para fazer Robin.

Robin é, quem sabe, a quarta personagem principal, uma... gata, por assim dizer, mordaz, rebelde, não convencional, de espírito livre. Lisbeth Salander, mas elegante e refinada.

Thomas me entrega um cartão. Alguns homens podem chegar ao cúmulo de fazer cartões de visita como aquele só para se dar bem. Porém, penso mais uma vez, não com esse cabelo.

— Não divulgamos nada ainda. Precisamos esperar Macauley Evans acabar o filme que está rodando na África do Sul. É ele quem vai dirigir o piloto e, portanto, será um elemento-chave na hora de decidir o elenco.

Recobro meus sentidos.

— Thomas, estou quase sem palavras. A chance de fazer o teste para Robin é uma oportunidade que eu nunca poderia imaginar.

— Não seja tão modesta, especialmente com esse vestido.

Sinal vermelho. Talvez essa conversa não seja sobre o papel, e mais sobre o vestido colado. Ou pode ser que esteja apenas comentando que não estou demonstrando ser exatamente um botão de rosa recatado naquela noite. Não que ele esteja azarando meus atributos. E como se pudesse ouvir meu debate interno, retoma o assunto trabalho:

— Vi você em *The Mamet* na HBO.

Uma cena. Quinze falas. Se espirrasse com força, nem teria notado.

— Você nocauteou Andy Garcia. E eu pensei, era isso que Emmy Rossum devia ter feito em *O fantasma da ópera*. Depois me lembrei de tê-la visto interpretando o papel de Holly Golightly no verão em Berkshires e de ter te achado deslumbrante. Audrey Hepburn com 16 anos.

Quinze. Por pouco.

— Eu tenho um instinto, quero dizer, como você sabe, é assim que se trabalha nesse ramo. Você percebe aquele brilho especial, e, pronto, tudo se encaixa. Sei que estou falando como, sei lá, um agente. Desculpe, vai.

Um sorriso tão bonito quanto os cabelos. Ele me olha, à vontade, agradável.

— Tenho alguns papéis em mente que seriam excelentes pra você. A gente deveria se encontrar qualquer hora dessas para conversar sobre isso.

Qualquer hora. Qual hora seria?

— Mas, de qualquer forma, vamos concretizar Robin primeiro. Engraçado ter esbarrado com você hoje. Eu não estava planejando vir aqui. Na verdade, tenho que dar um abraço na Mona e sair correndo para um compromisso no Standard.

Gosto do Standard. Gostaria de ir ao Standard. Me convide para ir ao Standard! Ele estende a mão. A mão! Todo cavalheiro e profissional.

— Foi um prazer te conhecer, Maggie. A gente se fala.

Cumprimento-o. Ele faz o aperto de mãos durar um pouco mais do que deveria. Depois dá um aceno ligeiro. E vai embora.

Ou esse cara tem tanta manha que acabou de me enganar com seus poderes Jedi ao me convencer de que não estava dando em cima de mim e ao mesmo tempo me fazer acreditar que gostaria que estivesse, ou acabei de ficar a fim da pessoa que pode abrir as portas de grandes oportunidades para mim.

Esse negócio de vestido *bandage* não tem bolsos. Então tenho que ficar segurando o cartão pelo resto da noite. Como se eu fosse mesmo telefonar.

CAPÍTULO QUATRO

Sloane

Tem um pardal preso na sala onde fazemos a reunião de turma. Entro pouco antes do sinal tocar, e os alunos parecem todos em pânico porque o pobrezinho está batendo o corpo contra o vidro de uma janela parcialmente aberta, numa tentativa desesperada de escapar. Ninguém sabe o que fazer. Alguns abanam livros na direção dele, muitos gritam, desorientando ainda mais o passarinho.

— Parem — diz uma voz calma atrás de mim.

Consigo ver apenas os contornos do corpo, iluminado por trás pela porta aberta. Em seguida, ele entra na sala. Um rosto de uma beleza tão impressionante que chega a fazer minha respiração parar de verdade. Uma beleza tão poderosa, que a admiro como se fosse algo independente, sem sequer fantasiar estar próxima dela intimamente. Engasgo de leve, mas ninguém percebe. Essa é a prova de o quanto ele capturou a atenção de todos.

O desconhecido se dirige à janela com sua presença dominadora, e o restante da turma recua. Àquela altura, o pardal está agitando as asas em frenesi histérico contra o vidro. O garoto estende as mãos vazias e gentilmente envolve a criatura aterrorizada. Ela parece se acalmar ao toque, de algum jeito. O menino simplesmente coloca os braços para fora da janela e liberta o pássaro, que foge dali em disparada, sem nem agradecer. Ele continua parado por um instante, as costas viradas para mim, esquecido do resto das pessoas, simplesmente assistindo ao passarinho voar para longe.

Depois se dirige para uma das carteiras na parte de trás da sala. Agora, todos os olhos estão fixos nele, o novo aluno que acaba de realizar o Milagre do Pardal. Tira da bolsa um exemplar surrado de *O processo*, de Kafka, um dos meus favoritos. Mas não é essa escolha de leitura extracurricular que me deixa hipnotizada. É algo mais misterioso, e talvez mais sombrio, que o próprio livro.

Ele está lendo como se estivesse sozinho no mundo. Parece não estar ciente da nossa presença — e menos ainda interessado. Não há nada na quietude absoluta de seu rosto lindo que sugira arrogância ou vaidade, e isso manifesta uma aura de poder interior ilimitado. O mais impressionante, porém, é que parece haver algo sinistro sobre ele. Uma ameaça. Embora eu não esteja certa do que possa estar em risco.

Diferente de Maggie, não tenho experiência com atuação, exceto por um curso de verão que fiz no Stagedoor Manor em Catskills. Resolvi me matricular porque sabia que estudar teatro me ajudaria a criar personagens. Escrevo contos desde os 6 anos (admito, eram contos bem curtos). E, quando tinha 8 anos, finalmente tive coragem de escrever um sobre meu grande medo. Não era um pesadelo; era um terror vigilante que costumava me impedir de dormir. Tinha um feiticeiro flutuando do lado de fora da janela do segundo andar lá de casa. Era invisível, e, ainda assim, eu sabia exatamente como eram suas feições. Porque ele queria que eu soubesse.

Era idêntico a esse menino sentado na minha sala de aula, lendo Kafka. Ou acabo de me dar conta disso, ao mesmo tempo que minha pele se arrepia. Sabia que, se um dia baixasse a guarda, o feiticeiro entraria pela janela, na minha cama, e me dominaria. Criei rituais à noite para mantê-lo afastado. Escrevi histórias a respeito dos rituais, que sempre deram certo. Existem onze deles ao todo. Imaginei com frequência se um dia teria coragem de escrever uma história em que não funcionariam.

Não o conheço, mas de alguma forma, conheço. O bastante para não gostar dele. Sei que jamais vou gostar. Nada pessoal. Não é um julgamento de valores. Apenas um fato tão verdadeiro e incontestável quanto a gravidade.

O professor Sanchez apresenta o lindo novato como James Waters. Em seguida, começa a ler todos os avisos mais insignificantes já concebidos por coordenadores de classe. Nosso futuro prevê simulações de incêndio, gincanas para arrecadação de verba (o horror!), o estabelecimento de regras para a baboseira que é nossa "maratemática" (a maratona de matemática), a inscrição para as vagas de monitores, avisos de que não teremos mais polenta de almoço no refeitório, porque foi complicado demais limpar as paredes depois do "incidente" de quinta-feira passada. E, enquanto tudo isso acontece, cada célula do meu ser está concentrada no menino de beleza incomparável, sentado seis fileiras atrás de mim. Sinto como se aqueles olhos cinza-claros estivessem perfurando minha nuca, apesar da minha certeza absoluta de que ele sequer notou que eu existo. É nesse momento que o querido Sr. Sanchez espanta James Waters da minha cabeça.

— Sei que vocês todos estão... acho que o termo correto é "ansiosos", pela chance de honrar a memória de William Rainey no estádio de atletismo na tarde da próxima sexta. Nunca tive o prazer de conhecer Bill pessoalmente, mas ouvi muitos alunos e professores falarem de sua inteligência, gentileza, afeto e, claro, aptidão atlética. Acho que todos sabem que sua colega aqui, Sloane Jameson, será uma das principais oradoras no evento...

Todos se viram para me encarar. Alguns chegam até a girar a cadeira para ter uma visão melhor. Seria um alívio se o chão sob minha carteira se abrisse e eu pudesse despencar até o inferno.

— Não tive a chance conversar com Sloane a respeito disso ainda...

Vamos continuar assim.

— ...mas tomarei a liberdade...

Opa. Nunca é um bom sinal.

— ...de sugerir que qualquer um de vocês que tenha uma lembrança ou história para contar a respeito de Bill, quem sabe alguma coisa engraçada, ou emocionante, mas certamente interessante...

Será que simplesmente desejando com toda força que eu morresse naquele instante, consigo fazer isso acontecer? Um aneurisma, talvez?

— ...Pode ser por e-mail ou mensagem de texto ou tweet, ou vocês podem até ousar telefonar para Sloane com suas histórias, no caso de ela querer incluí-las em sua fala. Essa homenagem é para todos os alunos. E sem querer colocar a pobre da Sloane sob os holofotes...

Tarde demais.

— ...sei que ninguém aqui vai pensar mal dela se uma história em particular acabar não entrando. Sloane, você já preparou seu discurso?

— Será que a gente poderia voltar ao assunto da polenta?

Uma voz ri do fundo da sala. E, mesmo que não seja descaradamente cruel, sei que está zombando da minha tentativa fracassada de ser bem-humorada, e me sinto mais humilhada do que posso expressar. Não sabia que era humanamente possível ficar corada durante 13 minutos. Cor e temperatura corporal normais não retornam à minha pele até o sinal tocar, indicando o fim da aula, que é o momento em que disparo para fora da sala em direção ao banheiro feminino para jogar água fria no rosto.

A facilidade com que fico envergonhada é uma desgraça. Mas esse incidente foi intolerável, especialmente em se tratando do assunto em questão. James Waters foi o único a rir alto, mas, para mim, foi como se a classe inteira estivesse me zoando e dando risinhos do meu constrangimento.

Ao entrar em cada uma das minhas aulas do dia, faço uma oração ateísta sincera, rezando para James não estar na sala. Não está em francês, cálculo, história europeia, nem física. Ando de cabeça baixa nos corredores o dia inteiro, tentando me tornar invisível. Ao me dirigir para o almoço, percebo que, como meu quinto tempo está livre para estudar, o único risco que ainda corro será no sexto: literatura. A parte imprevisível é o horário de almoço. Tenho apenas que evitar vê-lo ou deixar que ele me veja.

Lila e Kelly estão na colina. Junto-me a elas e me jogo na grama, como se tivesse chegado a um território protegido em um pique-pega comigo mesma. Não é como se tivesse um alvo pintado na blusa. Não é como se ele ou qualquer outra pessoa lembrassem o que aconteceu na sala a essa altura. Se manca, Sloane. Só preciso tirar o cara da minha cabeça

Não vai rolar.

— Você viu o cara? — Lila está praticamente evaporando

— Ele quem?

— O filho do Johnny Depp com a mulher mais bonita que já pisou nesse planeta, não importa quem seja. Ou quem foi.

— Bem, para com esse suspense!

Kelly cutuca meu ombro. Aponta. Não está mais que 6 metros distante de nós. Não está sentado isolado e sozinho em algum trono demoníaco, como eu havia imaginado, em vez disso, está à mesa de piquenique com um grupo de alunos, entretido em uma conversa amigável.

— Ah, o garoto na minha reunião de classe. O que tem ele?

Kelly não engole meu tom descompromissado.

— Dá um tempo na falsa imagem de descoladinha indiferente. Se você não quer admitir que o cara é uma obra de arte, quer dizer que está tão a fim dele que encontra-se temporariamente incapacitada de mentir de forma convincente.

Finjo me dedicar a uma longa e séria análise interpretativa da obra de arte em questão.

— Bem, comparando com o Erva...

— Isso não se faz. Ele é um cara muito digno e até bem gatinho.

— Hmm, só não coloque ele perto desse filé numa foto de grupo se você quiser convencer alguém disso.

— Então você admite que ele é gato — rebate Lila.

— Bem. Ele é mais... diferente... que gato. Ele tem uma coisa meio James Franco, embora menos perfeito. Quem sabe James Dean. Só que mais bonito. Acho que talvez um pouco demais para o próprio bem. Ele tem essa beleza que deve provavelmente mudar com o ângulo e a luz, então deve ser interessante de fotografar.

— De preferência sem roupa — acrescenta Lila. — E ainda mais preferivelmente se eu estiver segurando a câmera.

— Ou segurando outra coisa — sugere Kelly.

Kelly é a única de nós três que já fez sexo de verdade. Em oposição a, imagino, sexo virtual. Lila é linda e muito religiosa, o que resulta em uma tarada incorrigível. Seria a presidente do Clube Tudo Menos a Coisa em Si se existisse. Ela realmente acredita que está se guardando para o casamento. Uma definição engraçada de "se guardar", uma vez que só guardou uma coisa de fato.

Quanto a mim, sou virgem por uma razão em particular.

Kelly puxa uma mecha de cabelo para trás da orelha de Lila e revela:

— Desculpem, mas tenho más notícias. Ele já é propriedade da, rufem os tambores... Amanda Porcella.

— Não pode ser verdade — retruca Lila. — Porque, como católica, sei que existe um Deus no Céu.

— Eles viajaram juntos para Outward Bound no verão antes do primeiro ano. Os pais dos dois trabalham na Pfizer. A mãe e o pai dele são divorciados, e ele morou com ela em São Francisco esses anos todos, mas agora que a mãe vai casar de novo, veio ficar com o pai.

— Bem, nunca fui para Outward Bound — começa Lila. — Mas acho que precisa de mais do que construir uma cabaninha com alguém para ser "propriedade" de outra pessoa.

— Depende do que você faz na cabaninha depois da construção.

— Ok, agora eu sei que você está mentindo, porque Amanda faz catecismo comigo desde que a gente tinha 6 anos, e eu tenho certeza de que ela jamais chegaria às vias de fato antes do casamento... por motivo nenhum.

Kelly se vira para o menino, apontando.

— Caros membros do júri, apresento-lhes a prova A.

Observo James. E por nenhuma razão em especial, digo:

— Não consigo ver um cara como ele saindo com Amanda Porcella. Ela é a rainha do baile. É popular, cheia de amigos e extrovertida. Não entendo como ele acharia interessante uma menina assim.

— Sloane, deixe eu te apresentar a uma espécie chamada "sexo masculino". Ela é bem interessante.

— Não para ele. — Em seguida, sem pensar, digo: — Isso não sou eu querendo ser "descolada", e não é inveja. Tem alguma coisa naquele garoto que...

Kelly parece interessada. Ela me estuda enquanto o observo.

— Está escrevendo uma história sobre ele enquanto conversamos?

— Claro que não.

Ela ri.

— Mentira. Ok, mas, se estivesse, quem seria ele?

Reflito por um momento enquanto o observo conversando com o grupo, comendo o sanduíche, alheio ao fato de que Amanda se inclinou em sua direção com a esperança de receber alguma atenção.

— Ele faz o tipo que nunca vai se entregar de verdade a ninguém. Então nunca poderá fazer ninguém feliz.

— Uau! — Lila exclama pelas duas, e me sinto um pouco constrangida por dizer algo tão pretensioso e fazer um julgamento assim tão, vamos dizer, cruel. — A boa notícia é que não vou competir com você e, até onde sei, eu adoraria um pouquinho de infelicidade. No pacote certo.

Kelly vira-se para mim.

— Você pode estar apenas inventando mais uma das suas histórias, mas acho que talvez esteja certa.

No mesmo instante, o garoto que não poderia ter ouvido nada do que estávamos falando, gira o corpo lentamente. E olha direto dentro dos meus olhos. Em seguida, vai embora.

São os olhos de um atirador de elite, ou até de um assassino. Mas, também, acabamos de ler *An Occurrence at Owl Creek Bridge*. Seja como for, o que significa ter os olhos de um atirador de elite? Que ele é uma pessoa analítica? Calculista quando está sob pressão? Ou tem sangue frio? Coração de pedra? Acho que aqueles olhos cinzentos não absorvem luz alguma, não refletem cor nem vida. Fica tudo contido lá dentro. Não se importam com você. E por isso mesmo se tornam fascinantes, pois somos impelidos a decifrar o indecifrável?

Sexto tempo. A carteira do meu lado está inexplicavelmente desocupada. Percebo que estou fazendo um dos meus 11 rituais. Movo os polegares na direção dos dedos das mãos respectivas em um padrão complicado que memorizei. Indicador, anelar, mindinho, médio, mindinho, mindinho, anelar, e de novo e de novo. O som do sinal é um alívio. Termino e me inclino para baixo a fim de pegar o livro.

É aí que ele entra. E senta ao meu lado.

— Hoje nós damos as boas-vindas a James Waters, um aluno que chegou transferido da Califórnia — anuncia a Sra. Lambert. — James, estamos terminando nossas considerações finais a respeito da relevância do *Grande Gatsby* para a dinâmica entre o homem e a mulher em termos de romantismo, classe e status social, as relações de poder e as ferramentas que cada gênero usa. Então, para o fim de semana, se você puder ler a primeira parte de *O som e a fúria*, nós começaremos a discussão na segunda. — James assente como se já tivesse lido, e eu imediatamente me estico na carteira. — Então, gente, o que é que vocês acham de Daisy? Ela ainda existe nos dias de hoje?

A professora olha ao redor da sala. Nenhuma mão levantada. O que não é incomum. Estão esperando que eu fale. Estão sem sorte hoje.

— Sloane? Entrou em coma? Acho que ninguém aqui vai saber o que fazer se outra pessoa tiver que falar primeiro. Daisy ainda existe nos dias de hoje?

Eu gostava da Sra. Lambert. Até agora, na verdade. Mas de jeito algum vou voltar a falar na aula dela. E diretamente da cadeira a minha esquerda...

— É claro que existe. Já namorei uma. — Gargalhadas enlouquecidas. Inclusive da professora, aparentemente mais uma presa fácil do charme do novato. Maldita. Sem nem perceber que meu cérebro se desconectou da minha boca...

— Enquanto os homens preferirem ficar com mulheres que considerem intelectualmente inferiores a eles, Daisy vai continuar a existir.

— Meu Deus, nós temos um debate. E a defesa diz?

James vira-se para mim, mas mantenho o olhar fixo na Sra. Lambert.

— Srta. hmm...

Diabólico. Claramente não se lembra do meu nome da reunião de classe, ou pelo menos não do meu sobrenome. Agora sou obrigada a olhar para ele e responder. O feiticeiro faz escorrer as primeiras gotas de sangue. Viro-me para os olhos cinzentos, tentando parecer completamente natural e despreocupada, o que não é algo que se pode "tentar" fazer.

— Jameson. Não sei bem qual é a relevância desse comentário para a pergunta que você não começou a responder. — Zing.

— Não me fizeram pergunta alguma, na verdade. Me pediram para fazer a defesa de uma personagem feminina complexa. E estou imaginando por que você pensa que Daisy é inferior intelectualmente a qualquer outra personagem naquele livro. Srta. Jameson.

— Você por acaso leu o livro?

— Não só li, como também sei fazer a distinção entre uma pessoa burra e uma pessoa sonsa.

As pessoas chegam a aplaudir. Jamais me dera conta de que era odiada pelo resto da turma. Este é o pior de todos os momentos possíveis para descobrir.

— E então? — A Sra. Lambert está amando tudo isso.

— Se você diz. Enquanto vocês preferirem ficar com uma garota sonsa, Daisy vai existir.

— Uma tática de debate interessante. É como se você estivesse torcendo para todo mundo concordar com o fato de que a característica que você mais detesta na personagem equivale àquela que os homens acham mais atraente. Eu adoraria que você listasse o que te atrai nos homens.

Isso é seguido de uma cacofonia de sons animalescos tão nojentos e prolongados, que a Sra. Lambert, a traidora, tem que gritar pedindo ordem. Minha raiva me encoraja:

— Bem, deixe-me ver... Olhos verdes. Cabelos claros. Pele macia. As partes típicas do corpo humano acondicionadas num pacote bem-definido. — Os ruídos animais retornam, mas agora estão do meu lado. — O que não significa nada.

— E o que você possui de significativo?

— Tática interessante, tornar seu oponente o assunto do debate. Infelizmente, não fui eu o objeto de fascinação do Fitzgerald.

— Ok, justo. Minha avaliação de Daisy é que ela se preocupa com os próprios objetivos e não pede desculpas por isso. Ela pode ter muitas características que nem mesmo Fitzgerald aprova. É negligente, imprudente, usa seu charme para manipular as pessoas, é superficial e prefere coisas materiais ao amor romântico. Mas está no controle. Talvez a tolice dela seja um disfarce espetacular para conseguir o que quer.

A turma aguarda minha resposta. Infelizmente, sei que ele tem razão. Reduzi a história a níveis de simplicidade extremos demais.

— Nunca interpretei dessa forma antes. Mas, quando alguém não se importa com ninguém a não ser consigo mesmo, a pessoa pode ter mais poder, ou até ser mais interessante, mas não será uma companhia digna. — Observo-o refletir sobre meu argumento.

— Talvez. Mas por que a condição de ser uma companhia digna se classificaria como uma qualidade admirável? Porque é importante que outras pessoas queiram estar próximas a você? Acho um caminho perigoso. Não julgo o valor dos outros pela popularidade.

— O egoísmo de Daisy torna impossível para ela criar um laço verdadeiro com outra pessoa. Se você está defendendo alguém assim, admirando, namorando, seja lá o que for, isso não significa que você não valoriza os laços entre as pessoas?

Sinto a plateia ficando contra mim outra vez, como se, de alguma forma, tivesse distorcido uma discussão interessante, transformando-a em um ataque pessoal. Até parece. Ok, eu meio que transformei mesmo. Mas ele começou, acho. E, mesmo que não tenha sido o caso, como assim, agora devo ficar calada enquanto sou esculachada numa aula de literatura?

— No fundo, provavelmente estamos discutindo isso. A razão primordial para as conexões românticas serem tão complexas é que os homens transformam as mulheres em meros objetos. Para Tom, Gatsby e Nick, e provavelmente para todos os membros do sexo masculino em geral, tudo se resume a eles. As mulheres preenchem um espaço na vida deles, e esse é o único valor que elas parecem ter. Basicamente, a mulher constitui apenas uma parte do relacionamento do homem com ele mesmo.

— Então toda a culpa recai sobre você e seus camaradas.

— A não ser pelo detalhe de que não poderíamos ser os filhos da mãe que somos se vocês não deixassem. As mulheres permitem esse tipo de comportamento desde o começo dos tempos. Daisy é, na verdade, o homem no livro. Ela está usando Tom para conseguir dinheiro, status e segurança. Está usando Jay para se sentir amada. Nick para se sentir venerada e valorizada.

E essa é Amanda Porcella?

— E como ela usou você? — Não consigo resistir.

— Sloane... — A Sra. Lambert começa a interromper, mas James apenas olha para mim como se o restante da turma não estivesse lá e responde.

— Acho que nós usamos um ao outro. Leia o poema de Rilke sobre dois indivíduos vivendo lado a lado, que podem crescer se conseguirem amar a distância que existe entre eles, que possibilita que se enxerguem inteiros novamente no céu.

— Eu li. Na quarta série.

Muitas risadas bem-humoradas. Só para me enlouquecer, algumas dele mesmo.

— Então você sabe que propõe que embaralhar os limites da individualidade em uma tentativa desesperada de se manter conectado com o outro acaba sendo, ironicamente, o maior inimigo para estabelecer um verdadeiro vínculo.

Todos os olhos pra mim.

— Tenho que admitir que concordo.

Ele se vira para a Sra. Lambert.

— A gente tem algum tipo de placar nesta aula?

Ela ri.

— A partir de hoje.

Segue até o quadro negro, escreve *J* e *S*, e coloca um ponto sob o *J*. Aplausos entusiasmados irrompem. E eu devia estar me sentindo uma grande derrotada. Estranhamente, porém, estou empolgada porque sinto algum tipo de ligação com ele, ainda que, momentos atrás, essa fosse a última coisa passando pela minha cabeça.

Apesar de todo seu ar de superioridade, e o fato de que tinha acabado de me detonar, ele me enfrentou de igual pra igual. Talvez acabemos construindo uma relação cheia de espinhos, mas também de respeito mútuo. Enquanto a Sra. Lambert passa o restante da aula chamando os outros alunos para fazer comentários, eu passo o tempo que sobra elaborando assuntos alternativos para continuar conversando com ele assim que o sinal tocar. Que conveniente ser o último tempo de aula. Talvez a gente acabe o dia no Marble, bebericando cafés aromatizados com xarope de baunilha e dissecando a genialidade de *O processo*. Na verdade, ele provavelmente bebe café espresso. Ou simplesmente café puro, preto. Nada muito doce ou com espuma.

O sinal toca.

James se levanta sem nem olhar para mim. Para na mesa da professora. Diz algo que provoca uma risada, enquanto os olhos dela viajam involuntariamente até mim.

Em seguida, simplesmente sai. Vai embora da sala. Para longe de mim. Do nosso futuro cheio de espinhos e respeito mútuo. De qualquer universo que eu venha a habitar.

CAPÍTULO CINCO

Maggie

O telefone está tocando quando volto para casa depois de um teste para um comercial de um canal de TV aberta, cheio de jovens atores. Mesmo não se caracterizando como arte de alta qualidade, conseguir o papel da Mulher com Dor de Cabeça ou Garota Bebendo Coca-Cola garante uma grana razoável. E sou uma atriz que precisa trabalhar. Além de esperta o bastante para saber que ter uma reserva de dinheiro, para o caso de qualquer dia querer cursar uma faculdade, não é má ideia.

Quando larguei a escola para fazer meus testes e trabalhar, meu pai se dedicou a me ensinar em casa. Criou todo um esquema de aulas programadas e lições, me guiando até a "formatura". São especializadas e divertidas, além de elaboradas sob medida para mim por alguém que realmente entende como meu cérebro funciona. Já tinha passado por todos eles, fichários após fichário de cada matéria, quando completei meus 16 anos. Nesse último ano, tenho enrolado para fazer o exame do supletivo e simplesmente colocar um ponto final nisso tudo; receber o diploma do ensino médio. Pela segunda vez, estou com data marcada para fazer a prova, então tento me forçar a dar uma olhada no material de estudo todos os dias. É fácil encontrar distrações que me impeçam de sentar e me concentrar. Como esse telefone idiota tocando.

— Não, ela não está. É a filha dela quem está falando.

A voz no outro lado da linha pergunta incrédula:

— Jade?

— Não, é Maggie, a irmã mais velha de Jade. Alguma coisa errada?

— Temos que remarcar a ressonância magnética da sua irmã...

A o quê da minha irmã?!

— ... porque o Dr. Strong tem uma cirurgia amanhã à tarde, então vai precisar atendê-la na parte da manhã.

Silenciosamente engulo o terror e a fúria que sinto daquela irresponsável da Nicole enquanto me recomponho e organizo meus pensamentos.

— Hmm, minha mãe não me falou nada disso. Você pode me dizer qual é o motivo da ressonância?

— Desculpe, gostaria que fosse permitido. Tem algum outro número em que eu possa falar com sua mãe?

Quando chego ao escritório da *Elle* para acertar as contas, Nicole está sentada à mesa, obcecada com um artigo intitulado "Limpeza de pele elétrica: a nova melhor amiga do Botox", porque tratamentos dermatológicos e Botox são muito mais importantes que estar disponível para as filhas. O layout aberto da redação transforma o lugar num ótimo ringue para nossa briga. Jerome até coloca um saco de pipoca para fazer no micro-ondas da cozinha, e os pés, para cima, a fim de assistir de camarote.

Nicole declara e sustenta o argumento de que manteve aquilo em segredo para que eu "não ficasse preocupada". Ou reagisse de uma maneira exageradamente dramática como, ela demonstra, estou fazendo naquele exato momento. Pergunto como essa estratégia brilhante está funcionando para ela. Também pergunto se vai me adiantar dinheiro suficiente para comprar passagens de ônibus a fim de que eu possa levar Jade até algum lugar bem distante dela e, assim, não tenhamos que vê-la nunca mais. Ouço uma risadinha da editora da seção de beleza da revista, alocada a 3 metros de nós.

Suponho que grande parte da razão da minha revolta é alimentada pelo fato de que, para todos os efeitos, pareço ser a "mãe" de Jade por mais que metade do tempo. Tenho uma responsabilidade enorme nas costas e agora estão me deixando por fora de informações e decisões cruciais que afetam sua vida.

Nicole comunica em seu irritante tom condescendente que ela classifica como "ponto pacífico" que será um exame completamente rotineiro. O protocolo médico requer uma investigação por imagem a fim de descartar "qualquer problema estrutural" antes de compactuar por completo com a dieta de Snickers.

A gota d'água é que, quando questiono como devemos contar tudo isso a Jade, ela me informa que já conversaram sobre a consulta há alguns dias, e que combinou:

— Não diga nada para sua irmã. Você sabe como ela se preocupa à toa.

Fico enlouquecida. Logo em seguida, Nicole tem a audácia de me lembrar que é minha mãe (considerando a maneira como se comporta, suponho que um lembrete seja realmente necessário) e também a mãe da Jade (certo), e que não está gostando das palavras que estou usando, nem do meu tom de voz.

Uma vez que não estão dando muito ibope, pego meu discurso e minha enunciação e a pipoca de Jerome, e disparo como um raio pela porta. Como não queria ficar sob o mesmo teto daquela mulher, ligo para alguns amigos da aula de teatro e acabo dormindo na casa de Jason, pois ele passa a maior parte das noites na casa do namorado e precisa que alguém dê comida para sua gatinha. Dorothy (batizada em homenagem à personagem de Bea Arthur na série de TV *Supergatas*, a favorita de Jason, mas que ele só começou a assistir quando as repri ses ficaram na moda) me escuta com atenção total enquanto explico minha situação. Responde ronronando, se esfregando e aconchegando em mim. Poderia facilmente começar a vir falar com Dorothy em vez de Emma.

Ignoro as ligações da minha mãe. Dorothy e eu, porém, ouvimos as mensagens na caixa postal. Minha preferida, que salvei ao invés de apagar abruptamente para o caso de um dia precisar pedir guarda não compartilhada, me pergunta se eu poderia levar Jade ao hospital na hora marcada, e ela nos encontraria lá depois para não perder uma reunião de equipe. Isso vindo da mulher que não planejava sequer me contar a respeito da consulta. Para qualquer um à procura de um exemplo de dissonância cognitiva, gostaria de apresentar minha mãe.

Ela que perca a porcaria da reunião.

Subitamente, meus olhos passam pelo criado-mudo de Jason, e noto o segundo livro da série *Innuendo* sobre ele, como se fosse um sinal divino. Com um empurrãozinho da minha amiga peluda, e entupida da raiva que sinto de Nicole, disco o número de Thomas. Aliviada porque ninguém atende, deixo uma mensagem afirmando que adoraria me encontrar com ele para discutirmos as oportunidades sobre as quais tínhamos comentado. Me enrolo um pouco no final, dizendo:

— É Maggie Jameson, a gente se encontrou na exposição de Mona Kuhn. — Percebo tarde demais que já tinha dito isso no começo. Aperto o 3, esperando a moça da AT&T me interromper e perguntar se quero apagar e regravar a mensagem, mas aparentemente ele usa uma operadora diferente. Então agora tem vários "bipes" e um sutil "merda" para arrematar a gravação. Não vou ficar prendendo a respiração enquanto espero notícias do Cabelo Mágico.

Chego ao hospital uma hora antes do combinado. Quando as duas entram, pego Jade e começo a conversar apenas com ela sem sequer constatar a existência de Nicole. Ela me diz que está com medo de ficar presa no túnel, mas que não falou nada para mamãe porque sabe como ela fica toda preocupada. É nisso que dá quando os pais pedem para crianças de 7 anos de idade guardarem segredos dos adultos. Asseguro a Jade que vou resolver tudo entrando com ela na sala e segurando seus pés enquanto faz o exame, e assim vamos ficar conversando secretamente entre os dedos dos pés dela e os meus dedos da mão. Ela aprova a ideia, embora preferisse que eu pudesse lhe fazer companhia dentro do túnel de uma vez.

Ela se comporta muito bem. Seus dedinhos lindos do pé e os meus dedos da mão têm uma conversa em código Morse e escutamos os sons martelando na máquina, um pouco mais altos que os do meu coração preocupado.

Jade, claro, está ótima. O exame foi apenas protocolar, mas me traz uma paz de espírito saber que não há nada de errado. Prendemos as imagens do seu cérebro, resultantes da ressonância, na porta da geladeira, e eu rabisco com uma canetinha: *Não tem nada aí dentro.* Jade acha graça. Perdoo Nicole. Os Snickers se tornam o quinto grupo alimentar da minha irmã. E tudo volta ao normal. A não ser pelo fato de que agora penso na mortalidade de todos nós com muito mais frequência que antes.

— O que você quer dizer com isso? — pergunta Emma na sessão seguinte.

— Bem, deixou de ser uma questão apenas se eu ou Sloane vamos desaparecer um dia. Jade corre risco também.

— Se você desistir de Sloane, não vai ter mais que se preocupar com Jade. — Recosta-se na cadeira e me diz: — Você está mergulhada numa fantasia de alto custo. Está começando a entender o preço real, e tem mais por vir.

O que me soa enigmático e profético. Mas e se ela estiver certa?

Levo meu desaforo e depressão ao parquinho para cachorros da Washington Square com o Yorkshire de Jade, Boris. Ela está dormindo na casa da melhor amiga, Tomiko, então sou a escrava de Boris enquanto isso. Não gosto dele. Provavelmente jamais vou gostar. Não passa de um cachorro em miniatura e nunca me fez nada de mal, de modo algum. Só não gosto da sua atitude, que é grande o bastante para mal caber em um hangar de aviões, mas também o acho feio, o que é exacerbado pelo fato de que todas as mulheres que encontramos (e homens com tão pouco jeito para paquera que usam um cachorro para dar em cima de alguém) insistem em comentar como Boris é um fofo. Não é.

Gosto de cachorros grandes. Grandões mesmo, daqueles peludos que adoram quando você dá tapas carinhosos nas suas costas, porque mal conseguem sentir. E babam tudo, são completamente nojentos e ficam supertranquilos, fingindo que babacas como Boris podem assustá-los. Porque possuem aquilo que mais admiro nos cachorros e nos homens. Autoconfiança.

Então, quando vejo um garoto de aparência perfeitamente aprazível sendo intimidado por uma vadia que se acha a gostosa, sinto vontade de olhar para o outro lado. Não tenho certeza de por que não olho. Tem um casal do outro lado da pista de grama, sem qualquer cachorro à vista, se preparando para a gravação de um vídeo caseiro ou coisa assim. Eles se instalaram num banquinho ótimo sob um dos carvalhos cheios de folhas. O cara está ajeitando a iluminação e as lonas para substituir a luz natural do sol pelos ângulos de luz específicos que deseja. E ela está reclamando no ouvido dele o tempo inteiro, como se soubesse do que está falando. Já frequentei sets o suficiente para estar certa de que ele sabe, e ela, não. A garota, no entanto, é linda, o que me deixa apreensiva. Sempre que vejo uma atriz com beleza superior à minha, tento resistir ao impulso de virar o macho-alfa, mas jamais consigo. Convencida de que ela não poderia ter talento algum, sigo meu caminho, torcendo para perder Boris em algum momento e concluindo que não tenho nada a ver com isso. Tenho certeza de que o cara está se beneficiando de alguma forma para aguentar todos aqueles desaforos.

Sento em um banco, pertíssimo. Obviamente próximo o suficiente para poder escutar o que estão falando. As queixas são todas a respeito da iluminação. Ela tem ideias muito específicas do que a composição dele deveria proporcionar para favorecer sua estrutura óssea. O cara não presta a menor atenção. Então já começo a gostar dele. Ela, porém, é absurdamente linda.

Por meio da arte da bisbilhotice, que domino, consigo descobrir que Andrew faz cinema na Universidade de Nova York, um curso bem prestigiado. Carmen, para minha surpresa, é sua colega de turma. Ele está fazendo um filme para a aula e está seguro das suas habilidades, tendo feito obviamente vários outros antes, e percebo que os dois não devem ser um casal de forma alguma. Detesto ter que admitir que fico um pouco satisfeita com essa conclusão. Ele é bom demais para a garota.

Quando começa a dirigir a cena, a dinâmica dos dois muda completamente. Ele está no comando. Carmen segue instantaneamente cada sugestão, todas feitas em tom respeitoso e baixo. Ela até permite que ele leia as falas para ela, o que sempre me deixa furiosa. A menina é mesmo competente. Não apenas como estudante de cinema, mas como atriz. Quando a cena acaba, fazem uma segunda tomada, e ele anuncia que terminaram. Carmen olha pra ele como um filhotinho esperando elogios. Andrew diz, "Legal". Ela pula nos braços dele, como se fosse um chimpanzé de estimação, mete a língua na goela dele, e eu percebo que devem ser um casal, no fim das contas. Nem estou mais fingindo que não estou olhando.

É aí que ela revela que estava tentando imitar Audrey Hepburn em *Núpcias de escândalo*. Posso ver nos olhos dele que ele sabe. Se disser o nome *Katharine*, vai dormir no sofá.

— Katharine — diz baixinho.

— Que Katharine?

— Foi Katharine Hepburn quem fez *Núpcias de escândalo*. Você estava tentando simular Audrey Hepburn em *Uma cruz à beira do abismo*.

— Como é?

— Bem, acho que a pureza, a espiritualidade, a graciosidade...

— Então agora você está sendo um babaca, né? — Coloca a mão no quadril.

O menino sorri.

— Agora estou zoando você um pouquinho por ser tão pretensiosa.

— Só que você é o pretensioso aqui — digo em voz alta. Os dois se viram para mim.

— Valeu — agradece a atriz.

— Justo — responde o diretor, e os dois continuam a me ignorar educadamente enquanto ele a prepara para a próxima cena. Então Boris e eu ficamos para assistir. Não discutimos nossas reações, mas sinto que, apesar de nossas diferenças, ele concorda com minha aprovação do estilo individual de cada um. Por algum motivo que não consigo bem discernir, começo a gostar deles como um casal. Até quando brigam. Me faz desejar encontrar um cara com quem eu possa brigar. Não é tão fácil quanto se imagina.

Quando terminam, ele começa a desmontar o set, e ela caminha até mim e se senta ao meu lado.

— Tenho um cachorro lá em casa, em Barcelona. Mas é dos grandes. Prefiro os maiores.

— Esse aí é Boris. Você odeia ele, pode admitir.

— Bem, *odiar* é uma palavra muito forte. Vamos dizer que não vou muito com a cara dele. No fundo, ele deve ser uma criatura amorosa e gentil, mas eu duvido um pouco.

— Uau, você julga o caráter dos cachorros com uma sagacidade e tanto.

— Dos homens também — afirma com uma olhadela para Andrew.

Fica óbvio que ele escutava tudo que dizíamos, porque se vira e concorda, demonstrando estar agradecido pelo elogio. Boris dá um latido agudo. A atriz estende a mão, diz que se chama Carmen (o que já sabia) e que o nome do namorado (que é exatamente como ela o apresenta) é Andrew, e é para não chamá-lo de Andy.

— O que acontece se eu chamar? — pergunto, só para ver o que ela vai responder.

— Conte a ela, Andy — demanda, sem a sombra de um sorriso.

Sem esperar um segundo, o garoto retruca:

LÚCIDA

— Me sinto posto de lado, diminuído e relembro minha inferioridade de todas as maneiras possíveis em relação a Andy Bachman, que era meu inimigo mortal na primeira série.

Carmem me observa com atenção.

— Você é atriz.

— Por que diz isso?

— Porque eu disse a ela que acho que você é atriz. — Andrew se mete sem olhar para cima.

Carmen concorda com a cabeça.

— Você estava repetindo minhas falas depois da primeira tomada. Quer experimentar a cena?

Caio no riso. Atores são uma espécie muito competitiva.

— Estamos filmando o curta dele para um workshop. Estou apenas ajudando enquanto faço uma filmagem no Upper East Side. Pode acreditar, você estaria me fazendo um favor se me substituísse.

Andrew lembra a ela que tem um compromisso dali a uma hora, oferece dinheiro para o táxi, e, para minha surpresa, ela agarra meus ombros e beija minhas bochechas antes de ir.

Enquanto isso, o namorado já arrumou tudo e está pronto para partir. Olha para mim.

— Você não estava apenas repetindo as falas, seu rosto tinha entrado na personagem.

Ele me encara tão diretamente. Os olhos são de um castanho profundo, emoldurado por belos cílios, que não tinha notado antes. Depois lança um sorriso, um pouco tímido e torto. Quero imediatamente me tornar sua amiga.

— Estava tentando fingir que não estava te observando — admite. — Mas estava. Você fazia um trabalho muito bom. Quero dizer, naquela hora que ela diz "faz um tempo", seus olhos passaram direto para raiva que eu acho uma ótima escolha.

— Então por que você demorou uma tomada inteira para dar a sugestão?

— Queria ver se ela se daria conta sozinha.

Por um segundo, parece ter ficado com medo de ser desrespeitoso, e acrescenta em seguida:

— Ela é bem experiente. Fez oito filmes na Espanha, incluindo dois com Almodóvar. — Concordo, impressionada. Andrew continua a me encarar como se tivesse algo mais a dizer. Em vez disso, porém, conclui:

— Foi um prazer te conhecer.

— Meu nome é Maggie.

Sorri.

— Foi um prazer te conhecer, Maggie.

E segue para viver seu dia.

Naquele momento, Boris está tentando cruzar com um Labradoodle de gênero indeterminado, que nem parece notar o que se passa. Pego meu celular para tirar umas fotos de pornografia canina para Jade, e vejo que recebi uma mensagem de texto do, ai meu Deus, Thomas. Dizendo:

Drinque às 18h?

Ora, ora. Tem toda uma técnica artística envolvida nesse processo. Que infelizmente ainda tenho que dominar. Boris não poderá me ajudar. Andrew muito menos, provavelmente. Onde é que está Carmen quando se precisa dela? Se responder *Vamos*, vai parecer descontraído demais ou, por outro lado, ansioso demais? Que tal um *Por que não?* Não, muito forçado para o lado da informalidade. Ok, vamos arriscar com *Claro*. É um tolice completa, mas evita quaisquer respostas negativas em que eu consiga pensar no momento. Espere um pouco. E se eu tentasse: *Adoraria, só preciso desmarcar uma coisa*. Menos desocupada, mas mentirosa. E estou admitindo que ele é tão importante que vou cancelar outro compromisso. Isso é ruim? Quero dizer, quero que ele saiba que estou louca pelo papel. Talvez *Não posso às 18h, vamos marcar 18:30h*

Mas se ele tiver algo marcado às 19h, vai simplesmente cancelar comigo e quem sabe se depois terei outra chance?

Com isso, outro debate novinho em folha desaba sobre mim. Que tipo de drinques são esses? Profissionais — ou pessoais? É um *encontro*? Se eu continuar com isso até as 18h, não vou precisar me preocupar mais. Digito *Acho que dá, sim. Aguardo ansiosamente.* Um pouco de tudo. *Envia. Envia.*

— Boris? — pergunto. — O que você acha?

Thomas escolhe um lugar notoriamente impossível de entrar. Não que as portas sejam pequenas, mas são guardadas por umas *hostesses* de nariz em pé cujo único prazer na vida deve ser fingir que são melhores que você por barrarem sua entrada em um restaurante no qual ninguém as deixaria entrar também.

Já consegui passar pelas esfinges de plantão antes. Uma "celebutante" chamada Crystal, lá da aula de teatro, curte sair comigo e Andrea, e nos levar para lugares como aquele. Diria que Crystal, como Genghis Khan, foi tristemente mal-interpretada pela História, mas foi tragicamente julgada de forma correta pela coluna de fofocas. Gosto dela, no entanto. E amo o macarrão com queijo trufado dali.

Encontro Thomas em uma mesa ótima no jardim. Sua roupa está impecável, mas casual, e não posso deixar de me perguntar se eu ficaria bem com aquele suéter de cashmere. O cabelo parece macio e perfeito, todo no lugar certo, e o rosto, relaxado e bonito. O jardim está iluminado por um brilho suave, e sinto como se estivesse entrando em um filme romântico em que Thomas é o protagonista que reúne todas as qualidades possíveis.

Ao me ver, guarda o celular no bolso, se levanta, me dá um beijo no rosto e puxa a cadeira para que eu me sente. Seu cheiro é gostoso. Pergunta o que quero beber. Questiono qual será a natureza do encontro para que eu possa escolher adequadamente. Ele gosta da pergunta. Responde:

— O primeiro capítulo da história da sua dominação global. Ou pelo menos de Nova York.

Peço champanhe e sinto de imediato a facada na barriga pelo medo de que peçam minha identidade. Depois lembro que ele já sabe minha idade. A garçonete não pergunta e nos deixa a sós para discutirmos nossos assuntos.

Nessas situações, uma atriz tem que ponderar algumas coisas, ou agir por reflexo ou instinto, em relação a seus movimentos corporais. Deve-se mexer nos cabelos? Cruzar as pernas para revelar apenas o joelho ou um vislumbre da coxa, por descuido? Inclinar-se para a frente enquanto toca (embora sem chegar ao ponto de desabotoar) o primeiro botão da camisa? O que é esperado? Que gestos serão interpretados de quais formas? Linguagem corporal durante uma entrevista com um diretor de elenco pode parecer com preliminares não sexuais. Dito tudo isso, na minha idade, acho que todo esse jogo mencionado acima é arriscado. Consequentemente, tenho que ser cuidadosa. O que não é tão fácil quanto se pensa. Ainda mais quando estou frente a frente com alguém tão charmoso quanto Thomas.

— Estou um pouco nervoso — diz ele, o que me acalma um bocado.

— Não se preocupe — respondo com meu melhor sorriso. — Prometo que eu consigo o papel.

Ele realmente parece apreensivo. Não para de dobrar e desdobrar o guardanapo no colo.

— Eu queria que você tivesse uma chance real de consegui-lo. A verdade é que tanto Rosalie quanto uma das outras duas atrizes podem te riscar da lista. Tem muita coisa em jogo nessa série, e os canais de TV tendem a escolher as opções mais seguras, o que significa rostos conhecidos. Se bem que com a quarta protagonista, pode ser que eles decidam arriscar, especialmente se conseguirmos fechar com a atriz que queremos para Lara. Quero ser bem honesto, ainda não sei se você é a melhor para o papel.

LÚCIDA

— Olhe, eu agradeço por não ficar de enrolação. E agradeço pela oportunidade.

— Quero ser honesto a respeito de outra coisa também — diz, e meu coração dá um salto. — Quero te conhecer melhor. Tem nove anos de diferença entre nós, e, se isso não te assusta, com certeza me assusta. Mas detesto esse joguinho de ficar fingindo que não estou interessado. Como você disse, toda essa enrolação que vivenciamos todos os dias.

— A esta altura, *eu* é que deveria estar nervosa, pois ele acrescenta:

— Juro por Deus que nada disso vai ter a menor influência nas suas chances de contratação.

A primeira enrolada. Mesmo que não tenha sido intencional. Ele apenas acaba de dizer uma coisa que não pode retirar e voltar atrás, e minha resposta não só influenciará minhas chances, como pode muito bem determiná-las. Já estive nessa posição antes, embora nunca com tantas cartas na mesa. Entretanto, determinei há muito tempo qual seria minha regra de conduta nesses casos e fiz uma promessa de nunca reconsiderá-la por puro impulso. A regra consiste em responder com sinceridade total sobre o lado pessoal, sem fazer quaisquer considerações profissionais.

— Ok, também vou ser honesta — começo. — Você é obviamente muito charmoso. Eu gostaria de conhecer *você* melhor. Mas não tenho o menor interesse em sair sem compromisso. Quero ficar com alguém de quem eu goste. E isso requer tempo. — Sei que o que estou dizendo é totalmente besta, mas continuo: — Pra ser franca, comigo demora um tempo considerável. Se nada disso for uma questão para você, eu gostaria de te conhecer melhor.

Ele fita meus olhos, e eu me esforço pra não corar. Sinto os nervos à flor da pele e um pouco de empolgação.

— Você está livre sábado à noite para jantar? — convida.

— É meu aniversário — comunico em vez de responder.

— Graças a Deus, 14 anos enfim! — E começo a rir. Ele diz que tem um compromisso de trabalho e não pode me pegar até 20h30, mas que, se eu concordasse, ficaria "honrado" em poder jantar comigo no meu aniversário.

Durante a próxima hora, falamos sobre negócios. Ele faz várias sugestões estratégicas, inclusive uma maneira de nos encontrarmos socialmente com Rosalie, coisa que talvez nunca tivesse sugerido se eu não tivesse concordado em sair com ele. Fala também sobre um piloto e dois filmes cuja escalação do elenco o envolve, e como poderia me considerar para alguns papéis. Tenho um coração idealista, mas atrelado a uma mente prática. Enquanto ouço Thomas falar, tenho que colocar de lado minhas ilusões a respeito de uma relação ideal e platônica entre agente de elenco/mentor e a pequenina eu. Se ainda não quer o que deseja (e ele quer, sim), vai querer alguma hora. E é melhor eu começar a pensar em como vou me sentir a respeito disso.

O problema é que eu não sei.

O outro problema é que estive refletindo por tanto tempo, que perdi o rumo da conversa e não sei do que Thomas está falando, e como estava fazendo aquele lance de teste de atriz de olhar fundo nos olhos dele e me inclinar para a frente, agora estou encrencada.

— Então, o que você acha? — pergunta. Que conveniente.

— Na verdade, estou dividida. — Por favor, preencha as lacunas. Por favor. Por favor.

— Bem, é mais uma escolha elementar sobre sua carreira.

— Exatamente o que eu estava pensando. Num bosque no outono a estrada bifurcou-se e tudo o mais. Mas qual caminho tomar?

— Meu conselho é seguir seus instintos.

— Obrigada. Meu instinto é seguir seu conselho.

Nossa, ele adora minha frase de efeito. Muda de assunto (para algum outro que também não acompanho), e nunca chego a descobrir do que estava me safando. Antes de conseguir me decidir se Thomas é um sem-vergonha em pele de cordeiro ou o futuro pai dos meus filhos, ele se levanta. Faço o mesmo.

Beija minhas duas faces, pergunta se pode me deixar em casa e, quando digo que não precisa, que está tudo bem, ele diz:

— Muito melhor do que "bem". — Argh. Ok, ninguém é perfeito.

Oferece me pagar um táxi, e eu reprimo o impulso de dizer que minha casa fica a apenas alguns quarteirões dali e que posso ir andando, por receio de que queira me acompanhar até lá e tente me beijar ou qualquer coisa. Ou qualquer coisa. Por isso entro no táxi, dou uma volta no quarteirão e uma gorjeta mais do que generosa para o motorista por pura culpa. Depois deito na cama, pensando nele.

Infelizmente, sei que não vou conseguir sonhar com ele também.

CAPÍTULO SEIS

Sloane

Estava tão distraída de manhã, que esqueci o almoço em casa, então estou destinada a tentar digerir a pizza de aparência asquerosa do refeitório. Na fila para pagar, passo os olhos pelas mesas à procura do único rosto que gostaria de ver. Nenhum sinal dele. Levo meu almoço lamentável para fora. Ao longo da semana passada, não nos falamos de novo. Para ser mais precisa, não só ele não me dirigiu a palavra, como acredito que também não tenha me olhado uma única vez, ou sequer notado minha existência. Tenho que admitir que parece completamente não intencional da parte dele, como se eu fosse apenas uma entre tantos outros nesse universo de adolescentes ao qual ele é simplesmente indiferente. É um defeito meu levar esse tipo de coisa para o lado pessoal. Explicando melhor, teria preferido que ele estivesse me evitando a ter simplesmente esquecido que existo. Afinal, não tivemos aquela batalha titânica em que medimos nossa perspicácia? Não provamos que somos dois genuínos intelectuais literários em uma escola medíocre?

Presumo que reflexões como essas têm mais a ver com minhas inseguranças e necessidade de inflar minha própria autoestima do que com o valor da nossa escola ou corpo de estudantes. Estou em pânico por causa da inscrição para a Universidade de Columbia, preocupada com a possibilidade de que meus boletins repletos de 9,5 procedentes desse buraco no meio do nada serão motivo de piada e jogados no lixo quando comparados com outros competidores, estudantes das melhores escolas nas maiores cidades. O fato é que apenas 9 por cento dos candidatos são aceitos, e 97 por cento estão entre os 10 por centro melhores nas turmas deles. Some-se a isso que 57 por cento dos admitidos são orientais, afro-descendentes, latino--americanos ou nativo-americanos. E que apenas 7 por cento são de New England. Então, 7 por cento de 9 por cento significa que minhas chances de entrar são de 0,63 por cento, o que é uma em 160. Minha cabeça pode continuar fazendo essas contas por horas a fio. Dias, na verdade.

Só para chutar um pouco mais esse cachorro morto e não deixar nenhuma esperança de que possa ressuscitar, não sou atleta, não participo de debates, não jogo xadrez, não sou *cheerleader*, não canto no coral, nem faço qualquer coisa exceto trabalho voluntário na clínica veterinária. Apenas estudo muito e tiro fotografias para o anuário. Enfim, sou irresistível. Literalmente chorei até cair no sono pensando em como sou sem sal e invisível e como não tenho absolutamente qualquer elemento de produtividade bem-sucedida que me destaque em uma multidão.

O que explica, acho, por que me sinto tão deprimida por estar sendo ignorada pelo Garoto do Pardal. Ele realizou, naquele momento e de um jeito totalmente improvisado, algo mais memorável do que farei na minha vida inteira. E acho que, se ele reconhecesse que existe uma ligação especial entre nós, isso me propiciaria um pouco do pozinho mágico dele. Então não fico realmente frustrada por querer atenção; é apenas uma confirmação devastadora da minha própria mediocridade. Certamente não é que eu goste de algo nele. Sem nem precisar tentar, esse garoto é totalmente irritante. Por exemplo, depois de ter (não muito) controversamente vencido nossa primeira disputa, ele se retirou vitoriosamente. De repente, adotou uma posição silenciosa em classe e responde apenas quando é chamado, e nesse momento nos presenteia com uma única frase genial e refinada, e logo em seguida deixando o campo de batalha para os seres inferiores. Infelizmente, estou entre eles.

Pior ainda, James senta no fundo da sala, nunca perto de mim, muito menos ao meu lado. Então não consigo ver o que está tramando. Ao pegar a prova que fiz sobre Faulkner da mesa da Sra. Lambert, noto (leia-se: folheio os papéis até encontrar) o 10 dele. Ao lado do qual, meu 9,5 mais parece um 6,5. É por isso que me estendo despretensiosamente depois da aula para perguntar à professora o que faltava na minha prova que desmerecesse um 10. Só para me irritar, ela me aconselha a não ser tão intransigente comigo mesma, e que ela só deu um único 10 na vida. Decido não avisá-la de que tem um pedaço de espinafre preso entre seus dentes e pergunto como quem não quer nada:

— Alguém que eu conheça?

Ela me olha, confirmando que eu sei muito bem de quem estou falando. Depois confessa que pediu a James para baixar um pouco a bola. Contar com minha disposição para falar nas aulas era ótimo, uma espécie de tabela na qual os alunos podiam jogar suas ideias como bolas de basquete e pegarem os rebotes. Com James, ela tinha medo de que acabasse virando uma partida de tênis entre nós dois, o que inevitavelmente paralisaria os demais.

— Entendo muito bem a teoria. Só não entendo por que você não me pediu para baixar a bola. Ou é um pedido que só se faz para a casta dos alunos nota 10? — indago com um sorriso que torço para não parecer falso demais.

A professora me encara por um longo momento e decide contar a verdade. Depois de abrir com "Isso não é uma crítica", o que é o equivalente para "espero que você consiga aguentar o que vou dizer", a Sra. Lambert esclarece que James não é o tipo de aluno que *precisa* se posicionar o tempo inteiro.

Vou parar de falar em sala de aula. Ela vai ver só.

Dois dias depois, ele passou a desempenhar meu papel. Respondendo cada pergunta com uma observação nova e compreensiva sobre tudo, incorporando alguma observação peculiar que parecia completamente aleatória até finalmente concluir em uma síntese que sinto honestamente ser a única a apreciá-la ao máximo. E a Sra. Lambert, um pouquinho. Que seja. Eu não poderia entrar na discussão, fosse como fosse, porque tudo em que consigo pensar é nele.

Talvez ele seja mesmo o feiticeiro na minha janela. E sua capacidade terrestre de me desconcertar nas aulas de inglês mascare algum poder mais profundo, mais aterrorizante, ainda mais hipnotizante sobre o qual não quero nem pensar, ainda que não consiga parar de fazer exatamente isso nem por 15 míseros segundos.

Durante o almoço, às vezes James senta pra ler embaixo do carvalho, e eu tento me posicionar junto de Lila e Kelly para conseguir uma visão nítida do lugar, sem ficar olhando diretamente para ele. Mas naquele dia também não parece estar por lá quando sento pra comer minha pizza. Agora mal posso esperar para o horário de almoço terminar, quem dirá o quinto tempo. Literatura é a única aula na qual tenho certeza de que vou encontrá-lo. Ele parece não manter um horário fixo, então é impossível esbarrar com ele enquanto trocamos de sala. Esse negócio de não-saber-quando-vou-vê-lo-e-nunca-vê-lo-de-verdade me angustia.

Estou provavelmente apenas procurando qualquer distração para não me preocupar com meu discurso da homenagem ao Bill. Pra ser sincera, preferiria arrancar todos os dentes da boca com uma broca enferrujada a participar. E ainda sequer comecei a escrever, o que é bastante incomum para meus padrões.

Kelly até toca no assunto durante o almoço, querendo saber como anda o progresso. Agradeço o interesse, mas não tenho muito a informar. E em um momento raro de consternação, Lila desabafa:

— Sinto saudades de Bill. O sorriso dele era o melhor.

Era mesmo. Era meio tortinho, mais para cima no lado esquerdo, como se estivesse guardando um segredo. Mas Bill era franco, direto e receptivo por natureza. Deixava todo mundo à vontade. Provavelmente

LÚCIDA

encontraria uma maneira de me fazer desencanar quanto à homenagem e inventar algo espontâneo e sincero para dizer.

Bem no momento em que estou curtindo o fato de que refletir sobre o discurso fez com que afastasse o qualémesmoonomedele da minha cabeça, ele retorna aos meus pensamentos na forma da garota mais bonita que já pisou nesta escola. Amanda Porcella simplesmente entra em nosso círculo e se senta para almoçar como se fizesse isso todos os dias.

— Ei, gente, se importam se eu sentar aqui com vocês? — Começa a desembrulhar o sanduíche sem esperar uma resposta.

Gosto de Amanda. É o tipo de garota com quem os caras adoram conviver e de quem as outras meninas adoram falar mal, mas sempre a achei bem simpática e engraçada. Provavelmente é a mulher mais bonita que já morou na nossa cidade, inteligente, estudiosa e nitidamente uma pessoa decente. Mas a beleza inevitavelmente acabou se tornando seu traço mais característico e destacado para os outros. Nunca é arrogante, nunca se coloca acima de ninguém, mas está naturalmente no topo. É *cheerleader*, mesmo estando no primeiro ano do segundo grau (um feito único), vice-presidente do grêmio estudantil (e é certo que continuará no cargo no ano que vem), e metade das meninas na escola tratam-na como a piranha egocêntrica que todos presumem que uma garota assim seja.

Não posso fingir que a conheço bem, mas saímos de vez em quando e fazemos piada uma com a outra, e nos divertimos nessas ocasiões. Não que ela mereça meu sentimento de pena, mas me sinto mal pelo fato de que seja julgada com tanta injustiça por seus semelhantes do sexo feminino e de que muitos do sexo masculino a procurem com intenções mais soturnas do que ela merece.

Ainda assim, não é como se ela já tivesse se sentado com a gente no almoço antes.

Mesmo com tudo o que penso de positivo a respeito de Amanda, ainda fico um tanto surpresa por um cara como James se interessar por ela a ponto de torná-la sua Daisy. Mas também, não sei nada sobre ele.

— Olhe — começa ela, hesitante. — Eu acho meio esquisito perguntar isso, mas prometi a ele, então...

Ele? Ai, meu Deus. Ela quer dizer "ele"?

— O que é que você acha de Matt Fields?

Ah.

— Acho ele um gato. — Lila se intromete.

— Um pouco na dele — acrescenta Kelly.

— Ele é um cara legal — respondo.

— Ele te curte. Me pediu para vir aqui te sondar.

Matt é mesmo um gato, um cara legal e muito amigo de Gordy. Se estivesse à caça, não sei onde ele se encaixaria na minha lista. Ainda por cima, conheço Matt desde a terceira série, e nenhum de nós jamais demonstrou qualquer interesse romântico no outro. Nunca sequer trocamos olhares em festas ou coisa assim. Isso não faz sentido.

— Matt Fields? — repito, tentando não soar tão chocada quanto pareço. — Mesmo? Não sabia que ele me via dessa maneira.

— Vai ver ele nunca achou que tivesse chance contigo. Se você quiser, a gente pode sair para um encontro duplo.

— Encontro duplo? — pergunto cheia de inocência, sabendo muito bem aonde isso vai dar.

— James e eu vamos comer um hambúrguer no Seahorse amanhã à noite. Posso chamar Matt, e você também vai, e aí a gente vê no que dá.

Pense rápido.

— Adoraria sair com vocês, mas acho que prefiro levar Gordy. Matt é legal, mas não consigo gostar dele desse jeito e não quero passar a ideia errada.

Observo-a pensando sobre o verde que joguei e chegando a uma conclusão.

— Legal. Vai ser bom. Então... Às sete? Eu levo os Twizzlers.

Dou uma risada. Nós assistimos *Crepúsculo* juntas em um grande grupo assim que estreou, e eu a ensinei a usar os Twizzlers como canudo para beber Mountain Dew, nosso refrigerante preferido. Um luxo.

— Estou ansiosa para nossa saída. Faz tempo que não rola. — Ela se levanta, mas não rápido o bastante para Lila.

— Há quanto tempo você e James estão juntos?

— A gente começou a sair há dois anos na Outward Bound. — Depois sorri para mim. — Não que seja necessariamente um elogio ser comparada a Daisy Buchanan.

Sorrio de volta.

— A maneira como ele argumentou na sala de aula foi extremamente inteligente.

Amanda já sabe. No silêncio que se segue não consigo resistir à pergunta que certamente me deixará com ódio de mim mesma por fazer.

— Quer dizer que ele te contou, então?

— É. — Difícil perceber pelo tom como ela se sente a respeito disso. — Ele comentou que você foi superesperta. — Acena para as meninas e desce a colina.

— Uau. Não sabia que esse tipo de coisa acontecia na vida real. — Os olhos de Lila estão esbugalhados.

— Hambúrguer com Twizzlers?

— Não. A abelha-rainha da escola usando um truque superconhecido para deixar as suas garras longe do homem dela.

Por mais ridículo que pareça, e quase com certeza não deixa de ser, meu coração dá um salto com um pouquinho de euforia por esta (ainda que) falsa acusação de que minhas garras pudessem ser um dia tão sortudas.

— Minhas garras?

— Claro. Primeiro, ela tenta arranjar outro garoto para te tirar de circulação e escolhe o cara mais gato da paróquia. Aposto o que você quiser que ela contou para o Matt que você está a fim dele. Pode perguntar para Gordy. Ele tem como descobrir.

— Ok. E tem alguma razão em especial pela qual ela acharia que eu sou uma adversária? Quero dizer, a única interação que tive com esse garoto foi um debate catastrófico na aula de literatura.

Kelly intervém.

— Acho que a Lila tem razão aqui. E se ele também tiver mencionado que você é bonita?

— Tipo discursado horas sobre a sua comissão de frente! — Lila é a presidente da minha comissão de frente.

— Lila — convoca Kelly. — Foco.

— Ok — retomo. — Primeiro, quantos caras dizem para a namorada que outra garota é bonita? Especialmente quando a namorada em questão é Amanda Porcella. Segundo, não tinha truque nenhum. Ela acabou de me convidar para sair com eles.

— Não exatamente. — Kelly me recorda. — Ela te convidou para sair com ela num encontro duplo com outro cara.

— Para, gente. A Amanda é do bem. Odeio quando vocês ficam falando mal dela. Acho que o ruim de ser invejável é que os outros te invejam mesmo.

— Ai! — Kelly segura o ventre com força como se tivesse sido acertada com um arpão.

— Tomou! — acrescenta Lila. — Olhe, eu invejo *você*. Então, se não está a fim de Matt, pode sair da fila.

— Matt não é nem páreo para o Erva. — Kelly faz uma tentativa meia-boca.

Não mudo de assunto.

— Amanda é a garota mais cobiçada da cidade, então faz sentido que ele queira ficar com ela. Só espero que a trate direito.

E é nesse instante em que as meninas simulam estar fazendo seu famoso concerto com o menor violino do mundo em homenagem a minha profunda preocupação por Amanda Porcella.

LÚCIDA

— Me faz um favor — pede Lila, parecendo repentinamente séria.

— Amanhã à noite? Mantenha a cabeça aberta. Se James Waters demonstrar interesse em você, quero seu radar cem por cento operante. Não se feche como você às vezes costuma fazer. — Sorri. — E quero detalhes imediatamente em seguida.

À tarde, vou de bicicleta até o Hospital Veterinário de Noank-Mystic, onde trabalho depois da escola desde a oitava série. Provavelmente merecedor de mais um concerto de violino, meu vínculo com os pobres bichinhos doentes, abandonados ou malcuidados é sentimental ao ponto de interferir na minha alimentação, sono e pensamentos. Tive muitos animais de estimação enquanto crescia, dois gatos chamados Schmulie e Sharona, um golden retriever chamado Riggins, um bando de pintinhos que me seguia pela casa como se fosse sua mãe mesmo depois de terem crescido e virado galinhas repugnantes, dez peixes tropicais, vários hamsters/porquinhos-da-índia/ratos-do-deserto, uma rã rela--verde, que vivia no meu banheiro, e um furão que se chamava Fedora.

Aí Tyler desenvolveu alergias quase tão agressivas quanto sua personalidade, e todos os animais foram banidos para a fazenda do meu tio (aonde ainda os visito conforme minha disponibilidade de horários) e substituídos por um coton de Tulear hipoalergênico batizado de Mishka. Uma criatura amável, um tanto boba, extraordinariamente afável, que morreu pouco antes do meu décimo sexto aniversário. Para dar crédito à mamãe, ela tentou lamber a cria (sem querer fazer piada) e me convencer a pegar outro cachorro para ocupar o posto de Mishka. Mas até agora não tive coragem.

O veterinário local é o Dr. French, que beira os 80 anos, mas continua superbonitão e distinto, e sempre me trata como uma lady, em vez de uma neta, o que aprecio. É uma pessoa perfeita por dentro e por fora, e me sinto abençoada por conhecê-lo e trabalhar para ele. Comecei fazendo a limpeza das gaiolas, dando água e comida, escovando os bichinhos e dando bronca nas pessoas que obviamente não reservavam o merecido respeito a seus animais. Ainda faço tudo isso, mas agora posso observar o doutor durante as cirurgias e mesmo prestar assistência, além de atender o telefone, fechar as contas e, recentemente, receber a responsabilidade de recomendar as adoções. Adoro ajudar os perdidos e abandonados a encontrar bons lares. Renova um pouco da minha fé no mundo.

Enquanto limpo as gaiolas, percebo que talvez só esteja fascinada por James porque ele parece exótico. Como se um puma estivesse preso em uma dessas jaulas ao lado dos vira-latas e gatinhos sem raça definida. Ele anda por aí, transpirando mistério e intelecto que reuniu nos lugares para os quais viajou, e outros exóticos com quem conviveu. A justaposição é muito forte contra a monotonia da nossa cidade. Isso sem mencionar aquele rosto. Quero dizer, nunca vi na vida real um cara com um rosto que não te permite desviar os olhos, não importa o esforço que faça.

— Ei. Oi.

A voz. Pertence exatamente àquele rosto. Congelo. Minhas mãos enluvadas se recusam a largar a porcariada que estou limpando do lar temporário de um Schnauzer. Sinto a pele formigar, inexplicavelmente quente, meu estômago parar nos joelhos, e o mundo inteiro parece balançar de leve.

Retomo o controle do meu sistema motor e largo os dejetos, tiro as luvas e me viro.

É ele mesmo. Preciso me sentar. Consigo chegar à cadeira atrás da mesa e tento fingir que não estava limpando cocô agora há pouco.

Ele me seguiu até aqui. Como é que ele sabia? Por que é que ele veio? E o que diabos vou fazer agora? E eu achando que ele nem sabia que eu existia.

— Você trabalha aqui?

Ok, então não me seguiu. Então nem sabe que existo. Então esses olhos são tão hipnoticamente claros e cinzentos, com machinhas violetas

LÚCIDA

(nas quais não tinha reparado anteriormente), que vou acabar me humilhando por não ser capaz nem de piscar. Ele vai dizer: "Sloane. Você está me encarando". Se ao menos soubesse meu nome. O que, graças a Deus, aparentemente não sabe. Ai, Céus. Ele me fez uma pergunta, não fez? Vamos lá, cérebro.

— Não, estou sentada aqui porque a pessoa que trabalha de verdade na clínica gosta que o assento fique quentinho durante sua ausência.

Por que é que falei isso? Pareço uma vaca.

— Como você é atenciosa. Quem sabe você não faz a mesma coisa por mim um dia desses.

Por que é que ele disse isso? O que isso quer dizer? Vindo de outro cara, poderia muito bem ser uma cantada. Várias cenas correm pela minha imaginação: eu esquentando a cadeira dele.

— Queria adotar.

Por que é que não tentamos o método natural para ter um filho primeiro?

— O que você está procurando?

— Um cachorro e um gato. Deixei os meus com a minha irmãzinha em São Francisco. E sinto muita, muita falta deles.

Incroyable. Ele ama animais. Não é nada do que eu imaginava. É uma pessoa... querida, doce, carinhosa, gentil, perfeita, perfeita, perfeita.

— Bem, não estamos em São Francisco, temos uma seleção limitada, mas vamos dar uma espiadela.

Espiadela? Eu disse "espiadela"?? Sou uma titia cheia de gatos de 47 anos, com quem nenhum cara jovem desejável iria sonhar em dar uns amassos, escondido na salinha das gaiolas de animais. O que, na verdade, é uma sorte, considerando-se que ele é propriedade privada da minha amiga. Na verdade, está mais para minha conhecida. O que é uma péssima racionalização. Garotas não devem roubar os namorados das outras. Claro, como se eu tivesse alguma chance.

— Que tipo de cachorro você tinha?

— Ele era uma mistura meio bobona, alguma raça mexicana misturada de não-sei-o-quê. Estava surfando em Baja e resgatei o coitadinho, coloquei na caçamba da pick-up e passei com ele pela fronteira, sem nem me dar conta do idiota que fui por tentar atravessar daquele jeito. Ele se deu superbem com Beckett, meu pastor alemão. Quando Beck morreu, acho que Churro sentiu mais falta dele que eu.

Quando estava surfando em Baja California? Resgatou um cachorro de rua? Atravessou com ele pela fronteira? E amou tanto o bichinho que mal pode esperar para adotar outro renegado? Uau.

— E o gato? — pergunto, e estendo a mão para acarinhar um beagle velhinho chamado Baily.

James faz uma pausa. Olho para cima, pensando que encontrou um animal de que gostou para adotar. Não está olhando para dentro das gaiolas, mas direto para mim, me estudando.

— É um pouco pessoal, mas que se dane. Somos ADS.

— AD quê?

— Amigos do Scott. Fitzgerald, entendeu? De qualquer forma, o gato era de uma namorada minha. E Peaches costumava, bom, dormir com a gente. E depois passou a dormir em cima de mim. Quando terminamos, eu e minha ex, não o gato, fiquei com a guarda, porque aparentemente Peaches passou a primeira semana da minha ausência me procurando e fazendo xixi no travesseiro da garota. Como se fosse culpa dela. O que na verdade até foi.

Dormir com a namorada durante o ensino médio ou, por Deus, ainda mais novo. Minha cabeça fica recheada de possibilidades: os pais dela eram muito compreensivos. Improvável, até para São Francisco. Eram monitores num acampamento de férias. Claro, como se o acampamento fosse tolerar esse tipo de comportamento. Resta apenas uma alternativa. Uma mulher mais velha com casa própria. Eca.

— Eu ia até trazer Peaches comigo...

— Peaches? Por que dar esse nome a um gato macho?

— Ah, eu e ele somos muito seguros da nossa masculinidade. Mas, quando viu minhas malas sendo feitas, ele começou a dormir com minha irmã, e ela meio que se apegou.

— Então, Peaches é basicamente uma piranha.

— Bem, mais para garanhão.

Será que esse cara vai estar sempre um passo à minha frente pelo resto de nossas vidas? Claro, como se existisse um "resto de nossas vidas" como possibilidade.

Escolhe uma gatinha alaranjada da ninhada que a gata da biblioteca acabou de parir. Fazendo jus à perfeição dele, elege a anãzinha que provavelmente seria a última a ser selecionada. Dos cães, escolhe o vira-lata mais feio da clínica e, sim, este exato cachorro que nunca me deu um pingo de atenção lambe metade do rosto dele.

— Ele tem seus olhos — observa.

— Que simpático você escolher o cachorro mais feio e com cara de bunda no estado de Connecticut para fazer esse comentário.

James me encara. Sei que estou ficando vermelha, mas não tenho onde me esconder.

— Primeiro, estava comentando da cor. Seus olhos são verdes, e isso é bem raro em um cachorro. Ele deve ser metade pastor-australiano. Segundo, ele não é nem um pouco feio. Só não se parece com nenhuma outra raça porque é vira-lata. Então não tem como atender aos requisitos de beleza padrão que um cachorro deveria preencher para ser bonito. E, finalmente, pois você parece estar levando isso para o lado pessoal, pode ficar tranquila por saber que você atende aos arquétipos convencionais de beleza para uma garota.

Sinto meu rosto queimar, mas não sei se é porque estou lisonjeada ou irritada.

— Uau! — exclamo. — Você realmente sabe como fazer elogios a uma menina. Pode ter certeza de que superou todos os paradigmas de insulto a alguém.

Ele ri, e por um momento me pergunto se está rindo *de* mim.

— Ah, fala sério. A última coisa de que você precisa é ficar na defensiva quando o assunto é sua fisionomia. Você é uma gata para qualquer parâmetro.

Sei que deveria estar lisonjeada de verdade, sei que deveria estar nas nuvens, mas estou contrariada demais.

— Então qual é a primeira coisa que devo considerar antes de ficar na defensiva?

— Ah, eu diria que as primeiras trinta e sete das principais coisas dizem respeito ao seu comportamento.

— Eu deveria ficar na defensiva por causa do meu comportamento?

Esse garoto ri outra vez. O babaca.

— Fica na defensiva. Fica bastante.

Em seguida...

— Olhe, desculpe se a gente começou com o pé esquerdo. De novo. Ainda mais se vamos trabalhar juntos. — A gatinha ronrona enquanto James massageia o pelo laranja e enterra o rosto no pescoço dela.

— Desculpe, ainda mais se vamos o que juntos? — Pego a filhotinha das mãos dele e tento colocar uma coleira nela.

— O Dr. French não te falou que eu me voluntariei?

— O quê? — A gata se contorce, querendo mais carinho de James.

— Ué, você é uma empregada assalariada; vai poder sair me dando ordens.

— Não sei se será uma boa ideia. — Finalmente consigo segurar e virar a gata, coçando a barriga dela com uma das mãos e colocando a coleira em seu pescoço com a outra.

Ele sorri de maneira genuinamente encantadora e consegue dizer sem nenhum resquício de crueldade:

— Você não precisa saber. Só tem que se acostumar.

Pega a coleira do vira-lata-parte-pastor-australiano, abraça a filhotinha alaranjada magricela e segue para a porta.

LÚCIDA

— Te vejo sexta à noite.

Devia estar aliviada. Todos os meus comentários idiotas e comportamento defensivo não o afastaram. É óbvio que ele se sente satisfeito e totalmente à vontade comigo, chegando mesmo a ser cordial. Então por que meu coração fui engolido por um buraco negro?

Quero ser especial para ele.

CAPÍTULO SETE

Maggie

Jade está claramente absorta em algo enquanto eu e Boris a levamos à escola. Estamos dividindo um muffin de mirtilo, e estou ficando surpreendentemente satisfeita. Normalmente ela devora a parte crocante de cima inteirinha antes mesmo que eu consiga colocar minha mão dentro da sacola, mas olho para baixo e percebo que desta vez ela mal deu uma mordida. Pergunto o que há de errado.

— Você não ia entender — suspira. — Tem a ver com um garoto.

A sinceridade me pega tão indefensável que engasgo com um pedaço de muffin.

Ela me lança um olhar enviesado e tira a sacola da minha mão. A conversa parece abrir seu apetite, o que me deixa contente. Os tornozelos dessa menina são da finura dos meus pulsos. Enquanto tira os mirtilos da massa para comê-los separadamente, me lembra não-tão-delicadamente de que eu nunca tive um namorado "de verdade verdadeira" mesmo. Nem pareço ter muitos amigos que sejam garotos que nao gostem de outros garotos. Eu a convenço de que ainda posso ser útil para dar conselhos preciosos sobre seu dilema.

Aparentemente, Josh Hinkle, um amigo sardento de Jade que encontrei em diversas ocasiões, está agora "na dela". São exatamente essas as palavras que usa. Jade não está interessada em mudar o status deles de

Apenas Amigos para Namorado/Namorada (não tenho muita certeza do que isso significa na segunda série, mas especulo que não há muito perigo, e que envolve grandes quantidades de papel cortado no formato de corações e adesivos brilhantes). Ela não quer perdê-lo como amigo, nem deixar as coisas ficarem esquisitas entre os dois.

Aconselho que seja franca. Tenha uma conversa direta e informe a ele como se sente.

— Maaagggie! — Ela ri, revirando os olhos. — Você não entende as coisas.

— O que foi que Nicole disse? — pergunto.

Jade fica muda por cerca de meia quadra e fica por isso mesmo. Não responde à pergunta. Em vez disso, ela própria me faz outra.

— Por que é que você acha que mamãe não encontrou outra pessoa depois do papai?

— É um espaço difícil de preencher, o dele. — Não consigo pensar em mais nada para dizer.

Quando chegamos à escola, ela já decidiu que vai convencer Josh de que a garota certa para ele é na verdade Tomiko. Problema resolvido. Muito Jane Austen da parte dela. Jade me abraça forte e me manda embora com o cachorro sarnento dela.

Sigo para o parque de cães perto de Washington Square para que Boris possa fazer suas necessidades. Ok, talvez eu tenha um outro motivo. Escolho este parque em particular porque é conveniente, mas também porque foi lá — e por volta deste horário — que vi Andrew e Carmen. Não que esteja tentando esbarrar com eles ou coisa do tipo, mas ainda não consegui me desfazer da impressão de que Andrew e eu poderíamos ser bons amigos.

Refletindo a respeito de como estará sendo a manhã de Jade, tenho que admitir que Emma pode estar certa. Não tenho uma vida social intensa. Especialmente se comparada à da minha irmã super-requisitada. Mas certamente jamais estou solitária. Não sei de onde Emma tirou isso.

Geralmente, isso só acontece em filmes de segunda categoria. Caminho ao longo da cerca de ferro e avisto Andrew sentado em um banco, sozinho. Minha sensação no momento é semelhante ao que imagino que Jade deve sentir quando estamos jogando cartas, e ela tira uma do montinho e grita: "Bem o que eu queria!".

Está lendo *Ardil 22*, um dos livros favoritos do meu pai e, portanto, parte do currículo dos meus estudos domésticos. Nenhum canino, Carmen ou câmera à vista. Parece estar apenas de bobeira no parque. Caminho em direção a ele, que olha para cima.

— Estava te esperando — diz com um sorriso arrebatador, com aquele lance tortinho charmoso. Faz com que pareça sincero e simpático, mas também passa a sensação de que já somos conspiradores. Isso acontece comigo em alguns papéis. Daquele jeito que acontece quando duas pessoas se conhecem e estabelecem uma afinidade instantânea, como se estivessem enxergando o mundo através do mesmo olhar. Um novo amigo é sempre bem-vindo. Esse cara vai dar um dos bons.

— Eu estava contando com isso. Por isso vim — confesso. — Garanto que não foi porque é o lugar preferido de Boris usar o banheiro.

— Claro que não. Olhando para ele, a primeira escolha de Boris seria em algum lugar que você teria que lavar ou, melhor ainda, repor. Quem sabe alguma coisa com valor sentimental, como a manta surrada de crochê que sua avó confeccionou para você e mandou por FedEx da *shtetl* dela no sudeste da Armênia, que sempre te consolou e aqueceu em vários momentos, ensopada com as lágrimas derramadas pela morte prematura do seu segundo marido num ataque inesperado de um búfalo-asiático na Cidade do Cabo. Se não for na manta, Boris pode preferir fazer cocô em um sapato caro.

O cachorro late como se aproveitasse a deixa. Daquele seu jeito detestável e misantropo característico.

— Eu faço isso também.

— Interessante. Por que você escolheria logo os mais caros? Pessoalmente, eu escolheria um tênis.

— Essa é para você refletir. Mas na verdade eu queria dizer que invento história para tudo. Meio que compulsivamente. — Dou uma cotovelada nele. — Mas são melhores que as suas.

Ele finge franzir a sobrancelha.

— E essa foi a melhor até hoje. Vai ser difícil te impressionar.

— O que só vai fazer valer mais a pena.

— Você já gosta de mim o suficiente para me fazer um favor?

Acontece que quando ele mostrou o curta ao exímio e volúvel professor Duncan, o mentor reclamou que o sotaque espanhol da estrela do filme era forte demais para ser verossímil como uma esquimó. Andrew cometeu o erro de responder "e daí?", o que provocou Duncan a vincular o problema com a nota final do trabalho. A resposta era supostamente simples, em um curso cheio de aspirantes a atrizes: era só escolher uma e passar meia hora em um estúdio dublando cada uma das falas de Carmen.

O problema com esta solução é que, como Andrew está namorando Carmen e quer continuar assim, recrutar uma das colegas de classe poderia acabar arranjando encrenca para ele, caso a espanhola descobrisse que ele tinha passado por cima dela e descartado seu trabalho. O outro problema é que ele sabia instintivamente que o Professor Duncan não estava nem aí para tal empecilho.

— Você tem sotaque esquimó? — indaga ele com esperança.

— Depende de se eu estiver com sinusite. — Arranco uma risada genuína dele.

O Centro de Pós-Produção no Kanbar Institute of Film and Television da Universidade de Nova York oferece todo o equipamento de hardware de alta tecnologia, aplicativos de software e suporte operacional e técnico essenciais para as necessidades de edição de uma comunidade de diretores, cinegrafistas e afins que produz cerca de oito mil projetos por ano. Não é como estar em um campus habitual — a NYU consiste em apenas um conjunto de prédios espalhados pela

LÚCIDA

Washington Square —, mas estar em uma estrutura como aquela, cercada por tipos jovens e criativos ocupados com seus trabalhos, reacende o velho dilema sobre minha vontade de frequentar uma universidade por quatro anos.

A meia hora acaba se desdobrando em três horas. O filme inteiro se resume à Carmen falando para a câmera. Cada sílaba precisa ser sincronizada com perfeição. Um sotaque exagerado como o de Penélope Cruz não apenas soa diferente, mas faz com que sua boca se mova de maneira diferente em intervalos de tempo distintos. Além disso, Andrew tem muito potencial como diretor, mas nem tanto como técnico de som. Pede desculpas inúmeras vezes por fazer besteira de todos os jeitos possíveis e imagináveis. Boris se responsabiliza por apenas uma mancada.

Faço um trabalho maravilhoso. Em parte por orgulho profissional, em parte porque quero causar uma impressão excepcional . Não que esteja querendo ser a estrela do projeto dele nem nada.

— Quer saber? — indaga. — Acho que vai colar.

— Está certo, Diretorzinho. Agora o seu 6,5 está garantido.

Ele insiste em me levar pra almoçar, o que me deixa pouco à vontade considerando-se que ele é um estudante, e eu já trabalho e provavelmente consigo me bancar melhor do que ele. E por mais que goste do cara sem nem conhecê-lo direito, não costumo aceitar favores de estranhos. Ou de semiestranhos, ou não estranhos. Que é exatamente o que explico pra ele, e ele argumenta que acabo de lhe fazer um favor, então não me faça me sentir culpado, mulher.

Andrew acaba me levanto a um restaurante ótimo perto do apartamento dele no SoHo para comer *moules frites* (mexilhões e batatas fritas regados com um molho amanteigado delicioso). É um lugar que permite a entrada de animais, então ficamos sentados do lado de fora, observando os consumistas desnorteados passarem apressados pela rua. Boris late para alguns saltos altos, e Andrew e eu trocamos aproximadamente 400.000 histórias imaginárias a respeito de todos os comensais, garçons, transeuntes reais ou inventados por nossas imaginações. Ele parece ter potencial.

Comenta que uma senhora com um chapéu fedora arrastando um carrinho de compras roxo não só vende cogumelos alucinógenos dentro de latas de biscoito, como é avó de Aaron Jerome e vai a todos os shows dele. Não faço ideia de quem seja Aaron Jerome. Os olhos de Andrew se esbugalham de incredulidade debochada. Aaron Jerome é o projeto musical SBTRKT, ele me informa. Ainda não estou entendendo nada. Ele me explica que o tal de Aaron, ou SBseiláoque, é um grande DJ de Londres. Revela que ele, Andrew, tem um programa na rádio WNYU (de meia-noite às 3 da manhã todas as terças-feiras, não exatamente no horário nobre, mas ainda assim...) e é viciado em música. O que às vezes se traduz em *underground* demais para ser considerado "maneiro". Mas funciona pra ele, porque não passa de um nerd completo quando se trata desse assunto, então acaba ficando irado de qualquer forma.

Ninguém é perfeito, particularmente quando se trata de ser descolado. No momento em que minhas batatas fritas desaparecem e me preparo para atacar o prato dele, eis que surge Carmen. Estivera procurando por ele em todos os seus restaurantes preferidos, pois havia perdido a chave do apartamento e precisa buscar um roteiro para ensaiar. Parece que o iPhone dele tinha morrido de forma misteriosa e inesperada mais cedo. Lanço um olhar pra ele, mas Andrew disfarça.

A princípio, ela finge que não me vê. Depois, sem se virar para mim, diz:

— Obrigada por cuidar do meu namorado. Gostei da blusa. — Me encara. E com o sorriso mais agradável: — Você resolveu vesti-la só para ele?

— Na verdade, foi só para você. — As palavras saem voando da minha boca antes de eu ter a chance de pensar duas vezes. — Imagine só como fiquei de coração partido quando percebi que você não estava por perto.

Ela me examina.

— Sendo atriz, posso imaginar muito além disso.

— Eu devia ficar com medo de você? Porque se estiver pensando em me esfaquear, por favor, qualquer lugar menos o rosto. — Ela ri alto, cínica e demoradamente. Andrew ouve tudo olhando para o relógio, com uma expressão estranhamente neutra. O que é interessante.

Enquanto coloca as chaves no bolso, ela pergunta:

— Então, o que é que vocês dois estão aprontando?

— Aprontando? — repete o namorado com tom de voz levemente estridente. — A gente se encontrou por acaso no parque e...

— Estou pagando o almoço para retribuir um favor.

— Espero que ele tenha valido a pena — rebate Carmen.

— Vou descobrir hoje à noite, não é, Andy? — É, é um teste. Espero que ele tenha coragem de provocá-la um pouco mais.

— Vai ser um prazer — diz, efusivamente.

Inspiro de alívio em silêncio por ele ter passado no teste. Não quero mesmo me decepcionar a seu respeito. Agora a atriz está preocupada. Então digo:

— Tenho um teste hoje, e ele estava me ajudando a ensaiar.

O alívio dela é pateticamente transparente. Não, essa moleca magrela não está roubando seu namorado. Como se ela realmente precisasse se preocupar. Uma coisa que se aprende cedo nessa vida é que a gostosona sexy sempre tem o supertrunfo na manga quando se trata de homens.

Carmen beija Andrew por previsíveis 45 minutos. Assisti a casamentos mais curtos na vida. Mais elegantes também. Quando tem certeza de que provou ser a dona do namorado, me arrebata, segurando meu rosto, e me dá um beijo de despedida. Na boca. Ainda estou piscando quando ela vai embora.

Ele está sorrindo, estamos nos dando bem, então por que é que estou com essa sensação desagradável no estômago?

— Ela é uma criatura e tanto! — Dá um sorrisinho. — E mais um pouco. E aí...

— Por que amamos quem amamos? Tão inexplicável, não acha?

— Exatamente o que estava pensando.

E com essa frase identifico porque meu estômago embrulhou. Quero que Andrew queira estar comigo. Não sei o que faria se ele concordasse, mas com certeza não me agrada ouvir o quanto ele ama Carmen. Sou uma menina. E gostaria que o cara na minha frente me desejasse do fundo do seu coração.

A Apple Store é logo no fim da rua, então fico com ele enquanto esperamos um tempo absurdo para o atendente nos comunicar que o celular está quebrado. Depois de chegar a essa brilhante conclusão, temos que aguardar um especialista para fazer a configuração do novo telefone. Então ficamos nos computadores, assistimos a uma seleção de gatos soltando pum no YouTube, um dos quais consegue até soluçar ao mesmo tempo. Ele (ou ela, não consegui enxergar direito) é meu favorito.

Andrew encosta em mim para chamar minha atenção, pontuar uma frase ou uma piada, ou expressar deleite, como no momento em que o impeço de clicar em "Por que me tornei uma garota de programa" (explico que é o menor clipe que existe na internet — apenas uma vadia falando *Duh*). Uma vez ele chega a colocar o braço ao redor da minha cintura, e sinceramente acho que nem percebe que o está fazendo. É mais ou menos a mesma forma como Gordy faz com Sloane, e, falando como uma garota que nunca teve um amigo homem próximo, acho tudo muito agradável e até um pouco empolgante.

Do nada, Jerome me liga afobado, dizendo que Nicole foi "realmente arrastada para uma reunião" (coitadinha dela) e não pode mais buscar minha irmã há dez minutos, que corresponde ao tempo que Jade deve estar sentada na calçada esperando e se sentindo como uma criança sem importância, que foi esquecida. O que absolutamente não é o caso, embora ela tenha sido absolutamente esquecida.

São 16h30, exatamente quando os motoristas de táxis trocam de turno e a Wall Street está saindo do trabalho, então não há como encontrar algum disponível. Incrivelmente, Andrew diz que pode me dar uma carona, pois possui um daqueles adoráveis carrinhos elétricos GEM (tipo o dos Jetsons, mas que não voam — imagine um carrinho de golfe mais sofisticado onde cabem seis pessoas), e sua casa fica apenas a seis quadras de distância.

Estou supercuriosa para ver o apartamento dele, mas não quero que Jade fique plantada na calçada por mais tempo ainda. O automóvel dele está estacionado na rua (de frente, como se fosse um Smart Car), desconectamos a bateria e saímos batidos. Chegaríamos mais depressa se estivéssemos usando nossos próprios pés para correr como no carro dos Flintstones.

Andrew compensa os poucos cavalos de potência costurando pelo trânsito caótico, como se fosse um campeão de Fórmula 1. É a coisa mais masculina que o vi fazer até então, uma afirmação e tanto, levando-se em consideração que ele está dirigindo um carrinho de brinquedo.

Jade está sentada na calçada, agachada com sua mochilinha fofa, e dá aquele sorriso imediato de "tudo bem" ao nos avistar. Para alegrá-la um pouco mais, ele a deixa dirigir. É só por uma quadra, mas ela já está planejando o casamento de ambos.

Chegamos ao nosso apartamento, e ele simplesmente sobe como se morasse conosco. O convite está subentendido. Sou completa e deliciosamente ignorada. Os jogos começam com o Guitar Hero *vintage* de Jade, no qual ele arrasa com ela sem a menor piedade.

— Sabe — comenta ela —, um namorado bom de verdade pode até não me deixar ganhar, mas com certeza não solta um ronco que nem um asno enquanto faz sua idiota dança da vitória.

— Essa era minha melhor imitação de Braylon Edwards — diz ele, mostrando seu gingado outra vez, para o caso de ter passado despercebido.

— Imitação de quê? — pergunto, totalmente perdida.

— *Wide receiver*. Os 49rs? Ícone das coreografias comemorativas na *end zone*? — Ele me oferece as pistas como se alguma delas fosse fazer sentido. Não fazem.

— Na verdade, era mais assim — argumenta Jade, levantando-se e mexendo o quadril enquanto bate nas laterais da cabeça, alternando entre as mãos esquerda e direita. Essa garota tem ritmo. Mais importante que isso, porém, como diabos ela sabe quem é Braylon Edwards?

Andrew aplaude respeitosamente e tenta imitar seus movimentos. Os dois parecem ridículos e adoráveis quando se entreolham com sorrisos enormes, balançando os quadris e levantando os ombros do mesmo jeito.

Ele recomeça o jogo, e Jade pisca para mim. Percebo que não faz ideia de quem seja Braylon Edwards e provavelmente nem do que uma coreografia na *end zone* possa querer dizer. Estava apenas fingindo para o impressionar. Boa, Jade!

Ela lhe oferece um tour do apartamento. Não fui convidada. Não tenho certeza de como uma visita guiada a um apartamento de três quartos pode demorar 1 hora e 15 minutos, o que parece 72 horas enquanto tento me ocupar esperando seu término. Poderia ter escrito uma dissertação de mestrado inteira sobre irmãs irritantes, com mais revisões que o necessário. Enfim, depois de pintar vinte unhas e ler a *Vogue* de cabo a rabo, vou até a porta do quarto dela para ouvir escondida. Escuto a malandra perguntar:

— Então você gosta dela, né? Tipo, gosta-gosta dela?

— Tenho uma namorada.

— Mas ela é bem gatinha, né?

— Você é bem gatinha.

— Sou nova demais para você.

— Você se mudaria para o Arkansas? — Acho que está fazendo uma piada.

— E isso ajudaria?

— Não, foi uma piada idiota. E sua irmã tem mais qualidades incríveis do que consigo contar, e a melhor delas é ser completamente doida por você.

— Ok, você *gosta*-gosta dela?

Irrompo quarto adentro como se fosse uma detetive para descobrir que estão apenas jogando baralho no forte que construíram com coisas que Nicole proibiu que fossem usadas para justamente este propósito específico. Em vez de se desculpar, Andrew distribui cartas para mim, depois me destrói no jogo de Copas.

Depois, Jade pede (na verdade ordena) que eu prepare alguma coisa para o jantar. Cabelinho de anjo al'arrabiata, e ai de mim se errar o ponto *al dente* da massa. Andrew se diz insultado, ofendido por Jade não ter notado que pode me dar um banho na cozinha. O que ele prossegue a fazer.

No instante em que está colocando nosso banquete à mesa, o que inclui uma montanha de queijo asiago ralado a mão, seu novo iPhone toca. O toque soa suspeitosamente como "Wind beneath my Wings". Antes de ter a chance de subtrair um ponto de masculinidade, ele me certifica de que é o toque personalizado para Carmen. Subtraio logo doze.

Enquanto ele escuta um discurso semiaudível para os demais do outro lado da linha, examino seu rosto com uma atenção maior do que já dediquei à qualquer outra coisa. Será que eles se amam? Amor é isso? Por alguma razão, não me parece o tipo de amor que gostaria de sentir, mas quem sou eu pra saber de alguma coisa?

Sinto minha barriga se contorcer quando o ouço dizer que estará "em casa" em 20 minutos.

— Pensei que estava trabalhando, mas ela foi para casa para fazer um jantar surpresa para mim. Desculpe por, hmm, *não* comer e me mandar, acho. — Ele não me parece nem um pouco chateado por ir embora. Mal pode esperar para chegar "em casa".

Dá um beijo e um abraço forte na Jade. Agradece a hospitalidade. Acompanho-o até a rua e o observo entrar no carro.

— O que é que você vai fazer amanhã? — pergunto do nada, me inclinando para a janela.

— O que você quiser. — Ele sorri, como se estivesse se perguntando por que é que demorei tanto para perguntar.

E é simples assim. Tenho um novo amigo.

— Me encontre na esquina da Quinta Avenida com a 57 às 8h30 — digo. — Não tome café da manhã antes de sair.

Ele se debruça para fora da janela e beija meu rosto no impulso. Em seguida vai embora em seus patins gigantescos.

Mais tarde, quando deito na cama, penso em meu pai. Em como costumava me colocar para dormir na véspera do meu aniversário e me contar sobre todos os lugares em que me levaria quando acordasse. Sempre omitia o melhor deles para ser surpresa.

E choro até dormir.

CAPÍTULO OITO

Sloane

Acordo suando frio. Não estou pronta para enfrentar esse dia. Queria poder dormir e só acordar amanhã. A homenagem é hoje. Embora o dia mais pareça a manhã seguinte à morte de Bill. Teria preferido continuar sonhando com Maggie a encarar um mundo onde algo como o acidente de Bill podia acontecer.

Tenho certeza de que ela se sente da mesma forma sobre o fato de seu pai não estar mais junto dela.

O horizonte está apenas começando a se iluminar com a luz do nascer do sol. Pulo da cama e desço correndo pelas escadas, torcendo para pegar meu pai em casa antes de sua corrida matinal. Ele está na varanda da frente, com o casaco da Universidade de Cornell, amarrando os cadarços do tênis Saucony.

Sento ao lado dele e encosto a cabeça em seu ombro. Papai sorri, grato pelo carinho, mas imediatamente ciente de que algo está errado. Uma das coisas que realmente amo nele é que não me apressa para desabafar o que estou sentindo. Então apenas me beija na cabeça e me olha tranquilamente nos olhos, esperando que eu fale...

— Tive um sonho horrível. Já tive esse antes. Moramos em Manhattan. Mas você morreu. Quero dizer, você não morre no sonho. Já está morto há anos. E estava deitada na cama na noite anterior ao meu aniversário, lembrando de você e de todas as coisas que fizemos juntos e sentindo demais sua falta. Parecia tão real. E quando acordei, ainda estava com saudades.

Ele me encara nos olhos, e posso ver que está se esforçando para parecer calmo e despreocupado. Mas, se minha filha me descrevesse um sonho recorrente em que estou morta, acho que também ficaria apreensiva.

— Que coisa chata, pequerrucha — diz ele, me abraçando forte. — Com que frequência você sonha com isso?

Não respondo, apenas permaneço no abraço, caída sobre o ombro dele. Brinco com um buraquinho na manga de seu pulôver.

— Sempre?

— Por quê? Seria ruim? Quero dizer, não são sempre sonhos tristes.

— E como são?

Abraço com mais força e depois solto.

— Não dá para falar sobre isso hoje. Preciso escrever meu discurso sobre Bill. Você vai, né?

— Você sabe que eu vou. E amanhã é seu aniversário, e vou continuar aqui. Não vou a lugar algum.

Mas é claro que, algum dia, ele vai. Como Bill foi. Como todos que amamos vão, a menos que nós sejamos os primeiros a ir. A única coisa que eu, e mais ninguém, carrego comigo é Maggie. Como vai ser no dia em que parar de sonhar com ela, a irmã e aquele cachorro enfezado? Em seguida, o pensamento que é sempre o vagão final naquele trem desgovernado: é inteiramente possível que, um dia, Maggie vá dormir e eu simplesmente desapareça, e tudo ao meu redor desapareça comigo, e ela terá sonhos normais e uma vida íntima normal. Esse é o pensamento mais desatinado que qualquer ser humano já teve no universo.

Meu único conforto é saber que Maggie pensa nisso também.

Subo e fecho a porta. Há uma montanha de folhas amassadas cobrindo minha escrivaninha. Olho de relance para um retrato meu com Bill e

Gordy na praia, tirado há dois verões. Não é uma foto posada. Kelly nos fotografou por acaso quando íamos nadar. As costas definidas de Gordy estão mergulhadas sob uma grande onda, como se ele fosse um golfinho. E Bill está na minha frente, de costas para a onda, quebrando a potência para que não bata em mim com muita força. Dá para ver meu perfil, a cabeça virada para o sol, e meu sorriso é tão grande que parece tomar conta do rosto inteiro.

Pego o iPod de Bill (Gordy e eu circulamos o aparelho entre os dois quando estamos sentido saudade do nosso amigo) e ouço o último mix de músicas que ele fez para mim. Coloquei no meu iPod também, claro, mas hoje quero ouvir no dele. Chama-se Jabberwocky, batizado em homenagem à constelação em forma de dragão no meu teto. Era a favorita de Bill.

Sento e fico olhando fixamente para o laptop, e uma onda de repúdio contra mim mesma toma conta da minha mente. Estou destroçada. Tenho a oportunidade de me apresentar na frente de todos e oferecer um vislumbre de quem era Bill, do que a perda, o sofrimento e a solidão com os quais a vida pode sufocar alguém significa para mim. E aqui estou, procrastinando com pensamentos sobre a tal "saída dupla" imbecil ao Seahorse naquela noite. Será que não tenho mesmo nada a dizer sobre a única pessoa que conhecia todas as minhas constelações? Ou talvez seja o caso de ter coisas demais a dizer.

Como posso sequer começar a falar e a honrar a memória de Bill em um evento assim? O mundo adulto que administra nossa escola considera aquele um momento de ensinamento (uma nova expressão para nossa era), através do qual os alunos entenderão o processo da perda e do luto e da solidão, ficando sentados nas arquibancadas do campo de futebol e sendo apresentados à veracidade da mortalidade. Não há nada a ensinar. Apenas a sentir. E juro por Deus que ninguém precisa estar em um campo de futebol para senti-lo.

Só para completar minha manhã, estou dois terços para fora da porta quando ouço:

— Ei, lesma! — Tyler nunca me chamou de qualquer outra coisa. Parece que chegou ontem da Universidade de Vermont.

Desconfio não ter a presença de espírito necessária para lidar com este encontro. Finjo não ter escutado e continuo a andar. Uma das vantagens de se ter 1,95 metro de altura é ter pernas bem longas e conseguir alcançar meninas pequeninas com cerca de três passos.

— Que bom te ver também! — brada ele, com o que considera ironia. — Não vai me abraçar?

Olho para ele e percebo que obviamente não odeio meu irmão. Ele é gentil e bem-intencionado, e o problema está todo em mim, porque tenho inveja da facilidade com que ele transita pela vida.

Por isso, o abraço. E é sincero. E ele sente que é. E me abraça de volta.

— Que bom que te peguei em casa. Queria mesmo conversar sobre o lance de Bill.

Do bolso, tira um maço de papel dobrado, coisa de quatro ou cinco páginas. Olha nervosa para ele, balançando a cabeça.

— Escrevi isso aqui, sabe, sobre ser meio que o conselheiro de Bill e tal, você sabe, no lance de quarterback e coisas de homem em geral.

— Tenho certeza de que está eloquente.

Meu irmão me encara por um instante. Dá um sorriso mínimo.

— Nunca mude, garota. Eu não te reconheceria.

— Desculpe. Me desculpe mesmo. Está sendo um dia difícil.

— Bem, é por isso que quero conversar com você. Pensei que talvez fosse melhor não dizer nada e deixar que apenas você e Gordy falassem.

Ele parece um pouco constrangido oferecendo algo tão magnânimo e cheio de consideração. Não consigo lembrar de outra vez em que o tenha visto assim.

— Valeu, Ty. É muita generosidade. Mas Bill era seu amigo, e você merece ler o que escreveu para honrar a memória dele.

— Sim, ele era meu amigo. Nós éramos bem próximos. Mas não do jeito que vocês dois eram.

Engasgo. Não sei o que ele quer dizer com isso.

— Bill era especial para você. Digo, muito especial. Sou seu irmão, e não sou lá superinteligente, mas disso eu tenho certeza.

— Obrigada — agradeço. E por algum motivo fico vermelha por ele saber ou ter notado que nós dois éramos especiais um para o outro. O que era verdade, claro.

Silêncio.

— Então, hmm, como é que vão as coisas? — Claramente se esqueceu do nosso bordão mafioso, uma das nossas piadas internas. Por causa disso, respondo...

— Não, como é que vão as *parada?* — Com um sotaque de mafioso de Nova Jersey.

— Não, como é que vão as *suas parada?* — Agora ele está sorrindo, liberado da obrigação de ser gentil e livre para ser o piadista. Repetimos a frase mais umas dez vezes antes do perdedor começar a rir, e o vitorioso (no caso, vitoriosa), que consegue manter a expressão impassível, ter a honra de dar um soco no braço do derrotado.

Ouvimos uma buzina. É Gordy, que está aqui para me buscar com seu velho Land Rover, uma surpresa inesperada e bem-vinda. Tyler e eu vamos até ele. Os dois matam as saudades com aquele cumprimento masculino idiota de bater os punhos, uma piada masculina idiota, uma conversa masculina idiota sobre esportes, e pouco antes de meu cérebro derreter e virar geleia, me encontro sozinha com Gordy dirigindo pelas ruas.

— Valeu pela carona.

— Como você está? — Agora é uma pergunta séria. Dou de ombros, porque ele sabe que não estou nada bem. Gordy assente em concordância. Tem belos olhos claros, e aquele dia, por algum motivo, me fazem lembrar da época em que tínhamos 6 anos. Ele olha direto nos meus e, em seguida, vira outra vez para encarar o caminho.

— Sei que te disse que você não ficaria sozinha lá, mas será que você se importa se for a única a falar hoje? Escrevi meu discurso e ensaiei milhares de vezes, e chorei em todas. Simplesmente não consigo.

Seguro os dedos de sua mão livre e aperto com força.

— A gente pode fazer como você quiser. Mas, se você está se sentido assim, deveríamos praticar o discurso. Talvez mudando uma frase ou outra.

— Já tentei isso.

— E engolir com força quando chega na parte em que você começa a chorar? Sempre funciona.

— Não funciona. Não funciona. — Os olhos começam a marejar.

Não o vejo chorar desde a noite em que dirigiu até minha casa para dizer que Bill havia morrido na batida. O policial tinha telefonado para os pais de Bill, e o pai dele ligou para Gordy aos prantos, perguntando se poderia contar aos amigos. Gordy imediatamente pulou em seu carro, as lágrimas correndo, e dirigiu a 145 quilômetros por hora até minha casa para que eu não ficasse sabendo por mais ninguém. É esse o tipo de pessoa que Gordy é. E lindo também. Pode perguntar a qualquer um.

— Encoste ali na frente — digo com suavidade. — Vamos dar uma olhada no que você escreveu. — Ele para no encostamento e me mostra. Está dobrado cerca de 25 vezes e, escrito a lápis, fica quase indecifrável. Passo os olhos pelo papel. Muito doce, escrito de coração. Estou orgulhosa por ele sequer cogitar discursar sobre algo tão pessoal e comovente na frente de todo mundo.

— Adorei, Gordy. Você tem que falar. E nós dois vamos ficar aqui para ensaiar e ensaiar até você ficar satisfeito com seu desempenho. Não importa quantas aulas a gente perca.

Depois de oito leituras, as lágrimas param de cair. Agradece pela dica de engolir, o que parece estar ajudando. Não apostaria se ele vai acabar chorando ou não, mas ao menos vai conseguir ler. Como em todas as vezes que o vi chorando (que devem ter sido cinco ou seis), ele sempre jura que ninguém antes presenciou essa cena, nem a mãe dele. Meninos são tão estranhos.

Chegamos ao colégio a tempo para a primeira aula, perdendo apenas a reunião de classe. Na hora do almoço, meu coração está pulando a caminho da colina. Estou tão envergonhada por estar pensando em você-sabe-quem quando Bill deveria ser a única pessoa passando pela minha cabeça. Mas a verdade é que não consigo pensar em outra coisa. Não só ele não está em seu lugar cativo sob a árvore, como Kelly comenta como quem não quer nada:

— Nem procure pelo Sr. e Sra. Porcella. Os dois faltaram a minha segunda aula hoje. — Levanta a sobrancelha em uma tentativa de expressão lasciva.

— Acha que estão tendo um almoço romântico? — Lila é um pouco mais direta.

— Espero que sim pelo bem da Amanda — acrescenta Kelly. — Acho que ela anda precisando.

Dou uma bronca nelas por estarem fazendo graça da minha amiga e passo o resto do almoço rezando para que as meninas não possam ouvir meu coração esmurrando meu peito. É claro que ele e Amanda estão juntos. Por que não estariam?

Faço um esforço imenso para pensar em Bill e em como ele merece minha atenção e lealdade plena aquele dia. O que me faz sentir ainda pior, pois parece que não consigo. Cada célula do meu corpo está queimando de ciúmes de um cara que não conheço e que sequer gosta de mim. É assim que funcionam as coisas comigo.

Enquanto quase mil pessoas ocupam as arquibancadas, ainda não consegui domar meus pensamentos. Sinto-me completamente anestesiada. Não paro de procurar James em todos os cantos. A equipe de *cheerleaders* entram uniformizadas, Amanda à frente. Nada de James.

Nada de James em lugar algum. Então, assim que Gordy sobe no palanque para falar, apertando meu joelho no caminho...

...Eu o vejo. Entrando pelo canto das arquibancadas carregando Pablo, o vira-lata adotado na quarta-feira. Sobe os degraus e encontra um lugar. Fica abraçado ao cachorrinho e beija seguidamente a cabeça dele, como se estivessem sozinhos no mundo.

Perdida nos becos perigosos dos meus pensamentos, de repente me dou conta de que Gordy já vinha falando, está no meio do discurso e olha para mim enquanto eu estava fixada em Pablo e o dono. Não posso acreditar que decepcionei Gordy dessa maneira. Finalmente consigo sair daquela cena hipnótica e me concentro no que está sendo dito a respeito do nosso amigo falecido.

— Não posso deixar de pensar na vida que ele ainda tinha pela frente, todas as coisas que vamos fazer e que ele não vai; aproveitar o verão mais uma vez, nos formar na escola, ir para a faculdade, nos apaixonar de verdade...

O contato visual entre nós parece deixá-lo abalado, e ele começa a chorar. Todos ao meu redor estão profundamente emocionados, e cada vez que Gordy tem que engolir e recomeçar, mais as pessoas se sentem conectadas a ele. Nesse momento, quero acreditar que estamos todos nos conectando um pouco mais à memória de Bill. Talvez uma lembrança coletiva não seja uma ideia tão horrível quanto havia pensado.

E, subitamente, ele termina. A plateia aplaude demonstrando solidariedade a Gordy e consideração a Bill. Levanto e cruzo com ele no meio do caminho. Dou um abraço enorme no meu amigo na frente de todo mundo, e ele me abraça de volta, como se estivéssemos a sós, mesmo que os olhos da escola inteira e de todos os convidados estejam fixos em nós.

Ele se encaminha para sentar novamente. Estou sozinha com o microfone.

LÚCIDA

— Não escrevi nada com antecedência — confesso. — Como muitos aqui, eu amava demais Bill, amava tanto, que não tenho palavras. Então vou compartilhar uma história.

Procuro na multidão e vejo minha família. Papai com seu olhar sereno de apoio. Mamãe com lágrimas nos olhos, o que me comove tanto que quase começo a chorar bem ali. Tyler também está lá, e até seu sorriso padrão enlouquecedor parece estar torcendo por mim pela primeira vez na vida. Está segurando a mão de Max, e me lembro de como meu irmãozinho adorava Bill. Fico imaginando se minhas "doenças contagiosas" poderiam ter qualquer coisa a ver com o fato dele ter ido embora. Bill sempre brincava com ele, levava doces e, mais importante que isso, falava com ele de igual para igual. Max está com uma carinha devastada e perdida, segurando a mão comprida de Tyler. Meu irmão mais novo me encara profundamente, e meu coração se enche de amor.

— Tinha algo que queria mais que qualquer outra coisa na vida. Ou mesmo desde antes disso. E tinha uma boa razão para não poder ter esse algo que eu queria. E eu ficava inconsolável. Chorava. Pensava que fosse a garota mais azarada, infeliz no planeta, e achava que nada daria certo de novo. Tentei esconder da minha família, das minhas amigas, de Gordy. Mas não consegui esconder de Bill.

"Então ele me abraçou. Na verdade, me apertou nos braços dele. E ficamos em silêncio absoluto pelo que pareceu um dia e meio. E quando ele achou que eu podia ouvir o que tinha para dizer, falou que era importante que eu me permitisse me sentir mal pelo tempo que quisesse. E que era importante que lembrasse ao mesmo tempo de toda sorte que tinha por tudo na minha vida que me trazia felicidade. E que tivesse certeza de que sentiria essa felicidade outra vez, algum dia.

"Por isso, eu me esforcei. E a coisa na qual me segurei foi a benção que era ter Bill sempre comigo. Mas ele se foi. E lembrei daquele dia em que ele me abraçou, e percebi que ainda tenho Bill para me apoiar e sustentar, e sempre terei."

Sentindo-me vazia, porque deveria ter me expressado melhor, abaixo a cabeça e começo a me dirigir para as arquibancadas num silêncio total. De repente, aplausos rasgam a plateia, e, por alguma razão, olho para cima direto na direção de James. Ele está com aquele cachorro feio no colo, sorrindo para mim.

De alguma forma, aquilo me conforta. Durante o tempo inteiro em que minha mãe não para de me abraçar, e Tyler diz que "arrasei", e Max me encara com olhos admirados, e meu pai está na fila para me dar nosso abraço especial...

Não consigo parar de pensar em James.

Quando eu e Gordy chegamos ao Seahorse, o outro casal já está lá. O Pônei, como todos chamamos carinhosamente o lugar, fica basicamente no estacionamento da marina. Tem os melhores hambúrgueres da cidade, e, quando era pequena, eu adorava a Torta Gafanhoto, uma torta verde neon, e a máquina da Miss Pac-Man que eles tinham. Hoje, Amanda e James estão sentados perto do aquário naquelas mesas que parecem uma cabine, evidentemente curtindo a companhia um do outro.

Ela diz algo que o faz rir, e reviro meus olhos. O que um cara não faz para dormir com uma garota. Em todos os anos que a conheci, ela jamais disse nada que pudesse fazer um ser humano rir. Não que ser engraçado seja tão importante quanto ser uma boa pessoa, ou muito inteligente, ou muito bonita (ok, talvez essa não conte). Mas ser engraçado é importante para mim, então fico projetando. E todas as esperanças que vislumbrei de ter algum tipo de laço mais íntimo, prometidas por aquele sorriso, desaparecem completamente. Talvez ele seja apenas um garoto como outro qualquer.

Sentamos à mesa. Amanda se levanta num pulo e me tasca um beijo, que em um primeiro momento interpreto como um gesto falso apenas para provar algo ao James, mas depois me dou conta de que deve ser porque não nos falamos desde a homenagem a Bill. Ela é gente boa,

Amanda Porcella. Sem precisar olhar, posso ouvir a troca de grunhidos masculinos amistosos com Gordy. Seguro minha onda e levanto a cabeça, para descobrir que James está me encarando abertamente.

— Adorei o discurso. De ambos.

Ele parabeniza a nós dois, mas olha apenas para mim.

— Diz muito sobre Bill o fato de ter amigos que o amavam tanto assim. Desculpe, nas suas palavras, ainda amam.

— Valeu. — É tudo em que consigo pensar. Claramente, estou com a bola toda. Só que não.

Imediatamente, Gordy começa a falar sobre os Celtics e a rodada final da NBA, um ritual sagrado que acredita ser observado por todos os machos. Está prestes a ver suas crenças serem estraçalhadas pelas mãos de um cara que é interessante demais para gastar horas da vida com coisas desse tipo. Na verdade, James provavelmente preferiria discutir os torneios celtas de decapitação no livro *Dom Galvão e o cavalheiro verde* a dar dois berros por conta de uma final de basquete.

Para meu estarrecimento, James sabe mais que Gordy, como todas as coisas realmente entediantes sobre onde cada jogador estudou e quantos assaltos, rebotes ou passes contabilizou. Esse menino é um enigma.

Como por exemplo quando ele diz, "KG tem que ficar firme lá no fim da quadra para Rondo conseguir passar a bola pra ele pelo bloqueio." E Gordy confirma como se fizesse todo o sentido.

No meio da programação do SportsCenter, Amanda passa o braço pelo de James e encosta a cabeça em seu ombro. Normalmente, eu acharia esse tipo de demonstração pública de afeto ou carinhosa, ou nauseante, dependendo do casal em questão. Mas ali está claro que é simplesmente para mostrar quem é a dona. Lembro imediatamente do jeito que Carmen beijou Andrew no almoço.

Por que é que Amanda se importa? Claro, o carinho deve ser gostoso. Ou talvez minha atração por ele seja óbvia demais e esteja fazendo papel de idiota, babando em cima do namorado dela, e Amanda esteja apenas instintivamente agindo como as meninas agem nesse tipo de situação.

Como eu cheguei a cogitar que isto seria uma boa ideia? E quando vai acabar? Olho de relance para a porta. Quando meus olhos retornam à mesa, ele está me encarando. De novo.

— O que é que você está lendo agora? — pergunta. Parece estar curioso de fato, não forçando uma conversa.

— *Decoded*. É a autobiografia do Jay-Z.

Ele consente.

— Já li. Queria que ele tivesse passado mais tempo escrevendo sobre os anos como bandido do que se defendendo e explicando por que ainda faz raps sobre essa época — critica.

— Ele e Beyoncé são um casal tão fofo. A bebê Blue é uma princesinha do hip-hop — comenta Amanda.

— Estou decepcionada — confesso a ele — que até agora ele não tenha falado nada muito pessoal sobre Biggie, apenas que ainda usa o colar com o Jesus de platina sempre que vai gravar.

— Acho que é porque ele pode confessar seu amor pelo Biggie sem ter que dar detalhes sórdidos para os curiosos só para vender mais livros.

Dá aquele sorriso lindo.

— Mais ou menos como você fez hoje. Você não precisou descrever aquilo que você queria tanto. Foi o suficiente saber que amava seu amigo e que ele te apoiou. Achei bem legal.

Tenho a sensação de que meu coração vai explodir. Não lembro de nenhum elogio que tenha significado tanto para mim. Ele escutou o que eu tinha para dizer sobre Bill da maneira como esperava que fosse ouvido. Isso me faz sentir compreendida.

Nossos companheiros, entediados até o último fio de cabelo com o mundo do hip-hop, estão absortos em seu próprio diálogo sobre uma briga entre garotas no vestiário feminino do ginásio.

LÚCIDA

Passamos as duas horas seguintes mergulhados em conversas um com o outro. Temos muitos interesses em comum. Ele sabe mais de política. Eu, mais de História. Ele toca violão flamenco. Eu adoraria pegar um cara que toca violão flamenco. Ele ama animais. O motivo para ele ter matado aula hoje foi para fazer Pablo se sentir à vontade na nova casa. Nós dois somos fanáticos por filmes. Enquanto morava em São Francisco, conseguia assistir no cinema todos os filmes que precisei implorar ao Derek da videolocadora Mystic Video para encomendar para mim. Ama grandes produções cheias de ação, que não suporto, e ambos adoramos comédias idiotas.

O grande tópico se torna as viagens. Porque James já viajou muito, e eu, não. Ainda. Obrigo-o a me descrever cada detalhe do tempo que passou na França, China, Escócia, até no leste africano.

Não me sinto nem um pouco encabulada ou nervosa conversando com ele. Pensei que não conseguiria comer quando sentássemos. Mas, antes que me desse conta, acabei com meu hambúrguer, e Gordy está carinhosamente limpando ketchup da minha bochecha enquanto interrogo James a respeito do safári que fez com o pai. Normalmente, ketchup no meu rosto me levaria a uma reação de constrangimento. Estou me divertindo demais para me importar.

Quando todos terminam as Tortas Gafanhoto e pagamos a conta, meu coração se contrai. Sinto-me uma Cinderela depois do baile. Posso monopolizar sua atenção pela duração de um jantar, mas uma garota como Amanda tem seu coração. Damos adeus, o casal segue junto para o estacionamento, e sinto vontade de chorar.

No caminho de casa, Gordy sabe que estou triste. É claro que acha ser por causa de Bill. Faz o melhor que pode para me animar, o que significa essencialmente tirar sarro de mim até eu conseguir rir de mim mesma. Diz que pareço o labrador dele, Tiller, quando engoliu uma bola de tênis. Observando meu reflexo no espelho retrovisor, admito que ele tem um pouco de razão.

Gordy promete que vamos celebrar Bill e meu aniversário no dia seguinte. E promete que não vai ser um fracasso. Tenho tanta sorte de ter Gordy.

Na cama, me viro e reviro, inventando situações em que possa ver James outra vez como hoje. Por fim, chego à conclusão de que é masoquismo. Porque, mesmo se pudesse jantar com ele daquele jeito todas as noites, cada momento iria envolver a dor de saber que quero mais.

E, claro, a maldição final. Apenas Maggie pode sonhar com ele.

CAPÍTULO NOVE

Maggie

Observo a menina refletida na janela. Cabelos presos no topo da cabeça, óculos escuros enormes, deliciando-se com o café e um pão de massa folhada em meio à fortuna que serviu de resgate a um xeique, feita de diamantes e esmeraldas. Está tomando café da manhã na Tiffany. Uma vez por ano, no meu aniversário, sou Holly Golightly. Ao menos no café da manhã.

A imagem dele se aproxima por trás de mim, e, sem virar, digo:

— Creio que você está de complô com o carniceiro.

Sem perder um segundo, traduz: "I believe you are in league with the butcher". Estudante de cinema ou não, o fato de conhecer meu filme favorito a ponto de lembrar dessa fala significa alguma coisa. O dia promete.

Aponto para a calçada. Deixei ali seu café da manhã, um croissant de amêndoas muito bem enrolado em guardanapos e um café grande. Notei no almoço do outro dia que gosta dele servido com bastante creme, sem açúcar. Para ao meu lado e começa a comer, e ficamos em silêncio por algum tempo.

— Você acha que se eu arrumasse um desses anéis que vêm de brinde em caixas de cereal, eles gravariam nossos nomes nele? — Acontece no filme e é muito romântico.

— Não, veja bem, aquilo era um filme. Isso aqui é a Tiffany's. Aquele ator não trabalha aqui de verdade, e lamentavelmente em mais nenhum lugar hoje em dia — Viro para olhá-lo. — Obrigada por conhecer o filme e gostar dele.

— O prazer é meu.

— Vou te levar para fazer um tour por Nova York hoje. Todas as visitas serão sets de filmagem, ou reproduções razoáveis deles.

— Maravilha. Algum motivo em particular?

— Sim. Vamos?

— Assim que você me disser qual é sua cena favorita e por quê.

— Você primeiro.

— Adoro o final quando os dois estão na chuva e acabaram de encontrar o gato perdido dela, e aí os três ficam abraçados, chorando, embora alguns cínicos tenham sugerido que seria chuva no focinho do gato, em vez de lágrimas.

— Você não falou por quê.

— Porque vi o filme quando tinha 16 anos, e aquela cena definiu o que significa romance para mim. Um dia, vou encontrar uma mulher que me deixe sair procurando como louco seu gato fugido e que me abrace em seguida, debaixo de uma tempestade.

Ele é tão sincero e espontâneo. Tenho vergonha do meu silêncio calculado.

— Sua vez — insiste.

— A verdade é que estou decidindo qual cena escolher com base no quanto ela pode revelar sobre mim.

— Perfeito.

— Gosto da cena em que ela recebe o telegrama no qual o ricaço brasileiro dá um pé na bunda dela e aí começa a destruir o apartamento com uma fúria histérica, mas depois conclui que vai usar a passagem de avião para ir ao Rio de qualquer forma. — Observo-o refletir. — O que isso diz a meu respeito?

— Diz que você já teve uma decepção amorosa e continua pensando nela.

— Na verdade, nunca tive uma decepção amorosa. Mas assistir àquela cena me fez pensar, *então as coisas são assim*. E em como vou reagir quando acontecer.

— Então. Como você vai reagir?

— Vou me mandar para o Rio.

— Vai nada. Você não é do tipo que foge dos problemas.

— Você ainda tem tanto a aprender sobre mim, isso pode demorar um bocado.

Passo o braço pelo dele e o levo para ser minha companhia pelo único dia do ano que não consigo enfrentar sozinha.

Chegamos à loja de brinquedos FAO Schwarz e sapateio naquele teclado iluminado que eles têm no chão. Graças ao meu árduo investimento em aulas de dança, consigo tocar algo próximo de "O bife". Não é tão fácil quanto Tom Hanks faz parecer em *Quero Ser Grande*.

Do lado de fora do Hotel Plaza, Andrew canta "Memories" para mim, de *Nosso Amor de Ontem*. Você sabe: "Memories/Light the corners of my mind/Misty watercolor memories/Of the way we were". Ele tem uma voz surpreendentemente doce e canta como se eu fosse Robert Redford, e esta, a nossa última chance de encontrarmos juntos o verdadeiro amor. Atraímos uma plateia considerável. A mais ou menos 30 segundos do fim, receio que ele se deixe levar pelo momento e tente me beijar. Como uma atriz que já beijou dúzias de caras antes (quando estava trabalhando, não vadiando por aí), não sei bem por que isso seria assustador. Ele não faz nada, e alguma menininha de 12 anos na multidão grita "beija ela", como se fizesse alguma diferença em sua vida. Meigo.

Atravessamos a 59 até chegarmos ao Central Park, e é claro que tiro meus sapatos para sugerir outro filme do Redford, *Descalços no Parque*.

— Deviam ter te escalado para o elenco — diz ele. — Jane Fonda é tão sargentona.

— Você já viu o corpo daquela mulher na época?

— Difícil não ver, era absurdo. Todos aqueles exercícios de Jazz e *collants* e polainas. Mas um corpo sarado não é tão importante assim.

— Carmen tem um de dar inveja.

— Com certeza. Mas não é por isso que estamos juntos. Você ainda tem tanto a aprender sobre mim, isso pode demorar um bocado.

Ficamos deitados no gramado de Sheep Meadow e ignoramos os turistas se banhando ao sol. Quero falar da Carmen, mas ele, não. Está tamborilando os dedos nas costelas, cantarolando alguma melodia com a qual está obcecado. É totalmente bobo e meio irritante, uma vez que não consigo entender sua paixão por música ambiente da década de 1970.

Comento que estou concorrendo ao papel da quarta protagonista do piloto da série *Innuendo*, torcendo para que ele tenha algum conselho útil a me oferecer. Minha agente, Cindy, ainda não sabe e fica sempre tão entusiasmada com tudo que não conseguimos estabelecer um vínculo legítimo. Contar pra Nicole significaria ter que engolir suas sugestões inúteis sobre o guarda-roupa apropriado e quais penteados escolher a fim de me ajudar a conseguir o trabalho. Todos os meus outros amigos têm seus assuntos e preocupações pessoais referentes às próprias carreiras e inseguranças.

Além do mais, confio que Andrew será sincero. Infelizmente, ele não resiste.

— Espero que você não consiga.

— Como é?

— Vou sentir saudades.

Não parei para pensar que com noventa por cento de certeza o programa será gravado em Los Angeles. Teria que me mudar. Nicole não poderia vir comigo, e, portanto, tampouco Jade. Sloane mal pode esperar para entrar em Columbia, escapar do ninho familiar e estar sozinha consigo mesma. Eu sempre estive sozinha. Mas nunca da maneira como seria em Los Angeles. Nunca fui pra lá. Imagino a cidade cheia de pessoas superficiais, gananciosas, competitivas, ao menos aquelas na mesma profissão que a minha. Sinto-me minúscula e mais vulnerável que em muito tempo.

— Então é melhor você dar meu celular para sua mãe, para a próxima vez que alguém precisar buscar Jade em alguma calçada da vida. — Andrew se arrepende no momento em que pronuncia a frase. Apenas o encaro. — O que foi? — indaga.

— Só estou aqui parada, apreensiva. Como uma criança pensando em fugir para se juntar ao circo.

— Ok, vamos falar sério, Mama. Quais são as chances concretas de você conseguir esse papel?

Suspiro. Ótima escolha por onde começar.

— Menos que zero.

— Quantos anos você tem?

— Acabei de fazer 17.

Sorri com doçura.

— É normal ficar com um pouco de medo. Hás dois anos, eu estava um pouco desesperado com a ideia de me mudar para Nova York e fazer faculdade, e você nem vai ter toda a estrutura de uma instituição acadêmica lá. Mas, se aparecesse uma oportunidade dessas, você teria que ser clinicamente insana para recusar. Faça o que tiver que fazer para aumentar quaisquer chances de conseguir.

— Qualquer coisa? — pergunto.

— Do que é que estamos falando? Teste do sofá?

Não respondo nada.

— Aqui vai um conselho bem honesto. Nada de teste do sofá para você. Nunca.

Seguimos em frente, e, passando pela Times Square, Andrew se coloca na frente de um táxi que não tinha bem freado de todo e dá um soco no capô. Sei exatamente aonde isso vai levar antes mesmo de ele começar a fazer sua melhor interpretação de "Ratso" Rizzo, usando a famosa frase "Estou atravessando! Estou atravessando!", com a qual Dustin Hoffman devia ter ganhado o Oscar em *Perdidos na Noite*. Na verdade, ele merecia um Oscar por metade das coisas em que já atuou.

No topo do Empire State Building, onde Cary Grant esperou em vão pelo seu verdadeiro amor em *Tarde Demais para Esquecer*, contemplamos a cidade. Ele mirava através daqueles binóculos enormes de longo alcance. Eu imaginava que o zoom permitisse observar qualquer lugar da metrópole, bisbilhotar dentro das casas, da vida das pessoas e estudar um instante parado no tempo.

— Meu pai e eu fazíamos isso todos os anos. Passávamos o dia visitando locações de filmagem. E, desde que ele morreu, nunca mais fiz isso sozinha. — Sem olhar para ele, digo: — Então, obrigada.

— Sinto muito. — Noto que ele olha pra mim.

— Ele era a pessoa mais genial, intuitiva e amorosa. — Me viro para ele. — Saiu de um avião em Chicago e teve um ataque cardíaco fulminante enquanto passava pelo terminal. Morreu antes de chegar a cair no chão. Foi bom por não ter sofrido. E que não tenha tido medo. Nem arrependimentos.

Devo estar com uma expressão inconsolável, porque Andrew diz:

— Mas não teve chance de se despedir.

Balanço a cabeça, concordando. Começo a chorar. Ele me envolve em seus braços, e eu deixo.

— Foi ele quem me levou ao cinema pela primeira vez, quem me levou a tudo pela primeira vez. E, quando Nicole se opôs à ideia de que eu fosse atriz, ele deu uma bela de uma bronca nela. Disse que não era apenas grosseiro e desencorajador, mas ignorante. Acreditava plenamente que eu podia ter sucesso.

— Nem quero pensar no que poderia acontecer se meu pai chamasse minha mãe de ignorante.

— O que aconteceria?

LÚCIDA

— Ela ia arrancar o couro dele.

— Foi ele quem começou a brincadeira de inventar histórias sobre desconhecidos. Era escritor profissional e costumava dizer que as histórias pareciam uma forma de nos esconder enquanto revelamos os outros, mas que, na verdade, estamos apenas revelando a nós mesmos. Então, lembrávamos dos enredos que inventávamos para descobrir o que eles queriam dizer sobre nós. .

— Aí estão duas pessoas que imaginam histórias melhores que as minhas.

— Pelo menos. — Andrew consegue arrancar um sorriso meu, que era, claro, seu plano mirabolante desde que eu comecei a chorar.

— Obrigado por me contar essas coisas. Gostaria de ter conhecido seu pai.

— Nunca falo sobre ele. Acho que você é a primeira pessoa com quem converso sobre isso sem ser minha psiquiatra.

Ele balança a cabeça.

— Você precisa menos de uma psiquiatra que qualquer outra pessoa que conheço.

— Bem, como eu já disse, você ainda tem muito o que aprender sobre mim. Para não ser desonesta nem antipática, digamos que comecei a me consultar com ela quando papai morreu. Agora, falamos basicamente sobre meus sonhos.

Em pouco mais de uma hora, estamos no deque da balsa de Staten Island. O sol acaba de desaparecer, e a água está com uma coloração arroxeada. Andrew parece perplexo. Digo a ele *Uma Secretária de Futuro*. Balança a cabeça, como se lembrasse vagamente. Tento ajudar...

— Alec Baldwin diz: "Tess, casa comigo?", e Melanie Griffith responde "talvez". Ele rebate: "Você chama isso de resposta?", e ela: "Se você quer outra resposta, vá perguntar para outra garota".

— Uau. Que fala ótima. Tenho que usar essa daí.

— Tem minha permissão. Então, o dia parece ter rendido bastante.

129

— O dia acabou de começar.

Gosto da promessa conspiratória de diversão nessa frase. Mas estou realmente animada para encontrar Thomas.

— Não para mim, não hoje. Tenho um compromisso.

Ele me encara.

— Cancele. E eu cancelo o meu.

— Tem a ver com a série. É com o diretor de elenco.

Um relâmpago passa pelo olhar dele. Dessa vez, seu sorriso é ressabiado.

— Contanto que não tenha sofá algum envolvido.

Penso a respeito. Em estar em um sofá com Thomas e no que ele pretenderia fazer naquele sofá. E no que eu ia querer fazer. E como a coisa toda do sofá poderia ou não afetar minhas chances no trabalho.

— Bem. — Ele está prestando toda a atenção. — O diretor é um cara mais velho. Deve ter uns 25 anos. E quer sair comigo. Abriu o jogo. E disse que não tem nada a ver com minha oportunidade de fazer o teste para o papel. E falou também que pode me oferecer outras oportunidades. E, claro, essas também não estariam vinculadas a sairmos juntos ou não.

— Você está a fim dele?

— Bastante. — Tento ver se ele parece decepcionado, mas, na luz minguante, é difícil ler sua fisionomia.

— Desculpe confirmar que você já sabe o que está me perguntando. Se ficar com o cara, e não estou dizendo dar um beijinho de boa noite aqui e uma enrolada ali, mas transar com ele, aí o cara vai te dar uma chance para o papel. Então, você vai continuar dormindo com ele. E isso não faz dele uma pessoa ruim. E nem de você uma oportunista. E não quero que você faça nada disso.

— A parte chata é que se ele fosse um advogado ou coisa do tipo, eu acho que iria gostar de sair com ele. Ele não foi engraçado até agora, e essa é meio que a prova final. Mas sendo quem ele é, não sei se ficaria me perguntando se não estou saindo com ele pelos motivos errados. Entende o que quero dizer?

— Entendo. Sei o que você quer dizer. Mas acho que devia confiar nos seus instintos. Se esse for o cara para você, não deixe o trabalho dele ficar no caminho. Na verdade, não deixe nada ficar no caminho.

E logo em seguida diz:

— Encontrar a pessoa certa. Alguém pra ser seu. É a coisa mais importante que existe.

Digo:

— Hoje é meu aniversário. Meu aniversário de 17 anos.

— Não acredito! Sério?

— O dia todo. — Minhas frases mereciam um prêmio.

— Cancele esse compromisso de elenco idiota e deixe eu te levar no Katz's para comer torta com sorvete e fingir um orgasmo.

Solto uma risada. É a cena favorita de todo mundo do filme *Harry e Sally: Feitos Um para o Outro*. Fico imaginando quantos orgasmos falsos as coitadas das garçonetes não têm que aguentar todas as noites. Fico imaginando como seria fingir um orgasmo com ele.

Mais tarde, olhando meu armário, me dou conta de que não faço ideia de onde Thomas vai me levar para jantar. Crise de dimensões épicas. Mando mensagem e telefono. Nada. Bem, posso me vestir de forma neutra, mas o que diabos significa isso? O que é pior? Estar produzida demais ou de menos? A resposta óbvia é demais, porque de menos indica que você é uma pessoa desencanada, quem se importa com o que os outros pensam? Quem se veste demais acaba parecendo desesperado para impressionar. Mas meu sentido-aranha me diz para me produzir ao máximo. O cara gosta de mim, sabe que é meu aniversário, não vai me levar ao japonês da esquina. Começamos com um vestidinho preto. Talvez não tão "-inho" assim. Justo e curto parece meio adolescente; não é essa impressão que quero causar. Justo e um pouco mais longo parece mais sofisticado, o que pode ser uma armadilha, porque não quero parecer uma menininha tentando passar a imagem de mais velha. Decido arriscar a segunda opção porque caiu melhor. Saltos de 10 centímetros, esses não tem como esconder, tenho que presumir que não vamos jogar boliche. Assalto a caixinha de joias de Nicole à procura de algumas peças legais. Prendo meus cabelos e deixo uma mecha cair pelo ombro descoberto.

Sinto-me confiante, o que me faz pensar que não estou tão interessada assim em Thomas. Por que isso? Achei mesmo que estivesse. Disse a Andrew que estava. Ele até me encorajou. É essa a razão. Não quero um homem atraente me aconselhando a ir atrás de outro. O que quero mesmo é que todos os homens atraentes me queiram. Ok, é simples. Não tem nada de errado. Sou apenas egocêntrica.

Quando ele aparece à minha porta, resisto ao impulso de dizer que vou me trocar. Não teria motivo, a menos que fosse correndo ao closet mágico da *Elle*. Estou arrumadíssima e nem chega perto de ser o suficiente. Ele está de black tie. E tão lindo quanto qualquer modelo que se preze em um anúncio do Tom Ford. Pede desculpas, explicando que depois do jantar teremos que comparecer a uma exibição só para convidados do filme de um cliente no apartamento corporativo de Donna Karan no Central Park West, depois da qual seremos "obrigados a dar uma passada na festa". Acontece que um preview do mesmo filme estava acontecendo no centro, que era *hoi polloi* demais para os *insiders*, mas nossa presença é requisitada para a festa.

Comentários subsequentes esclarecem que ele não quer ser rotulado como alguém deslumbrado com riqueza, fama e poder. Eu já não posso dizer o mesmo. Tenho estrelas no lugar dos olhos. Provavelmente muitas daquelas pessoas devem ser babacas. Provavelmente muitas são muito mais simpáticas e interessantes do que nós no *hoi polloi* imaginamos. Estou ansiosa para descobrir quem se encaixa em qual grupo. Pode acreditar, se tivesse sapatinhos de cristal, estaria calçando-os agora.

Entramos em um carro normal, nada de extraordinário, mas parece uma carruagem da realeza para mim. Durante o trajeto para o jantar, Thomas não para de dizer que estou deslumbrante. É repetitivo, mas não canso de ouvir. Parece sincero e como se eu tivesse superado as expectativas dele. Não estou dividida a respeito de nada disso. Gosto de quando me sinto assim.

O jantar é "apenas" no Jean-Georges, de onde podemos andar até o apartamento de Donna e é um dos seis melhores restaurantes em Manhattan. Aparentemente, Thomas costuma comer aqui; todos o conhecem. Gosto disso também. Fico imaginando se chegará o dia em que todos me conhecerão. Sentada com ele, concluo que há poucas coisas que não estaria disposta a fazer para que aquela se transformasse na minha vida de verdade. Não estou querendo dizer na cama, falo de trabalhar duro para fazer com que *premieres* e jantares elegantes façam parte do meu cotidiano.

Hoje, ele pede champanhe. Como se pudesse ler minha mente, sorri e me assegura que se pedissem minha identidade, seria a primeira vez que, num lugar como este, os funcionários decidiriam revelar a idade correta da mulher mais linda no recinto. Nenhum documento é requisitado.

Durante a refeição, sua etiqueta é impecável, sem nunca deixar transparecer qualquer pressa para chegar à estreia, me dedicando toda sua atenção. Para ser sincera, fico com a sensação de que ele talvez esteja considerando passar o resto da vida ali, conversando comigo e olhando para mim, como uma opção perfeitamente plausível.

Não temos um único momento de silêncio constrangedor, e ele não menciona qualquer assunto de trabalho. A conversa inteira gira em torno de mim. Minhas experiências, preferências, ambições. Ainda não conseguiu ser engraçado. Mas acha que eu sou. O que me faz imaginar como seria viver ao lado de um cara que eu sempre fizesse rir, mas que jamais fizesse o mesmo por mim. Com certeza adoro uma plateia.

Às 21h45, trazem um pedaço de Baked Alaska, um doce de sorvete com merengue gratinado, com uma vela daquelas que soltam faíscas no topo. Enquanto ela apaga, desejo em meu pedido que Sloane tenha um encontro com James tão perfeito quanto este.

Andamos as seis quadras até o prédio que reconheço como sendo a locação do filme *Os Caça-Fantasmas*. Sorrio para mim mesma, pensando que está totalmente de acordo com o tema do aniversário. Tenho que trazer Andrew aqui um dia. Thomas é mais alto do que me lembrava, percebo enquanto caminha ao meu lado. É uma qualidade. Os cabelos continuam espetaculares, mas o restante parece estar equivalente. Melhor ainda.

O apartamento é de tirar o fôlego. Nunca estive em uma casa tão sofisticada. Áreas iluminadas intercalam-se umas com as outras de maneira sensual, como em um lounge. Tudo é decorado com uma paleta de preto e branco, em tecidos suntuosos e superfícies macias. As paredes externas de vidro se abrem para terraços que dão vista para o parque. Gente linda circula pelo espaço, confraternizando.

Sou apresentada a um monte de pessoas poderosas; várias tem nomes conhecidos, sobretudo Rosalie Woods, que é supersimpática e me trata como se eu fosse de casa. Chegamos a ficar a sós durante um momento, e ela me confidencia que Thomas não para de dizer como eu seria ótima como Robin, e agora ela consegue entender. Diz que mal pode esperar para meu teste para o elenco. E em seguida somos conduzidas aos nossos assentos.

Meu coração está na garganta durante o filme inteiro. Mal consigo prestar atenção ao que se passa na tela. Consigo apenas especular: "Esse é meu momento? É minha chance?"

Thomas está sentado entre mim e Rosalie. Nunca segura minha mão ou faz qualquer movimento que os outros possam perceber. Nossas coxas ocasionalmente encostam, e sinto a energia circulando.

LÚCIDA

Quando a sessão termina, todos me olham nos olhos durante as despedidas, um produtor me oferece seu cartão de visitas, um agente de talentos da ICM sugere sairmos para almoçar, Rosalie aperta minha mão afetuosamente e diz:

— Até breve.

É emocionante e parece um sonho que eu poderia ter... se eu sonhasse com minha própria vida.

Antes de sairmos, peço licença para ir ao banheiro. No caminho, esbarro com uma das atrizes do filme. É lindíssima e superarrumada, e me encara com seriedade enquanto a parabenizo pelo trabalho.

Ela me interrompe com:

— Então há quanto tempo você está com Thomas? — Tem um quê de ameaça na voz dela que me faz recuar.

Balbucio algo desajeitado a respeito de mal conhecê-lo e sobre ele estar interessado em me escalar para um papel.

— Claro que ele está — comenta ela, passando por mim. — Adorei o sapato.

Claro que agora estou incrivelmente insegura quanto aos meus sapatos. Escondo os pés sob o vestido no carro enquanto seguimos para a festa. Decido contar sobre o encontro com a estrelinha antipática.

Temos um momento de silêncio. E ele me explica, um pouco descompromissado demais, que os dois costumavam sair.

— Não foi nada muito sério, terminou há um tempo, mas atrizes são competitivas por natureza, sem ofensas. É uma coisa estúpida sobre a indústria — diz.

Nada disso desce bem. E, de repente, me preocupo que o cara que eu estava pintando como um príncipe a noite inteira seja apenas um lobo vestido em um terno elegante.

Tendo dito isso, se vira para mim.

— Você está saindo com alguém?

— Não. Você está?

— Não. Quero mesmo sair com você. Por que faria essa proposta se já estivesse saindo com outra pessoa?

Bem direto. Com minha fé restaurada, relaxo. Mas a melhor resposta que posso oferecer é:

— Se estou aqui com você hoje, por que você sentiu necessidade de me fazer essa pergunta?

— Porque você não respondeu que aceitava. Porque as mulheres às vezes ficam comigo porque tenho alguma coisa para oferecer, como no caso dessa garota que você acabou de conhecer. E você não disse nada que pudesse ser mal interpretado ou injusto se esse também fosse o motivo de ter aceitado meu convite para essa noite.

— Nossa, foi um discurso e tanto. O que isso tudo significa?

— Que eu quero te beijar.

No nanosegundo seguinte, meus pensamentos voam para, primeiro: será que eu quero beijá-lo? Definitivamente sim e não, o que não é atípico para mim. Segundo: qual seria a consequência de não beijá-lo? Ele ficaria magoado; afinal já deu a deixa. Talvez eu nunca mais tenha uma segunda chance. Embora possa não ser uma coisa ruim. Estabeleça o limite agora. Ele certamente não poderá dizer que o induzi a nada; na verdade, acabou de admitir que isso não aconteceu. Posso perder o papel. Ou ele pode entender a rejeição como um desafio, deixando-o ainda mais interessado. Meu último flash de pensamento foi: o que Andrew diria?

Depois me inclino e o beijo. Esforço-me para que seja suave, doce e sincero. Os lábios dele são macios; de perto, sua pele tem cheiro de alguma coisa que não consigo identificar, mas me agrada. Sinto, porém, que o beijo está decepcionando a nós dois. Porque, enquanto acontece, não consigo parar de me perguntar por que o estou beijando. Tenho certeza de que quero aquela vida, a vida que essa noite antecipa, muito mais da certeza que o quero. Mesmo que seja péssimo, ao menos é sincero. Por sorte, Thomas não lê pensamentos e parece gostar do beijo.

LÚCIDA

A festa é em uma dessas boates chiques da cidade, só um emaranhado de pessoas que ele quer me apresentar, e me sinto tão angustiada por conta do que aconteceu que acabo não prestando muita atenção a nada a não ser minha decepção comigo mesma. Por isso mesmo, claro, a festa parece durar uns 10 anos.

Depois, à minha porta, ele me agarra de repente e me beija intensamente, e sinto a euforia que gostaria de sentir em um momento como esse. Então o beijo de volta e fico feliz. Ele percebe e também se deleita. Promete que vai me ligar. Respondo que é melhor que ligue mesmo.

O apartamento está escuro. Tem uma mensagem de texto de Nicole, avisando que vai trabalhar até tarde. Jade deixou um bilhete lembrando que ela e Boris estão dormindo na casa da Tomiko. O P.S. me deseja um feliz aniversário. Ela desenhou os dois segurando um bolo enorme com estrelas no lugar das chamas das velas. Não chega a ser um Baked Alaska, mas parece bem gostoso.

Enquanto visto o pijama, penso no beijo na entrada de casa. E vou para a cama sorrindo.

Melhor aniversário que tenho em muito, muito tempo.

CAPÍTULO DEZ

Sloane

Abro meus olhos para a luz ofuscante do sol. A manhã mais clara e ensolarada que me vem à memória. Meu elmo parece estar dançando. E eu quero chorar. É meu aniversário.

O peso de Bill é tudo que consigo sentir. Maggie acaba de ter esse dia fantástico, mesmo estando triste pelo pai. Ela escolhe enxergar a vida pela melhor perspectiva sempre que possível. E eu tenho dificuldade em não me concentrar na escuridão. Às vezes desejo ser de fato Maggie. Apenas Maggie.

Talvez eu seja.

Ouço uma batida forte na minha porta, e ela escancara, com Kelly invadindo o quarto e pulando para cima da minha cama e de mim.

— Feliz aniversário, Bafo de Gato. Uau, que cara péssima.

— Desculpe, eu te conheço?

Tira uma bolsinha de couro da mochila.

— Gordy me contou que vai te raptar pelo resto do dia, então decidi vir logo. Aqui, pode abrir. E não se esqueça de fingir que gostou.

Kelly é uma artista sensacional. Confeccionou um colar para mim com duas peças incríveis de malaquita. É uma peça exclusiva e lindíssima. Ela percebe o quanto adorei o presente e como gosto dela. E me dá um beijo.

— E como é que foi a saída de ontem? Quero dizer, Lila está louca pelos detalhes.

— Bem, nada de especial. No instante em que nossos olhares se cruzaram, tivemos a plena certeza de nosso destino lado a lado e, ignorando nossas companhias, subimos na mesa, arrancamos nossas roupas e realizamos todas as fantasias de Lila.

Ela me encara de um jeito engraçado.

— Tem certeza de que essas fantasias são apenas de Lila?

— O que você quer dizer com isso?

— Você não está conseguindo disfarçar seus sentimentos por ele tão bem quanto imagina — provoca, chegando mais perto. — E acho que só está obcecada porque ele não pode ser seu.

Torce o nariz e continua:

— Acho que você está esquecendo que essa impossibilidade é saudável. Você estava certa ao afirmar que ele nunca poderia fazer ninguém feliz. Namorar um cara desses seria uma enxaqueca permanente. E você já estourou sua cota de tristeza desse ano.

Sorrio, meio sem graça tanto pela transparência do meu interesse por James quanto pela confirmação de que é ilusório. Também estou preocupada que ela esteja investigando a razão da minha fossa. Então me contorço.

— Do que você está falando?

— Estou falando que você prefere ficar sonhando com alguma fantasia impossível do que se arriscar a ter um relacionamento de verdade com o cara que está bem na sua cara.

Pisco.

— Quem, Gordy??

Kelly revira os olhos.

— Obrigada por confirmar que tenho razão. É, que idiotice a minha pensar que o cara mais gato da cidade, que por acaso também é o mais maneiro e carinhoso que já existiu, e mais perfeito para você em todos

LÚCIDA

os sentidos desde o jardim de infância, possa ser alguém por quem você se interessaria. Que ideia mais maluca!

Caio na gargalhada.

— Kel, Gordy é tipo um...

— Nem vem. Nem comece a dizer que ele é como um irmão pra você. A escolha é sua. Sempre foi sua. É sua maneira de se resguardar de uma investida. E eu acho uma maluquice.

Levanta da cama. Segura minhas mãos.

— Sloanie, querida, você está com 17 anos. Isso significa que, oficialmente, legalmente, só falta um ano para você ser maior de idade. Está autorizada a ser beijada com uma quantidade moderada de língua. Me dê essa alegria de deixar Gordy ser o primeiro.

Me beija, sem língua, e desaparece.

Enquanto me visto, decido usar minha melhor calça jeans e uma blusinha de algodão que deixa os ombros à mostra. Coloco o colar novo. E dedico um bom tempo ajeitando meu cabelo. Quero dizer, vou apenas tomar café da manhã com meus pais. E depois passar o dia com Gordy. Mas é meu aniversário, então talvez o esforço valha a pena.

Posso sentir o cheiro das panquecas especiais de papai queimando de leve, ouvir Max gritando empolgado, a voz tranquilizadora da mamãe, e reconheço que tenho muita sorte. A família de Maggie não se importa muito com o aniversário dela. Jade fez um cartão e lhe deu um abraço. Nicole mandou um *e-card* e um vale-presente para a Net-a-Porter (ambos enviados do endereço de e-mail de Jerome, como se o calendário do computador tivesse soado um alerta naquela mesma manhã).

Um vago arrepio percorre minha espinha. Por que inventaria uma fantasia em que sou uma garota solitária com uma mãe que não me dá atenção e um pai morto e nenhum amigo além da minha irmã mais nova? Não faria mais sentido que eu fosse Maggie, sonhando com minha vida, na qual estou prestes a devorar panquecas queimadas com amor? Isso tudo é loucura, eu sei. Mas talvez precise pensar na minha vida como a vida dos sonhos. Talvez isso me ajude a valorizá-la e aproveitá-la mais.

Lá em baixo, a brigada de aniversário decorou tudo com balões e uma enorme faixa cafona, e estão todos usando cintilantes chapéus em formato de cones, e papai empilhou oito panquecas com uma grande vela acesa no topo. Batem palmas quando eu entro na cozinha. Cumprimento com uma reverência, como o membro da realeza que sou nessa manhã. O primeiro abraço vem de Tyler; Max está na fila logo depois dele e chega a me apertar de verdade. Nem tenta limpar a "gosma" em seguida. Minha mãe me envolve forte com seus braços e me balança.

— Ainda não decidi se estou disposta a te ceder para Gordy durante seu aniversário inteiro. Ele é mesmo possessivo demais.

O abraço final vem do único pai que eu e Maggie ainda temos e, nesse sentido, o mais especial de todos. Ele sussurra no meu ouvido:

— Dormiu bem?

— Muito bem. Sonhos maravilhosos. — Posso sentir seu alívio. Ao menos por ora. E fico aliviada também. Proteger meu segredo pode ser exaustivo às vezes. Houve momentos, como na manhã de ontem, em que procuro sentir o clima e considero contar a verdade. Mas o medo da represa ruir e o tsunami da minha insanidade nos engolir, afogando a todos, é muito maior que o peso do segredo.

Eles se organizam num círculo, esperando que eu apague a vela em cima da pilha de panquecas. Desejo em meu pedido que possam estar sempre juntos e em segurança. Mesmo que um dia eu desapareça. Se isso acontecesse, nunca poderia suportar a possibilidade de arrastá-los comigo.

Eu me empanturro com metade das panquecas. Tyler fica com pena de mim e rouba várias do meu prato, e finjo que estou brava.

Gordy chega. Encaixa-se sem problemas na pintura do café da manhã feliz em nossa cozinha. Serve-se das panquecas e admira o presente que Max me deu. Um porta-retrato de gesso feito por ele mesmo. Na fotografia que escolheu aparecem Max, Bill e eu, há um ano. Todos escalando o elmo. Os braços fortes de Bill estão apoiando o peso do meu irmãozinho a fim de ajudá-lo a subir em um galho baixo, mas de tal forma que não desse pra ele perceber que estava sendo ajudado. Eu estou pendurada de cabeça para baixo, como se fosse um macaco. Max me mostra que o porta-retrato tem um compartimento secreto atrás onde escondeu uma mensagem de aniversário. Quando leio, lágrimas escorrem pelo meu rosto. Todos querem saber o que está escrito, mas Max insiste que é particular. Não que eu fosse compartilhar, de qualquer maneira.

No ano passado, meu café da manhã foi bem parecido, a não ser pelo fato de que Bill estava junto. Ele me deu o presente mais legal que já recebi. É um daqueles visores antigos, um desses brinquedinhos em formato de binóculo vermelho em que se colocam slides. Bill criou uma cartela de slides personalizada. Imagens de todos os lugares no mundo de que sempre falamos que gostaríamos de visitar. E em cada um deles, imagens superpostas de nós dois. Então lá estávamos Bill e eu em um mercado em Marrocos, em uma ponte de Paris, com os xerpas em uma trilha coberta de neve no Himalaia. Com frequência, pego Max brincando com ele no meu quarto.

Gordy não me avisou com antecedência a respeito de nada que estava programado para mim aquele dia, a não ser que "não seria um fracasso". Depois de ter engolido o restante das panquecas, me pede para pegar as coisas necessárias para sairmos com o barco. Enquanto preparo minha mochila, recebo uma mensagem de texto. É de Amanda.

Feliz Niver! Amei sair c/ vc. A gente está em NY esse fds, mas te vejo na segunda.

A gente.

Adeus sonho. Meu dia, minha vida arruinados. Posso ficar tentando me convencer o dia inteiro que "a gente" significa apenas a família dela. Entretanto, uma imagem de Amanda e James fantasiados de Daisy e

Gatsby, se beijando em uma gôndola no Central Park, cruza minha mente. Estou feliz por eles. Mesmo. O mundo gira da maneira que deve. E vou me adaptar a ele. Tenho que me adaptar.

O barco de Gordy fica ancorado no estaleiro Maxwell. É um barco de 6,7 metros, com dois motores enormes na popa. Adoro correr de barco com ele. Gordy navega impecavelmente, e sempre me sinto segura. Passamos em velocidade de cruzeiro pelas águas mais rasas até Fishers Island, que é o lugar mais indescritivelmente magnífico e sereno que conheço. Depois de aportar no posto abandonado da Guarda Costeira, trilhamos pelo campo de golfe ainda não aberto, e faisões de cores reluzentes passeiam à nossa frente.

Gordy pega minha mão e, silenciosamente, aponta três veadinhos com suas patas bambas de recém-nascidos. E enquanto fico ali, segurando a mão dele, a teoria absurda de Kelly volta à minha cabeça. Olho para o perfil de Gordy, tentando enxergá-lo com novos olhos. E vejo exatamente o garoto que Kelly descrevera. Austero e bonito ao mesmo tempo. Gentil e forte. Temos uma ligação inigualável um com o outro.

Chegamos a Isabella Beach, minha praia favorita, não apenas por conta das dunas e da areia macia, mas porque, quando se olha ao redor, o que se tem é uma visão livre do Atlântico e do horizonte e o céu acima de você.

Ele preparou um piquenique com todas as coisas de que mais gosto. Fez ovos picantes com mostarda chinesa, rolinhos vietnamitas com carne de siri (dirigiu até New London só para comprá-los em um pequeno restaurante), seguido da minha *piece de résistance de rigueur*, um sanduíche recheado de almôndegas e queijo pingando de gordura da Universal Package Store. A sobremesa fica por conta dos brownies caseiros e Joe Froggers (biscoitos de gengibre que os baleeiros costumavam levar para o mar porque não apenas combatiam o enjoo, mas também não levavam leite na receita, então não estragavam). Conseguiu um pacote com seis garrafas de Stella Artois (que aprecio mais que nossa típica pechinchada Natty Light).

Sentamos na toalha que ele trouxe, comemos nosso banquete e jogamos algumas rodadas da nossa modalidade de Palavras Cruzadas Relâmpago. Consiste em comprar duas revistinhas baratas desses desafios na fila do supermercado, escolher uma ao acaso e correr loucamente para ver quem termina primeiro. Jamais consegui derrotá-lo. Ele conhece mais palavras que eu; simplesmente não sente a necessidade de usá-las. No fim das contas, continua sendo um atleta. A nota dele também foi mais alta que a minha (por pouco) no PSAT verbal. No entanto, detonei com ele em matemática. O que ainda o deixa ressentido.

Enquanto competimos, comento que seria educado da parte dele me deixar ganhar por ser meu aniversário.

— E — complementa ele — porque você é menina.

Gordy me destrói em seguida.

Depois disso, nos deitamos lado a lado e tiramos um cochilo na brisa ensolarada. Sempre me sinto à vontade e segura com ele. Imagino com o que ele estará sonhando. Pergunto-me se é comigo. Como sempre, todos os cochilos que eu ou Maggie tiramos não parecem contar. Nunca sonhamos.

Quando acordo dessa soneca sem sonhos, Gordy está olhando para a casa branca no penhasco no fim da praia.

— Que tal morar lá quando a gente se casar? — sugere.

— Ah, com certeza. Vamos ter um trabalhão, é claro. Derrubar paredes e aumentar a casa o suficiente para as crianças terem espaço para correr.

Ele me encara. Não consigo saber em que está pensando.

— Crianças precisam de espaço. — É tudo o que diz.

No caminho de volta, ancoramos perto de Mouse Island para que Gordy monte uma armadilha e pesque duas suculentas lagostas para nosso jantar. O sol está se pondo atrás da pequena ilha, salpicando a água com uma cor dourada. Tomo o volante e viro o barco para direção do vento enquanto ele recolhe a armadilha. Seus braços são tão fortes, e ele não tem medo algum enquanto tira as lagostas das gaiolas e prende suas garras com elásticos.

De volta à casa dele, estamos a sós. Os pais foram visitar o avô no Maine. Vovô Tuck está lutando contra o câncer há algum tempo e mora sozinho. Estive com ele várias vezes, até passei uma semana no Maine com Gordy durante um verão quando tínhamos 9 anos. O avô dele nos ensinou a usar facas de entalhe, e fiz um selo de madeira que foi levado pelo mar na costa rochosa da ilhota em que ele vive. Uma água-viva queimou minha perna, e obriguei Gordy a fazer xixi em mim, porque é a única maneira de neutralizar a dor. Ele me obrigou a não olhar. Mas eu dei uma espiadinha.

Agora observo meu amigo colocar essas criaturas na água fervente que vai escaldá-las vivas. Ele não considera nada disso mais cruel que comer um hambúrguer e acha que estou sendo incoerente por ficar chateada ao presenciar a execução. Não sei se as vacas gritam quando são abatidas, mas devem gritar. Sei que eu gritaria. Escuto as lagostas guincharem (o que na verdade não passa do som das bolhas de ar se movimentando pelas frestas dos cascos dela, uma vez que não possuem cordas vocais; a Pequena Sereia que me perdoe), e imagino se poderia passar o resto da vida com um homem que não se sensibiliza por aquele som.

A teoria de Kelly havia se tornado um debate interno. Poderia passar o resto da vida com Gordy? Com certeza. Poderia transar com Gordy? Uau. Não sei. Mas com certeza não me contorço pensando "que nojo", então o que isso significa? Provavelmente nada.

Enquanto jantamos, me dou conta de que tudo isso seria incrivelmente romântico ou assustador ao lado de qualquer outro garoto.

Maggie é inabalável. Simplesmente atravessa um restaurante sofisticadíssimo de braços dados com um cara mais velho, sem qualquer ponta de nervosismo. Raramente tenho essa autoconfiança. Na cozinha com Gordy, me sinto protegida e à vontade. Como se bastasse ser apenas eu mesma.

Gordy me observa enquanto estraçalho um pedaço de lagosta. Sei que quer comentar sobre uma dessas *cheerleaders*, Melissa, com quem ele sempre sai quando está precisando. Seu atributo mais notório é que não presta. É a típica piranha atrás de quem os caras sempre correm, porque a consideram interessante demais para seu bico. Ela não é interessante o suficiente nem para o bico do Erva, que dirá de Gordy. Toda vez que ela o trata como lixo, ele solta uma risada desencanada, dizendo que é só porque até agora não a pediu em namoro.

Mas hoje resolve me perguntar se não deveria dar uma chance para avaliar como ela se sairia na condição de namorada oficial, considerando que ele precisa arrumar um par para o baile de formatura e tudo mais.

— Você não pode estar falando sério. Aquela é uma vadia nativa de Vadiópolis. Ela não vale os quinze segundos gastos nessa conversa sobre ela.

Ele sorri.

— Você sempre diz isso. Ninguém nunca parece ser legal o suficiente para mim. Por isso você fica tendo que me fazer companhia o tempo inteiro. Parece que um dia você vai se tocar e me jogar para cima de alguém.

Examino-o, tentando adivinhar se ele está pensando no que eu estou pensando. Não há como descobrir, então tomo a iniciativa.

— Você já imaginou como teria sido se nós dois namorássemos?

— Nope. Não curto rejeição a ponto de fantasiar sobre uma coisa dessas. — E dá uma risada.

— Sério. Porque às vezes eu penso nisso.

— Ia depender do motivo pelo qual começamos. Se fosse sem compromisso, talvez eu tivesse a sorte de ser mais ou menos como agora. Só que com sexo. — E levanta a sobrancelha fazendo graça da palavra para que eu não presuma que isso já tenha passado pela cabeça dele. O que agora não consigo deixar de presumir, claro. Não que haja nada de errado com essa ideia.

— E se não fosse descompromissado? — pergunto. — E quiséssemos descobrir se somos as pessoas certas um para o outro?

— A verdade é que — Gordy respira fundo — não sei se eu possuo as qualidades para manter seu interesse por muito tempo. E talvez isso nos afastasse, ou estragasse as coisas entre a gente.

Olho dentro dos olhos dele. Estou me sentindo péssima.

— Essa conversa não faz o menor sentido, então vou colocar um ponto final nela daqui a um segundo e voltar à comemoração do meu aniversário com você. Mas, antes disso, queria que soubesse que você tem todas as qualidades para manter qualquer garota no mundo interessada para sempre.

Silêncio.

— Eu fiz um bolo para você — anuncia. — É de caixinha, mas mesmo assim. Estou com um medo danado de experimentar.

— A gente afoga ele em sorvete da Häagen-Dazs e calda de chocolate quente. Temos calda?

Ele sorri.

— E bala de caramelo salgado. Afinal de contas, é seu aniversário.

Conversamos e comemos e assistimos a meu filme favorito, *Bonequinha de Luxo*. Ele só me leva de volta para casa de madrugada, 1h30 da manhã.

Esperando em cima da minha cama está um pequeno pacote muito bem embrulhado, obviamente um livro. Mas o laço ficou bonito. Não tem cartão, no entanto. Abro pra encontrar...

LÚCIDA

Um exemplar de *Sidarta*, que obviamente li quando tinha 12 anos. O livro tem várias orelhas e está bastante surrado. Dentro, na página do título, está escrito com letra perfeita: *Esta é a primeira cópia que li, e as anotações são um pouco embaraçosas, mas as primeiras impressões costumam ser mesmo. Me dei conta de que há reflexões aqui sobre as quais gostaria de conversar com você algum dia. Feliz aniversário. — J.*

CAPÍTULO ONZE

Maggie

Emma me entrega um livro intitulado *Explorando o mundo dos sonhos lúcidos.*

— Espero que leia. Tem algumas reflexões aí que eu gostaria de
discutir com você — comenta, enquanto começo a ler o resumo na
contracapa do livro.

Claro que pesquisei bastante sobre minha... Digamos, meu estado
de saúde, para saber que ter sonhos lúcidos é o mesmo que manter a
consciência enquanto se sonha. Os yogis tibetanos são excelentes nisso.
Não chega a ser uma resposta simples para nossa situação específica,
porque sei que estou sonhando enquanto Sloane está acordada, assim
como ela sabe que está sonhando neste instante.

— Acho que você construiu um panorama onírico extremamente
complexo, recorrente e controlado. E acho que fez isso pela necessidade
de tentar compreender sua vida e você mesma em um mundo onde
seu pai já não existe mais — explica ela de forma pausada, mantendo
constante contato visual comigo. Tenho críticas a esse discurso porque
me parece muito ensaiado. E também porque não faz sentido. Gostaria
que fizesse.

— Obrigada por tirar um tempo para refletir sobre isso. Mas tem
dois problemas com essa teoria. Primeiro, sonho com Sloane desde

151

sempre, mesmo antes do meu pai morrer — começo. — Sei tudo da vida dela, desde que era criança. — Emma me interrompe com sua resposta preparada, sabendo que eu diria tudo isso.

— Você acha isso agora. Mas pode ter começado quando seu pai morreu, e seu inconsciente ter desenvolvido essa convicção e a memória de que você sempre sonhou com Sloane. Sua mente elaborou os detalhes do passado.

— Ok. Bem, eu não controlo Sloane.

— Você pode supor que não está controlando o que ela faz nos sonhos, mas está tirando vantagem dela ainda assim. Tem coisas a seu respeito que você não parece disposta a encarar, então as reprime, vivenciando essas experiências através de Sloane. Se conseguirmos fazê-la entender isso, você poderá conscientemente utilizar seu sonho com Sloane para esclarecer a própria vida e não vai mais precisar dela. E já está na hora de começarmos esse processo. Imediatamente.

Ela baixa o tom de voz, quase ameaçando:

— Neste momento, você pelo menos ainda desfruta do controle do seu mundo, o mundo real. Se deixarmos isso continuar por mais tempo, receio que a situação possa mudar.

Começo a imaginar como seria essa alternativa e fico tão apavorada que chego a fechar os olhos.

— Obrigada pelo livro. — É tudo que consigo dizer.

Naquela tarde, sinto-me subitamente motivada a dar uma olhada no material para a prova do supletivo. Deixo o livro de Emma na cabeceira. Talvez absorva algo por osmose.

Fico tão hipnotizada pelo capítulo sobre o Congresso de Viena, basicamente porque as personagens (Metternich, Talleyrand, esses caras) parecem fazer parte de uma peça teatral explosiva que, quando olho para o relógio, já são 16h e percebo que Jade deveria ter chegado há uma hora.

Sei que ela não estaria com nenhuma amiga hoje, porque combinamos que eu a levaria ao balé, pois a Srta. Dedinhos de Fada não perde uma

LÚCIDA

aula. Talvez tenha apenas se esquecido de mim e seguido para o estúdio da Sra. Jeffries sozinha com alguma colega. Quando ligo para lá, no entanto, estão preocupados porque ela não chegou.

Telefono para Nicole, basicamente porque adoro perder meu tempo quando estou estressada e, afinal de contas, é uma ótima oportunidade de falar com Jerome e ouvir outra desculpa explicando que minha mãe é a pessoa mais ocupada do mundo. Não, ela não levou a Jade ao balé, não mencionou nada a respeito e está presa em reuniões de orçamento pelas últimas quatro horas.

Ligo para a escola. Ninguém atende, porque a secretária responsável pelo telefone já terminou seu turno. Quanta competência.

Recobro minha sanidade mental e ligo para o celular de Hello Kitty da menina. Caixa postal, o que me deixa alarmada, porque ela nunca o desliga. Como a pessoa racional e madura que sou, tenho certeza de que sofreu um tumor cerebral. Ela está caída na rua, sendo atropelada por nova-iorquinos solidários.

Ligo de volta para Jerome.

— Jade sumiu, pode estar em perigo e isso é um pouco mais importante que você tomar uma bronca por avisar a Nicole enquanto ela está em alguma reunião imbecil. Se você não entrar lá, qualquer desastre vai direto para sua conta. — E desligo apressada. Não atendo quando ele liga de volta. A bola está na quadra dele agora. E acho bom rebater depressa.

Pego o casaco, sigo para o fim da rua para percorrer os três caminhos que Jade costuma fazer voltando para casa. Dito e feito, oito minutos de pânico depois, Nicole telefona. Ela solta uma gargalhada e anuncia que não está zangada porque interrompi a reunião idiota dela. Que paranoica que sou por ficar preocupada quando Jade está apenas patinando no gelo do píer em Chelsea.

Engolindo minha raiva, pergunto quando ela inscreveu minha irmã em aulas de patinação, e por que nem se deu ao trabalho de avisar à

Sra. Jeffries no estúdio de balé. Nicole informa que Jade deveria ter comunicado à professora por telefone. Crianças hoje em dia, o que fazer com elas, não é mesmo? Cega com impulsos matricidas (dá para chamar assim quando a pessoa sequer é uma mãe que se preze?), ouço a cereja no topo de todo esse sundae de horror...

Ela não inscreveu Jade em aulas de patinação. Está aprendendo com seu novo amiguinho Andrew. Que a buscou no seu GEM. E que não fez a menor questão de comentar nada disso comigo ontem. Maravilha. E eu estava começando a gostar dele.

Corro até o West Side Highway, cobrindo a distância de mais 1,5 quilômetro em tempo recorde. Ei-los no rinque de patinação Sky Rink, um jovem ensinando uma garotinha a patinar no gelo. Por que estou com tanta raiva?

Jade me avista e acena como doida, e, por alguma razão, não aceno de volta. Andrew sorri, como se não tivesse feito absolutamente nada de errado, e, quando distintamente não correspondo o sorriso, ele simplesmente volta a se concentrar em seu trabalho com Jade e me ignora por 20 minutos. Ele é fantástico com ela, de forma previsível e enlouquecedora. Minha irmã se diverte e flerta com ele enquanto ensaia seus primeiros passos no gelo.

Sento no banco duro e me pergunto o que há de errado comigo. Pouco importa tentar controlar o mundo de Sloane. Estou incrivelmente mais irritada que ninguém na minha vida esteja agindo como deveria. Por que ninguém pensou em me comunicar sobre essa atividade após a escola para que eu não me preocupasse? Depois de um tempo, Andrew a deixa sozinha para praticar e vem sentar ao meu lado.

— Ok, o que houve? Perdeu o papel ou o namorado?

— Nenhum dos dois. Foi mais tipo minha fé na humanidade.

— Por que você está olhando para mim enquanto diz isso?

Pisco.

LÚCIDA

— Ah, não sei, por que será? Talvez seja porque passamos um dia inteiro juntos, e você nem para me falar nada sobre isso aqui.

— E por que eu falaria?

Nada pior que uma pergunta como essa. Porque qualquer resposta sincera revelaria que estou zangada, pois tenho a sensação de ter sido jogada para escanteio e estou com um ciúme insano da amizade entre minha irmãzinha e um cara por quem sinto algo completamente platônico. Como se isso importasse. É tão injusto expor esses sentimentos humilhantes como resultado de um questionamento tão singelo e inocente que sequer posso culpar o garoto por perguntar.

— Bem, para começo de conversa, eu te disse que Nicole não tem cérebro e é negligente, então você devia ter concluído que ela não me informaria e que eu ficaria um pouco preocupada quando minha irmã sumisse.

— Eu pensei nisso. E aí eu disse para Jade te avisar sem falta. E, se ela não avisou, vou ficar muito decepcionado com ela. Quanto a sua mãe, ela é esquecida. Entretanto, também é incrivelmente gata.

— Como é que você sabe disso?

— Jade me mostrou uma foto no celular.

— Por que a gente está falando dela?

— Estamos tentando te distrair para você parar de ficar brava comigo. E começar a fazer torcida pra Jade se sentir confiante o bastante para patinar na festa de Ashley. Ela me pediu para inventar uma mentira para ela se esquivar de ir porque estava com vergonha de não saber patinar no gelo. Então ofereci meus serviços, que é o mínimo que posso fazer por uma amiga que me convidou para dormir na casa dela com outras três meninas. Não se preocupe, recusei a oferta pelos motivos óbvios. Por mais que pareça um evento e tanto.

Então começo a gritar e torcer por Jade. E paro de sentir raiva dele.

Talvez estivesse tão indignada por sentir como se Jade e eu tivéssemos nos tornado as duas irmãs mais novas dele, com quem é divertido passar o tempo até que volte para casa para encontrar a namorada supergostosa.

Pergunto se ele quer sair para jantar. Ele pergunta o que Jade quer comer, e lembro que ela ficou de ir ao restaurante japonês com Nicole. Seria fácil cancelar, mas, mesmo não estando mais tão brava, certamente não quero ficar relegada à categoria da irmã mais nova. Além do mais, confesso, preciso de conselhos sobre um certo assunto.

— Infelizmente, porém, não tenho duas amigas que o incluiriam numa festa do pijama.

Ele ri e diz:

— Se não tiver guerra de travesseiros, não sei se vai dar para oferecer meus serviços. A gente acerta o pagamento durante o jantar.

Jade e eu vamos ao vestiário para ela trocar de roupa e depois encontrar Nicole no Nobu. Ela me confidencia o seguinte: Andrew gosta muito, muito dela. E sabe disso porque ele lhe comprou os patins cintilantes de tom azul-claro de presente para que não fosse a única com patins alugados na festinha. E agora pode ficar com eles para sempre. Aí ela me pergunta quantos anos Andrew terá quando ela completar 16. Respondo 38, e que vai parecer um velho chato nessa idade. Mas continuará sendo seu amigo.

Eu o levo a um restaurante de comida caseira, cuja especialidade são as tortas, especialmente uma de mirtilo. Informo que aquele dia quem paga sou eu, e ele tenta pedir um quilo de caviar.

Ficamos apenas batendo papo enquanto comemos a sopa de matzá e hush puppies, que são bolinhos de farinha de milho fritos. Antes do bolo de carne, trago à tona o principal tema da conversa. Quero falar sobre Thomas principalmente porque não tenho mais ninguém com quem falar, mas também porque, como homem, ele será capaz de raciocinar da mesma forma que Thomas (meninas acham que conseguem essa proeza, mas estamos enganadas). Como amigo, vai me dizer a verdade.

— Como você se sentiu com o beijo? Não o do carro, o da porta.

Fico um pouco constrangida. Mas é uma pergunta legítima.

— Gostei bastante. E acho que fiquei aliviada por ter curtido de verdade.

— Porque estava com medo de estar se aproveitando dele?

— É.

Ele suspira. E me olha de uma maneira muito carinhosa e maravilhosa que me deixa paradoxalmente amedrontada pelo que está prestes a dizer.

— Não fique. Não dá para se aproveitar de alguém que está se aproveitando de você.

— Você acha isso mesmo ou está apenas...

Interrompo minha frase. Estava a ponto de perguntar se estava com *ciúmes*. E me dou conta no mesmo instante que foi exatamente por isso que o convidei para jantar, exatamente por isso que estou contando toda essa história. Eu quero que ele sinta ciúmes. A veracidade disso me deixa tão chocada que demoro um instante pra inventar uma mentira que me salve.

— Ou está apenas dizendo isso porque é um cara que pensa que todos os homens são iguais e que todas as mulheres precisam ser protegidas de suas garras?

Ele me olha de igual para igual. Sem sinal de sorriso.

— Não, não sou esse cara. Sou o cara que sabe que esse homem em particular é o capacho de uma diretora de elenco importante, e, sim, eu dei uma pesquisada e ele é mesmo um capacho, e não está querendo te colocar para fazer papel algum. Porque ele não tem poder para isso.

— Ótimo. Eu prefiro mesmo se ele estiver apenas interessando em mim.

Ele não diz nada. Dá uma garfada no bolo de carne e começa a cantarolar uma melodia irritante que me soa familiar. Como se nossa conversa estivesse terminada.

— O que te faz ter tanta certeza — continuo — de que ele não se interessa?

— Não é nada disso. Acho que ele quer e gosta de você. Muito. Ele está tendo um trabalhão, expondo seus sentimentos e arriscando ser rejeitado, o que aposto que não deve fazer com frequência.

Agora estou confusa de verdade.

— Espera um pouco — digo. — Se quero que ele goste de mim, e ele gosta mesmo de mim, você está dizendo para não sair com ele só por ser um "capacho"?

Andrew me olha como se eu fosse lerda.

— Ninguém te falou para não sair com ele. Na verdade, meu conselho, se vale de alguma coisa, é que você deveria correr atrás de situações exatamente como essas.

Por que sinto como se fosse essa a última coisa que quero ouvir?

— Você disse que o cara está querendo me usar.

— Péssima escolha de palavras da minha parte. Ele está fazendo malabarismo com as cartas que tem na manga, que são as oportunidade de carreira que pode te oferecer, achando que é disso que precisa para te deixar interessada. Mas, na verdade, você está aliviada por nada disso estar relacionado ao papel, e vocês poderem sair só porque se sentem atraídos um pelo outro. Contanto que você saiba quem ele é e o que pode ou não fazer pela sua carreira, você será inteligente e cautelosa, e saberá fazer a melhor escolha para sua vida.

— Mas você não gosta dele. Quero dizer, não gosta dele para mim.

— Nunca vi o cara, e isso só tem a ver com o que *você* gosta. Olhe, é difícil saber a diferença entre o que desejamos que alguém sinta por nós e o que nós realmente sentimos pela pessoa. Se ela for atraente, sempre queremos que ela nos deseje, e às vezes ficamos tão ocupados tentando fazer isso acontecer que esquecemos de prestar atenção ao detalhe de se desejamos a pessoa ou não. Além disso, sempre queremos aquilo que tememos não conseguir...

— Mas você está me dizendo que eu posso conseguir que Thomas seja meu.

LÚCIDA

— Claro. Mas o importante é o que você está me dizendo: que você quer conseguir que ele seja seu.

Isso me lança em um furacão de sentimentos confusos. Por um lado, será que quero Thomas, ou apenas quero que ele me queira? Por outro, isso realmente explica a confusão do que sinto pelo Andrew porque, como ele mesmo sabiamente profetizou, queremos que todos os candidatos aceitáveis nos desejem. A verdade é que conheço muito poucos homens que consigo me imaginar namorando, e este aqui vem num pacote que inclui a namorada mais sexy e possessiva do mundo, então é claro que gostaria que ele estivesse na fila esperando por mim, em algum lugar logo atrás de Thomas.

— Como você soube que queria mesmo a Carmen, em vez de apenas querer que ela te quisesse?

— Ainda não sei. Ela me fascina; disso eu tenho certeza.

É claro, um desejo incontrolável de saber absolutamente tudo a respeito da relação dos dois me domina.

— Bem, prefiro nem comentar — digo. — Porque você não me pediu conselho algum.

— Obrigado.

Isso meio que me faz sossegar um pouco sobre todo esse dilema de Andrew. Terminamos o jantar de forma bastante agradável. Mais conversas sobre filmes franceses e italianos. Inventamos algumas histórias engraçadas sobre os garçons, os outros clientes e especialmente a hostess ultraproduzida.

Na rua, digo:

— Eu pego um táxi. Você deve ter que voltar logo pra casa.

— Tenho um tempinho para te levar. — O que significa que realmente tem que ir para casa rápido.

Naquele instante, um táxi para, desembarcando uma mulher que prova que se pode ao menos ser magra demais, se não rica demais. Aceno para ele e pulo para dentro do táxi sem dizer mais nada.

A caminho de casa, me sinto meio mal. Quase como se tivesse terminado com um namorado ou coisa assim. Provando como minha experiência para namorados é mesmo limitada. Vou telefonar para Andrew no dia seguinte e ser toda simpática e tudo mais.

Entro no apartamento para encontrar uma Nicole radiante. Não creio que já tenha visto essa mulher tão feliz na vida. Está quase explodindo de curiosidade para perguntar...

— Quem. É. Thomas?

Ai, meu deus do céu.

— Que Thomas?

— Thomas que te mandou nada menos do que cinquenta rosas amarelas. Com um cartão incrivelmente romântico.

Enquanto respiro fundo antes de matá-la com o veneno fervendo em minha língua...

— Que é claro que não abri, nem li, só estou me vingando por você ter escondido o ouro de mim.

As flores são pra lá de lindas e vieram em um vaso que coloca nosso apartamento inteiro no chinelo. O cartão diz: *Pensando em você*. E depois: *Em vez de estar trabalhando, dormindo ou fazendo qualquer outra coisa*.

Devo ligar para ele? Não. Claro que devo. Seria mais inteligente não ligar. Mas também seria falta de educação. Estaria ele olhando pela janela de seu apartamento, imaginando qual das luzes lá fora será a minha? Andrew tem razão: Thomas realmente gosta de mim. E, pensando bem, ele está bem próximo de ser perfeito. Deitada na cama, não consigo encontrar nenhuma imperfeição. Ele pode até ser um subordinado agora, mas todos temos que começar de algum lugar. O cara certamente tem passe livre para habitar esse mundo cheio de apresentações e *premieres* e reservas para jantar. O que há de errado em me apaixonar por um homem que também pode me ajudar a alcançar esses sonhos?

Pego o celular. Antes de me dissuadir, já estou discando o número. Ele atende ao primeiro toque.

— Oi. — A voz dele parece uma seda macia e aconchegante, animada por receber notícias minhas. Tudo concentrado numa simples saudação. Antes que eu possa responder qualquer coisa, diz:

— Você vai precisar de um belo descanso. — E antes que eu pergunte o motivo explica: — Porque você vai fazer o teste para Robin amanhã.

Meu coração bate como uma britadeira e enfarta ao mesmo tempo. Andrew estava errado. Thomas não tem nada de capacho. Meu homem conseguiu o que prometeu.

— Rosalie vai estar lá. E se segura, porque o diretor também. Ele voltou da filmagem na África. Eu mandei sua fita para ele. Não quero vender demais esse peixe, mas ele está completamente disponível para te avaliar. É uma chance, concreta.

— Deus te abençoe.

— Pode acreditar, estou mais feliz que você.

Impossível. Faço o quadradinho de oito de Jade sozinha em meu quarto porque não consigo me conter de tanta empolgação. Conversamos por mais 20 minutos enquanto me arrumo para dormir. Ele me escuta escovar os dentes. E, quando apago as luzes e me enfio sob as cobertas, diz...

— Boa noite, linda. Espero fazer parte dos seus sonhos.

E sou descuidada o bastante para confessar:

— De um jeito engraçado, você já faz.

CAPÍTULO DOZE

Sloane

Acordo com a cópia de *Sidarta* de James entre mim e meu travesseiro. Passei o dia inteiro ontem, lendo o livro de cabo a rabo, duas vezes e meia, aparentemente caindo no sono durante o processo. Adoro as partes sublinhadas e as anotações nas margens. E adoro como seu lábio inferior é como uma prateleira que alguém esculpiu e que eu gostaria de tocar.

No banheiro, decido colocar um pouco de maquiagem, tentando fazê-lo de forma que nenhuma das meninas perceba e que James não perceba, mas apenas me ache atraente sem saber por quê. Estou concentrada tentando passar o rímel, me esforçando para não deixar que algum excesso aparente me entregue, quando Max irrompe banheiro adentro sem bater.

— Desculpe! — pede, enquanto tapa os olhos rapidamente. Mas não fecha a porta. Fica apenas parado lá, de olhos fechados.

— Estou vestida, Max. Pode abrir os olhos — asseguro. Ele abre um de leve. Tranquilizado, entra e me acotovela para sair da pia e dar espaço para ele escovar os dentes. No espelho, ele estuda meu reflexo enquanto tento aperfeiçoar meu look "natural".

Quero dizer alguma coisa a respeito da cartinha de aniversário, mas não quero que ele fique constrangido ou ainda mais repelido pela minha presença feminina. Então, como se lesse minha mente, o que não me surpreenderia se tivesse mesmo a capacidade de fazer, ele diz...

— Peguei as palavras de Bill emprestadas para escrever sua carta. Foi ele que falou primeiro. No dia que a gente escalou a árvore. — Me encara. Tenho medo de chorar se olhar de volta, então continuo me dedicando aos cílios.

— É uma carta linda. São palavras lindas, Max.

Ele assente. Sabe disso. Por isso as usou.

Cospe a pasta para bochechar. Olho para a cabeça do meu irmão e quero enterrar o rosto nela para me consolar, mas tenho medo de estragar o momento. Enquanto bebe água diretamente da torneira, um hábito "de macho" recém-adquirido por ele, me confessa:

— Achei Bill lá no céu. Nas estrelas. Que nem no seu teto.

Desliga a torneira e volta a me olhar. Seu rosto tão compreensivo, honesto e inocente.

— Te mostro um dia desses — oferece. E sai do banheiro.

Enquanto saboreio esse momento compartilhado, ele me lembra de não ficar muito acostumada. Grita lá de baixo:

— Você fica muito mais bonita sem toda essa porcariada na cara, Sloane!

Estudo meu reflexo no espelho. Ainda estou com o rosto levemente amassado no lugar onde adormeci em cima do livro de James. Penso na frase que estava lendo, a que ele sublinhara e fizera um asterisco do lado: "Sidarta estava só como uma estrela nos céus... Foi o último estremecimento de seu despertar... Logo tornou a caminhar, em marcha rápida e impaciente, já não mais a caminho de casa, não mais olhando para trás".

Visto a armadura imaginária para começar meu dia. Respiro fundo e desço, flutuando, para o primeiro andar. Meus dois segundos de serenidade são quebrados quando sou bombardeada pela inquisição de mamãe.

LÚCIDA

— Você parece feliz — diz. Não é uma constatação, mas uma pergunta. *Por quê?*

— Obrigada. Você também. — Tento me concentrar nos ovos mexidos com torrada que ela passa para mim.

— Será que tem alguma coisa a ver com o livro que você ficou lendo o dia inteiro ontem?

Não olho para cima.

— Talvez. É o tipo de livro que te faz se sentir bem com o mundo. Te empresto depois.

— Ei! — exclama para que eu tenha que olhar para cima. — Estou perguntando do rapaz excepcionalmente lindo, não posso nem usar a palavra *garoto*, que deixou o livro aqui.

— O nome dele é James. Ele se mudou há pouco tempo.

Ela se senta à minha frente.

— Ele obviamente gosta de você. Você obviamente está feliz por causa disso. Por que você não falou nada a respeito?

— Relaxe, eu falo sobre isso com muita gente. Mas acho que você está querendo dizer: por que eu não falo com *você* sobre isso?

Ela fica um pouco retraída, como se minhas palavras tivessem dado um beliscão.

— E a resposta? — pergunta com calma.

— A resposta é que prefiro não falar.

Há um silêncio bem longo durante o qual ela tenta controlar seu temperamento. No fim, simplesmente levanta e sai da cozinha. Sequer desliga a chapa que esquenta o bacon de papai.

Fico cega de raiva por ela ser desse jeito. Não quero que ela saiba nada sobre James. Óbvio que está tentando ser toda íntima só para poder planejar que tipo de regras vai decidir implementar. Minha mãe governa sob estado de sítio quando se trata de namoro. Sob pena de castigo ou coisa pior, eu não podia nem ficar com alguém até completar 16 anos. Isso me deixava constrangida e frustrada até a morte, mesmo que não houvessem muitos pretendentes. Essa regra acabou equiparando meninos e punição na minha cabeça. E certamente não deixou as linhas de comunicação abertas para me fazer querer sentar e ter uma conversa de mulher pra mulher com minha querida e amada mamãe. Obedeci a suas regras estúpidas, e, agora que já cheguei à idade em que posso namorar, um garoto vem me entregar um livro e ela fica me interrogando. Estou de saco cheio de viver dando todo tipo de satisfação a ela. Largo meus ovos e subo para o quarto a fim de refazer a maquiagem.

Recuso duas vezes a oferta atípica de papai para me levar à escola. Na terceira, apenas agradeço e me pergunto se ele tem outros propósitos paternos além da carona. Por favor, qualquer outra coisa que não seja falar sobre meus sonhos. Ele perguntou apenas uma vez como eu tinha dormido, então com sorte já se esqueceu.

Quando fica zangado comigo, seu tom de voz fica baixo e bem lento, e me deixa assustadíssima.

— O que anda acontecendo entre você e sua mãe?

Então a ideia não tinha sido bem dele, mas da minha mãe, e não tinha nada a ver com meus sonhos.

— Desculpe ter ficado irritada com ela no café. Estou cansada, só isso, o que não é justificativa. Prometo que vou pedir desculpas assim que encontrar com ela.

— Isso não é nem de longe suficiente. Você está com raiva dela há um ano. Começou do nada, perto do seu aniversário de 16 anos, e agora está piorando.

— Pai...

— Quieta. Sua mãe e eu conversamos sobre isso o tempo todo. Está acabando com ela e comigo. É muito injusto, e quero saber agora o motivo disso.

— Não sei, pai. Eu também me sinto assim. Fico torcendo para essa sensação passar. Sei que não é nada que ela esteja fazendo errado. Estou rezando para ser só uma coisa de adolescente prestes a sair de casa, e estar me afastando dela para conseguir partir ou algo do tipo.

— Essa é a pior desculpa que já ouvi na vida. Adolescentes podem fazer birra, mas isso já vem acontecendo há um ano. Se não mudar e mudar logo, o próximo passo é procurar ajuda profissional.

Queria poder pegar um trem para Nova York e começar a me consultar com Emma. Queria que Emma realmente existisse. Se fosse o caso, poderia perguntar pra ela por que isso tudo acontece comigo. Poderia perguntar sobre Maggie.

— Estou falando sério, Sloane. Isso tem que parar. Somos uma família. O mundo não gira ao seu redor. Está me entendendo? — Tira os olhos da estrada e vê as lágrimas nos meus. — Está?

— Estou — confirmo. E a verdade escorrega para longe de mim. — Eu simplesmente não sei o que há de errado comigo.

Mas é claro que sei. Apenas não sei por quê.

Meu pai me deixa na escola. Nem cogita me dar um beijo de despedida, sequer acrescentar mais alguma coisa à conversa. Tento fechar a porta do carro sem bater, mas talvez tenha feito barulho de qualquer forma.

Constrangida, vou direto ao banheiro feminino me olhar no espelho. Para piorar, o rímel idiota ficou todo borrado, então estou igual a Gordy quando ele pinta o rosto antes de uma partida de futebol americano. Limpo os olhos com cuidado, sentindo-me um monstro terrível por estar tratando minha mãe de maneira tão cruel. O rosto magoado dela aparece em flashes de situações passadas, tentando conversar comigo da forma como costumávamos fazer sempre, e eu simplesmente batendo a porta.

Além do mais, não há nada sobre o que conversar. Estou mergulhada em uma fantasia pós-adolescente em que o garoto mais bonito do mundo poderia gostar de mim. Como seria capaz de dizer isso a ela e quais seriam minhas respostas para cada questionário interminável nos cafés da manhã sobre como vai o grande não romance? Falar sobre minha paixão fantasiosa é bastante degradante e seria exponencialmente mais degradante com ela, por algum motivo.

Entro para a reunião de classe, e lá está ele, no fundo da sala, como de costume, com uma carteira vaga ao lado. No segundo em que me vê, acena me chamando. Esqueço que tenho mãe. Esqueço tudo. Exceto me controlar para não correr. Não tão depressa, pelo menos.

Sento-me ao lado dele. James me encara amigável, mas atentamente.

— Bom dia — cumprimento.

— Oi. Desculpe ficar te encarando. Só estava notando uma coisa diferente.

Seguem-se dois longuíssimos segundos de um silêncio.

— Estou esperando — digo.

— Seus cílios estão tão longos.

Pode ser difícil de entender, mas essa frase faz meu coração pulsar mais do que se ele me tivesse pedido em casamento ou coisa do tipo. James acha que sou razoavelmente bonita, pelo menos. Certo?

— Obrigada. E obrigada pelo livro. Já tinha lido há muito tempo, claro...

— Claro. — E sorri para a pretensão da minha afirmação. É, porém, um sorriso gentil e afável. Como se soubesse que estou tentando impressioná-lo, e tudo bem, porque elogiou meus cílios. Imagino se teria reparado sem o resíduo de rímel. Uma preocupação para algum outro dia. Acho que dá para fazer uma pintura permanente neles. Nota mental para pesquisar sobre o assunto. Quero dizer, quem poderia adivinhar que ele curte cílios?

— O que aconteceu aqui? Um duelo? — Aponta para o diminuto espaço entre meus cílios fabulosamente longos deixado pela cicatriz da catapora que tive quando criança.

— Você devia ver o estado do meu oponente — respondo, e ele ri.

— Não vou poder ir na aula do sexto tempo — avisa. — Porque prometi levar uma pessoa num lugar. Mas eu e Pablo vamos ao veterinário para te ajudar mais tarde. Eu coloco as cartas nos envelopes, e ele lambe. Então te vejo lá. Quem sabe não podemos sair para comer depois e tal. Estou paralisada. Congelada. Portanto é óbvio que digo algo estúpido ao extremo.

— Daí conversamos sobre *Sidarta*.

Ele se inclina sobre a mesa, vindo na minha direção.

— Daí conversamos sobre o que a gente quiser.

Toca o sinal. James se abaixa e pega a mochila, olhando para cima, para mim, com aqueles olhos. E me obrigo a me mexer. Enquanto guardo meu material, a ficha cai. Vamos sair juntos. Ele me chamou para sair. Não precisou nem usar uma desculpa. Quer que eu saiba que deseja estar na minha companhia. Quer estar comigo. Sozinho.

Permaneço sentada enquanto a sala se esvazia, e, no instante em que estou para me dissipar numa prazerosa nuvem de fumaça, duas palavrinhas quebram meu êxtase: *Amanda Porcella*. A pessoa que ele levará a algum lugar durante o sexto tempo. A pessoa com quem está provavelmente transando diariamente.

Uau! Que idiota que sou. O garoto é íntegro demais, e eu certamente inteligente demais, para cogitar que ele poderia sair ao mesmo tempo com duas meninas de uma turma de oitenta alunos, os quais passam o tempo inteiro vigiando e fofocando sobre os dois. Obviamente, isso não é uma saída romântica de fato. Ele deve estar interpretando como algo do naipe de sair para comer um hambúrguer com um colega da escola. Seria a mesma coisa se eu fosse Gordy ou o Erva. É um encontro apenas na minha cabeça, porque aquele é meu desejo mais profundo em todo o mundo.

Não tenho vergonha por ter uma queda pelo namorado de Amanda. Todas as garotas no colégio têm. Nada de ruim acabou de acontecer. James só perguntou se eu queria sair e passar um tempo com ele, e, se eu conseguir parar com minhas fantasias e ser razoavelmente inteligente e divertida, podemos nos tornar pessoas que fazem isso sempre.

E isso seria ótimo. Não seria ruim por eu desejar um passo além; vai ser a segunda melhor opção, e me contentarei com ela.

Encontro Gordy para almoçarmos juntos. Peço desculpas por não ter ligado ontem, explicando que estava com o nariz enfiado em um livro o dia inteiro. Quero que saiba que meu aniversário foi maravilhoso, graças a ele. Gordy acha que ficou em segundo lugar, perdendo para a festa de patinação na quarta série, na qual ele quebrou o pulso tentando fazer uma manobra complexa chamada "shoot the duck" ou "pistols" (em que a pessoa se agacha com uma das pernas e os braços estendidos). Pergunta se podemos sair para jantar. Dá para ver que tem alguma coisa estranha, e ele força um tom casual para contar que seguiu meu conselho e deu um pé na bunda daquela imbecil da Melissa. Já vai tarde.

Parece um pouco triste, mesmo tentando demonstrar que está bem.

— Quer comer no Pizzetta? Uma pizza de pepperoni pós-término cairia bem. — Seus grandes ombros estremecem enquanto dá um gole pelo canudinho do suco de caixinha.

— Claro — respondo. De jeito algum que ele vai comer pizza pós-término sozinho. Mesmo que eu não tivesse a intenção de aceitar o convite de James (por medo de que Amanda ou outros interpretassem mal), me arrependo um pouco por deixar passar a oportunidade. Mas é Gordy, e ele faria o mesmo por mim.

James não aparece na clínica. Não é lá um voluntário muito confiável. Não farei queixa para o Dr. French, no entanto. Obviamente, levar uma certa pessoa num lugar acabou sendo muito mais emocionante que ficar comigo e os animais. Não é problema meu. Não tenho nada a ver com isso. Tenho mais é que ir alegrar meu melhor amigo que acabou de passar por uma vadi-ectomia.

Dou um beijo de boa-noite em todos os bichinhos e tranco a clínica. Os envelopes com a *newsletter* do veterinário podem esperar um dia mais. Tiro a trava da bicicleta e me dirijo para o meio-fio no momento em que...

LÚCIDA

Um antigo Porsche Targa vermelho irrompe pela esquina e freia derrapando bem na minha frente. Ele coloca o rosto para fora da janela com um sorriso bobo. Nunca imaginaria em um milhão de anos que ele teria um sorriso bobo guardado na cartola que o torna ainda mais devastador.

— Que bom que ainda consegui te pegar aqui. Fiquei preso.

— Você não tem que me explicar nada. — Percebo que soou um pouco grosseiro demais no segundo em que respondo. Com sorte, ele não vai interpretar dessa maneira.

— De qualquer forma, se você ainda estiver livre para jantar...

Caminho com a bicicleta até a janela. Com minha voz mais simpática e suave, digo:

— Nunca falei que estava livre para jantar. Você só presumiu que eu estivesse, provavelmente porque as pessoas não costumam recusar seus convites.

— Acho que isso é um elogio, né?

— Um pouco dos dois.

Ele ri.

— Mas então. Você está? Livre, quero dizer.

— Não, desculpe.

— Nem eu. E amanhã?

É mais do que meu coração consegue aguentar. Sinto que falta ar para expandir meus pulmões. Várias partes do corpo formigando. Olho para meus pés e tento fazer uma expressão ao mesmo tempo irônica, gentilmente repreensiva, mas, ainda assim, receptiva. Duvido que mesmo a Meryl Streep conseguisse inventar uma expressão semelhante.

— O que foi? — pergunta encantadoramente. Decido não olhar para ele.

— Só estou aqui pensando no que Amanda acharia disso que você acabou de me perguntar.

O silêncio é tão longo que até parece que ele foi embora.

— Olhe para mim — diz de uma maneira especialmente doce. Então olho. — Todo mundo acha que Amanda e eu estamos juntos, então eu não deveria me surpreender por você também achar.

Isso significa que eles não estão namorando?

— Não estamos. Não estou com ela, nem com ninguém. Na verdade, nunca namorei a Amanda. A gente ficou por duas semanas durante a Outward Bound, e nos tornamos amigos depois.

— Então ela nunca foi sua namorada?

James fica um pouco vermelho.

— Quero dizer, a gente fez umas coisas. E é óbvio que ela tinha esperança de que as coisas evoluíssem. Mas eu acabei conhecendo outra pessoa. Uma pessoa com quem não estou mais. Amanda sabe dessa história toda. E está tudo bem entre a gente. Você pode perguntar, e ela vai confirmar.

Prendo o respiração. Infelizmente, ele não parece ter mais nada a dizer.

— E você está me contando tudo isso por quê...?

— Hmm, você me perguntou.

— Ah, é. — E nós dois rimos. Aqui estamos, no estacionamento da clínica veterinária. Rindo de mim. Não tenho a menor ideia do que fazer. Então apenas continuo a rir. Devo estar parecendo uma idiota. Finalmente, ele volta a falar.

— Sloane, eu te chamei para sair comigo de verdade. E, para ser sincero, é a primeira vez que faço isso em um bom tempo. E espero que você aceite.

O que diabos alguém como ele poderia ver de interessante em mim?

— Eu aceito. Vou adorar sair com você.

Apenas nos entreolhamos. Ele ainda está dentro do carro. Estou apoiada na janela, com uma das mãos repousando na porta. Ele estende a dele e acaricia meu dedo mindinho. Tenho a sensação de tê-lo enfiado em uma tomada. Mas no bom sentido.

— Posso te deixar em algum lugar? — oferece.

LÚCIDA

— Hmm, estou de bicicleta, está vendo?

— Ah, é. Mas eu podia te buscar amanhã de manhã e trazer de volta aqui pra pegar a bicicleta, a tempo de chegar na escola.

Isso não está acontecendo. Maggie está sonhando tudo isso. Por osmose, ela conseguiu absorver alguma coisa do livro que Emma lhe emprestou e está fazendo essas coisas se tornarem realidade. Nunca vou conseguir agradecer pela chance que está me dando. Pena que tenho que recusar.

— Se largar minha bicicleta, vou ficar ainda mais encrencada com meus pais do que estou agora, que já é uma encrenca considerável.

— Sinto-me uma criancinha dizendo isso para um cara dirigindo o próprio Porsche.

— Conheci sua mãe no domingo. Acho que ela gostou de mim. Acho que posso aliviar sua barra.

— Marcamos outro dia? — Me obrigo a subir na bicicleta, aceno para ele, como se tudo fosse apenas mais um dia na vida de uma garota acostumada a ser convidada para comer hambúrgueres pelo cara mais gato que já pisou na nossa cidade. A sofisticação acaba descendo pelo ralo quando prendo meu capacete monumentalmente patético.

Ele fica lá sentado enquanto me observa pedalar para longe. Zonza demais para andar em linha reta.

CAPÍTULO TREZE

Maggie

Decido não mencionar meu teste para o papel em *Innuendo* para Nicole ou Jade. Não que tenha medo de que vá dar azar nem nada, ou que queira evitar a mania de Nicole de me consolar quando vier a perder o trabalho. Só me parece uma chance muito grande para ficar falando casualmente sobre o assunto. Tenho Thomas se quiser conversar com alguém, e ele está nas internas, então estou apostando todas as minhas fichas nele. Até me consulto com ele a respeito de quais meias calçar e se seria mais indicado comer mingau de aveia ou ovos no café da manhã. Thomas me diverte ponderando sobre o assunto com tanta seriedade quanto eu. Acabo me decidindo por umas das tortinhas instantâneas de Jade porque seria provavelmente uma dessas que a personagem escolheria.

Duas horas antes do teste mais importante de minha vida até então, e estou marcada para uma consulta com Emma. Discuto comigo mesma sobre cancelar, uma vez que Thomas tem um papo muito mais divertido e pode me dar conselhos realmente úteis nesse momento. Apesar de minhas suscetibilidade ao abandono e das minhas tendências artísticas, não sou nenhuma furona. Entao apareço no consultório da psiquiatra na hora marcada.

Começo dizendo que não li o livro dado por ela e que Sloane está fora da pauta pela próxima hora. Em vez disso, podíamos utilizar esse tempo me preparando para o teste. Logo me imagino meditando enquanto ouço alguma música relaxante, quem sabe aproveitando para tirar um cochilo enquanto ela me guia para meu "lugar de serenidade".

Emma tem outros planos e sugere me ajudar a encontrar "foco", fazendo uma regressão às minhas experiências passadas a fim de entrar na natureza selvagem, tempestuosa, promíscua e completamente louca de Robin.

Minha experiência com relações sexuais se resume a uma ocasião, com ridículos 14 anos. Claro, fui forçada a falar sobre esse momento lamentável em cerca de oitenta por cento das minhas sessões com Emma, que o considera um tesouro freudiano. Nesse caso, o pênis em questão pertencia a Robert Parkens, que tinha quase 17 anos e era irmão mais velho de um amigo-de-um-amigo, que estava dando uma festa no qual (surpresa!) a bebida subiu às nossas cabeças. Para ser honesta, eu tinha uma quedinha pelo Robert, que me atraía de uma maneira tuberculosamente artística (tinha inclusive escrito quarenta páginas do que nunca chegaria a ser um romance), o que fazia dele o príncipe boêmio dos meus sonhos. Para minha sorte, ele me achava gostosa, o que, juro por deus, eu passava bem longe de ser.

Então, como a lição de vida mais previsível da história, ele me levou para o quarto dele, e tomei um porre daqueles (o que curti muito até mais ou menos três horas da manhã, quando acordei na cama em meio ao próprio vômito). Começamos a dar uns amassos, o que também curti, pelo menos tanto quanto ele. Isso (com a mentirinha de nada que eu tinha 16 anos) o levou a acreditar que estávamos tendo um momento mágico. Não foi horrível, foi um pouco doloroso, e o que não dá para dizer é que foi mágico, extasiante, ou qualquer dessas coisas que deveria ter sido. Enquanto a gente estava só se agarrando, as coisas tinham sido espontâneas e animadas. A última parte ficou meio técnica e confusa, e acabou em 15 segundos.

Emma defende que isso é uma grande ferida e que talvez, de algum modo, possa ter criado a Sloane virginal. Putz. Expliquei milhares de vezes que não fui estuprada, e, embora não tenha realmente refletido sobre o aspecto do "desfloramento" até estar bêbada demais para conseguir raciocinar, estava de acordo com a situação, e a única consequência negativa é que, depois de tudo, não quis passar exatamente pela mesma experiência outra vez e passei a ficar com medo de que seja sempre assim comigo, um não acontecimento. Olhando pelo lado positivo, tento pensar na situação como apenas uma escolha da pessoa errada, e que a próxima vez será com alguém por quem, bem, eu esteja apaixonada.

Só para deixar claro, Robert é um cara legal. Ele queria fazer outras coisas comigo (estou querendo dizer sair, sem piadinha), mesmo depois de descobrir que eu só tinha 14 anos e não queria transar com ele nem com ninguém por tempo indeterminado. A verdade é que eu me considerava nova demais pra essas coisas e não tinha a mãe de Sloane para me dizer isso — ou delimitar o que era permitido. Às vezes me pergunto se serei sempre nova demais para namorar.

Então, claro, Emma tenta ineptamente conectar isso à toda situação de Thomas, o que me faz querer lhe dar uns tapas para ver se ela acorda. Por mais que me sinta confusa a respeito de Thomas, Robert Parkens não está nas internas do *showbiz*. Emma também se sente dividida quanto a ele. E assim passamos a consulta discutindo o conflito dela em vez do meu, o que é um alívio.

Parece que, enquanto seria totalmente desaconselhável um investimento numa "relação íntima" ou "sexualmente ativa" antes de resolver minha psicose, ela também cogita a hipótese de que, se eu me apegasse ou me apaixonasse genuinamente por uma pessoa, talvez isso neutralizasse minha necessidade de manter a presença de Sloane. Além disso, existe a diferença de idade entre Thomas e eu (como se fosse 50 anos ou algo do tipo), as complicações que poderiam surgir num ambiente de trabalho por conta de um relacionamento e minha própria ambivalência sobre como me sentir a respeito de alguém com quem tenho um vínculo profissional.

A parte que não conto a ela é que, mesmo com toda a minha intimidação, estou relutando um bocado em investir num compromisso de verdade, em que — bate na madeira — o cara que estou afim venha a descobrir que não existe um *lá dentro*, dentro de mim, e assim se confirmem meus piores medos de que não mereço o amor da pessoa certa.

Faltando cinco minutos para o término da consulta, Emma desfere o golpe final, ignorando meu pedido para não falarmos sobre Sloane nessa sessão. Por que não falamos da relevância dela para a questão de Thomas? Talvez porque não haja nenhuma? Nem pensar. Para entrar num relacionamento, preciso estar pronta para compartilhar meu verdadeiro eu, por inteiro, e não estou. Na verdade, meu segredo talvez seja o mais incapacitante que ela já observou no contexto.

Ela prossegue me alertando dos perigos iminentes de virar lelé da cuca (um termo técnico) indefinidamente, o que me apavora, ainda mais quando explica que o pânico que posso sentir escondendo Sloane do suposto cara por quem irei me apaixonar pode ser exatamente o catalisador que me colocará à beira do abismo.

Trezentos dólares, por favor.

Preparada dessa forma para o teste, perambulo pelo Central Park em completa letargia, considerando de fato a possibilidade de telefonar, com a desculpa de que estou doente, e implorar por uma remarcação. Claro. Como se fosse possível. Em vez disso, decido encarnar a personagem. Compro um cachorro-quente com molho de carne moída e dou em cima do cara do carrinho com o sotaque de New Orleans de Robin (que convenientemente pego emprestado de minha atuação em *Algemas de Cristal*). Ele chega a me perguntar se quero sair qualquer hora dessas. Talvez eu lhe conte a respeito de Sloane e veja no que dá.

Quando chego ao escritório de Rosalie, já li e reli minha cena trinta vezes e estou me sentindo bastante confiante. Thomas me cumprimenta com profissionalismo e me apresenta pela segunda vez à diretora de elenco, que me dá um superapoio (o que significa me tratar tanto como uma atriz respeitada quanto como alguém de quem gosta pessoalmente). Sou apresentada também a Macauley Evans, o diretor. Tem os olhos mais intensos que já vi. São dois raios de luz focados em mim. Acho que não piscam durante os cinco minutos que conversamos. Foi dada a largada.

É claro que Macauley quer uma cena diferente. A bem da verdade, cinco cenas diferentes. Falo da cena que me pediram para ensaiar e ele diz ótimo, fazemos essa por último. Tipo, essa cena aí não me interessa, mas estou te dando uma chance para ver se você consegue me impressionar. Com todos os olhos em cima de mim, sinto-me totalmente convicta lendo as falas. E acabo arrasando. Quero dizer, fui muito, muito bem. Tenho certeza disso, e eles também. Parece quase um sonho.

As pessoas perguntam se as melhores atuações são aquelas em que você se perde na personagem e a encarna de fato em sua pele. De jeito nenhum. Você precisa fazer as duas coisas ao mesmo tempo. Manter o controle de si, saber o que está fazendo, mas conhecer tão bem todas as minúcias da personagem que não há brechas para dar um passo em falso. Acho que parece um pouco com o tal sonho lúcido, que Emma quer que eu faça com Sloane.

Durante as despedidas, ninguém me dá falsas esperanças, o que é do jogo e ao mesmo tempo desolador. Tenho certeza de que haverá atrizes mais experientes, mais vendáveis e mais talentosas que eu fazendo o teste, e de que alguma delas conseguirá o papel. Hoje foi um triunfo total, ótimo para meu futuro, repito para mim mesma. Claro. Por isso me sinto tão vazia saindo pela porta.

Thomas me leva até a calçada. Afirma que me saí maravilhosamente bem, sabendo que não é o que eu gostaria de ouvir. Quando me assegura de que tenho ótimas chances, sei que está mentindo por entre dentes perfeitos. O que não sei é se deveria ficar zangada ou agradecida pela mentira. Andrew faria "tsc, tsc" para mim e me aconselharia a esquecer o que "deveria" estar sentindo e, em vez disso, tentar entender como realmente me sinto. É por isso que Andrew é um pé no saco, e Carmen pode continuar com ele por quanto tempo quiser.

Thomas me surpreende com um beijo de despedida na rua. Minha barriga dá um salto. Carinhoso, me encosta contra a parede de um prédio e brinca com meu cabelo.

— Vem jantar comigo hoje, por favor. Eu cozinho para você. Sou bom nisso — garante com um sorriso.

Fico nervosa e confusa e não consigo pensar depressa o bastante. Então minto.

— Tenho um compromisso de família. Mas te ligo amanhã cedo para combinarmos uma data para você me impressionar com seus dotes de Iron Chef.

Ele parece satisfeito o bastante, repete a mentira sobre minhas chances e volta ao trabalho.

Desço a rua em direção ao metrô. Minha barriga está roncando por ter comido apenas aquele cachorro-quente o dia inteiro. O coração dói por ter claramente perdido minha grande oportunidade de conseguir o papel de Robin. A cabeça martela de tanto pensar no que fazer a respeito de Thomas. Pego o telefone e mando uma mensagem de texto perguntando se quer me encontrar no Union Square Café.

Chego antes dele e pego uma mesa perto da janela. Jimmy começa a tirar os talheres do lugar ao meu lado, mas digo que estou esperando companhia. Foi quase como se tivesse dito que cago tijolos de ouro.

— Que notícia maravilhosa! — diz ele com um grande sorriso de estímulo e demora um bom tempo limpando o garfo de Andrew com o uniforme. Jimmy acha que sou solitária.

Andrew chega 30 minutos depois de mim. Parece diferente. Não é o corte de cabelo. Alguma coisa na maneira como se comporta. Fico apreensiva.

— Como foi lá?

— Arrasei. Eles adoraram. E ainda estou em décimo segundo lugar em uma lista de dez nomes.

Ele consegue ver como estou decepcionada. E que foi por isso que mandei a mensagem.

— Sinto muito. Você provavelmente tem razão. É normal ficar triste. Querer muito um papel faz parte do caminho para atingir suas metas. Isso tudo que conseguiu realizar hoje mostra o quanto está progredindo. E aposto que não vai demorar pra ter sucesso. Basta um papel que dê certo. Talvez apenas não seja esse.

Que jeito formidável de colocar as coisas. Ele acaba de se redimir aos meus olhos.

Jimmy vem à mesa e aperta a mão de Andrew, como se estivesse cumprimentando o bombeiro que acaba de resgatar seu gato de uma árvore. Não estou solitária, nem precisando de resgate. Pelo amor de Deus, Jimmy!

Peço minha típica salada Caesar sem frango, com molho à parte e pedaços de limão. Andrew acrescenta algo chamado Maker's Sour. Depois pede dois hambúrgueres e outro Maker's para ele. Não reclamo, porque me divirto com o olhar que Jimmy me lança, insinuando: "Você vai beber e supõe que eu não vá checar sua identidade?". Apenas sorrio, esperando o pedido inevitável. Que não vem. Provavelmente porque ele teme assustar para sempre meu único companheiro de jantar.

Depois que ele sai, pergunto a Andrew:

— O que é essa bebida que você pediu e por que diabos acha que vou beber também?

— É minha bebida favorita, é bem forte, e a gente precisa fazer um brinde à minha saúde com ela, e você tem que tomar pelo menos um golinho. Porque estamos comemorando.

— Alguma coisa em particular?

— Terminei com Carmen.

Uau! Ele está com aquele sorriso meio tortinho ali no rosto e tamborilando no tampo da mesa. Não sei dizer se está genuinamente feliz ou se é apenas fingimento.

— Quero todos os detalhes.

— Eu tive que dar um basta. Ela ficou chocada. Pensei que ficaria brava e me diria que podia conseguir coisa muito melhor eu, o que pode e já conseguiu. Em vez disso, ela ficou com os olhos cheios d'água e me pediu outra chance.

— E por que você não deu?

— Porque tive um súbito ataque de sanidade mental. Só quero estar com alguém que amo de verdade. Nunca amei ninguém para valer. Tenho medo de nunca amar. Mas, de repente, tive essa convicção incontestável de que não quero me contentar com menos que isso.

— Uau! Que bom para você. E o que te fez ver isso?

— Você.

Minha barriga dá um salto de verdade com essa, um que nunca senti antes. Ele acabou mesmo de dizer uma coisa que poderia arruinar a única verdadeira amizade que já fiz? Evocando minhas melhores habilidades de atuação...

— E como eu fiz isso? — Aliso nervosa o guardanapo no meu colo.

— Porque você é minha pessoa predileta. No sentido de que eu realmente gosto de você e te admiro. E sempre te aconselhei a fazer exatamente isso. Não se contentar com nada menos que o amor; você não precisa fazer isso. E, mesmo não gostando de mim tanto quanto gosto de você, eu devia gostar. Então preciso seguir meu próprio conselho.

Foi quase.

— É assim que o universo funciona — continua. — Uma porta se fecha, outra se abre.

Opa.

— Alguma porta em particular?

— Thomas, oras. Como vai essa história?

Conto a ele sobre a oferta de Thomas de cozinhar para mim na casa dele e da mentira que contei para escapar. Pergunto o que se passa na minha cabeça? E Andrew fica lisonjeado por achar que ele possa saber.

Digo que é mais barato que Emma e que vou ficar menos constrangida de quebrar a cara dele se não gostar do conselho.

Então, Jimmy chega com os drinques.

— Espero que você tenha colocado uma dose extra de bebida na minha — provoco com a maior cara deslavada. O garçom avisa que se perder o emprego por conta disso, terei que sustentar a ele e a seu companheiro com o dinheiro da minha futura carreira de atriz.

— É justo — respondo.

Levanto o copo.

— Um brinde à busca da mulher certa para você.

Brindamos. Dou um gole de macho e não engasgo. É até bem gostoso.

— Então, o que você acha, será que Thomas é o homem certo para mim?

Ele não fala nada, apenas me encara.

— Menos suspense, mais conselho, por favor.

— Talvez você esteja me perguntando isso pela segunda vez porque está torcendo para ouvir uma resposta diferente.

— Qual é a resposta que estou torcendo para ouvir?

— Você quer que eu diga que não, pra não ter que passar pela parte assustadora de descobrir por si mesma. Não fique com medo. O que quer que aconteça, você vai levar numa boa.

— Valeu — agradeço com ironia.

— Pare com isso. É a única coisa que você não consegue mesmo levar numa boa, um elogio.

Enquanto me preparo para deitar, uso o livro de Emma como descanso para copos. Então quer dizer que Andrew acha que devo ficar apenas com pessoas por quem esteja apaixonada. E Emma acha que a paixão vai me enlouquecer. Isso, no entanto, contradiz um pouco aquela teoria de que Sloane é a irmã gêmea melhor amiga que nunca tive, e de que sou uma palerma tão solitária que a única solução foi inventá-la. Se me apaixonasse, não me sentiria mais tão sozinha. Não que me sinta agora. Mas como eu faço pra me apaixonar? É uma coisa que "simplesmente acontece" com alguém? Ou algo que preciso fazer com que aconteça, reconhecendo a oportunidade certa e me segurando nela com todas as forças? Ainda que tenha apenas 17 anos, não consigo deixar de pensar que, se fosse para acontecer, já teria acontecido. Quero dizer, até para Sloane aconteceu. Mesmo que eu seja a única a saber.

O telefone toca. Sorrio e todos esse pensamento opressivo desaparece. Talvez Andrew tenha uma nova lista de elogios pra eu fingir que desaprovo. Pego o celular e olho o número tela. Ah.

— Oi, linda. Não te acordei, não, acordei? — Thomas está usando um tom de voz sussurrante. Tentando encarnar um pouco de George Clooney. Brega, mas pelo menos não escolheu Jonah Hill. — Estava aqui, pensando no jantar que gostaria de ter preparado para nós dois e torcendo para você me dar uma chance amanhã à noite. Ou você tem outro compromisso de família?

— Não. Sou toda sua. — Céus. Por que respondi desse jeito? Chamando Dr. Freud...

— Você pode me fazer um favor antes de desligarmos?

— Talvez.

— Diga que você realmente falou sério agora.

— Certamente não — respondo, feliz por ele não poder ver meu sorriso debochado.

— Foi o que pensei. Até amanhã.

CAPÍTULO QUATORZE

Sloane

Olho sorrindo para minha árvore. O vento agita suas folhas. O sol da manhã esquenta a casca grossa. Flores de açafrão e narcisos decoram o gramado ao redor das raízes. É tão linda. Talvez todos fiquemos mais bonitos na primavera. Talvez todos os pássaros e abelhas cuidando de suas vidas deixem algo no ar e esse seja o motivo pelo qual James me chamou para sair na noite anterior. Talvez eu deva parar de pensar tanto no porquê e começar a apenas me permitir ficar empolgada.

— Tenho um encontro — conto à árvore pela janela.

Uma batida à porta e imagino se sem querer me escutaram. Papai pergunta se pode entrar. Quando fiz 12 anos, ele começou a bater antes de abrir, mesmo que eu só tenha começado a fechar meu quarto perto dos 15 anos.

Não é como se dormisse sem roupa ou coisa assim, mas é legal da parte dele respeitar minha privacidade.

Senta-se na beira da cama e cochicha em tom muito sério:

— Quero te avisar com antecedência antes de você descer. Sua mãe vai te pedir para sair para jantar com ela hoje à noite. Quero que você aceite. E quero que você se sinta agradecida e animada por ter a oportunidade de acertar as coisas com ela.

É óbvio que foi ideia dele e que provavelmente teve que convencê-la, prometendo que eu não iria cortar sua mão fora se tentasse conversar comigo outra vez. Fico comovida por ter esta chance com minha mãe e apreensiva de cancelar com James.

É claro que tinha que ser naquela noite. Meu pai treina o time de futebol de Max e sempre leva todos para comer pizza. É a única noite livre da mamãe durante a semana. Mas e se eu nunca mais tiver outra chance com James? Se não sair com ele hoje, estarei dando um intervalo muito grande para ele perceber que não valho todo esse esforço? A verdade, porém, é que se decepcionar minha mãe, nem eu vou gostar de mim mesma a ponto de querer sair comigo, e eu tenho que conviver comigo.

Na reunião de classe, conto a James sobre toda a minha ópera com minha mãe. Ele é um pouco mais compreensivo do que gostaria que fosse. Na verdade, acha ótimo que eu passe um tempo com ela. Claramente não estava tão empolgado quanto eu para nossa saída. Mas depois menciona como tem saudades da mãe dele. Observa meu rosto e pergunta:

— Você ficou chateada?

— Muito — respondo com sinceridade.

— Eu também. Quer fazer alguma coisa na sexta?

Sexta! Agora ficou sério, noite de encontro pra valer. Quarta é só mais um dia para sair e passar um tempinho juntos, mas sexta-feira é inquestionavelmente um encontro. Estou nas alturas até escaparmos para o corredor apinhado depois da aula. O mar de rostos me faz voltar à realidade. São poucas as coisas que dá para fazer em Mystic sem que todo mundo fique sabendo. Com certeza um encontro na sexta-feira não é uma delas. O que cria um problema entre mim e Amanda.

Mamãe me leva para jantar comida japonesa no Go Fish! Em Olde Mystic Village. Sendo Mystic o epicentro de deleites culinários tais quais uma iguaria chamada "lobster roll" (um sanduíche feito com pão de cachorro-quente de supermercado recheado de lagosta), existe apenas um restaurante japonês na cidade. Então me trazer ali representa claramente uma oferta de paz, pois uma vez comentei que gostava de sushi. Ter escolhido este restaurante em particular mostra que ela gostaria que aquele fosse o início de uma convivência saudável entre nós duas, e todas as células no meu cérebro desejam que dê certo.

Na verdade, nunca comi muito peixe cru. Mas por intermédio de Maggie, vi o melhor que Nova York tem a oferecer. Também observei qual é a aparência do wasabi e do gengibre frescos, que não tem nada a ver com a pasta verde neon e as lascas açucaradas de gengibre em cor rosa fluorescente que colocam na nossa frente.

— Então — começo. — Alguns conselhos sobre o assunto James viriam a calhar.

— Vocês estão saindo?

— Não. Mas ele me convidou no outro dia.

Ela sorri e posso notar que está verdadeiramente feliz por mim, o que é bom, uma vez que é a única pessoa para quem contei.

— E você quer sair com ele e tem permissão para isso. Qual é o problema?

— Sabe Amanda Porcella? Bem, ela deixou todo mundo pensar que eles estão namorando porque ficaram há uns anos. Mas já faz um tempo que terminaram.

— E como é que ela deixa todo mundo pensar que estão namorando assim? — pergunta mamãe, enquanto mastiga uma vagem.

— Ela nunca chegou a mentir de fato sobre o assunto, mas sabe que todo mundo pensa que os dois estão juntos. E deixa as pessoas continuarem pensando. O negócio é que eu realmente gosto de Amanda. Não quero magoar minha amiga e não quero que ninguém me odeie. Se eu sair com ele, vai parecer que ela tomou um fora, e eu que sou a traidora, porque ela nunca vai se constranger na frente de todo mundo confessando que eles nem ficavam mais, para começo de conversa. Então, o que eu faço?

Ela reflete um minuto. Gosto disso nela, pois sou do tipo que vai logo metendo a boca no trombone bem antes das engrenagens do cérebro começarem a rodar. O sushiman (acredite ou não, sushiwoman — uma mulher caucasiana, na verdade) coloca à nossa frente um roll de savelha e cebolinha e sushi de barriga de atum. Mamãe é uma ninja com os *hashis*. Uma mulher de muitos talentos secretos, essa minha mãe.

— Acho que você deveria contar a Amanda o que aconteceu. Não fale nada para ele antes, mesmo que ele te prometa que vai ficar de boca calada, porque não vai. Não peça a permissão dela, mas dê um toque. Alegue que ela provavelmente não percebeu, mas que alguns alunos da escola pensam que ela e James estão namorando, e você não queria que ela fosse pega de surpresa. Isso deixa a dignidade dela intacta e lhe dá uma chance para se preparar. Mais importante ainda: se James não te contou toda a verdade, problema dele. E merece que seja.

Estou estupefata. Quero dizer, conheço essa mulher desde que nasci. Duh! E sei que ela não é boba nem nada. Mas esse foi um raciocínio e tanto saindo assim de uma vez só. Faz tudo parecer tão fácil.

— Você está certa. É isso mesmo que eu devia fazer. Mas... e se ele mentiu para mim e os dois estão mesmo namorando?

— Você ia mesmo querer ficar com alguém assim?

Por um lado, devia começar a conversar mais com essa senhora. Por outro, não quero me desiludir com o Garoto do Pardal.

O jantar acaba sendo ótimo. Não falamos sobre o passado ou o motivo por que tudo tem sido tão difícil entre nós. Apenas nos divertimos de verdade juntas. Sei que não significa que tudo melhorou milagrosamente, nem que não vou acordar amanhã sentindo aquela raiva de sempre. Mas estou grata por estar na companhia dela assim outra vez.

Estou tão nervosa me preparando para dormir. Talvez a situação fosse mais fácil para Amanda se eu telefonasse para ela. Assim não terá que reprimir sua raiva e poderá gritar e me xingar e desligar na minha cara se quiser. É claro que também é mais fácil para mim pelo mesmíssimo motivo. O número está salvo no meu celular.

Inacreditavelmente, ela atende. Talvez eu precise vomitar. Ou tenha um completo ataque de pânico. Começo a falar para me dissuadir da ideia de desligar.

Explico tudo do jeito que mamãe sugeriu. Depois, silêncio. Provavelmente caiu a ligação, e terei que repetir tudo outra vez e vai soar ensaiado.

Em seguida, porém, ela responde com uma voz serena e cordial, que parece um pouco recalcada e falsa, que foi legal da minha parte lhe dar o benefício da dúvida, mas que está plenamente ciente de que todos acham que ela e James estão namorando. Nunca fez o anúncio de que não estavam porque tinha esperanças de que pudessem voltar a ficar.

— Estamos quase lá — diz, quase como um aviso.

Ela me agradece pelo alerta e pergunta se está tudo certo entre a gente.

— Totalmente. Por mim sim. E por você? — Queria que a mamãe tivesse escrito um roteiro com respostas melhores para mim.

Diz:

— Claro. — Sem me convencer muito.

Entretanto, desligo orgulhosa de mim mesma por ter me comportado como adulta (para variar). É claro que Amanda ficou chateada. Não posso culpá-la. Mas também ela não é responsabilidade minha. Superar essa confusão toda me dá a sensação de que qualquer remota possibilidade de que tudo dê certo com James pelo menos aumentou.

No dia seguinte, Amanda não vai à escola. Sinto-me uma criminosa. Está em casa com vergonha e medo e sem saber como encarar as pessoas. Pelo menos seria assim que eu me sentiria. Supostamente está apenas resfriada. Nunca saberei a verdade.

No almoço, encontro com James. Ele se dirige para dentro do meu clube da Luluzinha e senta com seu sanduíche de peito de peru. Lila baba. Kelly come uma lasanha como se estivesse hipnotizada na frente da TV.

— Então, para sexta, estou pensando em ir até Providence, assistir ao show de Eric Clapton. É provável que nós dois sejamos os mais novos lá, com uma folga de uns 20 anos.

Faço que sim com a cabeça, concordando, como se esse tipo de conversa acontecesse o tempo inteiro. Garotos lindos me convidam para ir a shows dos Stones, às vezes do Yo-Yo Ma, quem se importa. Nada de mais.

— Mas ele é o melhor guitarrista do mundo. Venero o cara. Desculpe, nada de violão flamenco no programa.

— Você só não quer é um parâmetro de comparação para eu te julgar — provoco.

— De jeito nenhum — rebate ele.

Kelly ri alto. Fico preocupada por um momento que meu status virginal seja óbvio demais, como se literalmente andasse por aí com um "V" bordado no suéter. Mas também, e daí? Ele está definitivamente me paquerando. Uma pena que não tenha uma pista de corrida por perto pra eu dar minha volta olímpica de campeã.

Depois da escola, Kelly e eu saímos à procura de algo mais sofisticado para vestir que as roupas do meu armário. Digo que definitivamente não estou procurando um vestido; seria mostrar que estou me esforçando demais para impressioná-lo. Acabo comprando um mesmo assim. Vou me esforçar o máximo possível.

O vestido é cor de lavanda, o que ressalta o verde dos meus olhos, deixando-os bem intensos. É romântico, reto e delicado, e me lembra a primavera. Mostro para minha mãe quando conto sobre a saída. Ela faz todo o papel da mãe perguntando a que horas voltarei para casa, mas está visivelmente feliz por mim.

Gordy dá uma passada lá em casa e fica para o jantar. Durante a sobremesa, mamãe pergunta se quero as pulseiras douradas emprestadas para a noite seguinte. As que comprou na Índia quando estava na faculdade e pelas quais sempre babei desde que era uma garotinha, brincando de me vestir como gente grande. Claro que quero. E também não posso acreditar que ela sugeriu isso durante o jantar. A antiga chama de raiva se acende outra vez. Mas Gordy apenas me pergunta aonde vou. Então apenas respondo. E ele parece apenas ficar, francamente, com ciúmes.

— Quem é o sortudo?

Se tivesse o talento de atriz de Maggie, saberia como responder de forma imediata e casual. Não sei.

— É só o James.

— James e Sloaney sentados na árvore. Se B-E-I-J-A-N-D-O — canta Max daquele jeito irritante para chamar a atenção. Como se existisse alguma outra maneira de se cantar isso. Gordy ri e enfia o guardanapo na matraca de Max.

Gordy e eu vamos caminhando até o Marble depois do jantar, e consigo evitar falar sobre meu encontro. Depois damos um pulo na Mystic Disc, que fica ao lado, e olhamos todos os álbuns. Dedico um pouco mais de atenção para a seção de Eric Clapton, tentando me preparar para sexta-feira. Bill adorava a Mystic Disc. Não apenas tinha um toca-discos, como também fazia questão de continuar comprando CDs, ainda que tudo pudesse ser instantaneamente baixado em MP3. Ele costumava ficar conversando com Dan, o dono da loja e nosso residente aficionado por música, e o convencia a encomendar para ele raridades importadas. Colocaram uma fotografia de Bill atrás do caixa depois do acidente. Não venho aqui sem Gordy. Na volta para casa, o silêncio entre nós parece atipicamente incômodo.

Acordo na sexta e decido vestir minha calça jeans predileta e uma blusa roxa que faz, segundo dizem, meus olhos parecerem de gato. Quando chego na reunião de classe, James guardou um lugar para mim, mas tem algo esquisito no seu olhar.

— Estou me sentindo péssimo em dizer isso, mas tenho que ir ao Kennedy amanhã bem cedo buscar uma pessoa por volta das sete horas. Tudo bem se a gente só sair para comer hoje à noite e ir a um show num outro dia?

Ele parece mal mesmo. Imprevistos acontecem. Não é nada demais, digo a mim mesma. Mas é muito estranho, um garoto do ensino médio ter que ir até ao "Kennedy", que eu demoro dois tempos a mais pra entender que significa o aeroporto JFK em Nova York.

— Quem é a pessoa que você vai buscar? — Não me parece bisbilhotice, está mais para uma pergunta natural. No segundo em que a faço, porém, noto que alguma coisa está esquisita mesmo e que não deveria ter perguntado.

— Uma pessoa aí.

Uau! Isso basicamente faz meu coração querer vomitar. Agora não sei o que fazer, mas vou pirar se ele não esclarecer.

— É meio que segredo? — Claramente é.

— Uma pessoa que é minha amiga.

— É da Califórnia? — Tenho a sensação de estar afundando. Ele não parece zangado; parece não saber o que fazer com minhas perguntas, que são totalmente plausíveis. Para uma pessoa comum, isso não seria tão estranho. Nunca pensei que houvesse algo que pudesse deixar James desconfortável ou constrangido. Ele era perfeito. Agora não é mais.

— Olhe, me desculpe mesmo. É só uma coisa que eu me comprometi a fazer, mas prometo que vou te recompensar. Estava pensando que poderíamos jantar no Ocean House.

O Ocean House é bem longe, e o lugar mais maravilhoso para um encontro que estas bandas têm a oferecer. Ele está mesmo se esforçando. É uma parcela do que está me assustando. Por que estaria se esforçando tanto?

No sexto tempo, James chega atrasado e tem que se sentar longe de mim. Fica me olhando e sorrindo. E de repente percebo. Ele se sente culpado. Quem é que vai buscar no aeroporto? A garota que era dona do Peaches? Ela está indo para Nova York para dizer que os dois estão destinados a ficar juntos e convencê-lo a voltar para a Califórnia, ou, ainda pior, ela vai se mudar para Mystic e arrumar um trabalho em algum canto? Meu estômago embrulha. E cada sorriso bobo que ele joga para meu lado parece apenas outro prego no meu caixão.

À noite, fico encarando o armário. Não quero usar o vestido. Quero guardá-lo para um encontro melhor. Ou um cara que goste de mim de verdade. Por isso, tenho que decidir agora: minha mãe tinha razão, no fim das contas? Estarei mesmo competindo, seja com Amanda ou com a Mulher do Gato, ou vai saber quantas garotas que querem a atenção dele? Posso virar o jogo? Vou precisar de mais que um vestido.

E, claro, Lila me manda oito mensagens dizendo: *Se DIVIRTA em Providence. E depois.* Maravilha. Também tem uma mensagem de Kelly: *Mande uma foto sua usando o vestido com* Slowhand!

Mamãe bate na porta trazendo as pulseiras. Estou de vestido, com a etiqueta ainda presa. Ela se aproxima, fecha o zíper e tira a etiqueta. Acho que vou com ele, no fim das contas. Diz que estou linda, e, em vez de odiá-la por essa atitude de Polyana, sinto-me reconfortada. Olhando no espelho, acho que este é o melhor que consigo ficar.

— Vamos só jantar no Ocean House.

— Só? Seu pai e eu vamos lá pra comemorar nossos aniversários de casamento.

— Não. É ótimo. Só desconfiei dessa mudança de planos. Ele disse que amanhã tem que dirigir três horas e meia para buscar "alguém" no JFK de manhã. E foi extremamente evasivo quando perguntei quem era. — Fico apenas olhando pra ela depois de dizer isso. Sinto meu lábio tremer.

— Pode ser outra menina. Ou não. E normalmente, o melhor é relaxar e fingir que está levando numa boa. Mas, se ele estava sendo evasivo, o que acho que quer dizer suspeito e sigiloso...

Concordo como se tivesse 4 anos, *aham.*

— Você devia dizer para ele que está começando a se perguntar se não tem outra nessa história, e, dadas as circunstâncias, essa é uma pergunta que você tem o direito de fazer.

— Mãe, se eu tiver que perguntar isso, vou morrer.

— Eu sei, meu amor. Eu também detestaria essa situação. Mas, colocando tudo na balança, acho que é melhor que a alternativa de não comer, dormir nem pensar em qualquer outra coisa até descobrir. E talvez você precise se perguntar: quanto vale um cara que te faz passar por tudo isso?

É uma pergunta justa. Quando James chega para me pegar, conversa bastante com meus pais. São gentis e receptivos como sempre. Ele elogia meu vestido e parece admirá-lo, mas ainda não está agindo de forma natural.

A caminho de Watch Hill, ele fala sem parar, e sempre a respeito de nossos interesses mútuos, em vez de seu interesse em mim ou em nós. Talvez eu consiga convencê-lo a desacelerar o carro apenas o suficiente para que eu consiga me jogar para fora dele sem me machucar demais.

O Ocean House é um hotel de arquitetura vitoriana que foi recentemente reformado para voltar ao seu esplendor original, pintado de amarelo vivo e branco, com varandas cercando a construção inteira. Está empoleirado sobre dunas de areia branca com vista para o Atlântico azul. O terceiro piso era assombrado por uma mulher que foi assassinada pelo marido na noite do casamento.

Paramos no valet parking, que não seria nada demais para Maggie, mas nunca estive em um carro estacionado por um valet antes. O rapaz abre a porta para mim e me trata como se eu fosse uma celebridade ou algo do gênero.

Mas para a Mulher do Gato de São Francisco, que já está embarcando em seu voo, aquele seria meu momento de Cinderela, um sonho se tornando realidade, com direito a um coração nas nuvens, se perguntando se ele já reservou um quarto para mais tarde e como eu poderia explicar para meus pais se decidisse aceitar.

Não há sequer uma mesa reservada. Ele diz que telefonou, mas o pessoal do restaurante não retornou com a confirmação. É impossível conseguir uma mesa no salão principal, mas nos oferecem um lugar no bar.

O bar é ótimo, mas dá apenas um vislumbre do salão elegante, que tem uma vista mágica para o mar. Através das portas francesas, podemos ver os comensais aproveitando suas conversas românticas à luz de velas. É como olhar através do espelho para uma noite que poderia ter sido. Então, apesar de não ter direito de estar decepcionada, realmente estou.

O garçom nos traz cardápios, e ,enquanto ele dá uma olhada, coloco meu coração na mesa e pergunto:

— Preciso te fazer uma pergunta.

James me olha com um sorriso.

— Claro.

— Você estava meio misterioso com a história de buscar alguém em Nova York amanhã.

Ele não diz nada. Também não parece nervoso, no entanto. Apenas espera.

— Então acho que estou perguntando se é a garota de São Francisco que tinha o gato que ficou com sua irmã.

Ele ri. A risada parece bem natural. Mas não sei o que tem de engraçado nisso.

— Juro que não é ela quem eu vou buscar. — E para por aí.

— Não que eu teria algum problema com isso — minto. — Só gostaria de saber, se fosse o caso. — Sou tão covarde.

— Fico feliz que você tenha perguntado. Eu estou pensando no filé de costela. O que você acha?

Ao longo do jantar, ele é perfeitamente simpático, e finjo que estou tranquila. Mal consigo saborear a comida e só penso na minha covardia por não tê-lo colocado contra a parede e o repreendido por não ter simplesmente esclarecido quem é a tal pessoa que ele vai buscar no aeroporto. Queria que mentisse e me dissesse que é um parente distante. Seria mais cortês. Não sei por que me chamou para sair para começo de conversa.

A volta para casa é essencialmente muda. Ele faz algumas tentativas de jogar conversa fora, e eu permaneço apenas sentada, tentando não me humilhar por completo caindo em prantos.

Na porta de casa, James aponta para uma manchinha oleosa na barra do vestido, o dedo apenas flutua sobre o tecido, sem me tocar.

— Parece que você deixou alguma coisa cair — avisa, e quero desabar no choro.

Comenta que foi muito divertido, que é uma mentira deslavada, obviamente. Depois fala que estou muito bonita, o que pode até ser sincero, mas já não importa mais. Não faz menção de me beijar, sequer me tocar. Tento convencer a mim mesma que devia ficar aliviada, mas é o momento mais devastador de todos.

Não são nem nove horas. Claro que minha mãe está me esperando, lendo seu livro. Dá uma olhada no meu rosto e me abraça forte. Pergunto se não tem problema não conversarmos, e ela diz que sim, claro. Mostro o pontinho sujo no vestido, e ela me manda tirá-lo, pois consegue fazer a mancha desaparecer se lavar agora.

Já no meu quarto, coloco minha calça jeans. Ligo para Gordy e peço para me encontrar no estaleiro Maxwell em 20 minutos. Ele está em uma festa e imediatamente pergunta o que houve, se estou bem. Nada e não, respondo. Ele diz que tem umas cervejas e que vai me buscar em 10 minutos.

Gordy chega com a pick-up. Pulo para dentro. E antes de ele dizer qualquer coisa, conto:

— Ele não é quem eu pensei que fosse. Só isso. Nada de mais.

— Então se eu der um jeito na cara dele, você ficaria chateada comigo.

LÚCIDA

— Seria a maior humilhação, e eu teria que deixar a cidade para sempre. Ele sorri e sai dirigindo.

— Acho — diz — que quase ia valer a pena.

Não é o Ocean House, mas temos uma visão desimpedida das ondas, da Ram Island e Fishers, alguns barcos flutuando no atracadouro e das estrelas lá em cima. Melhor que isso, não estou sentada nas docas com meu melhor amigo. Estou aqui sentada com um cara lindo que não quer nenhuma outra garota no mundo que não eu.

— Então, Sloane — diz, se recostando nas tábuas de madeira a fim de olhar para o céu.

— Então, Gordy — digo, me juntando a ele.

— Quer ir ao baile? Comigo? Levando em consideração que todo o resto do mundo não presta, percebi que irmos juntos é nossa única chance de não ter uma noite deprimente. Pelo menos sei que você não vai tentar me agarrar na pista.

A ceninha casual dele não está enganando ninguém, à exceção, com sorte, dele mesmo. É meigo, inocente e constrangedor. E falo sério quando respondo...

— Ótima ideia. Vai ser o máximo.

CAPITULO QUINZE

Maggie

Levo Jade para a aula de natação domingo de manhã. Nicole está em uma sessão de fotos, mas promete que terá terminado a tempo de buscá-la. Ficarei por perto à espera da inevitável ligação de Jerome dizendo que ela está atrasada. Mas não tem problema. Por alguma razão, adoro o cheiro de cloro nos cabelos de Jade. Mas acho bom que a sessão tenha terminado até a hora do jantar. Não posso dar a mesma desculpa para Thomas essa noite. Jade me olha desconfiada quando digo que ela e Nicole vão jantar sozinhas.

— Você vai ficar chocada, mas tenho um encontro — informo.

— Você está namorando? — pergunta ela, incrédula por eu ter guardado segredo de uma novidade tão espetacular. — Com Andrew?!

— Não. Não estou namorando, e nem é Andrew... — Inspiro para começar a dizer que ele se chama Thomas, mas ela me interrompe, impaciente.

— Então quer dizer que Andrew está desimpedido?

— Na verdade, está, sim. Bem desimpedido. Ele e Carmen terminaram.

— Eu já estava prevendo isso — diz ela, e não consigo reprimir uma risada. Estou certa de que Jade apenas ouve Nicole e eu dizermos coisas assim, mas amo que incorpore tudo ao seu dicionário de 7 anos. — Eu devia ligar para ele, só para ter certeza de que está bem. — E começa

199

a saltitar, a mochila indo para cima e para baixo por conta disso. Jade está claramente satisfeita por Andrew estar desimpedido.

Nem tanto assim para atender o telefone, contudo. Depois de deixá-la, caminho em direção ao SoHo. Andrew não atende, nem responde às minhas mensagens incessantes. Ou está em algum lugar sem serviço, ou com o celular desligado, porque as chamadas vão direto para a caixa postal. Estranho.

Fico rondando a rua dele. O GEM está estacionado, então talvez esteja dormindo. Poderia olhar os nomes listados nos interfones dos prédios das imediações e tentar acordá-lo. Mas e se não estiver sozinho?

Tenho tempo para gastar caso precise voltar e buscar Jade, então pego o Kindle e decido que este seria o lugar perfeito para ler *O homem que não amava as mulheres*, mesmo que nunca tenha me interessado pelo livro antes. Sinto que o melhor local para a leitura é aquele em particular, onde posso ver o carrinho com clareza, meio escondida pela van na qual estou encostada. Sim, talvez isso configure espionagem. Mas as chances de eu realmente vê-lo são tão pequenas que não acho que realmente constitua espionagem no sentido pleno do termo; está mais para esperar, em um lugar esdrúxulo, dar o horário de buscar Jade.

E, quando a insanidade total de estar aqui começa a me fazer pensar que preciso ligar para Emma, Andrew sai de um prédio duas portas à frente de onde me escondi. Está acompanhado de uma moça muito esbelta e bonita, com cara de inteligente. Às 8h30. Saindo de seu apartamento. Chegam a passar por mim. Encaro a van e finjo estar absorta na leitura do meu Kindle, que está desligado. Ela é *extremamente* bonita, e sinto um cheiro de lavanda quando passa. Diz algo para ele que não entendo, mas a voz é suave e musical, e pousa a mão pequenina no braço dele enquanto fala. O sorriso torto boboca dele é de quem gostou do que ouviu, ou achou divertido ou coisa assim. Eles entram no carro e simplesmente vão embora.

LÚCIDA

Então telefono. Outra vez. Agora chega a tocar. Posso vê-lo pegar o telefone enquanto dirige. Olha para a tela, vira a esquina, e estou certa de que está pensando se atende ou não. Mas atende.

— E aí? — O que me parece abrupto, como "por favor, diga logo o que você quer e suma".

— Quer tomar café? — Jogo a isca.

— Já tomei. — Agora, a menos que a loura tenha ido ao apartamento apenas para tomarem café da manhã juntos às, digamos, 7 da matina, existe apenas uma explicação.

— Estou com a manhã livre — digo. — Quer dar uma volta?

— Queria poder. Te ligo mais tarde. Tudo bem?

— Sem pressa! — respondo, com um pouco de entusiasmo demais.

E desliga na minha cara. O que brota na minha cabeça de imediato é se ele pegou essa vadia no Kennedy às 7 horas — o que James tinha dito pra Sloane no sonho. Meu Deus. Talvez esteja mesmo enlouquecendo.

A pergunta de fato é, claro, por que me importo? Resisto ao impulso de manipular Jade para fazê-la ligar para Andrew quando vou buscá-la na natação. Pergunto a mim mesma "por que eu me importo?" o dia inteiro, até o cair da noite, mesmo enquanto me arrumo para jantar com Thomas. Andrew acaba não ligando. Por mim, ele pode enfiar quaisquer ligações futuras onde a luz do sol jamais ilumina.

Primeiro, combino minha calcinha com o sutiã. Não que alguém vá chegar a vê-los, mas, se visse, ficaria impressionado. Depois escolho a calça skinny que deixa minha bunda divina, o que é sempre algo a se considerar, pois é uma questão de encontrar bolso e caimento perfeitos. Para a blusa, decido ir com uma bata da Chloe que roubei do armário da *Elle*. Thomas é o tipo de cara que pode notar uma peça de marca. O grande debate fica por conta dos sapatos: Se optar por um *scarpin* de estampa de cobra, será uma opção sofisticada e fácil de tirar. Botas de couro na altura do joelho ficariam melhores, mas são difíceis de descalçar. Quero dizer, não que ele vá tirar minhas botas ou qualquer outra coisa, mas talvez ele seja o tipo de cara que gosta de ficar descalço em casa. Decido pelo *scarpin*, porque como Andrew (seja lá quem fosse) observou, posso levar numa boa.

Thomas mora na 27 West com a 67ª, em um prédio construído antes da guerra e cujo porteiro encantador tem que me acompanhar até lá em cima no antigo elevador de portas de ferro. É um lugar de luxo. Difícil de enquadrar no enredo de "capacho" que Andrew inventou, mas estou começando a perceber que talvez certas informações vindas de tal fonte não sejam tão confiáveis assim. Não que ele tenha especificado que o motivo do pé na bunda de Carmem tenha sido aquela loura esquelética, que provavelmente não tem um décimo do intelecto que aparenta (sendo atriz e insegura, vou contra o pensamento convencional de que é possível alguém realmente ter cara de inteligente ou intelectual). De qualquer forma, ele disse que nunca tinha amado ninguém e não se conformaria com menos que isso. O que significa que alguma parte é mentira. A menos que, é claro, entre o Union Square Café e o desjejum na casa dele, Andrew tenha conhecido sua alma-gêmea em potencial, que inclusive está precisando dar uma retocada naquelas raízes.

Thomas me dá boas boas-vindas ao seu apartamento ainda mais imponente do que a impressão causada pelo prédio. O teto de tijolos é alto e abaulado. A vista é incrível; há peças de Arte espalhadas por todos os cantos. Ele me pega boquiaberta e explica que a casa é do pai dele, que mora em Toronto e, mesmo sendo longe do trabalho, não pagar aluguel tem suas vantagens. Gosto que não esteja tentando me impressionar e noto que se esforçou para estar impecável. O que também aprecio. Certos homens que conheço nunca fizeram nada parecido. Não que tivessem que fazer nada.

Thomas anuncia que está preparando linguine com trufas brancas da região de Alba. Conheço o suficiente para saber que um quilo desses cogumelos custam mais ou menos dez zilhões de pratas, mas são ridiculamente deliciosos.

LÚCIDA

No banheiro, inspeciono seus produtos de cabelo (talvez a CIA se interesse pelas minhas habilidades de espionagem). Infelizmente, acho muitos. Não que tenha algo de errado nisso. Pelo menos não encontro nenhuma tintura loura; isso poderia me brochar. Até parece. Não àquela altura do campeonato.

Thomas abre uma garrafa do vinho fino de seu pai. Tem sabor muito bom e faz subir minha temperatura, além de corar minhas bochechas. Ele diz que posso beber o quanto quiser, porque tem outra garrafa do mesmo vinho já aberta. Ouço um pequeno sinal de alerta soar dentro de mim, mas tento não pensar muito no assunto.

Em seguida, coloca uma bandeja de queijos ao lado do sofá felpudo, explicando que, embora prefira o sabor distinto dos azuis, a leveza desses mais cremosos não vai mascarar o sabor do vinho. Tenho certeza de que Andrew não saberia do que diabos ele está falando. Também não sei, mas estou ali, e ele não está. Tiro o scarpin, chutando o calçado para bem longe. Amo queijo.

Thomas menciona casualmente que haverá mais três ou quatro novos testes para as várias (sem especificar quantas) mulheres que estão tentando o papel de Robin. Ele está "trabalhando nisso". Certamente está trabalhando em alguma coisa.

Na estante de livros, tem um retrato adorável na versão de 5 anos do Cabelo. Sua mãe é muito bonita, duh, e aparenta ser afetuosa também. Quando a elogio, ele menciona que ela faleceu por conta de um câncer de mama quando ele tinha apenas 9 anos. Isso faz meus olhos ficarem marejados, e acabo contando sobre meu pai. É apenas o segundo (e certamente mais simpático) cara com quem já discuti a morte do meu pai. Ele me ouve com atenção, e acho reconfortante poder dividir isso com alguém que possa compreender minha dor. Não conheço nenhum outro garoto que tenha perdido o pai ou a mãe. Não que Thomas seja um garoto, quero dizer. Minha mãe tentou me convencer a entrar em um grupo de apoio para adolescentes. Fui uma única vez. Ter um dos pais morto como a única coisa em comum com aquelas pessoas só me fez me sentir solitária.

O jantar começa com uma salada com molho demais (homens costumam estragar essa parte). Ele fez pão com alho, que é absolutamente a última coisa que uma pessoa planejaria comer se estivesse pensando em beijar alguém. A mesa está lindamente posta; há um vaso de cristal com peônias no centro, por acaso minhas flores prediletas. Ele parece estar se esforçando, como o qualémesmoonomedele comentou, e eu apreciando. Aquele dia em particular.

É fácil ficar a favor de Thomas. É bonito de olhar, fácil de estar em sua companhia e representa a promessa de uma vida fácil. O que há para discutir? Bem, a velocidade adequada e qual distância percorrer nessa história toda, claro, uma vez que tenho apenas 17 anos e preciso ter ainda mais cuidado, pois acabo de me dar conta de que estou um bocado (dispendiosamente) bêbada.

No instante em que minha digressão atinge esse ponto, um punho forte e confiante coloca um prato na minha frente, o aroma de trufas brancas se mistura ao álcool em meu sistema e à energia positiva dos meus pensamentos, de maneira que, quando essa mesma mão masculina toca de leve os pelos do meu pescoço e começa a massagear meus ombros, me dou conta de uma coisa. O velho Andrew tem razão em um ponto. Está tudo sob controle.

Fecho os dedos em volta do pulso dele, me surpreendendo ao perceber que parece fino e delicado em comparação à musculatura do resto. Tenho apenas que movimentar de leve meu rosto, e sua boca vem de encontro à minha; semilevanto da cadeira, posicionando meu corpo para um beijo totalmente entregue, de boca aberta, que me faz arrepiar (ainda que meio desajeitada) pelo corpo inteiro.

Enquanto me levanta, envolvo as pernas em sua cintura, trazendo-o mais para perto. Ele me coloca na mesa e começa a beijar meu pescoço enquanto desabotoa minha blusa. Passo as mãos pelos cabelos maravilhosamente cheios. Tudo é ótimo e eletrizante até que, sem saber bem por quê...

Eu me desvencilho. Delicadamente, num primeiro momento, então é compreensível que ele pense que estou apenas brincando. Por isso, o empurro mais forte em seguida, e ele para.

— Desculpe — peço. E só então entendo por quê.

— Não, me desculpe você, Maggie. Tem certeza de que está tudo bem? Me desculpe, eu não queria te pressionar, ou fazer você se sentir desconfortável ou forçar nada... — Mantém uma distância respeitosa entre nós dois e continua a pedir perdão, claramente preocupado que tenha ido longe demais com uma garotinha.

— Fui eu quem te beijou, Thomas — recordo.

— E fui eu quem progrediu mais depressa do que você estava preparada para seguir. Quero que você estabeleça o ritmo para nós, Maggie. Tenho que ficar me lembrando de que você é muito mais nova do que parece. Quero que leve o tempo que precisar para descobrir o que quer. Vou continuar aqui. E o que você decidir, prometo que não vai ter relevância nas suas chances para o papel de Robin.

Imagina.

Abotoo minha bata e calço o scarpin com a mesma facilidade que tinha tirado. Cerca de 30 minutos depois, toco a campainha de Andrew. Não me importo se a vadia loura atender de babydoll ou coisa pior. Na verdade, não me importo com nada a não ser vê-lo nesse momento.

A porta abre. Ele está sozinho. Então sequer tento esconder o que sinto. Ele fica triste, indignado e solidário ao mesmo tempo e me dá um abraço apertado. Sinto-me uma menininha. É exatamente o que sou.

— O que ele fez com você?

Digo que Thomas foi maravilhoso e não fez nada de errado. Só escolhi o pior (porém fundamental) momento possível para lembrar do conselho de Andrew de que seria errado me conformar com qualquer coisa que não fosse o amor.

Seu braço afetuoso já está me envolvendo e me convidando para entrar. Hesito, e a surpresa dele me faz pedir para assegurar de que está sozinho. Não entende o motivo da pergunta.

— Já disse que terminei com Carmen.

Não tenho a presença de espírito para fazer uma encenação agora.

— Vi você saindo mais cedo com uma loura bonita.

Ele olha para mim com seu sorriso torto.

— Se estava dando uma carona mais cedo pra alguém, por que isso necessariamente significa que a pessoa estaria no meu apartamento às onze da noite?

Jogando todo o meu respeito próprio no lixo, admito:

— Porque antes de ela entrar no seu carro, vocês saíram do seu apartamento às oito da manhã.

Minha cabeça é inundada por um extenso questionamento vexaminoso a respeito de como eu poderia saber uma coisa dessas. Mas, em vez de me interrogar e fazer uma cara terrível pra mim, ele diz...

— Você só está passando por uma noite ruim. A pessoa de quem você está falando é Cassie. É minha cunhada. Ela teve uma briga horrível com meu irmão. E somos próximos, então ela chegou tarde da noite e acabou ficando. Aí, passei metade do dia tentando enfiar na cabeça do idiota do meu irmão que ele é um babaca sortudo por estar com alguém que o ama de verdade.

Olho nos seus olhos.

— Você devia cobrar por essas coisas. Colocar as pecinhas das meninas quebradas no lugar.

— Você não tem nada de quebrada — retruca Andrew.

Se soubesse da missa a metade. Ou metade de mim, melhor dizendo.

Então ficamos sentados na cozinha, ele me prepara uma caneca de chocolate quente e jogamos minimarshmallows nas bebidas enquanto conversamos. Quer saber como ficaram as coisas com Thomas, e digo que não estão péssimas. Thomas simplesmente acha que, por ser mais nova do que pareço, as coisas acabaram saindo de controle e que preciso de mais tempo para perceber o que quero. Seria incrivelmente grosseiro, além de um tanto corajoso da minha parte, confessar para ele que já descobri. Então acabei não dizendo nada. Também tenho medo de que, esclarecer de uma vez que, apesar de toda sua perfeição, não quero sair com ele, arruíne minhas chances de fazer o papel de Robin. Gostaria de acreditar que está sendo sincero quando afirma com toda a segurança que ficando comigo ou não, isso não afeta as negociações. É um cara decente. Andrew me lembra que a decisão final de quem fica com o papel não depende de Thomas, de qualquer forma.

Conversamos por cerca de uma hora. Ele prepara bacon com ovos mexidos para mim, uma vez que caí fora antes do jantar na casa de Thomas.

— Você não perguntou por que estava rondando seu apartamento quando vi você e Cassie hoje de manhã.

— Nem pretendo.

— Mas eu vou contar. Tive um sonho ontem. No sonho, eu era mais ou menos eu mesma, mas meu nome era outro. Eu estava saindo com um cara do colégio, e ele tinha que sair de madrugada para buscar uma ex-futura namorada no aeroporto.

Ele olha fixo pra mim. É um excelente ouvinte. Então declaro que o sonho não oferece qualquer explicação lógica pela qual possa ter me sentido impelida a espioná-lo. Mas continua sendo o motivo.

— E acho que, como o garoto mentiu para mim, isso me fez duvidar de como ele era maravilhoso. E talvez eu tenha pensado que, se você estivesse mentindo sobre Carmen, significava que você não era tão incrível quanto preciso que seja.

— Por que preciso ser incrível?

— Porque eu preciso que alguém seja. E você é, além de ser muito importante para mim.

— Mas esse garoto no sonho, ele era tipo um namorado.

— Sim. O sonho é sempre diferente de minha vida. Parecido em alguns sentidos, e distorcido e alterado e divergente.

— O sonho.

Nesse momento, tomo uma das decisões mais importantes da minha vida.

— Tenho esse sonho todas as noites. Todas as noites desde sempre. Nunca é o mesmo sonho, e sim a mesma realidade alternativa.

Digo as palavras em voz alta. Ele está embasbacado. O ponteiro menor no relógio da parede parece se mover mais rápido, e as palavras escorregam pela minha boca enquanto explico:

— Sim, realidade alternativa. Isso mesmo. Meu nome é Sloane, como meu primeiro nome de verdade. Moro em uma cidadezinha chamada Mystic, em Connecticut, onde já estive duas vezes. Estou no ensino médio. Sou loura e até tenho peitos...

Ele ri de uma maneira agradável, o que me ajuda a ter coragem suficiente para continua:

— Meu pai continua vivo nesse lugar e é um cara muito legal, apesar de não meu melhor amigo como o meu costumava ser. Não tenho irmã, mas dois irmãos. Minha mãe é o oposto de Nicole. Somos próximas, mas tenho guardo uma raiva imensa em relação a ela, e não consigo entender por quê. Lá, pelo menos, não entendo.

— Mas entende aqui?

— Acho que sim. A gente não consegue ler a mente uma da outra.

— Como assim "a gente"?

Respiro fundo.

— Essa é a parte realmente complicada. O momento que você descobre meu nível de loucura e tem que decidir se vai querer continuar sendo meu amigo.

— Já decidi. E já sei que você é louca. E pode parar de falar sobre isso a qualquer momento se quiser.

— Bem, "a gente" significa o seguinte. Todas as noites, sonho com a vida dela em Mystic. E quando ela vai dormir na cidade dela, ela sonha com o dia inteiro que eu passei aqui em Nova York. Eu acho que sou real, e ela, minha fantasia...

— E ela acha a mesma coisa?

Estou assustada demais para responder. A cozinha fica em silêncio absoluto. Posso ouvir o tique-taque do relógio.

— Mas você sabe a diferença, não é? Quero dizer, sabe que você é real. Se não fosse, eu também não seria, nem Jade, nem seu pai e todo mundo lá fora na rua nesse exato minuto. Certo?

Concordo. E digo baixinho:

— Mas Sloane pensa a mesma coisa.

Ele sorri.

— Só uma contadora de histórias como você conseguiria inventar uma dessas. Incrível.

Desabo no choro. Ele acha que é uma das minhas histórias. A verdade é muito mais insana. Me separa de tudo e de todos. Qualquer um, que não seja minha psiquiatra, para quem eu contar isso, jamais vai me amar ou ser próximo ou íntimo de mim.

Por causa das minhas lágrimas, posso ver no rosto de Andrew que se deu conta de que é tudo real. E que sou uma aberração. E isso só me faz chorar mais, então ele vem até mim e me abraça forte para me acalmar. Mas sei que, quando soltar, nunca mais seremos os mesmos.

CAPÍTULO DEZESSEIS

Sloane

Acordo me sentindo profundamente traída. Mesmo se James nunca tivesse gostado de mim da maneira que eu desejava que tivesse, e eu apenas tenha mal-interpretado seus gestos e palavras como paquera, ele deve ter gostado de mim o bastante para querer ser meu amigo. Por que mentir sobre a ida ao aeroporto? Acho que não foi bem uma mentira, está mais para uma omissão. O que dá margem para minha cabeça imaginar todo tipo de coisas horríveis. Se fosse um parente ou amigo, ele teria me contado. Só pode ser alguma garota, e ele percebeu que estou muito a fim dele e sabia que acabaria comigo se contasse.

Além disso, me sinto meio traída por Maggie. Compartilhamos o segredo mais bizarro do mundo, e ela simplesmente vai e solta tudo para Andrew, e para quê, para impressioná-lo ou algo do tipo? Ela obviamente quer conquistá-lo, mesmo que fosse fugir em disparada se isso acontecesse. Como fugiu de Thomas. Andrew teve várias oportunidades e não aproveitou nenhuma. Aparecer na porta dele chorando e entregando nosso segredo sagrado parece um ato de desespero.

Eu nunca contaria a ninguém sobre nós duas. Especialmente não a um garoto que espero que venha a gostar de mim. Sinto uma vontade tremenda de me abrir inteiramente para James sobre tudo que penso e sinto. Menos sobre Maggie.

Fico de lado para olhar minha árvore e vejo uma estrela no travesseiro. Uma estrela caída. Olhando para cima, sei que caiu do Campo das Flores Selvagens, uma constelação à esquerda de Delicioso, a qual todos os grandes seres celestes visitam para fazer seus desejos. Acho que devia fazer o meu.

Subitamente sinto-me inspirada pela espionagem de Maggie. Pulo da cama para dentro de um par de calças jeans e uma camiseta, ambos de caimento bem justo e elegante, só no caso de ele descobrir meu disfarce. Não poupo tempo para passar um rímel, sabendo que ele curte. Não tomo nada de café da manhã, dou uma escapulida para fora de casa sem ser detectada e vou de bicicleta até onde James mora, mandando a cautela pelos ares e deixando meu capacete de proteção para trás. Um ferimento fatal na cabeça pode ser exatamente o que preciso, especialmente logo na frente do quintal dele, onde James e sua concubina (shakespeariano para "prostituta") passarão ao largo do meu corpo deformado dentro daquele Targa boçal, tendo que desviar rapidamente para me evitar, como um animal atropelado na estrada, e depois ele pulará do carro, correrá para meu lado com lágrimas nos olhos enquanto desesperadamente checa meu pulso, me levanta em seus braços fortes, como se eu não pesasse nada, vira-se para ela e anuncia que sou seu único e verdadeiro amor.

O plano perfeito.

Ele não está em casa. Nem chega durante as quase três horas que fico sentada atrás daquela árvore idiota, jogando Fruit Ninja no meu iPhone. Todas as vezes que um carro passa, fico deitada e inerte no chão para não ser vista da rua. Mystic é uma cidade pequena. Não sei bem como explicaria o que estou fazendo ali.

Teve uma vez em que estava em uma choppada em Esker Point, basicamente um bando de garotos da escola em uma praia, bebendo cerveja ruim em copos plásticos vermelhos, o rito de passagem habitual, e eu, como a boa menina responsável que sou, caminhei de volta para

LÚCIDA

casa em vez de pegar uma carona com Joe Stevens, que definitivamente tinha bebido pelo menos um barril de cerveja de ponta-cabeça. Na manhã seguinte, a Sra. Lamb, nossa vizinha, veio pedir alguns ovos emprestados e mencionou na frente dos meus pais que tinha me visto passando pela Beebee Cove.

— Nada passa despercebido aqui nessa cidade — comentou e piscou.

Por sorte, não fez referência alguma ao fato da minha aparência certamente embriagada.

Com a bateria do meu celular acabando e minha sanidade ainda mais, desisto da vigia e pulo na minha confiável bicicleta Schwinn. Pego a Marsh Road e vou andando por Noank, uma pequena cidadela ao lado de Mystic. Passo pelo parque e por uma loja chamada Carson's General Store, onde normalmente pararia para tomar uma vaca preta. Em vez disso, pedalo o mais rápido que posso e voo colina abaixo em direção às docas. A água brilha à minha frente. Se meus freios parassem de funcionar, ou se eu resolvesse ser aventureira, poderia cair para fora da doca e direto para dentro da boca do rio Mystic. Mas viro à esquerda no último minuto e desço para a Front Street. Bem na frente da casa de Bill.

A família dele mora na casa mais linda. Eles se mudaram para lá quando eu tinha 12 anos. É verde, um pouco recuada, com árvores gigantes e magníficas a protegendo. O gramado na frente se derrama até a água. Enquanto me aproximo, posso ver a janela lateral do quarto de Bill. As cortinas estão abertas, e me pergunto como estará agora, se eles o transformaram em um quarto de costura ou de hóspedes. Ou se deixaram tudo exatamente como era.

Continuo pedalando em direção à minha casa. Quando chego ao centro, decido atravessar a ponte levadiça para visitar Kelly. Ela trabalha no Kitchen Little aos sábados, que oferece o melhor café da manhã da cidade. Chego pouco antes do término de seu turno, às 13 horas. Nenhuma de nós duas comeu nada o dia inteiro, então ela me convence a preparar bolos levedos, batata rostie e ovos fritos. Claro que não consigo comer. Claro que ela percebe. Sentamos no terraço. Kelly fica com a vista para o rio, me deixando com a do trânsito da Rota 27.

Ela presume que vim para contar do show de ontem em Providence. Passo os três minutos seguintes contando o que de fato aconteceu de um fôlego só, para acabar de uma vez com o sofrimento. Embora Lila seja minha amiga há mais tempo, teria sido uma escolha terrível para uma conversa naquele momento, pois sua ideia do que fazer para me reconfortar seria nos juntarmos para um festival de xingamentos contra o porco safado que esmagou meu coração. Adoro Kelly porque a noção dela do que fazer para que eu me sinta melhor envolve desfazer minha conclusão completamente desinformada e paranoica.

— Por que diabos ele ia te dar falsas esperanças se tivesse uma namorada? Para dar uns amassos até ela aparecer? Ele já tem Amanda a postos para isso. Ainda por cima, e eu nem conheço o cara, acho que mesmo que seja que ele se ache um pouquinho demais, ele merece um voto de confiança. Não parece o tipo que magoaria os sentimentos de outra pessoa sem razão alguma.

— Você falou que não ia com a cara dele.

— Continuo não indo. Acho que ele é um cara digno, e com certeza um gato, mas como você mesma disse antes de todo mundo, não acho que ele jamais vá abrir o coração pra ninguém, e sinto dizer que isso te inclui.

As palavras dela mal se perderam no vento da tarde, quando entra em cheio no meu campo de visão, freando no sinal vermelho da Rota 27, um antigo Targa vermelho. A mulher no banco do carona, tocando o braço dele enquanto se inclina para falar ao seu ouvido, não somente é deslumbrante o bastante para obliterar Amanda Porcella, exótica/intrigante o bastante para obliterar Angelina Jolie, mas tem também idade o suficiente para ser dona de seu próprio apartamento, espaçoso o suficiente para um gato e um namorado lindo.

Não parece real. E, no entanto, meu coração estraçalhado me dilacera demais para não ser. Estou completamente devastada pelo sofrimento e humilhada pelo meu desejo e ansiedade.

O sinal abre, e eles vão embora. É verdade, nada passa despercebido na cidade.

— Tudo bem? — Kelly está de costas para a rua.

Respiro vezes demais.

— O que foi? Desembuche.

— E se você estiver errada? E se ele tiver mesmo uma namorada?

Kelly me olha de um jeito estranho.

— Não entendo a pergunta. Se ele tem uma namorada, ela ganhou, você perdeu, e o cara que você perdeu é um safado mentiroso.

— E se ele for um safado mentiroso que não vou conseguir esquecer nunca?

— Isso é balela. Você vai chorar até dormir. Eu vou te mandar a real, Lila vai fazer planos para cortas as bolas dele fora, sua mãe vai dizer que você teve uma experiência e que aprendeu com ela, você vai ter o bom senso de correr para os braços do Gordy ou vai continuar se sentindo mal até virar caloura na Columbia, onde 20 caras espetaculares vão dar cambalhota para chamar sua atenção. Gata, ele não é isso tudo.

A única parte sobre a qual ela está errada é a última.

Kelly e eu passamos a tarde juntas para eu não ficar sozinha. Caminhamos por Haley Farm até chegarmos às trilhas para Bluff Point e nos sentamos nas pedras quentes, olhando as águas. Ela me deixa refletir sem interrupções. O que fica claramente evidente é que agora estou ainda mais obcecada. Será que significa que estou apaixonada? Em que consiste estar apaixonada? É o mesmo que estar hipnotizado, com a cabeça na lua sendo irracional? Não quero que o amor seja isso. Não quero estar apaixonada por alguém que não me corresponda. É muito melhor ser correspondida.

Já é frustrante o suficiente não ser capaz de conseguir o que eu quero. Muito pior é não saber como parar de querer.

Minto para meus pais e digo que vou sair pra comer com as meninas. Mamãe me deixa ainda pior dizendo que é uma ótima ideia. Só que não estou com vontade de ficar na companhia de ninguém, então apenas vago sozinha sem rumo. Acabo voltando a Noank, ao parque, e fico no balanço, me balançando pelo que parecem horas e horas, sentindo mais pena de mim mesma que Hedda Gabler ou Ofélia ou qualquer outra heroína trágica.

Quando subo minha rua por voltas das dez da noite, dou de cara com ele. Ele. Querendo dizer James. Está sentando sozinho no carro em frente à minha casa. Sai do automóvel de um pulo, praticamente corre pela rua até mim e para com uma expressão tão constrangida e infeliz que me faz sentir contente e vingada. Ele se sente culpado e veio confessar e me decepcionar cara a cara. Ao menos isso indica que sou importante o suficiente para não ser chutada para escanteio sem uma justificativa decente.

Fico parada no mesmo lugar, sem dizer coisa alguma, determinada a não mostrar fraqueza nem desespero. Ele me fala que bateu à minha porta havia duas horas e que papai disse que eu tinha saído. Então ele esperou porque tinha algo importante a dizer.

— Bem aqui na rua?

— Eu menti para você.

— Mesmo? Sobre o quê?

— A pessoa que eu fui pegar em Nova York era uma ex-namorada. Quero te contar tudo, mas só se você quiser ouvir.

Infelizmente, meus olhos se enchem de lágrimas. Não quero limpá-las, nem deixar que escorram, então digo:

— Outra hora. — E passo direto por ele.

James segura meu braço antes que eu consiga ir.

— Por favor — pede —, me deixe explicar.

Acho que por estar tão desesperada para ouvir uma explicação, faço o ridículo e concordo:

LÚCIDA

— Ok. Mas fale rápido. — E passo a mão pelos olhos tão casual e distraidamente quanto consigo fazer o gesto parecer.

— Não tinha mulher do gato nenhuma em São Francisco. Foi por isso que ri quando você perguntou. Não queria te contar quem era ela, então menti por omissão. Devia ter explicado no Ocean House. O nome dela é Caroline. É dois anos mais velha que eu; está no segundo ano da Universidade de Northwestern. A gente se conheceu há dois anos em Paris, quando eu estava viajando pelo mundo às custas do meu pai, logo depois da Outward Bound.

— Ou seja, logo depois de Amanda.

— Certo. Eu disse que conheci uma pessoa. Caroline estava fazendo um curso de verão na Sorbonne, e acabamos morando juntos no apartamento dela de um quarto com Peaches.

— E por que ela veio até aqui para te ver? E por que era segredo?

Ele olha para o chão, como se estivesse reunindo forças para me contar a verdade.

— Eu era louco por ela. Pensei que estava apaixonado, mas estava definitivamente obcecado. Quando ela me dispensou, fiquei mais magoado que jamais imaginei que fosse possível. E por dois anos, pensei nela todos os dias. Até...

A voz dele fica tão baixa que mal consigo ouvi-la.

— Até você.

Não faço ideia do que isso quer dizer, mas meu coração começa a pular como se houvesse alguma possibilidade de significar o que eu gostaria que fosse.

— O que você quer dizer com isso?

— Quero dizer que, mesmo que não te conhecesse antes e que ainda não conheça bem, é a primeira vez em dois anos que quero estar com alguém que nao é Caroline. E não achei que isso jamais aconteceria. Então fiquei quieto por um tempo, para ver se o sentimento ia embora. Mas só ficou mais e mais forte.

— Tão forte que você trouxe sua ex para dar uma volta e fazer um desfile pela cidade.

Ele pisca os olhos.

— Eu vi vocês no seu carro na Rota 27. Ela estava vestindo uma blusa listrada e óculos escuros enormes. É bem bonita. Parabéns.

— Sloane, vou te explicar o que realmente aconteceu e o que você viu: ela me ligou do nada na quinta-feira à noite. Dizendo que foi uma imbecil por ter terminado comigo; que estava pegando um voo noturno até Nova York para ver se a gente podia se acertar.

— E obviamente você contou a ela que estava doido por uma garota nova que tinha conhecido e era tarde demais.

— Comentei que existia outra pessoa. Ela perguntou se podia vir e falar comigo mesmo. E eu deixei. Porque não sabia como ia me sentir quando encontrasse com ela. Quer dizer, você é uma pessoa normal, não dá para imaginar o que é ser obcecado por alguém, acreditar que essa pessoa é a chave da sua felicidade sabendo que nunca vai ser correspondido e, de repente, ouvir dela que também te quer.

Claro que sei exatamente o que é isso, e também que, não importa o que aconteça, não conseguirei odiá-lo por causa disso.

— A caminho do aeroporto, fiquei pensando em como te tratei.

— E como você me tratou?

— Como se estivesse com a cabeça em outro lugar. E estava mesmo. E não sabia o que aconteceria.

— E o que aconteceu? Cadê ela?

— Ela chegou, nos beijamos, e minha ficha caiu. Me toquei de como fui um boçal que encarnou um personagem de uma grande tragédia romântica só porque levou um pé na bunda pela primeira vez. E sabia que a garota com quem queria ficar agora estava provavelmente me odiando por ser um babaca, e não conseguia acreditar como eu tinha estragado tudo. E lá estava eu com Caroline.

Ele espera que eu diga alguma coisa, mas permaneço calada.

LÚCIDA

— Então. Passamos um dia horrível, todo esquisito, explicando para ela que não ia dar certo e que esperava que ela concordasse.

— E ela concordava?

— Você realmente se importa?

— Se você está dizendo que gostaria de recomeçar daqui, então importa mais que isso.

Ele parece tão aliviado e feliz. Não tinha mesmo ideia de como as coisas acabariam. Não sabe o quanto gosto dele.

Em seguida, me envolve com seus braços e me beija de maneira tão suave e bonita que vou me lembrar para sempre.

Sugere irmos a algum lugar onde possamos conversar. Ah, se eu fosse Maggie ou Caroline, e não uma aluna do ensino médio que mora com os pais... Entretanto, como já estou atrasada para o toque de recolher, preciso voltar. Ele me acompanha até a porta. Um beijo mais, longo e profundo e completamente arrebatador. E depois estou em casa, que ainda está de pé, o mundo continua a girar, e James Waters é meu.

Demoro um pouco para cair no sono. Encaro as constelações brilhando acima de mim. O Campo das Flores Selvagens, com o espacinho vago da minha estrela caída. Tenho um namorado. Ele vai me ligar e ficar animado em me ver e segurar minha mão, e vamos nos beijar, e todos os futuros serão possíveis.

Tudo que pensei a respeito de James pela manhã foi absolutamente virado de ponta-cabeça e desmentido. À exceção de uma coisa. Nada nesta terra ou no céu vai me fazer confessar a ele que sou maluca.

CAPÍTULO DEZESSETE

Maggie

Acordo no sofá de Andrew, aninhada no edredom que ele tirou da cama e com o qual me cobriu enquanto dormia. Para uma pessoa normal, aquela não seria uma decorrência aterrorizante, mas minha barriga vira um bloco de gelo. E se ele tivesse me acordado no meio da noite? O que teria acontecido? Sei a resposta em um décimo de segundo, e sei que Emma estaria sorrindo triunfante quando chegasse à mesma conclusão. Se eu fosse acordada no meio dos meus sonhos, o dia de Sloane desapareceria, e não haveria mais o luxo de fingir que as duas vidas existem. Confirmaria que Sloane é simplesmente uma personagem que estou inventando, como costumo fazer com as histórias de qualquer estranho na rua.

Emma diria que eu sempre soube disso. E estaria certa. Mas o grande detalhe que ela parece não enxergar é que a euforia está na habilidade de quase esquecer que sei. De ter noventa por cento de certeza que posso ser duas pessoas diferentes, em dois lugares diferentes, com duas vidas diferentes. E por mais que Emma negue, acredito do fundo do meu coração que qualquer um faria o mesmo se pudesse.

O apartamento de um quarto de Andrew é impecavelmente arrumado, com uma organização de móveis bem pensados que ele claramente se esforçou para encontrar. Não se parece em nada com um típico quarto de estudante de 19 anos, morando num alojamento universitário, com produtos da IKEA e um sofá surrado. O espaço foi decorado com um orçamento limitado, mas, em vez de gastar 129 dólares em uma estante sueca meio bamba que se monta com uma chave de fenda, ele mesmo projetou uma com tábuas de madeira e blocos de vidro. Como todos os diretores, Andrew presta atenção aos detalhes: os livros estão organizados por tema, de uma maneira visualmente coerente.

Ele entra na sala de estar e senta no sofá. Seu corpo esbarrando no meu através do edredom.

— Dormiu bem? — Uma pergunta cheia de repercussões.

— Sloane teve um dia ótimo se é isso que você está querendo saber.

— Mais detalhes, por favor.

Respiro fundo. Essa é a caixa de Pandora que abri. Agora ele ficará constantemente querendo saber de Sloane, serei julgada pela minha loucura e seu interesse por mim também dirá respeito a todas essas coisas.

— Ela está mais que feliz porque o garoto...

— Não estava com outra, afinal?

— Mais ou menos, mas ele dispensou a outra porque está apaixonado por Sloane. Ou pelo menos bem a fim dela.

— Então você está criando uma situação onde o cara que representa Thomas acaba sendo um mocinho no final, para você conseguir resolver tudo através de um sonho.

— Primeiro, uma psiquiatra já é ruim o suficiente. Segundo, Thomas não tem nada de parecido com James, e não funciona desse jeito. Não controlo a vida de Sloane. Só assisto. E as pessoas que habitam o mundo dela não têm nada a ver com ninguém no mundo real. Ou melhor, no meu mundo.

Ele sorri.

— Não, você devia dizer mesmo "no mundo real". A única complicação nisso tudo é se você começar a confundir as coisas.

Solto um suspiro.

— Essa é a parte divertida. Ver até que ponto eu posso chegar, acreditando que ela é real e não apenas eu mesma, de fato. Caso contrário, é só mais outra história inventada.

— O que sua psiquiatra diz? Ele não acha um desafio perigoso?

— *Ela* acha perigoso. Acha que posso enlouquecer de verdade. O que já deve ter acontecido já que te contei isso.

Andrew faz carinho em meu braço, ainda pelo edredom.

— Eu acho uma honra que você tenha dividido isso tudo comigo. E desculpe estar perguntando. Podemos não falar sobre isso nunca mais, ou falar sempre, ou quando você precisar. E quero dizer o dia inteiro, todos os dias da semana. Mesmo.

Ele diz que não quer saber o que estou com vontade de comer no café, porque está preparando algo melhor ainda. Andrew foi criado no Upper East Side. Os pais se divorciaram quando tinha 11 anos, e ele se mudou com a mãe para Long Island, enquanto o irmão, Todd, ficou com o pai. Parece que a mãe cozinha maravilhosamente, e Andrew adorava ficar na cozinha com ela. Exibe com orgulho um fichário cheio de receitas que criaram juntos. Completo com fotos dos pratos e alguns retratos de Andrew comendo. O sorriso dele foi sempre daquele jeito.

Ele prepara pequenas pizzas feitas de pãezinhos com muçarela de búfala fresca e ovo frito por cima. Depois salteia prosciutto com alho e cogumelos porcini. Quase fico inconsciente de tão deliciosa que é a refeição.

Enquanto comemos, recebo uma mensagem de Thomas. Diz que espera que eu esteja melhor e pede desculpas pela noite anterior, como se tivesse feito algo de errado, o que não fez. É bem afetuoso. Imediatamente recebo uma segunda mensagem (separando um assunto do outro) pedindo perdão pelo aviso em cima da hora (45 minutos), mas preciso levantar minha bunda magrela da cadeira e sair correndo para um ensaio porque alguma atriz que estavam trazendo de Los Angeles perdeu o voo, e Thomas convenceu Macauley a me dar a chance de fazer uma cena com Ryan O'Donnel, que foi escalado para fazer o protagonista em *Innuendo*.

Fico encarando a tela sem reação, com o cérebro totalmente derretido. Quando digo a Andrew o que acabou de acontecer, porém, ele parte para a ação. Afasta a cadeira e me joga para dentro do banheiro explicando que Carmen deixou alguma maquiagem por lá. Ele passa minha blusa a ferro. Sério. Chega até a tirar uma tábua de passar roupa de um tamanho considerável do fundo do armário.

Pulamos para dentro do carro.

— Você está entendendo que essas roupas são prova da minha fuga, e Thomas vai perceber. E vai estar tudo acabado entre nós.

— Ok. O que exatamente vai estar acabado entre vocês? A parte de não-ter-uma-relação? Ou ele te mandou uma mensagem que te reconquistou?

Tenho que sorrir.

— Bem, a mensagem foi carinhosa.

— Se concentre. Você sabe bem a cena?

— Difícil dizer. Porque não faço ideia de que cena eles querem.

— Excelente — responde ele. — Eles sabem disso, e assim vai ser mais fácil para você superar as expectativas.

Ele costura os carros numa velocidade que me parece uns 480 quilômetros por hora, (o máximo alcançado pelo GEM são 55 quilômetros por hora de adrenalina), desafiando todas as leis de trânsito e ocasionalmente a da gravidade.

— Só uma pergunta — comento. — Tem alguma coisa que eu poderia dizer que você interpretaria como negativa?

— De jeito algum. Otimismo! Energia! Confiança, confiança, confiança. Você vai deixar esse cara de queixo caído; ele vai mandar Blake Lively para o espaço, e você vai ficar com o papel da protagonista.

LÚCIDA

Na hora de saltar no estúdio, declaro que não posso ir em frente sem ele. Andrew fica claramente lisonjeado. Enquanto corremos pelo lobby, ele tem uma ideia.

— A gente diz para eles que sou seu técnico de sotaques e dicção de um workshop na NYU!

— Genial! — exclamo.

Thomas não está comprando nossa história. Dá uma olhada em Andrew (que, apesar de ser muito alto, não parece ter mais que seus 19 anos) e minhas roupas da noite passada e tira a conclusão óbvia. Em um primeiro momento, acho que nunca mais vai falar comigo depois de fazer minha caveira para Macauley pelas minhas costas. Entretanto, acaba ficando claro no final que tudo isso serviu apenas para deixar seus instintos competitivos mais acirrados; está certo de que pode esfregar o chão com esse zé-mané. Deixo que fiquem comparando quem tem o maior bíceps.

A assistente me empurra para dentro de um camarim improvisado e me manda vestir uma camisola, que é basicamente transparente. Sinto-me um pouco desconfortável, mas quero tanto o papel que tento não me importar. Ela insiste para que eu tire o sutiã e me oferece protetores de seios (que são tão repulsivos quanto parecem). Depois discutimos a respeito da calcinha. O melhor que tem a oferecer é um fio-dental nude, porque, se minha bunda não estiver aparecendo, eles não se darão nem o trabalho de fazer a cena. Tento me controlar e peço que chame o diretor para poder falar com ele. Ela me lança um olhar que demonstra que não estou apenas arriscando o trabalho dela, mas que também será uma questão de honra arruinar minha vida.

— Está bem — digo. — Eu mesma vou lá perguntar.

A assistente desaparece. Macauley bate à porta. Quando entra, se desculpa pelo comportamento de Cheryl, diz que é óbvio que posso usar minha própria lingerie e pergunta se me sinto à vontade sem a parte de cima. Minto que sim. Não estaria efetivamente à vontade nem se não conhecesse pessoalmente dois dos homens assistindo ao ensaio. Mais que constrangida por Thomas ter brincado com a alça do meu sutiã ontem à noite, sinto-me arrependida por ter trazido Andrew para dentro desse circo.

Macauley começa a passar o texto comigo. É uma cena que conheço bem e é muito sensual. Tenho que abraçar o gatíssimo Ryan por trás, esfregar meu nariz na orelha dele e meio que usar meu corpo para convencê-lo a seguir as ordens de Robin. Depois ele se vira, me beija, fico incrivelmente excitada, ele me diz que sou linda, enterra as mãos nos meus cabelos e pronto. Nada terrivelmente invasivo, a não ser pela forma como estou vestida.

Digo ao diretor que entendo por que ele escolheu a cena. O diálogo revela a complexidade do aparente desejo sexual de Robin ser apenas um disfarce para sua vingança contra a personagem de Blake Lively, mas de uma maneira sutil, de forma que o telespectador só perceba em retrospecto.

Macauley concorda e aprecia o fato de que eu realmente tenha um cérebro, mas estamos todos aqui para me avaliar. Ele é sincero e diz que a escolha do modelito é necessária para decidir se eu e Ryan somos fisicamente compatíveis em cena. O que significa saber se consigo ser sexy o bastante para o papel. O que também significa que vou ter que me esforçar.

Uma experiência e tanto. Nua, nos braços de um homem de 25 anos de beleza divina e abdome tanquinho, enquanto meu ex-possível- -futuro-namorado assiste a tudo ao lado do meu amigo-platônico-que- -dá-para-cortar-a-tensão-sexual-com-uma-faca.

Tenho que incorporar a sexualidade de Robin, o que é um desafio para mim, pois preciso ser manipuladora o suficiente para mostrar uma pontinha de segundas intenções, e ao mesmo tempo absurdamente se- dutora na superfície. E, encaremos os fatos, ainda estou engatinhando nesse departamento na minha vida. Alguém poderia perguntar se não é

LÚCIDA

excitante ter as mãos de Ryan pelo meu corpo. Óbvio. Ao mesmo tempo, porém, não tenho que pensar onde isso vai dar ou o que irá acontecer depois entre nós, então minha cabeça está na performance enquanto meus hormônios estão no piloto automático.

Thomas acha que me saí maravilhosamente bem e muito sexy. E confessa que essa era a maior questão para Macauley. Sozinhos no camarim, Thomas me pergunta se está tudo bem entre nós. Digo a ele que claro, e que era eu quem devia me desculpar. Ele me beija com carinho e diz que podemos levar as coisas com toda a calma que eu quiser.

Em seguida, começa o interrogatório sobre quem é Andrew, há quanto tempo tem sido meu técnico, quais são as credenciais dele, por que nunca comentei nada a respeito e por que ainda estou usando as roupas de ontem.

Minto. Deslavadamente.

Andrew é amigo da família, que me pediu para participar de um projeto da faculdade uma vez, no qual me ajudou com meu sotaque esquimó. Ficamos amigos, e ele precisa de mim para ajudar a superar o término com uma latina gostosa. Quanto às roupas, lembro a Thomas que ele me avisou em cima da hora, e tomei a decisão repentina de que o modelito da noite anterior seria o melhor com que poderia me apresentar a Macauley, levando tudo em consideração. Aliás, o que ele está insinuando? Que passei a noite com Andrew?

Ri e responde às minhas mentiras com uma própria. Essa é a última coisa que teria passado por sua cabeça.

Com tudo resolvido, ele deixa o camarim improvisado, Macauley entra, me dá um abraço entusiasmado e diz que meu desempenho foi perfeito. Agradece por ter vindo, atesta que o papel está entre mim e a tal garota de Los Angeles, mas que ainda terá que assistir a esse teste porque se comprometeu com o agente dela. Não posso acreditar. Parece que estou flutuando. E tão grata a Thomas por tornar isso possível.

Quando Andrew e eu estamos indo embora, uma voz masculina chama meu nome. Viro e vejo Ryan correndo na minha direção com uma camisa totalmente desabotoada até a altura das calças. Parece bom demais para devorar. Um sorriso inocente ilumina o rosto dele quando toma minhas mãos entre as suas.

— Mags, você foi inacreditável hoje. Onde esteve esse tempo todo? Quero dizer, você sentiu aquilo também? — Ele me olha fundo nos olhos.

— O cavalheiro te fez uma pergunta — diz Andrew com um tom de voz agradável e neutro.

Contemplando os olhos de Ryan com a expressão "eu transava contigo agora no meio desse chão" necessária, respondo:

— Meu Deus, senti demais. Estava me perguntando se você também tinha sentido.

— Como é que você pode duvidar disso? Estava falando com o Macauley e dizendo a ele que não dá para desperdiçar uma química assim. O seriado merece.

— Bem. — Sorrio. — Tudo pelo seriado.

— Mags. Quero você. Trabalhando comigo.

Andrew e eu descemos as escadas aos pulos.

Fazendo uma imitação razoável da voz de Ryan, ele mexe as sobrancelhas:

— Mags. Quero você. Indo pra cama comigo. Só para você pensar que estou convencendo Macauley a te dar o papel, mas também estou pegando outras cinco atrizes, prometendo a mesma coisa.

— Ei. Pelo menos eu estaria indo pra cama com ele.

Isso o faz congelar no ato. Também revela que está profunda e completamente enciumado. Adoro, adoro, adoro essa parte.

Ele tem os trabalhos da escola e uma vida além de mim para cuidar. Prometi a Jade que ela podia escolher um filme no cinema, então é óbvio que escolheu alguma estreia de uma sirigaita do Disney Channel que ainda não alcançou a fama de verdade, nem desenvolveu qualquer talento discernível ou foi para uma clínica de reabilitação. Embora o filme seja uma porcaria e eu me contorça na cadeira, Jade ama de paixão. A ponto de quase perder meu respeito. Mas acaba me flagrando cantarolando uma das baladas da trilha sonora.

Depois, me pergunta se podemos jantar com Andrew. Provoco dizendo:

— Que Andrew?

— Fiz pãezinhos de canela para agradecer pelos patins. Fui só a quarta pior patinadora na festa, então não fiquei deslocada e aproveitei um monte.

Ela manda uma mensagem para ele, e Andrew vai até minha casa, prepara um bucatini para nós e comemos os pãezinhos de sobremesa. Nicole saiu pra jantar com um homem calvo de gola rulê (sem comentários). Jade e Andrew fazem uma competição de dança no Wii Just Dance! Ele ganha com uma versão frenética de "Proud Mary", de Tina Turner. A menina pergunta se ele pode colocá-la para dormir, e, depois que cai no sono, faço um chá e desabamos no sofá.

Andrew pega uma *New Yorker* da mesinha e folheia para perguntar descontraído:

— Você não vai ficar com aquele sujeito, né?

Rio.

— Depende das minhas alternativas. O que nos leva à pergunta: o que você achou de Thomas?

— Vamos mudar de assunto.

— Vamos não mudar de assunto.

— Acho ele um tédio. Acho bem menos interessante do que aparenta, que a manicure dele custa mais que a porcariada que passa no cabelo, que as sobrancelhas foram afinadas até o último suspiro. Ele é superficial e deve ser difícil de manter aquela pose toda. Essa foi minha primeira impressão. E quanto mais conversamos, menos gostei dele.

— Então acho que voltamos a Ryan. Quero dizer, não tenho alternativas. Ao menos, não que eu sabia.

— Bem, não podemos desrespeitar o novo namorado de Sloane, ou podemos? Qual é o nome dele?

— James Waters.

— Quem você acha que James ia preferir se tivesse a chance de escolher? Você ou Sloane?

Então penso nisso pela primeira vez.

— Eu, talvez.

— Fascinante! Desculpe, sei que prometi que não ia te encher com isso, mas é a coisa mais legal que já ouvi. James já te beijou, quero dizer, já beijou Sloane?

— Já.

— Já quem? Você ou ela?

— Ela, claro. Ele não me conhece, ainda.

— Então, como vocês são diferentes uma da outra, fora ela ser loura e ter peitos?

— Hmm, tudo bem se a gente ficasse por aqui no assunto Sloane por hoje?

— Claro. Desculpe.

E faço o erro de oferecer:

— Não faça bico. Você tem o direito a mais uma pergunta.

E ele atira:

— De quem eu gostaria mais?

Faço uma pausa, fingindo estar refletindo, mas na verdade estou digerindo minha irritação com a pergunta.

— Vou precisar de um tempo pra pensar — respondo.

E sou tomada por uma vontade incontrolável de que ele vá embora. Não posso expulsá-lo, claro, então ele ainda fica por algumas horas enquanto assistimos a *Dancing with the Stars*, que ele adora. Estou

LÚCIDA

totalmente retraída. Mal consigo brincar de criar histórias malucas para o passado dos dançarinos profissionais que trabalham com as celebridades. A pior parte é que ele nem parece perceber.

Durante o terceiro programa, finjo cair no sono, ele me sacode gentilmente, e abro um olho sonolento; Andrew diz boa noite e sai por conta própria.

Abro os olhos. E encaro a distância a verdade que agora sei.

Estou apaixonada por Andrew. E estive desde o primeiro momento.

CAPÍTULO DEZOITO

Sloane

Acordo e observo a janela. Lá está minha árvore. Não parece diferente, mas nem uma única molécula do elmo, ou do meu corpo, ou do mundo parecem as mesmas de antes. Pesquisei sobre *esquizofrenia* na internet, e acho que é isso. Sei que, por um lado, a noite de ontem aconteceu de fato. Cada microssegundo do rosto dele está gravado na minha memória, o medo em seus olhos de que eu tivesse desistido, o som de sua voz tão esperançosa; é absolutamente real. E, ainda assim, é completamente impossível. Quero dizer, eu tenho um espelho. E aquele é apenas meu reflexo exterior. É óbvio que ele está pressupondo coisas a respeito do meu interior, adequando uma imagem de garota ideal aos pequenos vislumbres que já teve de mim. Não me conhece ainda. E tenho certeza de que, quando tiver a oportunidade, ficará profundamente decepcionado. Mas por agora, por essa manhã, James me escolheu. A menos que, claro, tenha mudado de ideia durante a noite.

Ligo o celular. Talvez tenha mandado uma mensagem como as personagens fazem naquelas comédias românticas bregas, onde o mocinho diz: "estou no meio do caminho pra casa e já estou com saudades".

Há uma mensagem. E é muito melhor. Ele vem me buscar às 8h30 para me levar a uma porção de lugares que escolheu até dar minha hora de voltar para casa. Diz que talvez esteja meio cansado porque beijou uma menina na noite anterior e isso o manteve acordado durante horas.

233

Respondo: *Sim! Sim! Siiiiim!*

Batem à porta. Papai entra sorrindo e feliz. Primeiro, me agradece por ter levado a sério nossa conversa do outro dia. Nem sei sobre o que está falando até me dar conta de que mamãe deve estar realmente contente por eu ter desistido de arrancar sua cabeça fora.

Depois ele oferece uma carona até meu curso preparatório pelo qual paguei 200 dólares (meu salário na veterinária por coisa de quatro semanas), que começa daqui a 1 hora e 15 minutos e do qual (junto a todas as outras coisas do universo) tinha me esquecido completamente.

Ok, momento piada. Adiaram o curso. Não. Ele pode ligar para lá e verificar. Prometi a Kelly que a levaria para amputar as pernas, não, dramático demais. Que sairíamos para ela comprar o vestido da formatura? Não, insignificante demais. Resta apenas uma opção que parece plausível.

— Papai, apareceu uma outra coisa que quero fazer hoje. Tem esse menino...

O sorriso estampado no rosto dele não muda, mas o sinto endireitar o corpo.

— E gosto dele de verdade. E ele de mim. Quero passar o dia com ele. Não vai me atrapalhar em nada com os estudos, já fiquei estudando um zilhão de horas, então seria tudo mais do mesmo.

Ele me observa, obviamente lutando contra o impulso de me dar uma ordem direta.

— Claro, o dinheiro é seu, a decisão também; você trabalhou pra arcar com essa despesa. Dá para fazer o curso num outro dia?

— Não, mas não preciso do curso. Sério.

Não apenas ele não concorda com minha decisão, mas também não consegue acreditar que seja uma decisão coerente com a filha workaholic que mutilaria o próprio corpo se isso lhe garantisse uma vaga na Universidade de Columbia.

LÚCIDA

— Desculpe, querida, mas não posso ficar numa boa com isso. Seu namorado vai entender, e, se não entender, é porque não é o cara certo. Você se esforçou tanto, e não tem como saber se o que vai ser dado no curso é "mais do mesmo" ou não. A gente sempre diz que é melhor prevenir que remediar, não é?

É claro que James vai entender. Na verdade, ele provavelmente me daria o mesmo conselho. Mas não é esse o ponto. Sinto que estou perdendo tempo com James, uma vez que, agora que estou com ele, posso perdê-lo também a qualquer momento, e de maneira alguma vou desperdiçar esse dia.

— Desculpe, pai. Já escolhi ficar com James hoje. Só eu posso saber o quanto estou preparada para a prova.

Ele fica me olhando, sem saber o que fazer diante dessa desobediência tão absoluta. Hesitante sobre como lidar com aquela versão de mim. Nunca digo não, nem decepciono meu pai assim.

— É óbvio, papai, que esse garoto é muito especial para mim.

— Acho que isso não vem ao caso.

— Acho que o que vem ao caso é que você precisa me dar um voto de confiança.

Há um momento de silêncio de verdade.

— Não gosto desse tom de voz. — E vai embora.

Enquanto tomo banho, tento fazer a água lavar aquela conversa dos meus pensamentos. Não quero nuvens negras pairando sobre meu dia ensolarado. Infelizmente, só piora. Ele tem razão. Columbia era a coisa mais importante no mundo para mim. E não é mais. É a pura verdade. Já nem sei se vou estar *ali* para ir à universidade.

Vou me vestindo enquanto espero a batida na porta. Mamãe entra, enviada pelo marido e, para encurtar a história, está de acordo com ele. Estão tentando se unir contra mim. Conto a ela o que aconteceu, que James dispensou a cx para ficar comigo. É o momento mais emocionante da minha vida até agora, e não há por que fazer um curso no qual não vou conseguir pensar em mais nada a não ser nele.

Ela pergunta quanto tempo isso vai durar.

— Boa pergunta.

E percebo que ela já esteve em meu lugar. Minha mãe já foi uma adolescente com uma paixão incontrolável por um garoto que consumiu toda a sua capacidade mental. Talvez por isso tenha sido tão severa em suas regras sobre quando eu poderia começar a namorar.

Ela me abraça e diz que vai acertar as coisas com papai.

Estou nervosa demais para tomar café da manhã. No último instante, lembro o que Maggie dissera sobre combinar peças de lingerie. Subo correndo e coordeno as cores, uma vez que não tenho um conjunto de verdade. Não me faz sentir nada em particular, só levanta a pergunta se haverá a chance de outra pessoa descobrir.

Estou esperando na varanda da frente quando um Targa vermelho para no meio-fio, exatamente como no filme *Gatinhas e Gatões*, e salta um cara mais lindo que Jake Ryan. Levanto num pulo porque não quero que pense que estou me fazendo de difícil nem nada. Ele me puxa para seus braços e me dá um beijo espetacular, macio, demorado, que me arrepia inteira, sem se importar com possíveis vizinhos ou parentes espiando pelas janelas.

Ele segura meu rosto por um momento, com a testa encostada na minha, o polegar acariciando minha bochecha, e carinhosamente pisca seus cílios contra os meus, no que se chama um beijo de borboleta. Parece tão íntimo e, de certa forma, me deixa mais excitada que o grande beijo de pegação. Posso sentir sua respiração.

Tudo que ele diz enquanto saímos de carro é que vamos até as Berkshire Mountains de Massachusetts. Ele pergunta se quero tomar café no Kitchen Little, e minto dizendo que já comi. Então entra na fila do drive-thru da Dunkin' Donuts, e me esforço para lembrar se conheço alguém que trabalhe ali. Na verdade, o Erva trabalha, mas não sei em qual turno.

LÚCIDA

Dito e feito, quando chegamos à janelinha, o Erva vira-se para nós com um largo sorriso de chapação matinal e entrega para James seu café extragrande e uma porção de doze donuts de sabores sortidos. Fico olhando pela janela do carona, torcendo para que o menino não vá reconhecer ou se importar com a parte de trás da minha cabeça.

— Ei, Sloane, você não vai querer nada mesmo? É por minha conta.

— Não, mas obrigada.

Maravilha. Agora vou passar o dia inteiro preocupada, pensando se essa história vai percorrer o telefone sem fio da cidade inteira, ou entrar por um ouvido e sair pelo outro lado do vácuo craniano do Erva.

Já na estrada, mergulho na dúzia de donuts à procura de um com cobertura de geleia e açúcar e pergunto se posso dividir o café com ele. Ele começa a fazer milhares de perguntas sobre mim e minha vida inteira ao mesmo tempo. Cada detalhe, inclusive se donut de geleia com açúcar é meu favorito e por quê? Não consigo conceber por que qualquer coisa a meu respeito seria interessante para ele. Respondo que, para ser sincera, prefiro os de mirtilo por causa daquele corante roxo tóxico que usam; nada mais consegue manchar a língua daquela cor peculiar.

Qual foi meu bicho de estimação favorito? Falo que Schmulie, um gato preto e branco nanico, foi meu primeiro melhor amigo no mundo. Conto tudo para James. Schmulie lambia minhas lágrimas quando eu chorava. E dormia comigo todas as noites. Quando foi exilado para a fazenda do meu tio por causa das alergias de Tyler, eu reservava um tempo especialmente para ele a cada visita e levava guloseimas especiais. E embora esteja provavelmente inventando isso, ele parecia me amar e se comunicar comigo com os enormes olhos escuros. Morreu lenta e silenciosamente, e me mudei para o quarto de hóspedes durante aquela semana inteira para dormir no chão com ele.

James parece emocionado com isso e não fala nada por um tempo. Pergunto sobre o gato de Caroline, e ele diz que foi bem difícil trazê-lo de volta para os Estados Unidos, mas que era tudo o que restava de Caroline, e estava determinado a não perder Peaches.

— Se tiver alguma outra pergunta sobre Caroline, pode fazer — oferece.

— E se eu tiver tipo mil e quinhentas?

— Pode ser que a gente tenha que deixar algumas para a volta.

Os dois se conheceram em Bois de Boulogne enquanto corriam. Para o horror das minhas inseguranças, ela é francesa! Francesa de verdade. Com progenitores franceses. Sua língua materna é o francês. O curso que estava fazendo era inglês. Puta merda. Ela é de Nice, na Riviera, e chegou a levá-lo uma vez para conhecer seus pais, e foram a uma praia nudista (não com os pais) e depois foram de barco à Ilha de Córsega (não nus, mas com os pais). É evidente que a francesa é bem experiente. Encho o saco dele até que confirma minha observação, mas se recusa a dar mais detalhes que isso. O que é ponto para ele. Embora não seja para mim, depois de ter perguntado cinco vezes.

— Ela é muito bonita — insisto, sem largar o osso.

— É, sim. Mas você é muito mais atraente que qualquer outra pessoa que já conheci.

Reviro os olhos. Está apenas tentando me fazer sentir melhor.

— Não faça isso. Você nem percebe como todo mundo te olha. Você é linda, Sloane. Mas não é nem disso que estou falando. Quero dizer atração entre dois corpos, como a gravidade. A ligação que sinto com você é avassaladora. Não acho que poderia resistir nem se tentasse.

Sinto um distinto formigamento quando ele diz isso. A emoção e o medo me fazem lembrar o feiticeiro. Não posso contar a James sobre isso. Ainda assim, esse garoto perfeito acaba de me fazer o maior elogio que já recebi, confirmando o encanto sob o qual estive desde que resgatou aquele pardal. Então estendo a mão para pegar a dele.

Nossos dedos se entrelaçam e dançam em volta uns dos outros pelo resto do trajeto. Não soltamos mais.

Depois de duas horas, chegamos a uma feira. Uma grande faixa anuncia: Feira Internacional de Fantoches. Dois fantoches de sombra chineses, com 6 metros e na forma de dragões, formam um arco. Entramos em uma clareira cercada por uma densa floresta. As pessoas estão caracterizadas de diferentes épocas e culturas; há algumas fantasiadas de criaturas míticas misturadas no meio também. São famílias, casais, um grupo de crianças reunido em frente a um palco de fantoches. Pipas chinesas no céu. Há um círculo de tambores, músicos itinerantes tocando flautas e gaitas.

Subimos uma colina e encontramos um lugar para sentar. James trouxe uma toalha e uma cesta de piquenique, e, claro, ainda temos cinco donuts. Sinto que está esperando alguma coisa. Os tambores param; há silêncio completo. Um pequeno exército de fantoches gigantes, de talvez 6 metros de altura, sai do meio das árvores. São homens sobre pernas de pau, cada um encarnando uma personagem diferente, cada um com uma máscara de lua gigante. Alguns são monstros, dois são pássaros, há uma sereia entre eles. Por incrível que pareça, as pernas de pau não parecem problemáticas. Seus movimentos são fluidos e hipnóticos, como os de uma tribo de girafas. Encenam uma série de atos cujo conteúdo é difícil de compreender, mas, mesmo assim, fascinante para quem está assistindo.

Então encosto o corpo no de James, ele me envolve com o braço comprido, e assistimos ao espetáculo como duas pessoas que se pertencem desde o início dos tempos. Nunca estive tão completamente realizada. É um momento perfeito.

Na viagem de volta, o pôr do sol abre caminho para um crepúsculo de tons roxos e azulados. Seguimos num silêncio cúmplice pelo que parece uma eternidade, e milagrosamente não me preocupo se devia conversar, ou se ele está entediado. Sei que está tudo magnífico entre nós.

— Sabe do que tenho medo?

Apenas pula da minha boca. Estou possuída ou maluca, ou ambos.

— Peixinhos-de-prata? Eles são tão asquerosos.

— Exatamente.

Ele sorri.

— Disso e da outra coisa que você está contemplando se vai me falar mesmo ou não.

— Ah, é, tem essa também. É só esse medo desesperado de que, quando você passar mais tempo comigo, vá ficar entediado até a morte e se perguntar o que acho que tinha visto em mim para começo de conversa.

Tira os olhos da estrada para me fitar, de modo que eu saiba que o que vai dizer é sincero.

— Você é absurdamente fascinante do jeito que é.

— É mais fácil ser fascinado por alguém que não se conhece.

— Você não tem nenhum grande segredo sinistro, tem? Nenhum assassinato cometido com machados, laboratórios de metanfetamina, maridos em Utah, coleções de bonecas Kewpie?

— Só um de quatro. Então estamos bem.

Na verdade, um de cinco. Meu segredo é um sobre o qual não perguntou, que sou clinicamente, irremediavelmente psicótica. Mas uma vez que não há como ele descobrir, vou apenas banir o assunto sobre existir fora de mim.

Olho para ele, que está sorrindo com tanta alegria, tão impossivelmente lindo. E relaxo outra vez. Passar o dia comigo fez com que se sentisse assim.

— Já tem um par para a formatura?

— Yep.

— Um de seus maridos de Utah?

— Gordy, na verdade.

— Curto esse cara. O que rola entre vocês?

— Ele é tipo meu irmão; na verdade, ele não é nada parecido com nenhum dos meus irmãos, e o adoro de paixão. Nenhum de nós dois estava namorando, então decidimos ir juntos.

Fico me perguntando se James vai me pedir para dispensar Gordy e no que farei se isso acontecer.

— Legal.

Mas não é. Estou aterrorizada com o que vai acontecer quando Gordy ficar sabendo sobre James. Estou vivendo uma vida secreta no momento, e a hora da revelação será uma questão delicada. Com sorte, o Erva não se encarregou disso ainda.

— Tudo bem — começo, hesitante — se mantivermos a nossa história meio que sob os panos um tempinho?

— Quer dizer que vou ter que pedir para retirarem os anúncios do nosso casamento do *New York Times?*

Ele ri. Mas apenas as palavras *anúncios de casamento* fazem uma descarga elétrica passar por cada nervo de meu corpo.

— Não, deixe rolar. Ninguém na nossa turma sabe ler.

Ele solta uma gargalhada de verdade. Acha mesmo que sou engraçada. Maggie é engraçada, eu estou mais para carrancuda e sarcástica. Exceto quando estou com Gordy. Ou Lila, acho. Ok, o que importa é que *ele* acha que sou engraçada.

— Claro. Posso perguntar por quê?

— Claro, você pode perguntar por que o quê?

— Por que a gente é segredo.

— Não quero que as coisas fiquem esquisitas com Amanda. Sei que ela demonstrou que está tudo bem, mas gostaria de avisá-la antes, para dar um tempo para ela pensar em como lidar com a própria reputação.

— Uau! Isso aqui é o ensino médio ou Hollywood?

— Tem diferença?

Ri outra vez. Ele é plateia fácil.

— Você é uma pessoa muito ponderada. Não é por isso que eu te adoro, mas acho isso até mais importante.

Nada o incomoda. Posso lhe contar o que for. Com uma exceção, claro.

— Quando eu era pequena, um feiticeiro flutuava do lado de fora da minha janela à noite. Tinha pavor dele, mas era emocionante ao mesmo tempo. Sabia que se baixasse a guarda, ele entraria pela janela, para dentro da minha cama e me controlaria. Eu o mantive lá fora com pequenos rituais que faço todas as noites.

Olho para o perfil dele. Meu Deus, é verdade.

— Nunca soube bem como ele era. Até aquele dia em que te vi pela primeira vez.

Ele não abre a boca.

— Você salvou aquele pardal na reunião de classe. E, quando se virou, pensei que nunca tinha visto um rosto tão lindo em qualquer criatura antes.

Agora não apenas confessei que ele é a encarnação de uma fantasia da minha vida inteira, mas também que é o ser mais belo com quem já me deparei. Seu olhar está fixo na estrada, e pelo menos posso admitir tudo sem me sentir exposta e, portanto, protegida. Claro, depois de ter confessado tudo, sinto-me completamente nua.

James não diz uma palavra. Sequer sorri. Tenho certeza de que arruinei tudo. Falei demais, enlouquecidamente demais. Nenhum garoto ficaria escutando aquilo sem sair correndo depois.

Em seguida, sem explicação, ele para no acostamento. É fim de tarde, e as folhas acima do carro têm cores pastel. Meu coração não está batendo. Ele se vira e me fita.

— Era eu — diz. — Do lado de fora da sua janela, sua vida toda. Esperando que me deixasse entrar.

CAPÍTULO DEZENOVE

Maggie

Bebo meu chá e pego um bagel enquanto tento ler um roteiro horrível que minha agente mandou. É difícil me concentrar em qualquer outra coisa que não seja o fato de que estou apaixonada pelo meu único amigo de verdade. Como se pudesse ler meus pensamentos, o celular toca.

Andrew conta que seu próximo curta será sobre alguns garotos discutindo com um artista de rua, tipo um mímico ou alguma estátua humana, toda pintada de dourado. Cometo o deslize de contar a ele que costumava encenar um teatro de marionetes para o Boys and Girls Club, e que as crianças adoravam brigar aos berros com meus bonecos. A confissão foi um erro, porque ele adorou a ideia. Antes que eu perceba, Andrew já encontrou um teatrinho feito de papelão no departamento de acessórios e quatro fantoches ridículos que não tem nada a ver um com o outro, e anuncia que ganhei o cobiçado papel de mestre dos fantoches.

Arrumamos tudo no lado de fora do zoológico do Central Park, ao lado do carrinho de sorvetes. Meus bonecos, gentalha mesmo, ficam gritando insultos para as criancinhas, nenhuma das quais consegue resistir à tentação de parar e dar o troco.

Por exemplo, o Pato com olho caído na minha mão direita grita para o garotinho com coriza e dedo no nariz:

— Ei, cérebro de meleca, já ouviu falar em lencinho de papel?

RON BASS E ADRIENNE STOLTZ

O moleque para, vira e, com metade do dedo ainda enfiado na narina, berra:

— Você fede que nem um lencinho de papel!

Os meninos de 5 anos sempre têm as melhores respostas.

Depois que consigo atrair a atenção da garotada e de seus respectivos pais e babás, a Leiteira na mão esquerda conta ao Pato a biografia da criança, mas devidamente adaptada ao meu estilo de contar histórias. A criança gritam, dão risada e reescrevem minhas histórias de uma maneira bem inteligente, e os adultos ficam tão encantados que até jogam dinheiro para mim. Vários perguntam se animo festinhas de aniversário. O Pato responde que só fazemos bat mitzvahs e festas de 15 anos, dada a sofisticação do nosso material.

Andrew roda horas de filmagem que, depois de editadas, irão compor uma obra-prima. No almoço, ele vislumbra apresentar o curta em festivais, vendê-lo para a TV a cabo. Está viajando na maionese mesmo.

Nunca o vi tão feliz. E talvez por me sentir um pouco culpada pela chatice de ontem, ou por saber agora o quanto o amo, sequer fico irritada com seus batuques e cantaroladas. Faz elogios e mais elogios ao meu timing cômico e não para de falar sobre nossa futura trupe de fantoches. Chega até a fazer um comentário aleatório sobre minha blusa ser bonita.

No instante em que seu hambúrguer monstruoso e grotesco chega à mesa, ele me pergunta, como quem não quer nada, onde seria um bom lugar para um primeiro encontro. Se um cara quisesse causar uma boa impressão sem, digo, exagerar, nem parecer estar muito a fim da pessoa.

— Isso é uma pergunta hipotética? Ou você está mesmo a fim de alguém?

— A moça em questão é uma amiga de Cassie. Eu costumava esbarrar com ela na casa do meu irmão.

Mastigo uma batata frita, da maneira mais relaxada possível, enquanto todo meu sangue sobre pra cabeça.

— Então por que nunca a convidou para sair antes?

LÚCIDA

— O namorado faria sérias objeções. Mas ela largou o cara quando descobriu que terminei com Carmen, ou pelo menos os dois eventos sincronizaram direitinho.

Meu coração está se despedaçando. Mesmo que essa desconhecida não venha a se tornar uma adversária concreta, eventualmente alguma será. Tento manter meu sorriso patético afixado bem firme no rosto enquanto viro um purê por dentro.

— Então me conte sobre ela.

— Sobre a Amy? Acho que o motivo básico da atração é a atração. Ela é linda tipo modelo. Vai ver tem a ver com o fato de ela ser modelo. E é bem engraçada. E uma boa companhia.

— E o que houve com a história de querer ficar só com alguém que você realmente amasse?

— Eu andei pensando sobre isso — diz ele. — E não sei se acredito em amor à primeira vista. E como somos amigos há um bom tempo, talvez seja um caso daqueles de quando uma amizade se transforma em amor. Então, o que você acha?

— O Little Owl é uma boa pedida.

A resposta óbvia deveria ser: "mas deixe eu te levar lá, em vez dela. Na verdade, deixe eu te levar para todos os lugares pelo resto da vida".

— Perfeito. Obrigado.

Duas horas depois, estou no sofá de Emma e reúno forças o suficiente para confessar:

— Não sei se quero falar sobre isso, mas estou apaixonada por Andrew.

É como dar uma porrada no maior ninho de vespas do mundo com um taco de basebol. Ela nem sabe por onde começar a meter o bedelho. Depois de fazer oito perguntas ao mesmo tempo, decide se concentrar em:

— Me explique o que você quer dizer com "estar apaixonada" por ele.

— Toda a minha vida, cogitei, quero dizer, duvidei... Não, tive bastante certeza de que nunca me apaixonaria por ninguém. E teve esse momento ontem à noite, quando absolutamente nada acontecia entre nós, a não ser pelo meu mau-humor amargurado, e o pensamento de que estava apaixonada por esse garoto simplesmente surgiu na minha mente. Que estive apaixonada desde sempre. Que essa é a tal coisa que não sabia se conseguiria reconhecer quando acontecesse, e agora não dá para ignorar.

— Por que você iria querer ignorar?

— Porque não posso ficar com ele.

— Por que não?

Fico em silêncio por um momento.

— Podemos terminar a sessão agora? Claro que vou pagar e tudo.

Ela ri.

— Não estou brincando e, se você rir da minha agonia mais uma vez, não é só agora que vou sair, mas também não volto nunca mais.

Outro gol de placa direto no ninho de vespas. O que é ótimo, porque agora a sessão se transformar num monte de perguntas sobre como me sinto em relação a ela e sua estratégia, e Nicole e a estratégia dela, e a mãe de Sloane e sua estratégia, e fico apenas observando meu relógio, torcendo para não voltarmos a Andrew.

O que obviamente acontece.

— É claro que você pode ficar com Andrew. Você é uma garota bonita...

Quero morrer.

— É muito inteligente, tem um senso de humor original, embora raramente lance mão dele aqui...

Interrompo:

— E sei cozinhar e tenho uma personalidade incrível. Então por que estou preocupada?

Um silêncio se segue que deveria ser significativo.

— Acho que esta é a primeira vez que você realmente me ironiza.

— Acho que você não presta muita atenção.

— Falemos sobre o porquê de você estar brava comigo.

LÚCIDA

— Claro. Estou apaixonada pelo meu melhor amigo, que me adora a ponto de pedir conselhos a respeito de quem ele vai namorar e aonde pode levá-las, e, se você define seu trabalho como esfregar sal na ferida alheia, pode esperar que as pessoas fiquem furiosas. Se chama comportamento humano.

Uma coisa é certa, nunca direi a ela que Andrew sabe sobre Sloane. Não tenho o menor interesse em ouvir um comentário sobre poder me internar por ter confessado minha loucura. Já estou profundamente ciente de que foi um erro, uma vez que Andrew, ou qualquer um, prefere ficar com uma modelo psicologicamente estável.

Pelos onze minutos restantes, faço boca de siri. O que a deixa possessa. E me dá a sensação de que estou fazendo valer o dinheiro de Nicole. O que me faz refletir pela primeira vez em muito tempo a respeito do porquê ainda venho aqui. Costumava pensar que era uma medida de segurança contra perder completamente a cabeça. Ao menos tinha consciência de que era doida e estava me consultando com alguém a respeito. Então estava melhor que Sloane. Quando Emma subiu o nível de loucura de "esquisitona" para "psicótica", comecei a sentir a verdadeira necessidade de uma medida de segurança. Mas me questiono se essa vigarista é mesmo capaz de oferecer tal coisa.

Seus melhores momentos são quando me entristeço por causa do meu pai. Principalmente porque ela se cala e me deixa confabular sozinha. Mas também porque realmente parece se importar, e consigo ver que, no fim das contas, ela é uma boa pessoa. O que não é o mesmo que ter a capacidade de salvar alguém da esquizofrenia.

De algum jeito, consigo gastar três horas vagando pelo Central Park, pensando em Andrew. É bem repetitivo. Mais ou menos como imagino que esquilos reflitam sobre guardar castanhas no inverno. Em vez de ficar obcecada com coisas produtivas, como *Innuendo* e minha carreira, ou a prova do supletivo, minha cabeça insiste em voltar para Andrew. Mesmo quando cogito ter conseguido o papel de

Robin, percebo que isto significaria uma mudança para Hollywood e que nunca teria a chance de topar com Andrew e Amy. Pior ainda seria se impulsivamente recusasse o trabalho por não conseguir morar a quase 5 mil quilômetros de distância. Aí teria que ir para a cama aos prantos todas as noites pelo resto da vida, pois não teria nem Andrew, nem uma carreira.

Claro, sempre terei Sloane. Ao menos tenho um namorado num universo alternativo. Quero dizer, Sloane tem.

Todos essas reflexões obsessivas e a caminhada me fazem chegar em casa mais tarde do que pretendia. É a vez de Jade cozinhar (uma noite por mês), e é geralmente aconselhável dispor de um esquadrão antidesastre a postos se não for possível contar com uma brigada de emergência à disposição. Entro no apartamento, rezando para que não tenha pegado fogo, e encontro Nicole e Jade absortas nos classificados de aluguel. Minha irmã ainda está com os óculos de natação que usa para cortar cebola. O molho está no fogão e cheira bem.

Minha irmã anuncia que vamos alugar uma casa de praia em algum lugar nesse verão. Nicole diz que vai conciliar suas férias com meu intervalo da produção.

— Da produção do quê?

— Você pode continuar fingindo por quanto tempo quiser que não vai conseguir o papel na série, mas eu sei que vai.

— E como sabe disso?

Olha nos meus olhos e percebo o amor em sua voz quando afirma:

— Eu sei.

— Já está bom demais para mim — intromete-se Jade. — E para Boris.

Não sinto o impulso de abraçar Nicole há muito tempo. Quando vou ao seu encontro, ela faz o mesmo e nos apertamos enquanto falo no seu ouvido:

— Tenho uma chance, mamãe, uma chance de verdade.

— Você nunca a chama de mamãe; o que foi isso?

— Ela está ficando mais velha, querida — explica Nicole. — Cuidado, qualquer hora vai chegar sua vez também.

Mas esse tempo inteiro, seus olhos permaneceram fixos nos meus, e posso ver que está orgulhosa de mim. Por um papel que eu talvez nem consiga? Não. Está orgulhosa porque está mesmo.

Assim que nos sentamos para jantar nosso tradicional bucatini diabolo decorado com as famosas árvores de brócolis de Jade, meu celular toca. Olhando para a tela, peço licença um instante. Fecho a porta do banheiro e pergunto:

— Você não sabe o que vestir para o Little Owl? Sugiro um vestidinho preto simples.

Andrew ri. É uma risada sincera e espontânea, e me deixa um pouco melancólica por ele não compreender quantas vezes eu poderia fazê-lo rir se ele me escolhesse. E porque percebo que vou continuar fazendo de qualquer jeito, então ele nem precisa me escolher.

— Vamos jantar — convida. — Eu e você.

— Ela recusou seu convite? — Estou brincando, claro.

— Yep.

— Ah, entendi, aí você ligou para essa sua amiga zé-mané que vai estar sempre disponível para ser seu estepe de último minuto, porque não tem vida própria.

— Tipo isso.

Estou tão feliz. Vou vê-lo hoje.

— Só posso sair daqui a uma hora.

— Vou tentar ser paciente. Te encontro num lugar chamado Little Owl. Onde precipitadamente reservei uma mesa romântica num cantinho discreto.

— Super. Serei a morena de vestidinho preto.

— Eu também.

Volto para a cozinha, e Nicole pergunta porque estou vermelha e toda boba. Jade responde que Andrew deve ter ligado. Mamãe aposta as fichas em Thomas. Digo a elas que foi apenas um vendedor de telemarketing carismático e imediatamente começo a engolir a massa.

Passamos o jantar escolhendo entre Cape Cod e Vineyard, como se pudéssemos bancar qualquer um dos dois, mas Nicole está realmente empolgada com a ideia de passarmos um tempo juntas. Também curto essa ideia. Muito, muito mesmo. Pela primeira vez, me pergunto se tudo talvez esteja se encaixando.

Entro no restaurante para meu jantar pós-jantar. Está apinhado como de costume, e procuro uma mesa romântica nos fundos. Lá está ele. Tem uma garrafa de vinho tinto aberta e duas taças cheias.

Fica radiante quando me vê.

— Desculpe, senhorita, estou esperando uma morena de vestidinho preto.

— Ela te deu o cano também. Está na moda.

Andrew se levanta, me dá um beijo no rosto e puxa a cadeira para mim. Como faria para a mãe ou a irmã. Mas parece feliz porque vim.

Pego a garrafa e olho o rótulo, que é francês.

— Vamos celebrar você ter levado um fora?

— Estou celebrando o fato de não terem pedido minha carteira quando entrei com a garrafa. Comprei em Paris com o meu pai nas férias de verão do ano passado. Vai combinar bem com os hambúrgueres de almôndegas que estou querendo pedir.

— Paris, é? Você andou escondendo isso de mim.

— Claro.

Detesto isso nele. Sempre diz coisas que ao mesmo tempo desprezo e gostaria de ter dito antes dele.

Meu celular toca e nem sei por que olho para a tela. É Thomas. Coloco o telefone de volta dentro da bolsa, e Andrew sorri...

— Você está escondendo alguma coisa de mim?

— Claro. — Cara, esse tipo de vingança imediata nunca acontece na vida real.

LÚCIDA

— Acho que só pode ser Thomas, porque se fosse Jade, você teria atendido.

— Ah, quer dizer que só duas pessoas me ligam?

— Bem, três, contando comigo. Liga para ele de volta. Pode ser a respeito do papel.

— Você não tem jeito. O que te garante que não é algum cara com quem estou saindo e de quem você nunca ouviu falar?

— Você não atendeu. É isso que me garante que não é algum cara com que você está saindo e de quem nunca ouvi falar.

Droga. Detesto isso nele.

— Liga para ele. É sério.

Queria que ele dissesse pra eu nunca mais falar com um cara que usasse aquele tipo de cabelo ridículo pelo resto da minha vida. Sob o olhar atento dele, retorno a ligação.

— Aí está você — diz Thomas com sua voz de George Clooney. — Quer sair para jantar?

— Já comi, mas obrigada.

Um breve silêncio, e quando torna a falar já não parece mais em nada com George Clooney:

— É, dá para ouvir o barulho do restaurante. Voltou ao Jean-Georges?

— Não, estou no Little Owl.

— Quem está aí?

— Quem está comigo?

— Isso, quem te levou pra jantar?

Não gosto do tom dele, não gosto mais dele e não me importo se ele não gostar do fato de que é...

— Só Andrew.

— Opa, valeu mesmo. — Andrew sorri.

Mas do outro lado da linha, ninguém sorri. Depois de uma pausa que me deixa bem desconfortável, ele profere sério:

— Ok. Eu ia falar isso pessoalmente, mas acho que preciso te informar que o Macauley escolheu a outra atriz.

Fico arrasada. É assim que uma cabeça deve ter se sentido na Revolução Francesa logo depois da lâmina da guilhotina cair. Não estou mais conectada ao meu corpo, mas ainda consigo me concentrar em um pensamento horrível.

— O que foi que aconteceu? — Andrew fica alerta, preocupado, ao meu lado.

— Uau! — É tudo o que consigo dizer.

— Escute — propõe Thomas com tom mais suave. — O Macauley realmente gostou de você e já está conversando comigo e Rosalie sobre te colocar no novo projeto dele. Então acho que nós dois deveríamos sentar para discutir sobre essa possibilidade e algumas outras coisas que tenho em mente.

Algo na voz dele me faz querer não olhar pra cara dele nunca mais. Mesmo que signifique perder todas as oportunidades fantásticas que esteja balançando na minha frente para me atiçar.

— Parece uma boa ideia. Você pode me fazer um favor e falar com minha agente primeiro? Ela ficou possessa por termos combinado tudo pelas costas dela.

Silêncio pesado. Confirmando que ele tinha outras intenções além de discutir oportunidades profissionais.

— Pode ser complexo — responde ele — envolve-la a essa altura. Deixe eu te ligar amanhã para não atrapalhar mais sua noite. E, gata, desculpe pelo papel. Você sabe o quanto eu tentei que desse certo.

Reúno todo o meu autocontrole. Mas tenho ao menos que ser educada:

— É, obrigada. Obrigada por tudo.

— Você não conseguiu, então — conclui Andrew como se a perda fosse dele próprio.

— Era de se esperar.

LÚCIDA

— Não faça assim. Você perdeu o Super Bowl. Era uma disputa entre duas atrizes no mundo inteiro. E você era uma delas. Com 17 anos, sem um grande currículo, e mesmo assim você impressionou pra valer um diretor muito famoso. Um brinde a você. — Levanta a taça.

Fico olhando pra ele. E sei o que tenho que fazer.

— Podemos ir lá fora um instante?

Andrew me olha curioso. Eu me levanto. Ele também. Já estou caminhando em direção à porta, assim ele não pode mudar de ideia.

Está frio na rua, e envolvo meu corpo com os braços, de costas viradas para a porta e, portanto, para ele também. Ouço-o perguntar...

— Tudo bem?

Viro depressa, na ponta dos pés, pego seu rosto em minhas mãos e o beijo com toda vontade.

Ele me beija de volta no mesmo instante. Como se estivesse esperando por isso a vida toda.

Exatamente como eu estive.

CAPÍTULO VINTE

Sloane

Enquanto escovo os dentes aquela manhã, não consigo tirar aquele beijo da cabeça. Não o que James me deu quando me deixou em casa à noite. Nos beijamos por vinte gloriosos minutos em seu carro, estacionado na esquina da minha casa, um lugar ao qual vou me referir como paraíso daqui para a frente. É no beijo do lado de fora do Little Owl em que não paro de pensar.

Por um lado, meio que sei que sou Maggie, e que faço e sinto todas as mesmas coisas quando sonho que sou ela. E sei que isso significa saborear a comida que come, sentir sua dor de dente, mas meio que tento não pensar muito nisso, e acho que ela faz o mesmo. E é porque nenhuma de nós duas quer lidar com a irrealidade do sonho. A sensação de estar assistindo à vida de outra pessoa é muito mais cômoda.

Mas aquele beijo foi diferente. Não posso fingir que não senti. Foi emocionante, e ainda assim não tem nada a ver com o que sinto quando James me beija. E talvez essa seja a explicação. James *me* beija. Mas *Maggie beija Andrew*. Ela é o tipo de garota que toma as rédeas, que vai atrás do que quer, aceita o risco de ser rejeitada de uma maneira tão vergonhosa que tenho certeza de que eu mesma jamais conseguiria me recuperar. Sou "a menina". Tenho que ficar sentadinha, esperando passivamente, torcendo pra que minha delicadeza feminina o atraia.

Talvez seja por isso que a tenha inventado. Porque quero ser daquele jeito, quero fazer minha própria vida acontecer.

Desço as escadas, e, embora não perceba a princípio, Jade está sentada à mesa. Quase começo a conversar com ela, como se fosse Maggie, como se estivéssemos no West Village. Tudo isso acontece em um décimo de segundo. Um arrepio de medo aterrorizante percorre meu corpo; fecho os olhos com força e rezo pra outra pessoa surgir no lugar da menina quando os abrir de novo. Conto até três. Abro. E ela não está lá; é Max.

É totalmente compreensível. Na verdade, chega a ser curioso que jamais tenha acontecido antes. Jamais aconteceu, porém. Nunca. E fico apavorada. Vou abraçar Max, só para me certificar de que ele é real. Ele gosta do abraço, o que também é surpreendente.

— Acho que a gente devia pegar o telescópio velho da mamãe lá do porão e olhar as estrelas de Bill — sugere.

— Adorei — respondo. Embora seja mentira. Cansei de ficar triste. Quero me sentir como me senti com James ontem. Quero que seja assim o tempo inteiro.

No ônibus a caminho do colégio, fico ouvindo meu iPod e olhando a vista pela janela, lembrando momentos da véspera que me fazem ruborizar. Baixei um CD de flamenco à noite e, enquanto as casas e árvores se tornam borrões indistintos ao passarmos, me imagino dançando para James. Na minha cabeça, meu corpo se move graciosa e ritmicamente de uma forma inédita. Pego o celular e mando uma mensagem dizendo que estou ansiosa para vê-lo.

No instante em que chego à escola, parece que todos os olhares estão fixos em mim. Ou esqueci de vestir minhas calças, ou James abriu a boca. Desligo o iPod e corro para meu escaninho. Cochicham enquanto passo, e meninas que mal conheço me encaram com expressões duras. Tudo em que consigo pensar é achar Gordy. Por isso mesmo, é claro que não consigo. Não está perto do escaninho dele, nem na sala.

LÚCIDA

Lila me puxa para dentro do banheiro, conseguindo me emboscar.

— Me conte tudo. Absolutamente tudo. — suplica, enquanto verifica as cabines para se certificar de que estamos sozinhas.

— Para quem ele contou? — pergunto.

— O Erva? Meio que para todo mundo, mas não foi de propósito. Ele foi ao Marble ontem à noite e comentou com ninguém em particular que vocês dois tinham comprado donuts, mas que você não tinha aceitado um de cortesia. Ele só estava se perguntando por que não.

Em outras palavras, se eu tivesse deixado o cara me dar um donut de graça, não seria uma pária. Algo a se lembrar.

— Você passou a noite com ele. Nem adianta negar.

— Você está de sacanagem? Nem conheço o Erva direito.

Ela me segura pelas orelhas.

— Sou sua para todo tipo de assunto sórdido e me magoa seriamente quando você não me conta as coisas. E todo mundo acha que está rolando algum stress entre nós duas porque eu não sabia.

— Primeiro, não é da sua conta. Segundo, não é da conta de ninguém. Terceiro, é claro que não passei a noite com ele; a gente só está começando a se conhecer agora. E, mais importante, por que é que todo mundo me odeia? Amanda está falando merda de mim?

— Todo mundo te odeia porque está com inveja. Mesmo que as pessoas não estejam com inveja porque você está com James, e, pode acreditar, a maioria está, elas invejariam o simples fato de você estar num relacionamento. Isso aqui é o ensino médio, lembra?

— Gordy sabe?

Ela me encara em silêncio, como se tivesse feito uma pergunta extremamente aleatória.

— Que diferença faz?

— Boa pergunta — rebato. — Era só curiosidade.

Falto à reunião de classe. Primeiro penso em ficar no banheiro, mas alunos não param de entrar e fingir que não estão me encarando. Kelly me manda uma mensagem perguntando se estou bem.

257

Falto à primeira aula e vou conspirar com ela, que trabalha na biblioteca no tempo que tem livre às segundas-feiras. Ajudo a organizar algumas prateleiras para podermos fofocar à vontade e também para conseguir ficar longe dos holofotes, escondida entre as pilhas de livros.

— O que Amanda andou dizendo?

— Absolutamente nada. Ela só está andando por aí com uma expressão austera e magoada de quem tem elegância demais para ficar te chamando de destruidora de lares. Assim ela não tem que mentir, e todos acreditam nos boatos.

— Que roubei o namorado dela?

— Que está transando com ele.

Aí está. E não tenho como lutar contra isso. Tento ignorar o fato de que serei a vadia e a traíra residente da nossa turma para perguntar logo o que me interessa...

— Você viu Gordy?

— Ele estava no Marble ontem. E praticamente se meteu em uma briga te defendendo. Disse que James era um cara legal e que essa situação de estarem todos reunidos sentados comentado sobre a vida sexual de outra pessoa, e ainda por cima pintando você como uma piranha, era a coisa mais ridícula que ele já tinha visto.

Quero chorar. E Kelly diz apenas:

— Eu sei.

Esfrego a lombada gasta de um livro sobre geodos.

— Sei que você acha que James não vale a pena.

— O que eu disse é que não tenho certeza de que ele vá se entregar em uma relação. E continuo tendo esse medo. Mas você já é crescidinha. Mesmo assim, acredito que vá chegar o dia em que você e Gordy ficarão juntos. E aposto que ele vai estar te esperando.

Decido almoçar no refeitório com meus amigos nerds, o único grupo que parece não estar por dentro da fofoca. E falto ao sexto tempo e vou para o laboratório de fotografia. Enquanto revelo as fotos para o anuário,

LÚCIDA

me dou conta de que metade do rolo é composto por fotografias de James. Sei que estou evitando encontrar com ele. Não faço ideia de como ter um namorado. Tenho que praticar. Estou preocupada que toda essa falação vá deixá-lo de saco cheio de mim. Só tenho certeza de que não quero ser vista com ele na escola aquele dia, sob as lentes de todos, nos observando e inventando histórias. Mando uma mensagem dizendo que quero vê-lo depois do jantar. E ele responde imediatamente: *Ok*.

Saio para o estacionamento e pego a chave reserva de Gordy no capô da pick-up para esperá-lo no banco do carona. Quando o sinal toca, penso em me abaixar para ficar fora de vista, mas não quero assustar Gordy quando me encontrar escondida. Quando consigo me convencer de que estou sendo dramática e ridícula, um número inacreditável de transeuntes do sexo feminino me lança uma turbilhão de olhares indignados.

Uma garota do terceiro ano, a quem nunca sequer dirigi a palavra, faz questão de se afastar de sua matilha e bater na janela, que abaixo inocentemente, permitindo assim que declare:

— Espero que você esteja orgulhosa.

Faço um esforço para encarnar Maggie.

— Vou precisar que você se explique — peço com calma.

— Sua vadiazinha. Você sabe muito bem do que estou falando.

— Não só isso, acho que também sei o que você é.

E fecho a janela. Na qual ela cospe. Depois me lembro de que era a menina que foi suspensa duas semanas por ter arrancado fora os brincos da orelha de Milly Burton no vestiário.

Por que elas se importam tanto? A verdade é que não se importam. Não querem saber de Amanda, ou de mim, ou da lição moral de quem está ficando com quem. Simplesmente funcionam no piloto automático. É o que se faz no ensino médio. Espero que na Columbia e no resto da vida, as pessoas encontrem coisas mais importantes com que se ocupar.

Gordy chega. Parece alegre em me ver. Isso me dá esperanças de que tudo seja mais fácil. Ele não parece magoado. Talvez esteja até feliz por mim.

— Então, novidades? — E ri.

— Você está dividindo seu carro com Hester Prynne. — Imediatamente receio que ele não entenda a referência. — Ela...

— É a adúltera de *A letra escarlate*, eu sei. Oitava série, tirei 9,5, você, 9.

— Bem, agora virou um 9 bem escarlate.

Ele ri de novo.

— A gente podia ficar aqui e deixar todo mundo começar a espalhar que você está traindo seu namorado comigo. Ou podemos cair fora logo.

Liga o motor e sai.

A caminho do estaleiro Maxwell, escuto Gordy falar sem parar de Amanda Porcella, como se fosse obrigação dela limpar meu bom nome.

— Ela nem estava namorando o cara — comenta bufando.

— Como você sabe disso?

— Porque você não estaria saindo com ele se eles estivessem juntos.

Esse é Gordy. Não sou capaz de fazer nada de errado a seus olhos. Mesmo que o tenha iludido profundamente. No fundo, sei que houve uma traição — o problema é que ainda não descobri como ela aconteceu. Será por que não contei tudo de imediato? Por que isso seria traição? Não tenho a sensação de que traí Kelly. Então qual é a diferença? É diferente porque Gordy e eu tivemos aquela conversa no meu aniversário sobre como seria se tivéssemos algo além da amizade. E costumo não ponderar demais sobre a possibilidade de ele gostar de mim desse outro jeito. Mas agora estou me questionando. E tenho medo de que esse seja o dia em que vou descobrir. E da pior maneira possível.

O estaleiro está silencioso, apenas homens trabalhando em um motor de barco, preparando-o para a água. Damos a volta nas docas, encontramos algumas tábuas ao sol e ficamos balançando as pernas

LÚCIDA

na beirada. O atracadouro continua vazio, um pouco solitário. O lugar nos oferece, contudo, uma visão ampla das águas, de Ram Island e de Watch Hill logo atrás. A luz é forte e clara, mas não estou no clima para apreciá-la.

— Então me conte — retoma ele, para minha surpresa. — Como vocês ficaram juntos? — Olha para a ilha como se não estivéssemos falando sobre nada em especial.

Não sei por onde começar, então ele quebra o silêncio:

— No fim das contas, acabou que ele é mesmo o cara que você pensou que fosse, né?

— Quando disse aquelas coisas, foi porque pensei que ele tivesse uma namorada, não Amanda, outra pessoa. Mas eu estava errada.

Uma longa pausa se segue, mas não é desconfortável. Gordy claramente tem uma pergunta formada em mente e quer fazê-la, e quero dar espaço para que possa.

— Então ele é tipo seu primeiro?

Deixo uma risadinha escapar.

— Primeiro o quê?

— Você sabe, o primeiro cara com quem você se importa de verdade. Quero dizer, não do jeito que a gente se importa um com o outro, quero dizer, você sabe.

Os cantos de seus olhos se espremem um pouco; pode ser o brilho refletindo na água, uma vez que está olhando diretamente para a frente e não para mim. Está me perguntando se é minha primeira traição, ou se houve um James antes de James. E o pior é que... houve, sim.

Mas jamais poderia dizer a ele. Não tenho escolha senão mentir sem pudor.

— É uma boa pergunta. Acho que ainda não sei de verdade como me sinto em relação a James ou ao que está acontecendo. Mas estou entusiasmada. E acho que de um jeito novo, para mim.

— É, geralmente você se comporta com mais ceticismo e desinteresse frente à raça humana. Abrindo uma exceção para mim, claro. — Depois, do nada, ele diz: — Então vocês dois vão à formatura juntos, né?

— Claro que não. Nós dois vamos juntos, você querendo ou não.

Naquele momento ele se vira e me encara diretamente.

— Não, não vamos. — É tudo que diz. Mas os olhos líquidos dizem muito mais. Gritam que o magoei, que queria ser o primeiro cara por que me apaixonei e que o coloquei nessa situação de vulnerabilidade de maneira leviana.

Não consigo me segurar. Começo a chorar, um gesto de fraqueza que acaba me dando ainda mais vontade de chorar, porque fico com a sensação de que o choro pode ser uma tentativa de reverter a situação em meu benefício. Ele não me consola. Não pergunta por que estou aos prantos. Parece já saber. Também não desvia o olhar para me deixar mais confortável. Uma atitude que eu respeito e demonstra que ele tem mais força de espírito do que eu pensava. Parece que posso, sim, errar aos olhos de Gordy, no fim das contas. E errei.

— Isso não muda nada entre a gente — afirmo. — Passado, presente ou futuro.

Espero um sorriso, mas não vem.

— O que foi? — pergunto.

— Nada. Só não fala mais assim comigo. Tá bom?

Tenho a alternativa de fingir não saber o que ele quer dizer com isso. E mesmo que me faça ter vontade de chorar, não tenho esse direito.

— Tá — consigo responder. E nessa única palavra, reconheço que azarei Gordy a vida inteira, inconsciente e intencionalmente, porque queria mantê-lo como uma opção. E fingi que não haveria consequências. E agora compreendo que sou uma pessoa insensível, leviana e totalmente desprezível. E ele não me abraça para me reconfortar, nem nega a verdade em nada disso. Porque já não somos o que costumávamos ser, nem o que poderíamos ter sido.

LÚCIDA

Tudo o que ele responde é:

— Vou te levar para casa.

Não choro no caminho. Gordy não fala mais nada, mas não parece bravo. Apenas forte e perversamente atraente. Quando chegamos à minha casa, ele pula do carro como sempre fez, e deixo que abra a porta para mim. Me dá um abraço bem forte e garante:

— Vai ficar tudo bem.

O que quase me faz cair no choro outra vez, mas me contenho. Sobe na pick-up e vai embora.

Talvez o ódio que estou de mim mesma devesse fazer com que cancelasse todos os planos com James, para não falar ou agir de qualquer forma da qual possa me arrepender. Mas, sendo quem sou, só aumenta minha vontade de vê-lo imediatamente.

Está praticamente escuro. Peço desculpas a minha mãe por ter perdido o jantar e vou de bicicleta à casa de James. Como estou com pressa, pego a rota mais direta, o que me faz passar pelo cemitério onde enterraram Bill. No funeral, li um trecho de *O Pequeno Príncipe*. "Quando olhares o céu de noite, porque habitarei uma delas, porque em uma delas estarei rindo, então será como se todas as estrelas te rissem!". E Gordy, vestindo um belo terno, ajudava a carregar o caixão com Tyler e os primos de Bill. Saímos da Igreja batista de Noank, uma verdadeira procissão atrás deles, e caminhamos até o cemitério. Todos deixamos narcisos amarelos sobre o caixão. O cachorro de Bill, Mo, uivou. E Gordy e eu nos agarramos um ao outro.

Há uns poucos postes de luz na rua perto do cemitério, e a noite está nublada, sem lua nem estrelas. Pedalo mais depressa e me dou conta de que sequer telefonei antes e não sei se James está em casa. Não está. Sento nos degraus da entrada e espero, o que já é um progresso depois de ter me escondido atrás da árvore.

Já está escuro e bem frio quando ele volta. Está, claro, surpreso em me ver à sua porta e fica preocupado, pensando que tem algo de errado.

263

— Tem mesmo uma coisa muito errada. E não tem nada a ver com você — digo, enterrando o rosto em seu peito enquanto ele me abraça.

A casa está vazia. O pai está viajando a trabalho, então ele me leva para a cozinha e começa a preparar seu chocolate quente caseiro, feito com um tablete enorme de chocolate amargo. Noto que os armários estão bem vazios. Suponho que ele e o pai não cozinhem muito.

— O que houve? — indaga, pois estou apenas sentada, amassando um marshmallow, sem saber por onde começo.

— Contei a Gordy sobre nós. — Espero ele perguntar por que isso me deixaria tão chateada. Ele parece saber, entretanto. Senta-se com o chocolate quente e me fita nos olhos.

— Fiquei imaginando isso hoje. Você não consegue ver quem você é. Não entende como qualquer cara que se aproxime de você se sente. Seria impossível Gordy não sair magoado.

— Sou uma pessoa desprezível.

— Porque Gordy ficou magoado.

— Porque eu o magoei. — Giro a caneca nas mãos. É um suvenir do Parque Nacional Muir Woods. Parece ter sido decorada pela irmãzinha dele na Color Me Mine; tem redemoinhos roxos e um coração rosa no fundo.

— Como? Você deu falsas esperanças falsas pra ele? Fez promessas que não podia cumprir?

Não sei o que dizer. Então mantenho a caneca colada aos lábios, mas não consigo dar um gole sequer.

— Claro que não fez nada disso.

— Fiz, sim. Pensei que pudesse ser a melhor amiga dele e ao mesmo tempo manter viva a possibilidade de algum dia, talvez, nos tornarmos mais que isso.

— E isso faz de você uma pessoa desprezível, né?

Faço que sim com a cabeça. Lágrimas escorrem dos meus olhos, mas não estou chorando. Parece que algo perfurou a represa hoje e estou vazando. Desvio o olhar dele. O piso de madeira da cozinha está imaculado. Nenhuma migalha sequer. Uma lágrima cai perto da perna da minha cadeira.

— O que você não está conseguindo enxergar é que para Gordy dava no mesmo. Nenhum de vocês tinha encontrado a pessoa certa. E os dois estavam se perguntando se talvez isso não significava que estavam destinados a ficar juntos um dia.

Estende a mão para acariciar meus cabelos. Seguro a caneca quente entre as duas mãos e fico parada, congelada, olhar fixo no chão.

— Aí você me encontrou.

Respiro e olho para a elegância de sua mão curvada ao redor da xícara roxa. Posso sentir agora o cheiro intenso e encorpado do chocolate.

— Ah, e você é tão maravilhoso, não é?

— Não tem nada a ver com isso. Nós estamos destinados a ficar juntos.

Meus olhos voam de encontro aos dele, e os estudo brevemente; o azul, castanho e verde salpicados no granito se fundem numa única cor sólida.

— É o que você diz. Mas você não me conhece.

— Conheço, sim. Tem um milhão de pedacinhos que não conheço, e pode levar o resto das nossas vidas para que eu descubra todos os detalhes. Mas sei que você é incrível.

— Mas você está enganado. Muito, muito enganado. Não tem nada a ver com Gordy. Sou a última pessoa no universo com quem alguém como você devia estar desperdiçando seu tempo. — Sinto a caneca de súbito quente demais nas palmas, que estão suadas. Largo a bebida na mesa e descanso as mãos sob as coxas.

Ele sorri.

— Ok, me diga por que, então.

— Porque sou maluca — confesso baixinho, olhando para o relógio na parede atrás dele.

— Essa é a parte mais adorável.

Olho diretamente para ele.

— Não. Não maluca do tipo adorável. Na verdade, estou falando do tipo psicótica, clinicamente louca. Secretamente louca. De um jeito que ninguém entenderia. Ninguém poderia entender o que acontece entre mim e Maggie.

Algo no rosto dele muda; está alerta. Imediatamente compreende que há alguma coisa errada mesmo. Errada de verdade comigo.

— Quem é Maggie?

Não consigo abrir a boca. Mal consigo respirar.

— Sloane. Quem é Maggie?

— Ela sou eu.

CAPÍTULO VINTE E UM

Maggie

Pareço acabada. Minha boca está pegajosa e ressecada. Os lábios, em carne viva e rachados. Parece até que um hamster endoidou-se pelos caracóis dos meus cabelos. Tenho a sensação de que passaram lixa nas minhas bochechas, e o rímel está em todos os cantos. Agradeço ao bom Deus por ter recusado as doces súplicas de Andrew para passar a noite com ele. Se pudesse me ver agora, estaria se perguntando se seu vinho francês chique distorceu sua visão.

Ele voltou ao restaurante correndo (depois de um número considerável de pessoas na rua terem mandado arranjarmos um quarto), pegou a garrafa, jogou dinheiro na mesa, correu de volta para fora, e pegamos um táxi para a casa dele. Não sou experiente no processo todo de pegação (sem roteiro). Se alguém me dissesse para ficar me agarrando com outra pessoa durante quatro horas ainda de roupas (ou a maior parte delas), não saberia como fazer pra manter o cara interessado. Mas não foi interessante, foi espetacular. O segredo é escolher o cara certo.

De longe, a melhor noite da minha vida.

De manhã, saio bem cedinho a fim de encontrá-lo para um *brunch*. Enquanto desço a Houston, começo a me dar conta de como estou furiosa com Sloane. Depois de todos aqueles ataques e choramingos, dizendo que nunca contaria a ninguém sobre nós, e muito menos ao fantástico James, ela vai e vomita tudo da maneira mais assustadora e maluca possível. A pior parte é que divulgou vários detalhes particulares e confidenciais da minha vida. Eu nunca faria isso com ela.

Esse assunto me faz andar mais depressa e agressivamente, como uma típica nova-iorquina. Desvio de uma multidão esperando o sinal abrir para os pedestres na West Broadway, e me posiciono na frente de todos. Ao atravessar, uma loura bonita me chama a atenção. Tenho a sensação de que a conheço de algum lugar, mas sei que não é o caso, então deve estar me lembrando algum conhecido, e quando passa...

Abre um sorriso afetuoso e me cumprimenta:

— Oi, Sloane. — Depois, continua reto.

Amanda Porcella.

Olho imediatamente pra trás. Não vejo ninguém. Há centenas de pessoas, na verdade, mas são todas reais, pertencentes àquele mundo. Não ao meu sonho. Fico parada no meio da rua, petrificada de terror por alguns segundos.

Só pode ter sido uma loura de carne e osso, que achou que me conhecia, e eu imaginei a parte de Sloane. O sinal está para abrir para o trânsito, e estou como um esquilo, percorrendo o caminho de volta por onde vim. Acho que ela seguiu reto, na direção da West Broadway. Desço o quarteirão, quase empurrando as pessoas para chegar ao meio-fio, tentando pegar todos os sinais abertos, mas não consigo passar pelo mar de gente. Três quarteirões adiante, desisto. Não aguento mais. É surpreendente que minha mente não me pregue essas peças com maior frequência.

Quando chego ao *brunch,* ele já está à mesa e parece chateado. Mais que isso, bravo. O que foi que fiz? Ou não fiz? Não pode ser isso. Quando me vê chegar, levanta-se de um pulo, me beija, puxa a cadeira para mim. Depois que volta a se sentar, diz:

— Tenho que te contar uma coisa.

Tomo um gole d'água, me preparando. Estraguei tudo. Arrisquei nossa amizade cruzando o limite com aquele beijo, todos aqueles beijos ontem à noite, e agora o perdi de todas as formas. Vai dizer que as coisas não estão dando certo. Que a noite de ontem foi um erro. Todas as falas bregas já proferidas por todos os atores a todas as atrizes em filmes nos momentos de rompimento passam pela minha cabeça.

Ele parece ter percebido, porque estende a mão para pegar a minha, beija carinhosamente cada dedo e diz:

— Estou tão feliz por finalmente poder fazer isso e isso e isso...

E tudo retorna ao seu devido lugar, até ele me dizer que falou com Edward Duncan depois da aula da manhã. Dunc, como Andrew o chama, é o tal professor que se admirou com meu sotaque esquimó e também uma espécie de mentor e amigo. Também é, por um acaso do destino, amigo próximo de Macauley Evans. Ele tinha pedido ao professor para descobrir por que eu perdera o papel.

— Macauley disse que alguém das internas, que te conhecia pessoalmente, contou que você tinha um problema sério com drogas e que seu comportamento era extremamente errático.

Minha vida inteira implode em frente aos meus olhos. Todo o trabalho e sacrifício, os testes com milhares de outros atores, suportando cada centímetro de mim ser analisado e julgado, tudo para nada. Serei conhecida como a pessoa em quem não se pode confiar, não se pode financiar e que nem mereceria o esforço. Só pode ter sido Thomas. Como alguém pode ser tão vingativo e cruel e mesquinho?

— Duncan disse que você teria sido a primeira escolha de Macauley.

— Então por que ele não veio falar comigo?

— Porque as pessoas são covardes e escolhem as saídas mais fáceis. E acho que ele nunca ia imaginar que alguém seria babaca a ponto de inventar uma mentira dessas. Especialmente porque Thomas, esse babaca, te recomendou para o papel em primeiro lugar.

— Valeu — agradeço. Levanto da mesa num salto e saio correndo pela porta. Não sei se ele veio atrás de mim, porque entro num táxi tão rápido que nem importa.

A caminho do escritório de Thomas, percebo que fazer uma cena me caracterizaria como uma viciada desequilibrada para sempre. Então relembro todo o meu treinamento de atriz, pego o celular (ignorando a terceira chamada perdida de Andrew), encontro meu ponto de equilíbrio (sim, realmente fazemos isso nessa profissão) e ligo para Thomas. Sou simpática com a secretária, e, quando ele atende, minha voz é toda radiante e alegre. Digo que estou com saudades e que, agora que não vou mesmo fazer o seriado, talvez possamos continuar de onde paramos.

Ele cai como um pato. Pergunta sobre Andrew. Pergunto de volta: "Que Andrew?", e ele me chama para almoçar.

Desligo e faço uma pequena oração antes de ligar para marcar o compromisso imprescindível para o pós-almoço. Explicam cuidadosamente que será um encaixe e que terei apenas alguns minutos. Será mais que o suficiente. Desligo o telefone após mandar uma mensagem para Andrew dizendo que estou em uma missão de vingança e que no jantar meu humor estará muito melhor. Preciso me concentrar.

Fico à espreita na calçada até ver Thomas entrar no Nobu. Espero um minuto para me preparar e fazê-lo esperar. Quando entro enfim, vou direto até a mesa. Ele se levanta com um sorriso. Sorrio de volta e digo com a voz mais suave possível:

— Senta a porra da sua bunda nessa cadeira.

Tendo estabelecido o tom da conversa, também sento e me inclino para a frente, mantendo o sorriso no lugar e a voz baixa.

— Regra número um na nossa conversa, você não abre a boca. Vou te dizer o que vai acontecer: sua carreira, sua vida profissional, acabou. Obrigada pela atenção.

Levanto e saio. Não consigo deixar de cumprimentar um executivo aleatório na rua.

Depois de engolir dois sanduíches da vitória no Pain Quotidien, acho que uma cerveja ou outra coisa mais forte em algum bar que não barrasse minha entrada poderia me dar um pouco mais de coragem, mas também deixaria um hálito residual durante meu compromisso vespertino. Por isso, decido perfumá-lo com chocolate quente.

Entro no lobby decorado com pôsteres de filmes lançados por eles. A recepcionista me oferece um lugar para sentar e uma garrafa d'água. Aceito a cadeira e pego meu Kindle. O que farei se Thomas aparecer? Decido que, se resolver me afrontar antes de entrar no escritório de Rosalie, será o segundo maior erro da sua vida ordinária. O canalha não aparece, e a recepcionista perde a chance de testemunhar o grande confronto do século.

Rosalie me cumprimenta afetuosamente, provavelmente acreditando que aquela não passará de uma oportunidade para tranquilizar uma jovem atriz com um discurso ensaiado sobre o futuro brilhante que a espera. Obviamente, não faz ideia de que sei o motivo de ter perdido o papel. Começa com todas as previsíveis palavras de otimismo e estímulo, e termina dizendo que a seleção estava páreo a páreo entre mim e as demais atrizes.

— Sei disso. Também sei que Macauley tinha me escolhido. Só me negaram o papel porque seu funcionário, o Sr. Randazzo, me difamou, alegando que eu tinha um problema com abuso de drogas. Por que ninguém veio me procurar para perguntar a respeito dessa história ridícula é um mistério. O motivo pelo qual o Sr. Randazzo mentiu, não.

Meu discurso soa um pouco como o de um advogado em um programa de TV, mas é tarde para mudar de tática.

Rosalie se senta, ouvindo com atenção, sem aparentar nenhuma reação. Até onde sei, está apertando algum botão sob o tampo da mesa a fim de chamar os seguranças.

— O Sr. Randazzo esteve sexualmente interessado em mim desde que me conheceu, tentando usar o papel como um incentivo para me levar para a cama. Como você sabe, sou menor de idade. Quando ele soube que eu o tinha rejeitado e que estava namorando outro...

— O garoto simpático que estava com você no ensaio. Eu bem que achei.

— Então temos duas escolhas. Entrego a história nas mãos do meu advogado e ponto final. Ou você pode fazer algum esforço de justiça, mesmo que tardia. Não é possível que alguém que tenha uma séria dependência química não aparente nenhum sintoma. Pode falar com minha família, amigos, médicos, todos que estão na minha vida. A polícia. Posso fazer um teste para você agora mesmo, com prazer...

— Nada disso é necessário. Você é uma atriz incrível, mas não tão boa assim para estar encenando essa conversa. Vou falar com Thomas, e, a menos que ele possa me dar algum tipo de prova, ele será demitido imediatamente. Sinto dizer, sinto muito mesmo ter que dizer isso, mas o papel foi dado a Rebecca McNally; o contrato foi fechado. Vou ter que encontrar algum outro jeito de te compensar. Prometo que vou.

Depois me olha em silêncio e diz:

— Desculpe minha covardia. Foi mais fácil para todos nós apenas ficar com a outra garota e esquecer o assunto.

Não sorrio. Digo apenas:

— Desculpas aceitas.

Levanto. Apertamos as mãos. Saio.

Chegando à rua, tento telefonar para Andrew para me explicar e desculpar. Quando ele não atende, tento mandar mensagem para me explicar e desculpar, pedindo para me ligar logo. Quatro ligações obsessivas depois, começo a sentir que estou encrencada.

Sigo para os arredores do apartamento dele. Nada. Poderia andar por todo o amontoado de prédios que forma o não campus da Universidade de Nova York, mas não saberia onde procurar. Poderia voltar para casa e esperar, mas a ideia de ficar sozinha no meu apartamento vazio me deixa inquieta.

Então me sento no Union Square Café para tomar um chá e me preocupar. Fico ali porque é o único lugar ao qual ele sabe que vou com frequência. Talvez seu telefone tenha morrido novamente e ele venha me encontrar.

LÚCIDA

Jimmy coloca a cesta de pães no lugar vago e retira os talheres.

— Desculpe, amor — diz e toca meu ombro.

— Não. Não estou sozinha. Quero dizer, estou agora. Mas aquele cara é meu namorado. — Tento explicar. Acho que continua sendo meu namorado.

Às seis da tarde, meu celular toca. Finalmente. Atendo com minha voz mais animada:

— Oi. Mil desculpas.

— Você me deve desculpas, mesmo. — Mas não é a voz de Andrew. É uma voz que não se encaixa, aparentemente discaram errado.

Por algum motivo, digo:

— Como?

— Acho que você devia saber que vi o Sr. Maravilhoso abraçado com alguma francesa fazendo compras no Puritan and Genesta. Eles não conseguiam parar de se agarrar.

Agora já sei de quem é a voz. É Gordy.

— Sloane? Você está aí? Quero dizer, ótima escolha. Queria te parabenizar.

— Gordy?

— Quem é Gordy? — Porque a voz agora pertence a Andrew. Meu cérebro congela. O que está acontecendo? Não consigo lidar com isso, mas tenho que dizer alguma coisa. Claro, não consigo pensar em nada que preste.

— Pensei que você fosse outra pessoa.

— Bem, isso ficou claro, a não ser que tivesse esquecido meu nome.

Engulo em seco. Fecho os olhos.

— Por favor. Por favor não fique bravo comigo. Foi um dia difícil.

— Sinto muito por isso. Mas quem é Gordy?

— Não é ninguém. Foi uma ligação cruzada, e pensei que o cara tivesse dito "E Gordy". Por isso falei "como?".

Ele acredita. Ou talvez não. Suplico que venha se encontrar comigo. Um momento de silêncio. Estou certa de que o perdi para sempre. Aí...

— Não sei se quero te ver hoje. Olhe, estou bem triste contigo. Se agora estamos juntos, essa foi a última vez que você me dá um fora desse jeito. Nunca faria isso com você.

Tento concordar e pedir perdão, mas ele me corta:

— Não precisa ficar se desculpando. Só vá dormir e pense nisso. Ok?

— Prometo.

— Só mais uma pergunta — acrescenta. — Como é que foram as coisas com Thomas?

— Perdi o papel. Limpei meu nome. Fiz o canalha perder o emprego.

— Dois de três, nada mal. A gente se vê amanhã. Te amo.

E desliga. *Ele me ama.* Nunca ouvi isso de um menino. Parece um bote salva-vidas ao qual posso me agarrar.

Caminho pela cidade por horas a fio. Mas hoje não estou inventando histórias sobre vidas alheias. Amanda pela manhã, Gordy no telefone. Meu estômago está embrulhado. Nunca tinha me acontecido antes. Tenho que manter as pessoas de Sloane em meus sonhos, onde pertencem.

E, por mais eufórica que esteja por saber que Andrew me ama, caminho por becos sombrios sabendo que é exatamente isso que irá afastá-lo de mim.

Enquanto me arrumo para dormir, normalmente sinto uma espécie de empolgação crescente por saber que poderei ser Sloane por um curto período de tempo. Essa noite, sinto algo diferente. Estou com tanto medo de estar no mundo real que dormir será uma maneira de escapar, de fugir para Mystic, para o mundo onde só preciso me explicar para um namorado de mentira que não poderá me machucar mesmo que decida me largar.

Assim que me cubro, ouço uma batida na porta. Um pouco estranho, apenas porque tanto Nicole quanto Jade a abririam um décimo de segundo depois de bater. Mas não presto muita atenção nisso e apenas digo:

— Entre.

LÚCIDA

A porta range e começa a se abrir, lentamente. Lenta demais para ser minha mãe ou irmã. Quem está na minha casa? Quem está entrando no meu quarto agora?

— Querida? Sei que todas as regras têm uma exceção, e sei que seu tempo com James é muito importante para você...

É a mãe de Sloane. Entrando no meu quarto. Vindo na minha direção, como se fosse me tocar ou coisa assim. Abro a boca para gritar, mas não sai nada. Puxo as cobertas para cima com tanta violência que minha cabeça bate contra a parede. Mas ela continua vindo, como um fantasma, um zumbi...

— Temos que falar sobre isso, Sloane.

— Pare! — grito. — Não sou Sloane!

Fecho os olhos com tamanha força, que chega a doer. Tampo os ouvidos, porém ainda consigo escutar...

— Seu horário limite para chegar em casa é às 11h, bem generoso para uma garota que acabou de fazer 17 anos.

Posso sentir o corpo dela se sentando na beira da cama. E digo em voz alta:

— Vá embora, vá embora, por favor, por favor, por favor...

A voz cessa. Abro os olhos. Não há nada lá, claro.

Mas a porta está aberta.

CAPÍTULO VINTE E DOIS

Sloane

Estou acordada, mas com medo de abrir os olhos. Então pesadelos são assim. Meu coração bate de tal maneira que consigo senti-lo na minha garganta. Suo pelo corpo inteiro, e minha camiseta está ensopada como se estivesse com febre. Me forço a abrir os olhos, e lá estão minha árvore e meu quarto e o mundo real. Está chovendo lá fora.

Eu tinha razão. A represa está vazando. Não consigo mais conter. Minhas lágrimas. Meu segredo. A realidade se derramando sobre Maggie. James perfurou a represa. Talvez agora que o tenha, não precise mais dela. Talvez seja melhor mesmo.

No banho, não paro de pensar no alívio que senti quando contei a ele. Protegi e guardei essa parte de mim porque sempre acreditei que seria horrível que qualquer um soubesse. A libertação da angústia com o desabafo, no entanto, provocou cada detalhezinho a sair voando pela minha boca. E me fez sentir tão bem.

Ele não recuou horrorizado como eu esperava. Quanto mais eu explicava, mais ele parecia achar que era a coisa mais fascinante que já tinha ouvido. Não parava de dizer que eu só podia ser um gênio incrivelmente criativo para "desempenhar algo assim", como se estivesse sob meu controle.

A única pergunta que repetiu sem parar era se o mundo de Maggie me parecia tão real quanto o meu. Respondi que meu mundo era o único real para mim, assim como o de Maggie era o real para ela. Então ficava equilibrado.

Comentou que às vezes falo de Maggie como se fôssemos duas pessoas diferentes. Falei que não poderíamos ser mais diferentes. Descrevi sua aparência. Contei várias histórias e anedotas sobre coisas que acontecem com ela e como lida com tudo. Mencionei Nicole e Jade, a carreira de atriz, Emma e até os flertes com Thomas. Contei tudo a ele. Tirando Andrew.

Falei sobre como Maggie inventa histórias sobre as pessoas e como ela vê o mundo de uma forma tão distinta da minha.

— Então, com Maggie, você pode se comportar de outra maneira que não consegue na própria vida — concluiu ele.

— Ela é bem exótica, desencanada e criativa, e, bom, glamourosa, acho. Se você a conhecesse, provavelmente ia preferir estar com ela que comigo.

— Na verdade, eu ia preferir você.

— Por quê?

— Porque prefiro você a qualquer pessoa.

Observo meu reflexo no espelho e presumo ver uma garota totalmente diferente. Uma que James preferiria à outra qualquer. Uma que não tem que guardar segredos. Mas sou apenas eu quem me olha de volta.

Quando entro na cozinha para tomar o café da manhã, mamãe se volta para mim com expressão séria. Estremeço, lembrando de vê-la em meu sonho.

— Temos que conversar — começa.

— Temos?

— Sua hora de chegar em casa é às 11h. E acho que é bastante razoável.

Tento lembrar se são essas as exatas palavras que disse a Maggie ontem à noite. Não são. São semelhantes, mas isso não deveria me assustar. Desrespeitei o horário e não há tantas maneiras diferentes assim de o dizer.

— Me desculpe mesmo. James e eu estávamos conversando, só conversando, mas sei que não é desculpa, e vou tomar muito cuidado para não voltar a acontecer.

Engulo o café e saio correndo para alcançar o ônibus, pegando um guarda-chuva perto da porta. Pulo os degraus da entrada enquanto fecho a mochila, me dando conta de que estou muito atrasada. Quando olho para cima, congelo.

A chuva parou e lá está ele. Estacionado no meio-fio. Lindo e sorrindo para mim, iluminado como em um filme, como se um raio de sol direcionado especialmente para iluminar os lábios que tenho o privilégio de beijar. Todas as cobras e demônios em minha mente desaparecem. Porque o mundo real é meu namorado perfeito, que decidiu me dar uma carona surpresa até a escola. Esta será minha vida real. Sendo protegida por ele. Pertencendo a ele. Vou me agarrar a isso e nunca mais soltar, e tudo ficará bem.

Pulo para dentro do carro, e ele me beija. Como se fosse uma coisinha pequena e normal e perfeitamente compreensível.

Pergunta se podemos ir a um lugar à noite, prometendo na mesma frase que não vai estourar meu toque de recolher outra vez. Tem um show com alguns outros caras no Bank Street Café, em New London. Está ansioso para que eu o ouça tocar. Parece nervoso e empolgado com a oportunidade de me impressionar.

Meu namorado é um rock star que dirige um Porsche. Engole essa, Maggie. Começo a fantasiar sobre as férias de verão; talvez possamos viajar até Cape Cod com o capô abaixado, e vou usar grandes óculos escuros e um lenço na cabeça, e vamos alugar uma enorme casa de telhas no estilo colonial e rolar juntos na praia. Já começo a planejar minha negociação com mamãe; quero dizer, já terei quase 17 anos e meio... estamos no século XXI.

— Sabe o que a gente devia fazer nas férias? Estava pensando se a gente não podia, talvez, alugar um lugarzinho em Cape Cod? Torrar o dinheiro que guardei trabalhando na veterinária.

Ele está mudo e não desgruda os olhos da rua.

— A menos que você queira fazer outra coisa — digo, voltando atrás.

— Não é isso — explica. — Só que tenho planos de ir surfar na Costa Rica com uns amigos. Estava pensando em ir ao Peru para fazer a trilha inca depois disso. Venho planejando essa viagem há um tempo.

Estou chocada. Vai me abandonar, e pareço uma idiota por cogitar outra possibilidade.

— Mas — acrescenta ele — eu podia voltar uma semana antes das aulas começarem, e a gente podia fazer alguma coisa. O que você quiser.

Está me oferecendo um prêmio de consolação. E me sinto grata. E ainda mais envergonhada com minhas expectativas tendo sido jogadas para escanteio. Sempre quis fazer algo diferente no verão, algo que não fosse trabalhar na clínica, viajar para a praia ou dar uma volta de barco com Gordy nas minhas folgas, jantar com a família todas as noites no quintal de casa. Fui apressada ao pensar que James era minha passagem para fora da cidade.

Ele pousa a mão na minha coxa. Como se isso fosse melhorar tudo. E é claro que melhora. Por ora.

Durante as aulas, as coisas começam a se deteriorar. Quero dizer, mesmo que ele não cancele seus planos com os amigos, poderia ter me convidado para acompanhá-lo. Pelo menos ao Peru, aonde pareceu que ia sozinho de qualquer forma. Talvez tenha concluído que meus pais não me deixariam ir de qualquer maneira, mas não é desculpa para não perguntar. Talvez Kelly tenha razão.

No almoço, somos todos obrigados a ficar apinhados no refeitório por conta da chuva, que deixou o gramado todo lamacento e imprestável. Lá dentro está barulhento e não há onde me esconder. Ainda me sinto como um animal no zoológico pela maneira como as pessoas me encaram. Ninguém olha para James dessa forma, claro. Observo-o caminhando com a bandeja até se sentar com Lee Parker e um grupo de outros garotos da Double Negative, uma banda local surpreendentemente razoável, que toca em lugares badalados como o Elks club. Ninguém olha feio nem sussurra quando ele passa. Guardam tudo para mim.

Kelly e Lila me informaram sobre as últimas notícias ao que se refere à minha reputação de ladra de homens vadia fura-olho. Tenho uma reputação colossal. Aparentemente, Amanda espalhou que ela e James tinham terminado antes que eu começasse a dar em cima dele. Então, tecnicamente, não sou uma criminosa no sentido pleno da palavra. Apenas uma prostituta no lugar e hora certos. Dá para imaginar meu alívio.

Do outro lado do refeitório, tenho um vislumbre de Gordy comendo com seus amigos. Ele me dá um sorriso frio, rápido demais. Sei que não estamos tão bem assim. Todos os meus instintos me dizem para correr até ele e tentar melhorar nossa relação de alguma forma. Obviamente, só estaria piorando muito a situação. Tenho que dar espaço para que ele venha a mim sozinho. Algo que sou totalmente inepta para fazer.

Na verdade, tão inepta que simplesmente tenho que criar uma desculpa para descobrir em que pé estamos. Então pego a antiga câmera Nikon de papai, pedindo licença um segundo enquanto tiro fotos deles para o anuário. Dois dos três garotos sorriem para a foto. Adivinha quem é a exceção? Meu coração está na boca; tento um desesperado "obrigada, gente". Dois deles agradecem:

— Imagine.

Definitivamente piorei tudo.

Depois das aulas, tenho que revelar dez rolos de filme para o anuário. Estive ignorando o prazo, que agora se aproxima a galope. Encontro refúgio no laboratório. Quase tenho a sensação de que estou embaixo d'água. Em silêncio, protegida, em um mundo só meu, onde ninguém pode se intrometer.

Como estou revelando negativos e impressões, deixei a luz vermelha acesa acima da porta para impedir que qualquer um entrasse. Ouço tocar o timer em formato de ovo e levo alguns negativos para tomar seu último banho de água fria. Tiro-os da bandeja e os penduro para secar, me virando para o varal.

Lá está ele. A 15 centímetros de mim.

Grito e grito com toda a minha força. Mas Thomas apenas continua com um sorriso cruel e tenebroso estampado no rosto.

— Sua provocadorazinha — diz. — Você achou mesmo que podia tentar me ferrar.

Continuo berrando e recuo para os balcões de metal; as garrafas com os produtos de revelação caem no chão, derramando tudo. Ele vem andando na minha direção; tapo meus olhos e digo a mim mesma que nada disso é real, ele não está ali, nada pode me machucar.

E ele agarra meu punho.

Com força. Torcendo, então parece que vou deslocar o ombro. Seu rosto ironiza meu terror e saboreia o momento, agindo na maior calma. Minha mão livre encontra uma bandeja de metal cheia de produtos químicos que atiro na cara dele com toda a força, e, no instante em que a ponta afiada corta seu rosto, ele solta meu pulso e saio correndo pela porta.

A luz na sala de marcenaria chega a cegar de tão clara. Amanda está sentada em uma carteira, olhando o celular. Estou tão desnorteada que nem me dou conta de que não é um lugar onde Amanda estaria. Estou aliviada por encontrar alguém.

— Tem uma pessoa lá dentro — exclamo, olhando para as portas abertas.

— Não, não tem. Estou sentada aqui esperando a droga da luz vermelha apagar há mais de uma hora.

— Você está enganada. Tem alguém lá sim.

LÚCIDA

Ela levanta da mesa, passando por mim a caminho do laboratório. Quando liga as luzes principais, é óbvio que ninguém está ali dentro, e não sei como explicar minha alucinação. Ela se vira com as mãos nos quadris.

— Podemos conversar? — É mais uma ordem que uma pergunta.

Não sei o que dizer. Ela fica bem na minha frente.

— Olhe — diz com uma voz tão dura, tão diferente de qualquer tom que já tenha escutado ela usar, que me pergunto se está realmente ali. Claro que está; faz parte do meu mundo. — Não gosto que você fique falando merda sobre mim para James e mande ele vir falar comigo pra limpar sua barra.

Minha cabeça está rodando. Nunca fiz algo assim.

— Quero dizer — continua ela — todo mundo te odeia de qualquer forma. Sempre tão *blasé*, tão condescendente; você acha que as pessoas não percebem? Acha que elas são burras? Estavam só esperando a hora em que você ia aprontar uma dessas.

— Uma dessas o quê?

— Eu e James estando juntos ou não, você sabia muito bem que eu gostava dele. E nós duas éramos amigas.

— Eu te liguei. Contei tudo.

— E você acha que isso resolve? Você me informou a respeito. Não me pediu permissão. Contou depois de já ter conseguido que ele te chamasse para sair. Então o que eu podia dizer? Você acha que todo mundo ficou com a impressão errada? Eles ficaram com a impressão certa, isso sim. Eles sabem como você é.

— Acredite você ou não, eu não fazia a menor ideia que ele tinha te procurado. O que foi que ele disse?

— Que eu deveria contar para todo mundo que eu e ele éramos só amigos quando vocês dois ficaram. E ele insinuou que foi culpa minha todo mundo ter ficado com raiva de você. Conheço James há anos, e não sei o que você disse para ele, mas é a primeira vez que o vejo bravo comigo. E isso magoa, Sloane. Mais do que você pode imaginar. Porque depois que ele se encher de você, e pode acreditar que não vai demorar, é completamente injusto que você acabe com minhas chances.

Sem esperar uma resposta, ela me empurra, pega a mochila da mesa e desaparece.

Eu sento e começo a chorar. Minhas mãos não param de tremer. Estou enlouquecendo, e todo esse drama de colegial com Amanda está servindo apenas para me deixar mais desorientada. Thomas não é real, mas ele me segurou, eu senti. O que teria acontecido se não tivesse conseguido acertar a bandeja nele? Até que ponto teria continuado? Não tenho uma Emma pra me ajudar. Não existe absolutamente ninguém com quem eu possa ao menos compartilhar isso.

Terei simplesmente que engolir a história, fingir que não está acontecendo. Porque, é claro, não está. Está tudo bem. De verdade.

Mais tarde, em casa, fico parada em frente ao espelho, me arrumando para a grande noite com James. Decido usar uma saia para que, se ele decidir colocar a mão na minha perna outra vez, possa sentir minha pele. Experimento três blusas diferentes. Como se a escolha perfeita pudesse fazê-lo me amar. Amar o suficiente para não me deixar aqui sozinha nas férias. Amar o suficiente para não me largar se descobrir o que está acontecendo comigo. Não. Ninguém poderia me amar tanto assim. E é por isso que ninguém pode ficar sabendo.

Quando desço, James já está lá embaixo, jogando charme para meus pais, que obviamente estão encantados. Até papai, que costuma ser plateia difícil de agradar. Não sei por que, talvez pelo fato de estar prestes a subir num palco, mas ele parece mais bonito que qualquer outra pessoa que eu já tenha visto.

A caminho de New London, ele me diz que estou linda. Elogia apenas uma vez, de forma muito simples, mas faz com que meu coração comece a martelar no peito.

LÚCIDA

Tenho que me entrar escondida com ele pela porta dos fundos, porque, bem, tenho bem menos que 21 anos, e minha identidade falsa é uma bela porcaria. Gordy arranjou uma para mim em Providence. Nela, meu nome é Shamika Jones. A explicação que dou aos seguranças e bartenders é que minha mãe fala suaíli, e que o nome significa "alma bela". Talvez signifique mesmo em alguma língua.

Ele encontra uma mesa legal para mim e joga um charme para a garçonete não exigir minha identidade. Peço uma cuba libre. A banda está no meio do primeiro set de músicas, então temos um tempinho para conversar. Mesmo sendo um barzinho como outro qualquer, o ambiente é escuro, nossa mesa tem uma pequena vela que parece perfeita para se fazer pedidos, tornando a atmosfera bem romântica. Ele quer falar sobre Maggie, claro. Já tinha previsto que isso aconteceria e sei exatamente como proceder. Que é puxar conversa sobre ele. Nunca, jamais falha.

— Ok, já sei que não quer comentar sobre os sonhos, ou sonho, mais especificamente; só queria dizer que, quando quiser, estarei disponível para escutar.

Não sei o que perguntar sobre ele, então faço a pior escolha possível.

— Seu pai te levou num tour para conhecer as universidades onde você gostaria de estudar? O meu fez isso comigo, mas eu só me interessei por Nova York e Boston. E estou decidida a entrar em Columbia.

— Você tem um jeito bem original de fazer perguntas sobre mim.

Dou uma risada.

— Ok, chega de falar sobre mim; falemos de você. Então me diga, o que é que você acha de mim?

— Acho que vou sentir muito sua falta quando for para Oxford.

Nunca parei para pensar que algo assim poderia acontecer. Ele é excelente aluno; poderia ir para Harvard ou Yale ou, com a benção de Deus, até para Columbia comigo. Mas vai me abandonar de verdade. Não por apenas algumas semanas, mas para sempre. Não tem como ele estudar em Oxford e sair anos depois procurando por mim.

Mantenho um sorriso radiante intacto no rosto. Maggie ficaria orgulhosa.

— E você, não vai sentir minha falta? — pergunta com um sorriso brincalhão.

— Não sei se gosto de você o suficiente para sentir a sua falta.

Ele brinca com o guardanapo, dobrando as pontas.

— Sorte que eu estava só brincando.

Uma onda de alívio me invade, e tento fingir que estou relaxada para esconder minha reação.

— Não sei em que faculdade quero estudar — confessa ele. — Nem o que quero estudar. Alguns dias é arquitetura, ou engenharia, literatura...

Meio que ouço as palavras que ele diz, mas estou mais admirando sua boca do que escutando. Tem alguma coisa no jeito de ele enunciar as coisas que me dá uma vontade absurda de me inclinar para a frente e tascar um beijo nele.

Então faço exatamente isso. É bem carinhoso e espontâneo. Ele estende o braço e pega minha mão enquanto nos beijamos. Costumo sempre fechar os olhos. Não sei bem o motivo. Talvez seja porque em todos os filmes a que assisti, as atrizes pareçam esquisitas, quase vesgas, se não fecham. Quero vê-lo, porém, então abro um pouquinho meu olho, apenas uma nesga. Os dele estão totalmente abertos, fixados em mim. A distância do meu nariz. Acho hilário, então caio na gargalhada. James não se ofende. Parece apenas querer continuar me beijando. Então continuamos.

Quando paramos, nossas bebidas magicamente desapareceram. Simpático da garçonete não ter interrompido. Estou começando a achar que o mundo inteiro adora amantes, e todos no bar e no universo acham que somos adoráveis. E que não sou louca, apenas uma apaixonada sortuda.

A banda termina o set. O guitarrista principal pega o microfone, faz uma apresentação meia-boca de James, como se estivesse ali apenas

LÚCIDA

para encher linguiça enquanto a banda faz uma pausa (porque esse é exatamente o motivo pelo qual está). Aplaudo como uma doida, até assovio enquanto ele caminha para o palco. Meu entusiasmo estimula alguns outros entusiastas na plateia, o que ele acha muito divertido.

Assim que se instala, as luzes diminuem. Direcionam o holofote para ele, que começa a tocar alguma melodia transcendentalmente soberba e complexa. Mesmo já gostando de ouvir ao CD de violão flamenco que comprei, o estilo acabou de se tornar minha forma de arte favorita. Não tenho talento algum, absolutamente, à exceção da fotografia, se puder ser considerado, e levo jeito com animais, se é que se pode chamar isso de talento. Há quanto tempo ele toca? Com que frequência pratica? Como ele consegue ser tão descolado e nem se gabar? A melhor parte talvez seja a escolha pelo tipo de instrumento, em vez do tipo de banda de garagem que costumam passar aquela impressão de quero-tocar-rock-e-pegar-groupies.

Seu jeito de tocar é tão físico, como se seu corpo fosse parte do instrumento. Os músculos do braço estão flexionados, com o violão carinhosamente aninhado perto do peito. Estou ciente da força naqueles dedos enquanto se movem pelo braço do violão e as batidas inesperadas e rítmicas contra a madeira. E seu rosto. A concentração, quase devoção ao dedilhar cada nota. Ninguém naquele lugar merece ouvir isso. Estão conversando e arrotando seu chope barato. As pessoas não têm a menor consideração.

No momento em que estou preocupada em como consertar a situação, alguém coloca a mão no meu ombro. Viro na mesma hora, irritada com a intrusão.

— Estou te ligando há horas. Você tem que vir comigo agora.

Por um segundo, sequer reconheço a energúmena que claramente me confundiu com outra pessoa. Levo o dedo aos lábios, pedindo silêncio, e de repente me dou conta.

É Nicole.

— Jade está no hospital. Acham que foi um aneurisma. Ela está na cirurgia. Temos que voltar.

A mulher me encara, incrédula por eu não reagir da maneira como esperava.

— Você ouviu o que acabei de dizer? — pergunta com raiva.

Balanço a cabeça afirmativamente, estupefata. Ela me olha feio e vai passando pela multidão em direção à porta, presumindo que vou segui-la. Não consigo me mover, não consigo pensar. De repente, outra mão toca em meu ombro, e grito tão alto que metade do lugar se vira para mim.

— Tudo bem?

É James. Tinha acabado, todos aplaudiram ou não, e já voltou à mesa. Por quanto tempo estive hipnotizada? Aqui está ele, sorria, mas que droga. Dê um jeito nisso.

— Tudo! Você foi maravilhoso! — Tento berrar para ele tão alto quanto antes.

Ele sorri de volta e sussurra no meu ouvido:

— Gostei de saber que você estava assistindo.

Beija minha orelha, o que apenas um garoto tinha feito antes. É meu ponto fraco. Me derreto de um jeito tão intenso que chego a me contorcer.

A caminho de casa, tento não ficar pensando obsessivamente na alucinação. Mas estou perdida dentro da minha cabeça.

— Aposto que sei por que você está tão calada — diz ele.

— Ah, aposto que não.

— Percebi que você ficou chateada quando contei que tinha feito planos para as férias. Eu também. Então fiquei pensando, o que é que você acha de darmos uma volta pela Espanha? A gente podia começar pelo sul. Marbella tem praias incríveis. — Enquanto fala, começa a acariciar minha nuca, como se estivesse tocando seu violão. — Evitamos as touradas de Toledo e ficamos em Madrid, para depois terminarmos a viagem em Barcelona. Porque lá é demais.

Está claramente esperando que eu enlouqueça de tanta empolgação. Infelizmente, estou mesmo enlouquecida. Sem contar o detalhe de que seria quase impossível convencer meus pais a me deixarem fazer algo assim, tem o pequeno empecilho de que estarei muito provavelmente internada em um hospício bem antes de as férias chegarem.

— O que foi? Eu falo com seus pais. Sei que posso convencê-los a comprar a ideia.

Essa vida perfeita e inalcançável está tão próxima e nunca será de fato minha. Acho que há lágrimas em meus olhos.

— O que foi?

— Não foi nada — minto, piscando para me livrar das lágrimas. — Tudo está mais perfeito do que sonhei que podia ser.

CAPÍTULO VINTE E TRÊS

Maggie

Meus olhos se abrem no susto. Luto contra o impulso de pular da cama e correr para o quarto de Jade. Obviamente, aquilo foi apenas um sonho, Jade está bem, e, se começar a correr atrás de todos os meus pesadelos, vou perder completamente o controle. Então saio da cama, e no passo mais lento que consigo caminhar, atravesso o corredor e espio minha irmãzinha enquanto dorme angelicalmente.

Ela talvez seja a coisa mais preciosa que tenho a perder.

Não consigo resistir a entrar debaixo das cobertas com ela, abraçar de conchinha aquele corpinho, ouvir aquela respiração suave de filhotinho característica de quando está dormindo. Jade literalmente continuaria roncando se uma banda marchasse pela casa adentro. Nem se mexe quando beijo sua cabeça e saio de fininho do quarto. Fico imaginando com que estará sonhando.

Telefono para Emma e deixo uma mensagem perguntando se pode me encaixar para uma sessão extra, porque preciso vê-la com urgência.

Começo a discar o número de Andrew e paro, em pânico ao pensar que, se algo acontecesse enquanto estivéssemos juntos, algo semelhante ao que ocorreu com Sloane no bar, jamais conseguiria esconder. Se soubesse que estou finalmente começando a perder a cabeça, estaria tudo terminado entre nós. Claro que isso é inevitável. Estou apenas tentando ganhar um pouco mais de tempo.

Ele não atende. Está estudando para as últimas provas do semestre e provavelmente se trancou na biblioteca ou em algum box de edição. Desejo-lhe boa sorte e peço para me ligar assim que fizer um intervalo.

Deixo a água fria correr na pia do banheiro, lavando meu rosto com ela, e, quando olho no espelho...

Sloane me olha de volta. Dou um berro. O banheiro refletido é o dela, não o meu. Fecho os olhos e respiro fundo. Minhas mãos agarram a pia em busca de apoio, e, em vez da porcelana lisa, sinto a irregularidade de pequenos azulejos. Viro pra trás, abro os olhos e...

Engulo em seco. Estou no banheiro de Sloane. As toalhas são azuis, lá fora está sua árvore, seu xampu está na borda da banheira. Sinto que vou desmaiar e recuo para me segurar na pia. Olho fixamente o ralo. Apenas concentro toda a minha atenção no ralo. Fecho os olhos e levanto a cabeça para encarar o espelho outra vez.

Voltei a ser eu mesma. O banheiro é o meu novamente. É minha escova de dentes ali. Fico parada, segurando a pia com as duas mãos, ouvindo o martelar do meu coração. Tenho medo de tirar os olhos do espelho. Medo de me perder nele novamente.

Jade chega se arrastando sonolenta pela porta, senta no vaso sanitário e faz xixi.

— O que você está fazendo?

— O que está parecendo? — consigo responder.

— Hmm. Ou você está encenando alguma coisa, ou tentando se hipnotizar.

— Meu Deus, bem que eu queria conseguir. — Sorrio sem graça. — Você me ensina como fazer?

— Claro — garante. Ela se limpa, dá a descarga e me empurra para longe a fim de poder lavar as mãos. Depois acena para eu me agachar e ficar da sua altura. Abre os olhos de forma que ficam absurdamente esbugalhados.

LÚCIDA

— Olhe bem fundo dentro dos meus olhos. — Obedeço. — Você está ficando com sono. Muito sono. Quando eu bater palmas, você vai cacarejar que nem uma galinha. — E bate palmas. Começo a mugir como uma vaca.

— Quase lá — diz com orgulho. — Agora, quando eu estalar os dedos, você vai preparar minipanquecas para o meu café. Afogadas em xarope de bordo.

Por mais que tente com afinco, porém, a Grande Jadini não consegue estalar os dedos. Preparo as panquecas do mesmo jeito.

Mesmo sendo o dia de Nicole levá-la à escola, eu mesma me prontifico, pois não consigo suportar a ideia de me separar dela, sem saber quando vou perder o juízo completamente e nunca mais voltar a vê-la. Ela me pergunta se Andrew vai preparar o jantar outra vez algum dia. Prometo que vou pedir a ele. Ela revira os olhos para mim.

— Eu achava que você e ele fossem próximos o bastante para você já saber que ele está em época de provas. E você deveria respeitar isso. Os estudos vêm primeiro, mas, quando encerrar tudo, ele pode dar uma passada lá em casa para fazer espaguete com molho de manteiga.

— Eu e ele somos próximos o bastante para eu dar um beijo nele.

Os olhos dela ficam enormes e faz um pequeno movimento rítmico com a mão. Após um momento de reflexão, me olha com desconfiança.

— E ele te beijou de volta?

Faço que sim com a cabeça, yep.

— Na boca?

— E no pescoço e na orelha.

— Que nojo. Que nem quando você coloca um dedo molhado na minha orelha para me provocar?

— Exatamente.

Andamos em silêncio.

— Está com ciúmes? — pergunto.

— Claro. Gostava dele antes de você.

— Está com raiva de mim?

— Não. Tenho três namorados na escola, e Rico na aula de natação, e meio que Ben na aula de artes. Sem falar naquela situação toda com Josh Hinkle. E você estava mesmo precisando de um.

— Obrigada — agradeço. — Fico te devendo essa.

Estou distraída enquanto caminhamos. Um pouco paranoica, reparando em cada rosto que passa, cada vitrine, o lojista varrendo a entrada, o cachorro levantando a pata sobre as tulipas, para ter certeza de que tudo está em seu devido lugar e é do mundo real.

Emma cancela outro paciente para atender minha emergência. Quando entro, me recebe com uma calma exacerbada, que me parece tão artificial, que chego a me arrepender de ter ligado para ela.

Então sento no sofá, caixa de lencinhos de papel em mãos, e conto todas as coisas horríveis que têm se passado, sem deixar nada de fora. Ela não para de assentir em solidariedade, como se para me assegurar de que nada disso a deixa assustada e que podemos perfeitamente resolver o problema. Quando acabei de falar, pergunta...

— Você está pronta para deixar Sloane para trás?

— Não sei se consigo. Não sei como.

— Mas você quer?

— Não sei.

— Fale sobre isso.

Então reflito se quero finalmente dizer adeus a Sloane. A resposta verdadeira é de jeito nenhum. No mínimo, é minha melhor amiga. Ela é a única que sabe quem sou de fato e conhece absolutamente tudo sobre mim. Não sei onde estaria sem aquela presença.

— Acho que tenho medo de perdê-la.

— Do que você estaria disposta a abrir mão para mantê-la com você?

— Muito.

— Você abriria mão de Andrew?

LÚCIDA

A verdade é que sim, abriria. Porque, na verdade, Sloane não é minha melhor amiga. Ela sou eu. Estaria abrindo mão de mim mesma.

— Abriria.

— Abriria mão de Jade?

Olho fixamente para o chão.

— Porque, Maggie, é nessa direção que você está caminhando. Você tem medo de que as pessoas que ama possam te abandonar. Mas é você quem as está deixando. E o processo está acelerando.

— Como seria, de qualquer maneira? Eu teria que parar de dormir para sempre ou algo assim?

Meu celular toca. Estendo a mão para desligá-lo.

— Tudo bem. Se você deixou ligado, foi porque precisava. É Andrew?

Olho para a tela. Não é Andrew.

Claro que não consigo encontrar um táxi, então atravesso o parque correndo e subo a Madison. Ando o quarteirão restante até Sant Ambroeus a fim de recuperar o fôlego. Quando entro no restaurante, vejo meu reflexo. Minhas bochechas estão coradas, minha pele está brilhando graças à corrida inesperada. Pareço saudável e viva e totalmente não louca.

Macauley está sentado em uma das mesas. Com o sorriso mais simpático estampado no rosto, levanta num pulo e acena para mim. Mal posso acreditar que aquilo esteja acontecendo. Vou mesmo ser Robin.

Segura meus ombros, dá dois beijos em meu rosto e diz que está muito empolgado.

— O que aconteceu? — pergunto. — Ela ficou doente ou recebeu outra proposta?

— Nada disso. Só recobrei meus sentidos e me dei conta de que você era Robin, e eu seria o homem mais sortudo do mundo se você me perdoasse.

Dou uma olhada por cima do ombro dele — e meu coração quase salta para fora da boca. As garotas na mesa ao lado, inconvenientemente bebendo martinis, são as melhores amigas de Sloane, Kelly e Lila. Estão vestidas como garotas do Upper East Side, mas não tem como confundi-las.

— Bem, não faça esse suspense todo. — Ele sorri, claramente sem nenhum sinal de suspense. — Se esperar mais um pouco para aceitar, vou ter que começar a aumentar seu cachê.

— Não vai ser necessário. Esse é o momento mais feliz da minha vida e te prometo que você não vai se arrepender.

E, atrás dele, Lila se levanta para ir ao banheiro enquanto Kelly chama o garçom para pedir outro drinque.

— Está tudo bem? — pergunta Macauley, virando-se para olhar o que está atraindo minha atenção.

— Achei que tinha visto alguém que conheço.

— Vamos filmar o piloto em julho, quando Blake acabar o filme dela. Isso te daria mais que tempo suficiente para se acomodar em Los Angeles. Você acha que sua mãe vai com você?

Minha cabeça não para de girar. Tudo nesse momento parece surreal. Me agarro à beira da mesa.

— Acho que não vai conseguir; o emprego dela é aqui.

— Não tem problema, é só você se emancipar. É um processo simples e rápido.

Mais fácil, acho, que me emancipar de Sloane.

— Você pode me fazer um favor? — pede Macauley. — Vou fazer um teste com uma atriz para o papel de Zoey, e queria que fosse uma cena que ela faz com você e Ryan, em que Robin pega os dois juntos. E ia ser ótimo ver vocês contracenando. Está livre depois do almoço?

Ao sairmos do restaurante, espio para trás. Lila e Kelly continuam à mesa. Estão dividindo um prato enorme de macarrão. Kelly olha para cima enquanto suga com delicadeza um fio de linguine e me encara. Depois dá uma piscadela.

No táxi para o local do ensaio, Macauley faz ligações. Fico olhando pela janela, tentando me aterrar à paisagem urbana de Nova York.

LÚCIDA

E me dou conta de que, se as coisas derem certo de fato, terei que me mudar para Los Angeles. Reflito, porém, sobre como será morar tão longe de Andrew e de Jade e de Nicole e da cidade e de tudo o que sempre conheci a vida inteira, sem falar em Mystic, Connecticut. Talvez minha insanidade tenha a vantagem de não me obrigar a tomar a decisão de me separar de tudo que amo.

No teatro, sou apresentada a Layne Seebran. Já a tinha visto em uma novela e lembro que atuava muito bem apesar da trama medíocre. Acho que interpretava uma menina que se mudava para uma nova cidade com o terrível segredo de que tinha feito um transplante e recebido o cérebro de um famoso vilão que morreu misteriosamente. Ninguém permanece morto por muito tempo no mundo das novelas. Ela é bonita e bem treinada. Sem sua técnica de atuação, seria uma garota do tempo ou uma miss de concursos de beleza da vida.

Está nervosa, se esforçando demais para fazer amizade comigo e com Ryan, como se pudéssemos de fato ajudá-la a conseguir o papel. Sou compreensiva, porque já estive na mesma situação mais vezes que gostaria de me lembrar.

Ryan me cumprimenta com um abraço um pouco íntimo demais e um beijo na boca. Diz que está muito feliz que vamos nos mudar para Los Angeles, quase como se fôssemos morar juntos. Conta que conhece a cidade muito bem e que vai me mostrar todas as manhas.

Enquanto nos vestimos e maquiamos, Layne aparece com um Frontal. Ela conta que costuma se automedicar e aparenta estar muito insegura com sua aparência em relação à personagem, dando instruções além da conta ao maquiador sobre como aplicar o delincador. Imagino que tipo de medicações vão me trazer naqueles copinhos plásticos depois que eu pirar. O que leva à grande pergunta: se Nicole será capaz de me manter em casa, ou se terei que ser internada. Essa dúvida, como se essas fossem as únicas duas alternativas futuras, apenas entra sorrateiramente nos meus pensamentos como se fosse a coisa mais natural do mundo. Isso vai acontecer comigo, já está acontecendo.

Na cena, Layne deve aparecer no apartamento de Ryan e seduzi-lo ousadamente, quase imediatamente após entrar. Àquela altura, já estarei namorando Ryan e devo interrompê-los. Não há muita coisa para eu fazer, a não ser dar uns bons tabefes em Layne, cuspir em Ryan e bater a porta ao sair. Pode ser a última vez que eu atue. Estupidamente, sinto vontade de chorar.

Macauley fica perto de mim. Diz que estou fantástica e parece estar tentando se aproximar, se esforçando para me agradar caso secretamente ainda o odeie por ter me tratado como uma drogada.

Quando a cena começa, Macauley assiste à ação no monitor, e acabo me distraindo um pouco, uma vez que demora um pouco para minha entrada. Em um determinado ponto, o diretor me chama para olhar no monitor, e, quando percebo...

Lá está James com as costas contra a parede, o corpo de Caroline espremido contra o dele. Está beijando seu pescoço, sussurrando em seu ouvido. Ele se abaixa para levantá-la enquanto ela o enlaça com suas pernas. Em seguida, carrega Caroline para a cama e começa a tirar sua roupa, excitado.

Tenho a sensação de estar fora do meu corpo. Não sei quem vou ver quando tirar os olhos do monitor. Respiro fundo para tomar coragem. Ainda são James e Caroline, aparentemente se contorcendo num furor incontrolável. Sei que nada disso está acontecendo no mundo de Sloane, mas me sinto mal por ela, pois ela deve estar assistindo a todo esse espetáculo enquanto sonha. Do nada, começo a sentir algo diferente. Fico com raiva. Magoada. James está me traindo, mentiu, quebrou sua promessa, e, pior de tudo, não me ama de verdade. Mas eu ainda o amo.

É minha vez. Entro na cena, vejo James e Caroline, e toda a tristeza e a amargura da perda me sobrecarregam, e caio de joelhos, começando a soluçar. O choro toma conta de mim, a ponto de nem perceber que os

LÚCIDA

amantes agora se tornaram Ryan e Layne, que Macauley disse corta e está agachado na minha frente, segurando meus ombros.

— Uau! — diz, baixinho. — Escolha interessante. Vamos dar uma segurada e tentar outra tomada do jeito que está no roteiro, certo? Tudo bem?

Limpo as lágrimas, de alguma forma sorrio como se estivesse atuando e digo:

— Claro.

Sei que não morreu de amores com o meu ataque de Meryl Streep e a improvisação.

— Desculpe; me deixei levar pela emoção.

Ridículo. Ele está concordando e sorrindo como se dissesse "vamos tentar não deixar que esse momento se repita".

Ele manda continuarmos a partir do momento em que o casal está na cama. Ainda são Ryan e Layne. Quando chega a hora da minha entrada, seguro suas costas para virá-la como devia fazer desde o início e encenar o tapa, mas, quando chega a vez de Ryan, a raiva me domina. Em vez de seguir o script, enlouqueço. Dou uma porrada nele, com o punho fechado mesmo e, ignorando seu choque, parto para cima e começo a bater nele com tudo o que tenho.

Quando me dou conta, Macauley está me puxando para longe de Ryan. A expressão nos olhos de todos é completamente apropriada. Eles acabaram de testemunhar uma louca varrida cometendo uma loucura. Não há como encobrir o fato, não há como me explicar. Tudo que posso fazer é pedir desculpas a Ryan.

Macauley encerra os trabalhos e me pede para esperar na salinha que usa como escritório. Peço perdão a todos e caminho para minha sentença. Há uma cadeira dobrável onde sento e espero para ser demitida e poder sair dali e continuar destruindo o restante de minha vida, pedacinho por pedacinho.

Macauley entra e fecha a porta. Pergunta o que aconteceu lá dentro. Digo que não são drogas.

— Foi um episódio emocional. Desculpe. Não dá para explicar. Mas juro do fundo do coração, nunca mais vai acontecer — prometo a ele.

Ele me estuda com atenção. Decidindo como articular suas palavras. Fico lá sentada, vulnerável na frente dele, deixando que faça a própria avaliação.

— Vou pensar, Maggie — declara, enfim. — Sinto muito que você esteja passando pelo que quer que seja. Mas não posso arriscar dar continuidade ao projeto com você nesse estado. Nos falamos amanhã e verificamos como nós dois estamos nos sentindo.

No táxi, tento desesperadamente entender o que aconteceu. De onde veio aquela fúria toda? É apenas a raiva que sinto por estar perdendo a cabeça, minha vida, família, amor, futuro? Ou é algo ainda mais assustador? Será que eu era Sloane naquele momento, batendo no meu namorado que achei que estava me traindo, me humilhando, tirando de mim o sonho de ser a pessoa que vai ficar para sempre com ele?

Vou para casa e me escondo na cobertura do prédio, observando o percurso do sol, observando os raios se afundarem no horizonte, o crepúsculo virar penumbra e o céu escurecer em seguida. As luzes que se acendem dançam nas águas do rio enquanto uma brisa leve sopra pelas árvores que emolduram nossa rua. Sinto-me mais segura ali, porque não posso encontrar ninguém que possa se transformar em uma pessoa do outro mundo.

Mas estou enganada.

Já passa um pouco de meia-noite quando ele vem se sentar ao meu lado em silêncio. Não o reconheço, mas não tenho medo; ele claramente tem a intenção de ser gentil e me tranquilizar.

— Como você está?

Seu nome é Bill. É o amigo de Sloane que morreu no acidente de carro no dia do nosso aniversário. Já o vi antes, claro, no sonho. Mas me viro para olhar seu rosto como se fosse a primeira vez. Tem um sorriso de canto de boca, lindo.

— Sei que é difícil de acreditar agora. Mas vai ficar tudo bem.

— Fácil para você dizer. Você está morto.

Ele ri.

— Tem coisa pior.

Então ficamos sentados e nos olhamos por um longo tempo. E finalmente me sinto protegida, calma, em paz. Ele aponta para o céu acima da minha cabeça. As estrelas. Nunca há estrelas em Manhattan, mas naquela noite conseguimos enxergar todas elas.

— Quais são as minhas? — pergunta.

— Não dá para ver daqui — respondo, mesmerizada pela visão resplandecente das constelações pairando acima dessa cidade deslumbrante.

Finalmente, pergunto:

— Como tudo isso vai acabar?

— Da maneira como tem que acabar.

CAPÍTULO VINTE E QUATRO

Sloane

Nunca sonhei com Bill. Até onde consigo lembrar, nunca sonhei com ninguém do mundo real, nunca inseri ninguém assim no mundo de Maggie, até esses últimos dois dias.

Ver o rosto de Bill e ouvir sua voz partiu meu coração. Sinto tanto sua falta. Tenho quase a sensação de ter sentido seu cheiro por intermédio de Maggie. É muito a cara dele ser a pessoa que tenta nos acalmar e reconfortar, que não quer que tenhamos medo. Bill jamais temeu o futuro ou qualquer outra coisa.

Meu Deus, que saudades sinto dele. Gordy é meu amigo desde que somos pequenos, mas ninguém chega perto da importância que Bill conquistou na minha vida. Acho que depois que ele morreu, acabei me apoiando ainda mais na amizade de Gordy, e talvez tenha sido aí que comecei a dar a impressão errada.

Não há um dia que passe em que eu não lembre de Bill e dos nossos pequenos momentos juntos. Mesmo agora, mesmo apaixonada pelo James, ainda penso em Bill o tempo inteiro. Fico me perguntando se algum dia vou conseguir me entregar tanto para uma pessoa, compartilhar tanto de mim, com James ou qualquer outra pessoa.

Max bate à porta do meu quarto usando o código secreto que apenas nós dois sabemos. Respondo com as mesmas batidas, avisando a ele que pode entrar. Assim que vejo seu rosto, sou invadida por uma culpa gigantesca. Ele havia resgatado o antigo telescópio de mamãe do porão ontem à noite e montado no quintal. E eu evitei meu irmão porque não queria procurar Bill nas estrelas antes de sair com James.

Ele está segurando um pedaço de papel vegetal em que fez desenhos com hidrocor. Parece que já fez o próprio mapa celeste. Senta-se no chão para admirá-lo. Eu sento ao seu lado e peço desculpas. Ele dá de ombros.

— Não consegui encontrar ele mesmo. Acho que o telescópio de mamãe não está mais funcionando.

Pego o mapa das mãos dele e deito de costas, segurando-o para comparar com minhas constelações, sobrepondo alguns dos pontos com os adesivos no teto. Ele se deita junto a mim, a cabeça encostando na minha.

— Você só estava olhando para o céu errado — explico para ele. Não quero que Max sinta a tristeza nem a saudade que sinto de Bill.

Ele fica bem quieto. Começo a dizer alguma coisa, mas ele me cala e estende a mão, segurando meu braço. Depois de um instante, ri baixinho.

— Acho que consigo ouvir Bill rindo — diz ele.

E os pedaços do meu coração se despedaçam. Lágrimas escorrem pelo meu rosto. Max vira a cabeça e beija uma delas na minha bochecha. Depois se levanta e me deixa no chão.

— Pode ficar com o mapa para o caso de perder ele de vista — oferece.

Começo a me arrumar para a escola e, quando desço as escadas, sinto uma pontada de pânico ao pensar em quem vou encontrar sentado à mesa do café da manhã. Talvez de alguma forma seja Bill. Talvez quando ficar verdadeiramente louca, comece a vê-lo o tempo inteiro.

É o papai, esperando por mim com um donut de mirtilo e um grande sorriso. Pergunta se topo faltar à escola hoje. Peço para torcer meu braço para ter certeza de que está falando sério. Tem uma reunião em Manhattan e me propõe irmos juntos, para eu ter uma chance de passear pelo campus de Columbia e almoçar em algum restaurante dos bons com ele. Acho que não fiz um bom trabalho tentando esconder que os últimos dois dias foram os piores da minha vida, correndo como um vagão desgovernado em direção a algo bem pior. Não estou mais convencendo ninguém de que estou bem. Papai quer me alegrar e claramente acha que sua companhia pode conseguir essa façanha, o que é muito afetuoso.

No trem, ele aparenta estar um pouco incomodado por alguns minutos.

— Então. Jim parece ser um cara bem legal.

— Ele também tem mais cara de James que Jim. Ele é bem legal, sim.

Um silêncio peculiar se segue.

— Que bom — diz ele. E acaba nossa conversa sobre James.

Ele parece mais à vontade depois de ter demonstrado aprovação pela minha escolha. Recosta-se, tenta ler o jornal um pouco e acaba cochilando. Deixei que ficasse na janela, mesmo que tenha sido sempre meu lugar quando era pequena. Ele agradeceu, embora provavelmente nem ligue para isso e apenas tenha gostado do fato de estar cuidando dele.

Há menos para apreciar no assento do corredor pois a visão fica bloqueada por todas as outras cabeças. Olho fixamente para alguma porcaria colada no carpete azul perto de mim quando um par de tênis All-Star bem familiar, de cano alto roxo, com cadarços pink neon, invade meu campo de visão. Os rabiscos e desenhos feitos à canetinha na parte dos dedos estão assinados pela artista, Jade.

— Me empresta uns trocados, por favor?

Olho para os vivos olhos castanho-esverdeados. O incrível é que já não me sinto mais assustada. Será que estou me adaptando à insanidade? Ou sou um sonho de Maggie, me preparando para desaparecer?

— Maggie, você prometeu! Sei que são dez da manhã ainda, mas eu preciso muito, muito mesmo de um picolé de morango! Estou rugindo de fome! Ou estou urgindo?

— Na verdade, os dois — respondo, marcando minha primeira conversa oficial com uma alucinação.

— Dois dólares, por favor. Eu trago o troco. — Jade prefere não se deixar distrair em momentos assim.

— Você me dá um pedaço?

— Te dou metade. Você é minha irmã.

— Quem dera — lamento. E me entristeço ao perceber que ela nem liga os pontos. Abro a bolsa e encontro uma nota de cinco dólares. Quando olho para cima para entregar a ela, o corredor está vazio. E fico ainda mais deprimida. Talvez se eu tivesse uma irmãzinha a quem amasse tanto, não teria enlouquecido. Não. Tenho Max e, mesmo assim, não consegui evitar.

Quando me viro, meu pai está me encarando.

— O cochilo foi bom?

— Com quem você estava falando? — pergunta ele, olhando para a nota na minha mão.

— Minha amiga imaginária — digo com o maior sorriso que consigo abrir.

— Você tem que pagar para ela ser sua amiga?

— Estava indo até o carrinho de comida. Quer alguma coisa?

Continua a me olhar fixamente.

— Querida, está tudo bem?

— Tudo. — E pulo para fora da poltrona o mais rápido que consigo.

Quando volto com meu picolé de morango, ele me pergunta se tenho dormido bem ultimamente. O que na verdade significa que quer saber se ainda estou tendo o sonho sobre o qual conversamos daquela vez, que o deixou tão perturbado. Obviamente asseguro que estou, sim, dormindo tranquilamente. E só para deixá-lo descansado, digamos assim, comento que estou muito melhor desde que aquele pesadelo recorrente desapareceu.

Pouco antes de chegarmos na Penn Station, recebo uma mensagem de James, perguntando se estou doente e perguntando porque faltei à aula. Me totalmente esqueci de avisá-lo de que faltaria. Enquanto digito ferozmente um pedido de desculpas, me pergunto como deixei uma coisa dessas acontecer. Se eu for apenas uma fantasia de Maggie, isso explicaria tudo. Como é que qualquer garota se esqueceria do amor da sua vida por um minuto sequer, que dirá a manhã inteira? Maggie nunca se esquece de Andrew.

Meu pai me deixa na área aberta de Columbia, chamada Low Plaza, e me dá um beijo entusiasmado. Continua evidentemente nervoso com minha conversa fantasma com Jade, pois avisa que o celular ficará ligado o tempo inteiro e que, se precisar de qualquer coisa, devo ligar imediatamente. Concluo que reafirmar que está tudo sob controle vai apenas deixá-lo ainda mais preocupado, então agradeço, declaro que ele é o melhor pai do mundo e finjo estar toda empolgada por conta do dia na universidade. Ele olha nos meus olhos apenas meio segundo além do normal — pais são criaturas realmente transparentes — e segue para sua reunião no centro.

Admiro a fachada da Biblioteca Butler do outro lado do pátio imaculado. É belíssima e representa tudo que existe de emocionante em sair da nossa cidadezinha e começar uma vida de verdade.

Nesse momento, me dou conta de um simples fato. Nunca visitei a Universidade de Columbia antes. Claro, sei disso, mas nunca parei para pensar no porquê. Afinal, já estive em Manhattan antes. Fiz um tour pelas universidades com papai. Não faria sentido que aquele fosse o primeiro lugar a ser visitado? Ainda assim, jamais fora ali. O que subitamente faz sentido, um sentido assustador, é a visão daquele lugar como um espaço em branco na fantasia de Maggie. Certo. Já o conhecia antes, através do meu sonho. Maggie veio até aqui com Benjamin. Ele dava aulas de inglês na faculdade, de produção textual. Ficava no prédio a dois quarteirões de onde estou. Maggie jamais quis fazer faculdade. Deu a mim esse presente, na instituição em que seu pai trabalhava, e nunca se importou (como se controlasse o sonho o bastante para se importar) em preencher a lacuna na qual venho até aqui.

Já ouvi a frase "meu sangue gelou" em livros e filmes. É o que sinto agora. Seu corpo fica frio e tão apavorado que você não sabe o que fazer para consertar. Não consigo literalmente me mexer. Não escuto nenhum som, embora haja vida ao meu redor. Estou encarando o ar à minha frente, mas não consigo fixar os olhos em nada. Não sou real. Não existo.

Deve haver mil explicações e mil exemplos de como Maggie pode estar passando pela mesma experiência que eu. Tento desacelerar minha respiração, o que me deixa tonta. Uma voz estranhamente familiar diz:

— Oi.

Viro para dar de cara com um sorriso charmoso e simpático que vi muitas vezes. Nos meus sonhos.

— Tudo bem por aí? — pergunta Andrew.

Engulo em seco. Estou fazendo um esforço consciente para não desmaiar. Elaboro o melhor que posso.

— Eu te conheço?

— Não. Sou apenas uma pessoa aleatória que pensou que você estava passando meio mal ou coisa do tipo. Não queria me intrometer nem te incomodar.

Ele não me conhece. Obviamente, como não sou real, não pode me conhecer. Em seguida, um raio de esperança. Andrew apareceu no sonho de Maggie, como Bill apareceu no meu. Mas essa esperança é logo despedaçada. Andrew está vivo e existe. Bill não passa de uma memória.

— Desculpe insistir, mas você não parece melhor. Não quer sentar naquele banco ali, não?

Devia mandá-lo embora. Mas não consigo.

— Quero.

Ele pega meu cotovelo, carinhosamente, tão diferente daquele ataque horrível de Thomas. Vai me apoiando até o banquinho e senta ao meu lado.

— Posso pegar uma água para você? Ou talvez você precise comer alguma coisa?

— Vou melhorar em um segundo. — Olho para ele e sorrio. Quero conversar, mesmo sem saber por quê. — Gostei da pulseira. — Está usando uma pulseira da amizade multicolorida amarrada de um jeito esquisito.

— Obrigado. Foi a irmã da minha namorada que fez para mim.

— Uma irmã mais nova, espero.

Ele ri de uma maneira bem descontraída e charmosa. Uma risada que me lembra a de alguma outra pessoa.

— Ah, sim — confirma. — Minha namorada tem mais que 7 anos.

— Bom saber. Vocês estudam em Columbia?

— Eu estudo na NYU, e ela é atriz.

— Ela deve dar trabalho.

— Você mal pode imaginar. Ela diria isso. Mas acho que, quando quer ficar com alguém, essas coisas não importam.

— Ela tem sorte por estar com um cara que pensa assim.

— Nós dois temos sorte por termos nos encontrado. Quero dizer, não sei o que faria com o resto da minha vida se eu a perdesse. Muito louco, né?

Olho fundo nos olhos dele. E lembro qual o sorriso que parece com o dele.

— Tem coisas piores que a loucura — respondo. E me pergunto se pode ser verdade.

Garanto que estou me sentindo melhor. Andrew me indica onde fica o centro de visitantes e vai embora, acenando discretamente. Observo-o partir e, de repente, me pergunto o que ele estaria fazendo por esses lados da cidade. A vida dele é no Centro. Por que Maggie o deslocaria até aqui para me encontrar? Pela mesma razão que coloquei minha mãe no quarto dela. Não provocamos essas coisas. Simplesmente não temos mais controle. Se é que tivemos um dia.

Não vou até o centro de visitantes. Em vez disso, entro na biblioteca. Admiro o teto elegante, me imagino refugiada entre as estantes por quinze horas seguidas, curvada sobre livros na semana de provas finais, a vida que sempre almejei. Que nunca poderei ter. Na verdade, não há sequer uma "eu" para começo de conversa. Estar aqui é insuportável. Pego um táxi e vou em direção ao Centro.

Sei pra onde estou indo. Desço a Hudson, saio na Horatio e entro à esquerda. Contemplo a região onde estou. Já passei por aqui um milhão de vezes, mas nunca realmente reparei nela. Provavelmente porque sempre achei que não fosse de verdade, como um cenário de algum filme.

De repente, cheguei. Olhando para onde ela mora. Onde eu moro? Com minha irmã, Jade? Reúno toda a coragem que tenho e me aproximo da lista de moradores. Procuro Jameson, mas, quando chego na letra *D*...

— Perdeu a chave?

Viro e enxergo um homem elegante, bem-apessoado, na casa dos 40 e tantos. Sinto que o conheço a vida inteira. E a sensação é a mesma de uma facada no estômago. O pai de Maggie, Benjamin, está morto, tão morto quanto Bill. Entretanto, aqui está, pensando que sou sua filha que perdeu a chave.

— Não sei como isso foi acontecer. Sou uma descuidada mesmo.

Ele senta nos degraus da entrada, comigo ao lado dele. Meus olhos estão cheios de lágrimas. Como Maggie, ou eu, amávamos esse cara. E aquele pode ser o último momento em que vamos falar com ele. Encosto a cabeça em seu ombro, e ele faz carinho no meu cabelo.

— Me conte uma história — peço.

— Você primeiro.

Respiro fundo.

— Era uma vez uma garota que era muito, muito infeliz. Mas não sabia. Então decidiu inventar um mundo imaginário e convenceu a si mesma de que era um lugar especial e divertido para visitar.

— Mas era um esconderijo — diz ele.

LÚCIDA

— Ei, quem está contando a história aqui?

— Nós dois — responde. O que de repente me deixa sossegada e reconfortada. Outra pessoa já disse essas mesmas palavras para mim um dia. E me fizeram me sentir menos solitária.

— Ela visita esse lugar especial todas as noites. É um segredo que guarda do mundo inteiro. E ela espera ansiosamente por isso. Mesmo que não seja sempre fácil quando está por lá.

— Então, um dia... — desafia ele.

Eu olho pra ele interrogativamente.

— Toda história têm uma moral. Todas as histórias têm uma razão de ser e uma jornada. Todas têm um final.

— É nisso que esta história é diferente. Porque a garota não quer que termine. Não deixa que ela termine nunca.

Ele me encara com uma sabedoria que me lembra o jeito como Bill olhou para Maggie ontem à noite.

— Ah, mas vai terminar. A narradora da história precisa apenas encontrar um lugar seguro para pousar.

Começo a chorar.

— Será que ela consegue mesmo?

Ele me estuda. Quase como se pudesse ler a resposta por trás da pergunta em meus olhos.

— Consegue — garante. — Mesmo que não seja do jeito que está planejando.

Não sei como interpretar isso. Mas o rosto dele é tão atencioso, tenho certeza de que quer o melhor pra mim. Não faz comentários a respeito do fato de que estou chorando. Talvez por ser um fantasma, não tenha percebido. Mas então estende a mão para secar meu rosto com as pontas dos dedos.

— Preciso ir agora — diz. — Queria não precisar.

Fica de pé, inclinando-se para beijar o topo da minha cabeça. Sinto uma melancolia como se fosse meu pai, o que, nesse instante, desejo de verdade que ele fosse. Vai embora, caminhando pela rua, e fico assistindo com um remorso insuportável, sabendo que jamais o verei outra vez, embora sequer o tenha conhecido de verdade.

Perambulo pela cidade por horas a fio. Papai telefona, perguntando se estou pronta para me encontrar com ele. Combinamos de jantar cedinho antes de pegar o trem. Digo a ele que me encontre no Union Square Café.

Estou no parque, do outro lado da rua, em frente ao lugar onde Maggie vai para ficar sozinha na multidão. Para observar os estranhos sobre os quais inventa histórias. Se me sentar ali hoje, será que ela estará no salão, talvez em algum universo paralelo, me assistindo e me imaginando? Talvez esteja lá agora mesmo.

Atravesso e, logo antes de entrar...

— Aí está você.

Sei de quem é a voz antes mesmo de virar. Emma está me olhando de uma maneira diferente da que todos no mundo de Maggie já me olharam. Ela sabe quem sou. Sabe que sou Sloane.

— Você sabe quem eu sou? — pergunta ela.

Estou estupefata. Não é possível.

— Sloane, você está me ouvindo?

Confirmo lentamente, como se tivesse 3 anos.

— Vá embora, Sloane. Deixe-a em paz. Deixe-a em paz para viver a vida dela.

Ela me encara, com uma raiva sincera, me culpando por tudo.

— Por que ela não me deixa em paz para eu viver a minha?

— Você sabe por quê. Maggie não pode ir embora. Nem a irmã dela, a mãe, nem eu.

— Ah, mas eu posso, né?

— Você pode se quiser. Pode se desprender, ir desaparecendo e ficar feliz por ela pode viver sem você agora.

— Por causa de Andrew?

LÚCIDA

— Pela possibilidade que Andrew representa. Ela não pode ficar com ninguém até você ir embora. Sei que você ama Maggie. Por favor, por favor, permita que isso aconteça.

— Então o que eu devo fazer? Me matar?

— Não diga isso! — Não é Emma quem está na minha frente. Fecho os olhos. Mas sei que ele não irá embora.

— Sloane, o que está acontecendo? Do que você está falando?

Abro os olhos e encaro meu pai por um longo momento.

— Não sei — admito. — Acho que estou confusa. Nada mais. Muito confusa.

Nunca tinha visto lágrimas nos olhos do meu pai antes. Ele me aperta contra seu corpo. Começa a me abraçar forte.

— Vai ficar tudo bem — sussurra. — Nós vamos dar um jeito.

CAPÍTULO VINTE E CINCO

Maggie

Meus olhos se abrem como uma mola. Estou completamente desorientada. Minha cabeça vira para a esquerda para olhar o relógio, mas ele não está ali. Quem o tirou dali? Viro o rosto outra vez e vejo que está na direita. Mas ele não costuma ficar daquele lado. De repente, presto atenção na hora; meu Deus, estou atrasada para a escola.

Jogo o edredom para longe, meus pés encostam no chão, e me dou conta. É sábado. Não tem escola. Começo a me acalmar. Consigo diminuir a velocidade da minha respiração. Está tudo bem.

Então cai a ficha. Não sou Sloane. Não tenho escola. Nunca.

Sento na beira da cama e tento engolir o pânico. Isso está pior. Tudo está piorando. Não posso permitir que isso aconteça.

Tenho que levantar para valer e tomar coragem para ir ao banheiro, porque o que vai acontecer se eu chegar lá e der de cara com Sloane no espelho? E se for o banheiro dela? Se não conseguir encontrar meu caminho de volta? Mas não posso ficar aqui sentada o dia inteiro. Tenho que arriscar.

Caminho lentamente. Abro uma frestinha da porta. Ainda é meu banheiro. Entro e olho bravamente para a imagem no espelho. Sou eu.

Na parede estão vários retratos de família emoldurados: minha primeira vez num carrossel, Jade e eu construindo um castelo de areia, mamãe e papai esquiando. Minha peça da escola. Eu era um pepino. Tão bonitinha.

Num estalo, sinto um pânico cego e inescapável. Qual escola era aquela? Não lembro. Não me recordo de nada a respeito de escola alguma. De repente, não consigo me lembrar de absolutamente nada antes dos meus 12 ou 13 anos. Quero dizer, zero. Nenhum Natal, nenhuma melhor amiga ou dor de estômago pela qual mamãe tenha recomendado repouso e preparado mingau pra mim. Eu a chamava de mamãe, não Nicole. Como Sloane faz com a mãe dela.

Consigo me lembrar da mãe de Sloane fazendo canja de galinha e esfregando as costas dela quando estava se recuperando da catapora. Consigo lembrar tudo a respeito da infância dela. Por que não consigo me recordar da minha? Só pode haver uma explicação.

Estou esperando na salinha ridícula, mal decorada e apertada de Emma há quarenta minutos. Meu coração martela meu peito com tanta força que tenho certeza de que vou vomitar. Continuo a tentar lembrar das coisas. Depois dos 12 anos, sei tudo. Meu Deus, é verdade mesmo. Mas como pode? Como uma pessoa pode não existir? Significaria que nada e ninguém no meu mundo existe também. Nem mesmo Emma. Então é claro que ela vai defender esse mundo com todas as armas que tiver.

Abre a porta, lançando aquele sorriso fofo e cretino. Ao entrar, ela tenta me abraçar, mas naquele dia simplesmente não posso permitir. Meu corpo reage se contraindo, e sei que isso a ofende. Não me importo. Não hoje.

Relato tudo por completo. Sou uma criação da Sloane, nada existe antes dos meus 12 anos, deve ser a idade em que ela começou a sonhar.

Emma permanece tranquila. Tenho tanto ódio dela nesse instante.

— Tente se acalmar. É só um ataque de pânico. E, por sorte, é um ataque que posso resolver em dois tempos. Sei tudo a respeito da sua infância, porque você me contou todos os detalhes durante nossos três anos juntas. Você estudou na Calhoun no Upper West Side, porque morava perto da Universidade de Columbia, onde seu pai trabalhava. Sua professora favorita era a Sra. Wallace, da quarta série. Você fez uma tartaruga de gesso que assou no forno da escola. O esmalte era marrom, acho. Você consegue se lembrar da tartaruga?

— Shelly. — De repente, lembro tudo. Queria um bichinho de estimação como a tartaruga de Eloise, Skipperdee. Então confeccionei a minha. Naquela época, minha melhor amiga se chamava Ashley Goldberg; nadamos em uma fonte em algum lugar e levamos uma bronca e tanto. No Central Park. Foi naquela que tinha os barquinhos.

Por um momento abençoado, sou tomada por alívio e um êxtase imensos.

E depois percebo que é Sloane quem está me fazendo recordar. Aquele é o sonho dela. Ficaria assustada por eu estar descobrindo tudo. O jogo estaria acabado. Então digo tudo isso para o sorriso complacente de Emma.

— Você tem que dar um basta nisso, Maggie. Você age como se não tivesse controle sobre a situação. E a verdade é que, como nem eu nem os outros médicos que consultei já nos deparamos com nada parecido, nenhum de nós sabe até que ponto você pode chegar. Mas todos concordamos em um ponto. Você tem que se responsabilizar por si mesma. Tem que tentar se agarrar à realidade.

— Mas eu estou tentando, você não percebe? Que ridículo para mim seria pensar que a garota que não frequenta a escola, que mora em Manhattan e é uma atriz de mudança para Los Angeles com um super-papel esperando por ela, que ridículo pensar que essa pessoa poderia existir, e a garota da cidade pequena que estuda no ensino médio e tem disputinhas com as amigas e namora o garoto mais bonito da turma é que seria a fantasia. Não tem como você defender esse argumento.

— Se eu tentar — retruca ela —, você vai me ouvir? Vai me dar uma chance de salvar sua vida? — E, naquele momento, sinto que ela se importa, até me ama, e digo que sim. Vou ouvi o que tem pra dizer.

— Você está olhando pelo lado errado, Maggie. Tem que começar por qual das duas tem a criatividade, a imaginação, a individualidade para criar algo assim. Um mundo inteiro, habitado por pessoas bem--definidas e autênticas. É um triunfo da vontade, da necessidade. É você quem inventa histórias. Observa estranhos em todos os lugares e cria vidas inteiras para eles. Você é tão devotada a manter uma segunda vida para si mesma que se recusa a ver o óbvio. Essa invenção a qual se dedica, até na sua vida acordada.

— Sloane não tem que se dedicar a isso na sua vida desadormecida; ela inventa histórias todas as noites, no sonho. E o único jeito de esconder de si que sou a fantasia é me atribuindo exatamente esse tipo de comportamento que você está descrevendo. Viu, dá para fazer esse jogo de personalidades nas duas dimensões; isso não prova nada.

Observo Emma refletir e juntar os pedacinhos do raciocínio. Meu pânico está voltando a aumentar. Ela não tem respostas. O que farei?

— Vou te dizer por que você criou Sloane. Perdeu seu pai, a pessoa mais importante no mundo para você, a pessoa a quem podia confiar seus problemas. Sua relação com sua mãe é tão afastada que ela parece basicamente uma amiga, e nem das mais próximas. Você ama sua irmã, mas ela precisa demais de você, e isso te faz sentir o peso dessa responsabilidade. Não tem amigos verdadeiramente íntimos, à exceção de Andrew, que não existia quando você começou tudo isso.

Andrew. Ele também não existe. Sloane apenas o inventou. Emma continua:

— Você não criou Sloane para trocar sua vida pela dela. O que está fazendo é acrescentando a vida dela à sua. Assim você pode ter sua carreira, sua irmã, sua liberdade, tudo que mais ama, e também uma família unida, amigos, todos os confortos de uma suposta vida normal.

LÚCIDA

É como ter uma casa de veraneio. Quem quer morar na cidade o tempo inteiro? A pessoa enlouquece.

— É culpa sua! — Estou gritando do nada. — Quero dizer, é tudo culpa de Sloane, claro, você nem é real. Mas ela te colocou aqui para me manter na linha, para continuar me dizendo, me convencendo de que sou uma pessoa de carne e osso que apenas está pirada. Se você não estivesse aqui, já teria saído dessa há muito tempo.

— Bem. Estamos progredindo. Você está me culpando...

— Vá se foder! Cale a boca! Cale a boca agora! — Levanto bruscamente, mas ela abre a boca para continuar. — Não! — grito com todo poder da minha voz, alcanço o objeto mais próximo, um abajur, e atiro contra a parede com a maior força possível. Ela berra meu nome, como se fosse uma professora sentindo que aquela é a hora de ser firme, mas já é tarde.

Saio do consultório, desço os degraus correndo e chego à rua, dando de cara com o trânsito em mão dupla. Os carros não existem. Eu não existo. Não vou me machucar. Motoristas buzinam e derrapam para o lado, fingindo ser de verdade. Até as pessoas gritam todas as coisas previsíveis, fingindo-que-estão-mesmo-ali. Não podem mais me enganar. Atravesso a rua e, veja só, estou bem. Nada sequer esbarrou em mim. Nada consegue me tocar. Infelizmente, nada em lugar algum conseguirá.

Começo a correr. Não sei aonde estou indo. Obviamente não faz a menor diferença. É minha última chance de sentir meus pulmões se expandindo com o ar, e minhas pernas queimando com o esforço. Viro em direção ao rio e vejo que há uma fila de carros parados esperando.

A ponte deve estar elevada. Diminuo a velocidade. Estou com fome. Talvez compre um muffin no Green Marble. Não estou tão longe de casa; talvez mamãe prepare uns waffles para mim. Não quero vê-la agora. Verdade, é sábado, ela tem que buscar Max no futebol de qualquer maneira. Viro na esquina, na loja da Marinha, mas, de alguma forma, lá está o Hudson. Estou em Nova York. Fico parada, piscando. Olho para meu corpo. É o da Maggie. Então é claro que estou em Nova York.

Ando lentamente, tentando não entrar em pânico. Não posso ser Sloane de fato, mesmo que seja. É minha última chance de ser qualquer coisa. Está fazendo um dia tão ensolarado. Talvez Jade esteja levando Boris para passear. Odeio Boris. Tive um coelho quando era menor, mas Tyler era alérgico, e tive que levá-lo para ficar com tio Fred na fazenda dele. Não, o coelho era meu, o tio era de Sloane. Coelho, meu. Tio, de Sloane. Fácil. Não vou esquecer outra vez.

Se não virar a esquina, posso ficar em Nova York, posso continuar sendo Maggie. Sorte que o Riverside Park corre pela ilha inteira. Poderia ficar indo de uma ponta à outra e, quando escurecesse, dormir em algum banco; não está mais tão frio. Claro que preciso evitar cair no sono. Para que Sloane não possa me levar embora. Enquanto eu estiver acordada, ela está ferrada. Que é exatamente o que merece.

Fico admirando a água. Do outro lado está Fishers Island, onde Gordy e eu construiremos nossa casa dos sonhos. É óbvio que isso é um delírio. Gordy é meu único amigo. Vou construir minha casa dos sonhos com James. Talvez na Espanha; ele ama a Espanha. Combina com o violão dele. Há muitos faisões em Fishers. Gosto de suas penas. Queria que minhas orelhas fossem furadas para poder adorná-las.

Ah, é mesmo, elas são. Se eu for Maggie. Então toco em meu lóbulo. E sorrio. Sou Maggie. O barco da Circle Line passa cheio de turistas alemães, tirando fotos da linha do horizonte de Manhattan e dos conterrâneos que estão à margem do rio, e aqueles, por sua vez, tiram fotografias da embarcação. Alemães são os novos japoneses. Estão em todos os lugares, mas, claro, uma vez que não são reais, não estão em lugar algum.

Sento em um banco e me consolo com este fato. Nada pode me machucar. Nada que eu diga ou faça tem importância. Percebo que estou segura.

LÚCIDA

Ele coloca a mão na minha coxa. Adoro isso. Viro para ver quem é. É o amor da minha vida. James beija meu pescoço, bem no lugar certo. Derreto nele, que me envolve em seus braços. Estou aquecida e sinto o corpo todo formigando. Olho para ele. É tão lindo. É perfeito, na verdade. De todos os jeitos. Inclino-me para sentir o gosto da sua boca. Ele me provoca, mordiscando meu lábio inferior. Depois me beija com intensidade total. Então puxa minhas pernas para descansar em cima do colo dele, de maneira que fica posicionado entre elas.

Deito minha cabeça no banco. E abro os olhos, esperando ver apenas seu rosto e o céu acima dele.

Vejo Tyler.

Chuto e bato nele, e ele tenta me segurar pelos braços. Fica em pé, aturdido.

— O que você pensa que está fazendo? — grito. E todos no parque me olham.

— Opa, desculpa. Pensei que você estivesse a fim.

— Sou sua irmã!

— Não, não é. Por que está dizendo isso?

Mas antes que possa perguntar a ele o que queria dizer com aquilo, Tyler já não está mais lá. Não há ninguém comigo, e nunca houve. Apenas as pessoas me olhando. Também não são reais. Então não tem problema. Arranco alguns fios de cabelo. São pretos. Então sou Maggie, que não é a irmã dele. Pronto.

Começo a voltar para casa. Vou arriscar virar as esquinas. Preciso apenas ficar sozinha. Se é que uma pessoa imaginária conseguiria isso. Quero que Bill venha caminhar comigo. Que me leve para casa. Bill tem pernas tão longas, preciso dar dois passos para alcançar um dele. Estou tentando recordar todas as minhas piadas favoritas porque quero que Bill ria quando chegar aqui. Minha preferida, pelo menos das que Sloane não lhe contou, é a do papagaio. Papagaios vivem para sempre. São cruéis. Mordem as pessoas, mesmo que você já esteja convivendo com eles por um século. Até Sloane não é muito fã de papagaios.

Viro na minha rua. Alguém está esperando na escada. Talvez seja Bill. Ele não devia me levar para casa? Segurar minha mão?

Não é Bill. É papai. Tem aquela expressão séria estampada no rosto, que costumava me deixar tão assustada. Como é que ele pode estar zangado comigo? Talvez esteja com vergonha por eu ser maluca. Sentindo culpa por ter começado tudo isso. Quando, na verdade, foi a regra de mamãe. Foi ela quem começou. Não a odeio. Ela julgava ser o melhor para mim.

Sento-me junto a ele. Está amarrando os cadarços dos tênis para sua corrida antes do trabalho. Ah, espere, é sábado.

— Sloane, sua mãe e eu conversamos sobre, você sabe, sua confusão em Nova York.

Estamos em Nova York, mas sinto que seria grosseria corrigi-lo.

— Vamos levá-la a um médico muito bom. Foram os pais de Gordy que recomendaram...

— Vocês contaram para eles? Não sabem que eles vão contar para Gordy, e aí todo mundo vai ficar sabendo!?

— Claro que não. Eles entendem perfeitamente e estão preocupados. E, se Gordy ficasse sabendo, nunca iria espalhar nada por aí. Ele te ama.

Sei que ama. Isso me deixa mais e mais deprimida.

— Vamos todos falar com o médico juntos. Aí vão te dar alguns remédios, e você vai se sentir melhor, depois vão raspar sua cabeça, te deitar em uma mesa e amarrar seus braços e pernas com bastante força para você não se machucar quando os choques elétricos começarem.

Ele sorri, e sei que me ama.

— Obrigada, papai. Fico tão feliz que vamos todos juntos. Mas não vamos levar Max, tá? Ele não entenderia.

— Quem é Max? — pergunta Benjamin. É Benjamin agora. Parece muito bem, nada morto.

— Não é ninguém, só uma pessoa de verdade que inventei.

Benjamin compreende. Pais sempre entendem. Ao menos o meu.

LÚCIDA

— Não posso ficar mais — diz.

— Porque você está morto. — Quero que saiba que eu entendo.

— Sinto saudades — declara. E há lágrimas em seus olhos. Bom saber que ainda se pode chorar depois de morrer.

— Quando Sloane me fizer desaparecer, vou morrer?

— Não, é diferente.

— Vou poder ficar com você?

— Claro. — E beija minha cabeça.

Talvez seja esse meu lugar de pouso seguro.

Ele foi embora, então subo para o apartamento.

Tenho que fazer xixi. Ainda bem que o banheiro fica no laboratório de fotografia, porque acabo de perceber que meu prazo para o anuário é segunda-feira. É sábado, acho. Pego o papel seguinte e começo a mergulhá-lo no banho do líquido interruptor, para não estragar a fotografia. Está demorando mais que deveria. É minha foto predileta de Bill. Mas tenho sempre a opção de tirá-la outra vez depois que estiver morta.

Vou pendurar o papel no varal, mas estou sem pregadores. Começo a abrir todas as gavetas, indo de um lado para o outro. Onde estarão? Isso é loucura. Quem faria algo assim? Levar todos os pregadores e não os substituir? Tem que ter sido Thomas. É bem a cara dele.

Tiro as gavetas do lugar e as viro de cabeça para baixo. Todo o seu conteúdo cai no chão, fazendo barulho, mas nada de prendedores. Abro o armário de remédios...

— O que você está fazendo?

Vejo o rosto de Jade no espelho. Viro para ela.

— Feche a porta! Você vai estragar o filme!

Está chocada. Confusa. Pobrezinha.

— Que filme?

Seguro o papel na frente dela.

— É minha melhor foto de Bill. Para a página de homenagens. Não posso deixar que ela estrague.

— Maggie, é só uma toalhinha. Você está me assustando. — A voz pequenina dela é tão suave. Tenho que acalmá-la.

— Não se preocupe. Maggie vai voltar já, já. E aí vocês duas vão passear com Bella. Não, é Boris. É menino. Bela é a cadela com a pata quebrada que o Dr. French resgatou. Ela não se parece nem um pouco com Boris. Desculpe.

— Maggie?

— Ela já vem, querida. Sou a amiga dela, Sloane. Só me deixe terminar isso aqui, e já ligamos para ela. — Me ajoelho para encontrar a droga dos prendedores. Vou ter que me virar com as fivelas da menininha mesmo. Penduro a fotografia no varal. Nunca tinha notado antes, mas James parece estar na multidão ao fundo. Está olhando direto para mim.

A garotinha foi embora. Ando pelo apartamento, do qual sempre gostei. Embora não fosse querer abrir mão do meu quintal e da minha árvore por nada. Abro a porta da frente.

— Maggie?

Viro. Minha irmã, Jade, está ali parada. Parece desesperadamente chateada com alguma coisa. Vou até ela, mas, quanto mais perto chego, mais percebo que está apavorada. Caio de joelhos e abro os braços. Ela hesita por um segundo e vem me abraçar, me apertando mais forte que nunca. Seus cabelos tem cheiro de morango.

— Tudo bem, meu amor?

— Tudo bem com você? — indaga com aqueles olhos enormes.

A pergunta me pega desprevenida. Por que não estaria?

— Tudo, sim. Se bem que mais um abraço não ia cair nada mal.

Ganho o abraço. Mas vem com uma pergunta.

— Quem é Sloane?

Que coisa mais estranha de se perguntar.

— Não sei — respondo. — É uma amiga sua?

Consigo sentir sua tensão em meus braços. Está ficando com medo outra vez.

LÚCIDA

— Você disse que seu nome era Sloane. No banheiro.

Dou uma risada.

— Sabe, para uma atriz, era de se esperar que eu já tivesse aprendido a ter uma dicção melhor. Esse é meu primeiro nome de verdade, sabia? Mas não sei por que falei isso para você.

— Vai ver você estava, tipo, ensaiando alguma coisa.

Não consigo me lembrar de ter feito nada disso, mas a explicação parece acalmá-la. Então concordo, como se tivesse subitamente me tocado. Dou outra risada.

— Sabe, acho que esqueceria a cabeça por aí se não estivesse presa no meu pescoço.

— Foi a coisa mais assustadora que já vi você ensaiando. É para um filme de terror?

— Dos piores. Tenho que encontrar Andrew; você vai ficar bem até Nicole chegar?

— Boris está aqui. Ele é nosso cão de guarda. Você diz para Andrew que ele me deve um espaguete com molho de manteiga?

A rua está imunda. Não tiraram o lixo, e faz muito calor. Isso nunca aconteceria na nossa cidadezinha; temos o mesmo gari desde que estou no jardim de infância. Arthur. Havia algo na maneira como acenava para mim que sempre me perturbou.

Estou obviamente numa parte da cidade que não conheço. O que me deixa confusa, pois pensei que morasse aqui. A menos, claro, que seja Maggie, e, nesse caso, conheço a rua muito bem. Ela leva ao lugar que tem a salada de que eu gosto. E todas as pessoas que comem ali e tentam esconder suas vidas de mim.

O restaurante está tumultuado, pois está chovendo. Andar com guarda-chuvas é um jeito tão estranho de tentar não se molhar. Era de se esperar que, com toda a tecnologia e tudo mais, quero dizer naves espaciais e iPhones, alguém já teria inventado alguma coisa mais elegante e eficaz. Embora eu desejasse ter um agora, pois estou ensopada.

Tenho um amigo naquele restaurante que sempre me traz a salada; espero que ele me seque. Ele me avista. Aceno animadamente porque esqueci seu nome. Mora com seu companheiro que é arquiteto e muito bem-sucedido. Quando Andrew e eu formos construir nossa casa dos sonhos, vamos contratá-lo. Bill costumava pintar casas no verão. As brancas são as piores. Queimam os olhos. Não sei o que acontece aos globos oculares depois que morremos. Sloane leva sempre um pequeno cartãozinho consigo que permite que seus globos oculares sejam doados a alguém que possa precisar caso sofra um acidente. É uma boa pessoa. Melhor que eu.

É uma carteira de habilitação, na verdade. De Connecticut. Não sei dirigir. Uso o metrô. Ou o GEM. Agora que Andrew é meu companheiro. É triste ter um companheiro para a vida toda e não ter uma vida. Será que é assim que Sloane se sente em relação a Bill?

Meu amigo namorado do arquiteto arranja uma mesa para mim. Beijo o rosto dele como gorjeta. É mais barato que dinheiro. Olho em volta para todas as pessoas fingindo não me detestarem. Não me enganam. Ninguém me engana. Aquela ali do lado é de fato uma criminosa. Se a observar por tempo o suficiente, serei capaz de discernir qual foi seu crime. Duvido que tenha sido violento, mas repulsivo ainda assim. A salada chega. Está frio. Queria que fosse uma sopa.

A mulher de blusa azul parece uma prostituta. De um tipo especial. Como na Rússia, onde todas as garotas bonitas ganham a vida sendo bonitas. Meio que como atrizes. Ela é de Iowa. Onde nunca estive, embora certamente fosse capaz de interpretar uma menina de lá. Até de olhos fechados, dormindo. Não. Dou uma gargalhada. Interpreto uma garota de Connecticut enquanto durmo.

O cara com quem ela está. O homem que paga para a garota ser bonita. Não posso acreditar. Desculpe, não posso permitir que fique impune. Alguém tem que fazer alguma coisa. Eu me levanto e vou até a mesa do casal, que me examina com olhares interrogativos. Como se não soubessem exatamente o que estou fazendo ali.

— Eu vi, vocês sabem muito bem. Te peguei no flagra colocando a arma no bolso. Isso é um crime além do inaceitável; aqui não é esse tipo de restaurante.

Os dois me encaram com uma expressão previsivelmente estupefata. Infelizmente para eles, não são atores profissionais, e sei muito bem o que escondem por trás desse disfarce.

— Vocês têm que ir embora — ordeno. — Saiam daqui imediatamente.

O homem aperta a mão da moça à frente. Ela nem olha para mim.

— Escute, não sei o que você tomou, mas, se você não deixar a gente em paz, vou chamar o gerente pra te expulsar daqui.

— Sei muito bem quem você é. Sei por que está me seguindo. Você trabalha com Thomas. E sei o que fez com Bill.

— Garçom?! — chama a prostituta com nervosismo. Mas o assassino levanta a mão, acenando pra ele não vir. Quer ouvir tudo que tenho a dizer.

— Bill, é? O que foi que eu fiz com Bill?

— Você matou Bill. Deixou aquela cachorrinha no meio da rua. O nome dela era Bella. E ele teve que desviar, e o carro dele voou direto naquela árvore. E ele morreu. Em menos de um segundo. O pescoço dele quebrou, a cabeça bateu no volante e voou sangue para todos os lados, no para-brisa, no banco de couro e no suéter listrado de azul dele. Ele teve várias fraturas expostas. E os olhos ficaram escancarados para o nada, como se ele fosse um peixe congelado. Não olhe para mim assim. Você sabe muito bem que planejou tudo isso.

Ele sorri.

— Só pegue sua arma e sua prostituta vadia e dê o fora daqui. Essas pessoas são do bem.

Ele se levanta. É bem grande. E fede a colônia barata, como costumam feder tipos como esse.

— A brincadeira acabou, minha querida. Agora dê o fora você antes que eu chame a polícia.

Fico firme no mesmo lugar.

— Vá. Ande.

E me empurra. Não chega a doer, mas é forte o bastante para me fazer bater em outra mesa. Uma garrafa de vinho e algumas taças caem, se espatifando no chão. Olho em volta, e o restaurante inteiro está assistindo. Não precisam mais fingir. Podem me odiar, e posso odiá-los.

O namorado do arquiteto vem e me pega pelo braço. Virou-se contra mim também. Estou surpresa e magoada. Começa a me puxar em direção à porta.

— Tire as mãos de mim!

Mas ele não obedece. Agora está me puxando pelo salão. Balanço os braços e tento acertar um chute, mas ele me arrasta da mesma forma. Todos gritam.

— Preciso do meu guarda-chuva! — berro.

Ninguém se importa. Está chovendo lá fora.

Alguém se acotovela em meio à confusão, correndo na minha direção. Cubro o rosto para que não me acerte.

— Desculpe — pede. — Vou cuidar dela.

É ele. Alguém que conheço. Não é James, porém. James é lindo e perfeito. E ficaria furioso. É o outro. O que me ama.

Andrew me envolve com seu sobretudo. E me abraça forte enquanto me leva até a porta. Recobro meus sentidos ao sentir nossos corpos se tocarem. Está chovendo mais forte ainda agora. Ele mantém o agasalho sobre minha cabeça, e vamos para seu diminuto, ridículo carrinho. Ele me coloca no banco do carona e ajeita o cinto de segurança para mim, como se eu fosse Jade. Ignora o dilúvio que cai sobre ele, e chega bem perto de mim para dizer que vai ficar tudo bem.

Mal sabe ele.

Pensando bem, provavelmente sabe muito bem.

LÚCIDA

Enquanto seguimos para o apartamento dele, não ouço suas palavras delicadas. Estou me perguntando se consegue ler minha mente. Como somos todos invenções de Sloane, então todos os nossos pensamentos são dela, e mesmo que as pessoas não consigam ler os meus, estão seguindo as ordens de Sloane, tentando me manter viva. Para ela poder beijar Andrew em vez de James. Não é tão louco quanto parece. Ela sonha com Andrew por ser quem deseja de fato beijar, o que só pode fazer por meu intermédio.

Subimos as escadas. Percebo como estava com frio, porque agora estou tremendo tanto que nem consigo controlar. Ele liga o chuveiro tão quente que chega a sair vapor. Tira minhas roupas. Estão coladas no corpo por causa da chuva. Ele me coloca no chuveiro e me sento no chão de azulejo. Ele passa a mão pela cortina para segurar a minha. Nunca tinha me visto nua antes. Estou bem nua. Acho que estou chorando porque sinto o gosto de água salgada no meu rosto.

Quando já estou aquecida e seca, deito na sua imensa cama, sob o edredom. Não estou mais nua. Ele me emprestou um conjunto de moletom do seu time de corrida no ensino médio. As roupas são azuis. Ele era velocista.

Deixa o quarto para preparar chocolate quente para mim. Estou bem. Sou Maggie, não há dúvidas. Andrew está realmente aqui, e eu o amo. Quando voltar, direi a ele. Tenho apenas que tomar cuidado para não cair no sono e me perder, porque sei que não voltarei.

— Aqui, beba isso — diz ele. Senta-se ao meu lado na cama, sobre as cobertas. Não quero o chocolate. Mas me sinto mal porque ele se deu o trabalho.

— O sonho veio passear na cidade, né?

Concordo com a cabeça. O edredom é como uma nuvem ao meu redor.

— Você tem que sair dessa. Sabe disso, não sabe?

— Não me abandone. — Agora estou definitivamente chorando.

— É você quem está me abandonando — diz ele. — E não consigo suportar. Então, por mim. Por favor. — A mão dele é tão grande e delicada quando segura a minha.

Olho fundo nos seus olhos. Digo a verdade.

— É tarde demais.

CAPÍTULO VINTE E SEIS

Sloane

Abro os olhos. Estou completamente desorientada. Minha cabeça vira para a direita para olhar o relógio, mas ele não está lá. Quem o tirou dali? Viro o rosto outra vez, e vejo que está na esquerda. Mas ele não costuma ficar daquele lado. De repente, entendo por quê. Estou na cama de Andrew, claro. Onde ele está? E, mais importante, o que aconteceu ontem?

Será que transamos? Estávamos conversando. Ele me deu chocolate quente. Andrew estava sendo muito carinhoso. Talvez tenha apenas caído no sono. Olho em volta. Este não é o quarto dele, não acho que seja. Havia uma árvore do lado de fora da janela dele? Talvez.

Mas essa não é a árvore dele. É a de Sloane.

— Andrew? — chamo. Nenhuma resposta.

Então sento na beira da cama e tento organizar meus pensamentos. É a árvore de Sloane, então talvez eu esteja sonhando. Sonhando que sou Sloane. Merda, ela está atrasada para a escola. Não, é sábado. Graças a Deus. Não sei se conseguiria passar um dia surreal inteiro fingindo para todas aquelas pessoas que sou real e que tudo no mundo deles é real, enquanto tento prestar atenção em alguma aula aleatória.

Mas segunda-feira vai chegar. Sem problemas. Não terei até segunda-feira. Já vou ter desaparecido. Emma sabe disso. Sabe que apenas

Maggie poderia inventar algo assim, apenas Maggie é genial o bastante, estranha o bastante, solitária o bastante. Principalmente solitária.

Então está tudo certo. Mesmo assim, me pergunto por que estou ali aquele dia. Então, compreendo. Maggie quer que eu me despeça das pessoas em seu sonho. Não posso realmente fazer isso, posso? Deixaria todos em pânico. Eles não existem, no entanto. Só que deixaria Maggie em pânico e ela acordaria, e aí eu jamais conseguiria dizer adeus.

Não concordo com desaparecer sem me despedir. Seja quem for, há bastante de mim para amar todos na minha vida e sentir tristeza por não poder mais tê-los por perto. Não lamento estar me perdendo. Lamento perdê-los.

Estou muito mais calma, nada como ontem, confusa e apavorada quando era Maggie. Agradeço a Deus por Andrew. Ele irá me manter segura quando eu parar de sonhar. Tudo vai melhorar.

No espelho, vejo como meus olhos estão vermelhos e inchados. Mas não pode ser por causa da véspera. Os olhos de Maggie são azul-gelo. E estão adormecidos. Os meus estão inchados porque Sloane estava chorando ontem à noite. E são verdes, como os dela. Ela costuma enterrar as unhas nas palmas das mãos quando está chateada, e as minhas estão machucadas. Assustamos tanto papai. Tenho certeza de que contou tudo para mamãe depois que me colocou para dormir. Então Sloane terá que lidar com a preocupação de ambos. Nada de mais. Vou apenas mentir. Pensarei em algo. Estou bem.

Desço as escadas e encontro papai preparando panquecas para Max. Já presenciei essa cena um milhão de vezes enquanto mamãe está na igreja, decorando o altar com flores para a missa de domingo. Mas agora me atinge como um trem desgovernado passando direto pelo meu peito. Nunca mais estarei nesse cenário. Nunca mais os verei. Meus olhos se enchem de lágrimas. Não posso deixar que percebam. Viro rapidamente e seco o rosto. Ouço papai dizer:

— Bom dia, querida, já volto.

Fico sozinha com meu irmão. Ele olha para mim e diz alguma coisa que nem ouço. Lembro da primeira vez que o vi no hospital. Era a coisinha mais linda da face da Terra. Caminho até onde está sentado, seguro suas orelhas e lhe dou um beijo na boca grudenta de mel enquanto continua falando. Ele se contorce por conta do nojinho que sente de mim, e pergunta o que acho que estou fazendo.

O que acho que estou fazendo é lhe dando um beijo de despedida, mas o que respondo é:

— Só estou zoando. Me dá uma panqueca?

— Não.

Vou sentir falta desse menino. Mas, pensando bem, será que Maggie vai sentir falta de alguma dessas coisas? Alguma dessas pessoas? Ou será que minhas saudades desaparecerão comigo?

— Te dou duas — oferece Max. E as arremessa em um prato vazio no lugar onde me sento. A mesma cadeira onde sempre tomei todos meus os cafés da manhã em dezessete anos. De repente, desejo poder levá-la comigo. Como se houvesse uma "eu" e um "algum lugar".

Papai ressurge com um sorriso mais largo que o normal. Lá vem. Pede para me "mostrar uma coisa" no quintal. Entro na brincadeira dele. Assim que saímos de casa, me pergunta como estou me sentindo e como dormi a noite passada.

— Muito melhor, papai. Obrigada. Desculpe ter te assustado tanto ontem. Também fiquei assustada. Não sei o que diabos estava acontecendo. Mas estou ótima agora.

— Sua mãe e eu queremos que você converse com alguém sobre isso. O nome dela é Dra. Barrows, ela é muito simpática e quer marcar uma consulta com você na segunda-feira de manhã. Tudo bem?

Ouço tudo com minha expressão séria de filha obediente.

— Que bom que você encontrou alguém para conversar comigo. Posso pedir para ser depois da escola? As provas estão chegando, e não posso deixar de me preparar. Especialmente para cálculo. Tudo bem se for assim?

Ele tem que pensar por um momento antes de concordar. Está muito receoso, mas entende que, se não for me internar em Bellevue ou coisa parecida, terei que viver uma vida normal durante a terapia. Supondo que teria uma vida a ser vivida.

Papai parece aliviado por eu agir com tamanha responsabilidade, levando tudo tão bem. Quero apenas abraçá-lo. Então faço exatamente isso. Ele me aperta com tanta força. E esfrega sua cabeça contra a minha como se fôssemos ursos. Adoro isso. É minha última vez para adorá-lo. A menos que Maggie me permita lembrar. A menos que Maggie se lembre.

Certifico-me de que mamãe vai voltar para o almoço a fim de ter a oportunidade de ficar com ela pela última vez. O que me faz refletir se estarei a salvo pelo dia inteiro até a hora de dormir pela última vez. Ou se Maggie pode simplesmente acordar no meio da noite de alguma forma. Não posso arriscar. Tenho que aproveitar cada minuto.

Digo ao papai que vou dar um pulo na casa de Kelly e depois encontrar com Gordy, mas que estou com o celular se precisar de mim para qualquer coisa. Certo. Tipo se certificar de que não pulei de uma ponte ou coisa do gênero. Ele parece concordar na medida do possível.

— Lembra a primeira vez que tiramos o sábado a fim de ir até Napatree para você me ensinar a fotografar? E ficamos tanto tempo no forte que, quando decidimos voltar, a maré já tinha subido e você teve que me carregar pela água congelante?

— Claro que lembro. Vamos fazer isso de novo. Quem sabe semana que vem?

— Eu adoraria. — De coração.

Mando uma mensagem para Kelly, pedindo para me encontrar no Green Marble. Ela pergunta o que houve, porque sei que tem que estar no trabalho às 10h. Enquanto espero, sinto inveja em saber que ela poderá estudar em uma faculdade e se tornar adulta, ter filhos e uma carreira. Depois solto uma risada alta. Kelly não existe tanto quanto eu.

Não vai poder fazer nada. Ao menos não precisará fazer a prova final de física. Detesta física. Está ansiosa pelo dia do baile de formatura.

Ela aparece com um de seus sorrisos maliciosos.

— Então quer dizer que você passou a noite com ele? — atira.

— Pare de fazer rodeio. Se quer saber alguma coisa, pergunte logo.

— Ok. Você transou com ele?

— Ainda não. — E é naquele momento que compreendo que isso vai acontecer. Tem que ser hoje. Tenho que torná-lo realidade. É a coisa mais importante de todas para mim.

Kelly tagarela sem parar a respeito do que preciso saber para minha primeira vez. Tipo usar camisinha. Duh. Não impregnar o momento com a pressão de ser a realização de um sonho (adoro essa escolha de palavras), porque provavelmente será estranho. Acreditar que vai melhorar. Simplesmente pensar no quanto gosto dele.

Quanto mais fala e damos risada, quase me esqueço de que nada disso é verdade. É tudo tão normal. Acho que é por isso que Maggie inventou esse universo.

Quando nos despedimos, não sinto a tristeza tão profunda que pensei que sentiria. Talvez esteja me acostumando. Talvez não seja tão complicado.

Decido passar pela fazenda Haley no caminho da casa de Gordy. É a rota mais longa, por trás da antiga casa principal e seguindo pela sombra das árvores. É tão verde e denso por ali. Sigo a parede de pedra. Mas acabo topando com uma cerca de espinhos. Estou andando por alguma trilha alternativa? Nunca estive naquela parte do Central Park antes. O que acho bem esquisito. Porque conheço o parque inteiro. Sheep Meadow deve ser logo adiante.

Mas não é. Estou perdida. Perdida no meio de Manhattan. Procuro ouvir o trânsito, mas não escuto nada. Como é possível? Ouço um galhinho se partir, e folhas farfalham. Algo está se aproximando. Viro em todas as direções, mas não sei para onde ir. Não sei de onde vem o barulho. Ou quem me segue. Mas ele é perigoso. Porque quando paro de andar, ele para de andar.

Pego o celular. Vou ligar para Andrew, e ele vai me encontrar. Mas não tem sinal, o que também é inexplicável, porque sempre tenho sinal no parque.

Ouço o homem outra vez. Acho que consigo ouvir sua respiração. E começo a correr. Quanto mais rápido corro, mais ele se aproxima. Meu coração bate desesperado. Estou ofegante à procura de ar. Avisto a trilha principal adiante, mas tropeço em uma pedra. Meu joelho dói demais, e, quando olho para cima...

Ele está bem ali. Não o reconheço de imediato.

— Oi, querida. Não sabia se ia te ver de novo. — É o cara do Union Square Café. O da prostituta. E está com o sorriso mais tenebroso estampado no rosto. Um sorriso de quem trama coisas terríveis. O homem se debruça com as duas mãos fartas, e dou o chute mais forte que consigo entre suas pernas. Ele grita e cai de joelhos.

E estou correndo outra vez. Imagino que meu joelho está quebrado, mas continuo em disparada. Ele me xinga e berra as atrocidades que fará comigo. Não consigo nem suportar ouvi-las. Mas estou me esquivando por entre as árvores, procurando a Quinta Avenida em algum lugar. Tem que estar aqui.

De repente, vejo o túnel das vacas. É por onde o fazendeiro costumava fazer seu rebanho passar em segurança sob os trilhos dos trens. Já andei nesse trem. Papai e eu o pegamos ontem para ir a Nova York e voltar. Devemos ter passado sobre esse túnel.

Em vez de entrar no túnel, subo em cima dos trilhos. E me sento. Esperando. Tenho uma ideia. Quando o trem vier, vai passar direto por cima de mim. Porque nenhum de nós é real. Não sei por que pensei nisso. Talvez me faça me sentir segura.

Sinto a vibração no ferro. Faz meu coração pular de uma maneira agradável. Quase como a sensação de estar viva. Levanto-me pela última

LÚCIDA

vez. Depois penso: por quê? Vejo o trem, mas continuo a questionar se acho mesmo que seria o fim de tudo se ele passasse por cima de mim.

É então que me dou conta. Quando acontecer, Maggie não será mais capaz de continuar fingindo. Saberá que é real. Fim de jogo. Nada mais de despedidas. Nada mais de últimas vezes. Nem de primeiras. Não haverá uma primeira vez com ele.

E agora o trem está soando sua buzina estridente e se aproximando numa velocidade incrível. Lá vem.

Mas não posso deixá-lo me acertar. Saio dos trilhos e me lembro de correr para que a rajada de ar não me sugue para debaixo das rodas. Sinto a explosão do ar enquanto escorrego e rolo pela grama. Acho que não quero que Maggie acorde ainda. Tenho muito chão para percorrer antes de dormir. Maggie acredita que aquele poema, tudo de Robert Frost, na verdade, é óbvio demais e superficial. Acho óbvio e genial.

Estou podre quando chego à casa de Gordy. Ele parece bem satisfeito por me ver, o que me deixa feliz e triste ao mesmo tempo. Acho legal que nosso último encontro não seja desagradável como no dia em que Sloane tirou aquela fotografia no almoço. Quando eu tirei aquela fotografia no almoço.

Ele não estava me esperando. Jamais bato à sua porta, apenas entro. Está no quintal, lendo *Os três mosqueteiros*. Sento na cadeira ao seu lado, e ele estende a mão e tira um graveto do meu cabelo. Fecho os olhos e deixo o sol esquentar minhas pálpebras.

— Está tudo bem? — pergunta. Posso sentir seus olhos sobre mim. Sorrio convincente.

— Só muito cansada — digo. O que é verdade.

— Quer levar Tiller para passear? — pergunta Gordy. Sinto o nariz molhado do cão levantar minha mão, me encorajando a coçar atrás de suas orelhas. Abro os olhos.

Tiller está velhinho. É um labrador preto, mas seu queixo já está cinza. Sua artrite me preocupa.

— Claro — respondo. E Gordy sorri aquele mesmo sorriso que tem desde os 3 anos. Amo esse sorriso.

Enquanto caminhamos pela Mumford's Cove, pergunta como estão as coisas. Confesso que tenho sentido muito a falta dele. Explico que é realmente importante que estejamos bem. Ele estica um dos braços e meio que me abraça enquanto andamos. Que é a melhor resposta.

— Tive um sonho com Bill ontem. — É ele quem diz, não eu. Mesmo que Sloane também tenha tido um.

— O que aconteceu?

— Vocês iam sair e não queriam me dizer para onde.

— Isso não é coisa que um amigo faça com o outro — comento.

— Bem — começa ele —, vocês sempre tiveram um lance só de vocês. Acho que o sonho quer dizer que estou sentindo falta dos dois. Como se você tivesse ido embora também, como ele foi.

Eu fui, claro. Apenas não da mesma forma que Bill.

Na verdade, não fui embora de jeito algum. É Sloane quem foi. À medida que conversamos, e ele parece aliviado que a fase estranha entre eles tenha acabado e que possam agora voltar a ser melhores amigos, algumas dúvidas começam a surgir. Entendo por que inventei Sloane. E James. E minhas amigas e, claro, uma família. Mas Gordy? Esse cara que ela trata tão mal e para quem mente direto. Fiz dele um capacho para ela.

Talvez devesse fazê-la confessar tudo sobre Bill. Não. Isso acabaria com ele.

Vamos até o muro de contenção de água, e, depois de levantar Tiller por cima dele, Gordy segura minha mão para me ajudar a pular. Como sempre fez desde os nossos 5 anos. Suas mãos são tão quentes e inocentes. Começo a chorar. Ele percebe. E, graças a Deus, não pergunta o motivo. Me envolve com o braço e me beija na cabeça. E ficamos assim, balançando para a frente e para trás um pouquinho.

Quem Maggie pensa que é? Para falar mal dele assim. O que ela pensa que sabe sobre qualquer coisa da minha vida? Gordy é tão bom, e ela, tão desparafusada. Só porque ela existe, e eu sou o sonho, não tem o direito de fazer isso. Eu odeio essa garota. Realmente a odeio muito.

Voltamos para a casa de Gordy, e ele segue em frente para entrar, mas fico parada na porta.

— Tenho que ir — digo. Ele já está quase do lado de dentro, quase já se foi.

— Deixa que eu te levo — oferece, parado na entrada.

— Estou com vontade de andar. — Dou de ombros. Ele desce os degraus e estende a mão. Entrelaço os meus dedos com os dele e o puxo para um abraço, escondendo meu rosto em seu peito, para depois o afastar.

— Tchau, Gordy. — E me despeço, olhando no fundo dos seus olhos, esperando gravar sua imagem em meu cérebro, guardá-la em algum bolso a fim de que possa levá-la comigo para onde quer que esteja indo. Seu belo rosto, o sorriso carinhoso, os olhos brilhantes, os anos e as memórias compartilhados entre nós. Quero todos comigo.

— Obrigado por ter vindo — agradece ele.

Vou descendo a rua.

— Te vejo do outro lado — grita ele coincidentemente enquanto entra.

Volto para casa pela Groton Long Point Road. Passando por Esker Point, vejo uma amiga de mamãe, Hillary, saindo de barco a remo de Mouse Island. Parece que está recolhendo mexilhões. Viro à direita na Marsh Road.

De alguma maneira, consegui me perder. É como se jamais tivesse visto aquela parte de Tribeca. Se virar à esquerda, devo chegar no West Village, acho. Parece perigoso por aqui. Becos escuros, uns caras carrancudos sentados nas entradas das casas. Um deles grita quando passo. Não olho. Nicole diz para nunca fazer contato visual. Ando mais depressa.

Ah. Lá na frente vejo Macauley entrar num bar. É provavelmente por isso que estou aqui, vim me encontrar com ele para falar de alguma série. Começo a correr, mas demora um tempo inusitadamente longo para percorrer a distância. Mas talvez sonhos sejam assim mesmo. Poderia até voar, provavelmente, se estivesse determinada a conseguir. Concentre-se. Você não quer que Macauley pense que está drogada. Esta talvez seja sua última chance.

Entro no bar. Ele está sentado na bancada. Sento num lugar vazio ao lado dele. Abro meu sorriso mais bonito. Não exatamente jogando charme, mas da forma que atrizes fazem para estabelecer uma afinidade com diretores.

— O que você vai beber? — pergunto. Ele me olha com surpresa.

— Você não pode ficar aqui. É menor de idade.

— Ah, ninguém me pede para mostrar a identidade há dois anos.

Ele me olha de forma esquisita por um momento.

— Sloane, você está bem?

Quero responder que não para os dois. Não sou Sloane e não estou bem. Mas o que digo é:

— Claro.

— Hmm, Michael sabe que você está num bar sábado à tarde? Porque talvez eu devesse ligar para ele. Não quero arranjar problema com seus pais. Acho que você devia ir para casa, hein? Tem certeza de que está tudo bem?

É um teste. Uma avaliação de algum tipo. Quer que eu interprete Sloane, que obviamente é meu papel favorito.

— Com certeza — confirmo. — Só entrei aqui para ir ao banheiro e te vi. Aí quis dizer oi.

Sigo em direção ao toalete. Não era Macauley. Podia ter sido o homem da prostituta. Às vezes eles se disfarçam de outras pessoas. Atrizes sabem como é isso. Encontro uma porta e saio sorrateiramente.

Corro pelo que deveria ser a West Broadway, creio. Sigo para a parte de cima da cidade. Um carro para ao meu lado. Uma mulher se inclina para abrir a porta do carona.

— Encontrei você — diz. — Estava te procurando.

Eu a conheço. Foi ela quem entrou no meu quarto para falar sobre um horário limite para chegar em casa. Não tenho nada disso de toque de recolher. É a mulher que interpreta a mãe de Sloane. Ela parece ser bem simpática, na verdade, mesmo que Sloane a tenha odiado por um ano. Odiado não, culpado.

Não tenho problemas com ela, no entanto. Por isso entro no carro.

— Gordy disse que você estava voltando para casa a pé, então pensei em te dar uma carona. Está com cara de que vai chover já, já. Peguei um sanduíche de almôndega para você no Mystic Market. Está com fome?

Se tentar comer qualquer coisa, vou vomitar. Mas é tão gentil da parte de mamãe fazer isso, que avidamente aceito com gratidão. Ela sorri e segura minha mão. Consegue esconder seu pânico mil vezes melhor que papai. Maggie podia pegar umas dicas de atuação com minha mãe.

Chegamos em casa, e ela começa a tirar os ingredientes para o almoço das sacolas. Vou até a estante de livros e pego o álbum branco — o do casamento dos meus pais, não o disco homônimo dos Beatles. É bem antigo e está um tanto amarelado. É muito precioso para eles. Abro a capa com cuidado, e ela vem espiar por cima de mim. Juntas, viramos as páginas das fotografias da cerimônia. Fazemos isso desde os meus 3 anos. Mas faz mais de um ano desde que o fizemos pela última vez, e é por isso que ela parece tão feliz por retomarmos nosso ritual.

— Me conte — peço — como vai ser quando for meu casamento.

Provavelmente não falo isso desde que era pequena, e agora mamãe está com lágrimas nos olhos.

Corre os dedos gentilmente pela minha cabeça e começa a brincar com meus cabelos.

— Vamos fazer um penteado para deixar seu rosto e suas orelhinhas lindas à mostra. Você vai poder usar os brincos de pressão de diamante da vovó.

— Assim está indo muito rápido. Comece do início.

— Ok. Vai demorar, hmm, pelo menos uns dois meses para conseguirmos organizar tudo. Os lugares para o jantar de ensaio e a recepção. O cardápio, a música, as flores, o bolo. Tudo do bom e do melhor.

— E os convites. Não se esqueça dos convites.

— E, o mais importante, seu vestido. Isso, sim, vai dar o maior trabalho. Provavelmente teremos que ir a Nova York.

— Só para ter ideias. Lá é tudo muito caro.

— Bem, a intenção é que você case dessa única vez, então não se preocupe muito com dinheiro.

Ela me dá um abraço e um beijo. Estou tão feliz por ter pensado em fazer isso antes da Maggie me levar embora.

Almoçamos juntas e me obrigo a rir e comer o sanduíche inteiro. E é tudo perfeito. Como costumava ser.

— Sabe — comento —, talvez eu vá para longe daqui algum dia. Mas vou sempre lembrar tudo sobre você. Porque você é a melhor mãe do mundo.

Ela fica com olhos marejados outra vez.

— Você nunca vai ficar tão longe assim. Aviões existem para isso, sabia? E esse negócio de Skype.

— Verdade — minto. E mesmo sabendo que ela não pode ser real, sei que existe para mim. E sei que, naquele instante, não quero que Maggie a tire de mim. Não sei como, mas vou lutar por ela. Não estou pronta para abrir mão da minha mãe. Nunca estaria.

E, de repente, entendo tudo. Entendo por que tudo está acontecendo. E sei como por um fim nisso. Sei como parar Maggie. Como impedi-la de me apagar.

Fico parada no chuveiro. Preciso ficar com ele. *Dormir* com ele. Quero estar com ele mais que qualquer outra coisa. Sempre me pergunto, o tempo inteiro. Como é que seria. Não vou ficar confusa nem decepcionada por ser uma única vez. Vou fazer com que seja perfeito; sei que vou conseguir. Vou compensar por uma vida inteira.

Mais importante ainda, isso tornará nossa despedida mais tranquila. Vai fazer com que compreenda que não o responsabilizo nem odeio, mesmo que seja tudo culpa dele. Mesmo que tenha provocado tudo isso. Ele não tinha como saber. Não é culpa de ninguém.

Pedalando até sua casa de tardinha, não vejo nenhum carro e posso descer a colina com meus braços estirados como se fossem asas. Nada de segurar no guidão. Maggie não pode fazer o mesmo na Park Avenue. Passei a vida inteira amando essa cidade. O frescor da floresta oferecendo sua sombra, o canto dos grilos, as cores do céu refletidas nas águas paradas da enseada. Atravesso todos esses lugares. Depois de um ano de tristeza, começo a lembrar por que amo minha vida.

Passei a tarde inteira dando adeus a tudo que faz parte da minha existência, grande ou pequeno. O aquecedor barulhento no porão. A grande aranha nojenta do lado de fora da janela do meu banheiro. Minha árvore estoica. Estoica porque nunca diz nada, mas é muito valente.

Todos os animais na veterinária me viram chorar, alguns com uma legítima preocupação. Outros, em sua maioria gatos, mostraram apenas curiosidade. Segurei-os todos no colo, o que dá certo trabalho com um wolfhound irlandês. Tive uma conversa significativa com minha paciente favorita, uma gatinha tigrada cega, chamada Willow. Contei que existe um lugar onde nos reencontraremos. E prometi que vamos mesmo. E dei um beijo nela.

Acabava de escurecer quando cheguei à casa de James. As estrelas começavam a aparecer no céu lilás. Ele desce as escadas e me agarra em um abraço e beijo intensos. Não me vê há dois dias e está com saudades. Eu me forço a aceitar que ele não sabe que nada está diferente. Do mesmo jeito que Gordy e Kelly e Max não sabiam. Estou ótima.

Não sei quando Andrew vai acordar Maggie. Portanto tenho que agir rápido.

Depois de entrarmos, James segue para a cozinha, achando que iria atrás dele. Não tenho tempo para cozinhar, comer, nada disso.

— Sabe de uma coisa, acabo de perceber que não conheço seu quarto. — Subo as escadas. Ele me segue.

— Ei! — chama ele. — Isso é mais fácil do que eu imaginava. — Está brincando, claro. Mas eu não.

Seu quarto é pintado de um azul bem escuro. Há livros espalhados por todos os cantos, empilhados em verdadeiras torres no chão. Há uma fotografia de James surfando em algum lugar. Sem dúvida, parece um deus naquela foto. Várias outras enfeitam porta-retratos pelas prateleiras e na escrivaninha, com amigos, lugares distantes, sua mãe e irmã. Em seguida, identifico uma pequena foto minha, que parece ter sido tirada com um celular e impressa em papel comum com uma impressora a laser normal. Está colada acima da cômoda dele. Estou no palanque, fazendo meu discurso na homenagem a Bill. O garoto que dorme naquele quarto, com todos esses livros que não li, toda as músicas que nunca ouvirei, que toca aquele belo violão que não tornarei a escutar, aquele garoto queria meu retrato antes mesmo de ficarmos juntos. Será que isso significa que ele esperava que um dia ficaríamos?

A cama dele é grande, queen ou talvez king size. Com um edredom azul-marinho fofinho e grandão, tão bom quanto o de Andrew. Meu estômago dá um pulo quando penso que logo estarei sob aquelas cobertas. Estou empolgada e um pouco receosa. Ainda assim, sei o que pretendo e o que tenho que fazer.

James pega o violão e começa a dedilhar. Senta-se na escrivaninha, deixando a cadeira livre para mim. Mas me deito na cama em vez disso. O edredom ondula em volta de mim, tal como água. Está para acontecer.

— Vem cá — chamo.

LÚCIDA

Ele deixa o instrumento de lado e sorri para mim. É um sorriso que jamais tinha visto, e me deixa arrepiada.

Caminha lentamente até a cama e escorrega por toda a extensão dela, toda a extensão do meu corpo. Não chega a tocar minha pele, mas sinto seu calor enquanto se aproxima. O rosto lindo repousa sobre o travesseiro ao lado do meu, ele se vira para mim, e ficamos nos entreolhando.

Abre a boca para dizer algo, mas me inclino em sua direção quando seus lábios se abrem, e o beijo. Não quero ter que dizer nada. Quero que ele sinta. O beijo se intensifica. Pego a mão dele, colocando-a sobre minha barriga nua, debaixo da blusa. Mas ele apenas passa os dedos pela lateral do meu corpo e do meu quadril. Conduzo-os mais para cima. Sinto uma certa hesitação no seu beijo. Então me ajoelho e tiro a blusa por cima da minha cabeça. Então reparo na expressão no rosto dele. Algo está errado. Não há tempo para deslizes.

Enterro uma das mãos nos cabelos de James, aprofundando o beijo. A outra mão procura a fivela do cinto. Quando começo a mexer nela, sinto a mão dele em cima da minha, interrompendo o gesto.

— O que foi? — pergunto apreensiva. Talvez esteja sendo desastrada ou alguma coisa assim

— Não foi nada — responde ele baixinho. — Temos a noite toda.

— Coloca uma mecha de cabelo atrás da minha orelha. — Temos toda a eternidade se quisermos.

Morro de constrangimento. Ele pensa que estou nervosa e fazendo tudo isso só para agradá-lo. Tenho que diminuir o passo. Me obrigo a sorrir. Dou um beijo no nariz dele.

— Já volto — aviso.

Vou ao banheiro no fim do corredor para me acalmar. Abro a porta, e está tudo escuro. Fecho outra vez enquanto tateio à procura do interruptor.

A luz acende. Alguém limpou a bagunça que Sloane fez. Fico imaginando se ela conseguiu encontrar aqueles estúpidos pregadores que estava procurando. Vejo todas as coisas de Jade na minha banheira. Sorrio. Não tomamos banho juntas há mais de um ano. Talvez já esteja crescida demais para isso. Maquiagem é o próximo passo.

Olho no espelho. E lá está ela. Olhando de volta para mim. Toda a raiva e pena e tristeza explodem ali dentro.

— O que diabos você pensa que está fazendo aqui? — pergunto.

Mas Sloane simplesmente dá aquele sorrisinho arrogante e condescendente. Como se soubesse de algo que você não sabe. Como se o silêncio dela estivesse cheio de pensamentos reveladores muito acima de seu nível de inteligência.

— Você que é a idiota, sabia — digo entre dentes. — Só me fale logo de uma vez, tente se defender, o que você está fazendo?

Nenhuma resposta. Seu sorriso desapareceu. Está esperando para escutar o que precisa ouvir.

— Não aprendeu a lição? Vai matar esse também?

— Sloane, o que houve, o que você está fazendo? — A voz dele corta tudo. Viro de sobressalto.

— Você!

Ele não entende, porém. Apenas fica parado com expressão de bobo, sem nenhum arrependimento, nenhum remorso. Sequer um pedido de desculpas pelo que fez.

— Tudo isso. Tudo! É tudo por sua causa! É você quem está separando a gente!

— Calma. A gente não está se separando, a gente não vai terminar. Eu te amo.

Ele é tão idiota.

— Não estou falando de nós dois; não dá para separar duas pessoas que nem existem. Você sabe do que estou falando. Eu te contei.

— Me contou o que, Sloane?

— Pare de me chamar disso!!

Ele se dá conta de algo.

LÚCIDA

— Eu devia te chamar de Maggie?

— Não pronuncie o nome dela. Você não tem o direito de pronunciar esse nome. É tudo culpa sua. É você que está fazendo isso.

— Fazendo o quê?

— Me matando. Você está me matando. É por sua causa que ela está agindo assim. Por sua causa que ela vai me levar embora. Estava tudo bem antes de você chegar. Estava tudo bem antes de ela começar a gostar de você. Antes de querer te beijar.

— O que tem de errado comigo, Sloane? O que tem de errado em querer me beijar?

— Porque você *nunca* vai poder ser ele. Nunca, nunca, e ela não vai deixar. Ela vai me levar daqui antes de deixar que isso aconteça.

Ele está falando agora. Falando coisas estúpidas de menino, sobre como vai ficar tudo bem e como ele vai cuidar de mim e como se sente mal por não ter entendido antes. Mal consigo enxergá-lo através da fúria e das lágrimas.

Vem na minha direção, estendendo as mãos, que afasto com a maior força que consigo. Ele tenta me segurar enquanto começo a bater nele, e ele não consegue me fazer parar. James me envolve com os braços e enterro minhas unhas nele, ao mesmo tempo que arranho seu calcanhar com minha bota e cuspo na sua cara. E grito e grito e grito mais alto ainda.

Ele me solta. Vou recuando porta afora.

— Você tem que ir embora. — É meu ultimo aviso.

— Não vou mesmo — responde ele. — Você não vai se livrar de mim.

Fecho a cara de tal maneira, que dá para ver a feiura do meu ódio. Aponto um dedo em sua direção como se fosse um punhal.

— Nunca mais me procure. Nunca mais me telefone. Nunca mais. Nunca. Nunca.

Viro e saio correndo. Voo escada abaixo, para fora da porta, monto na bicicleta.

E fujo dele. Para sempre.

Estou deitada na cama de Sloane. Claro que estou. Eu sou Sloane. Seja lá o que for que ser Sloane signifique. Está tarde. Sei que, uma vez que adormecer, nunca mais acordarei. Olho para minhas estrelas. Tento focar em cada uma, transformar cada uma em âncoras para me manter aqui.

Por favor. Por favor, suplico e suplico. Por favor, não me faça desaparecer. Não me leve para longe da minha mãe e da minha árvore e do meu mundo. Ele foi embora para sempre. Maggie, prometo. Nunca mais vou vê-lo. Tudo será perfeito. Prometo me comportar. Nunca mais vou colocar ninguém no lugar dele.

Foi você quem causou tudo isso, de qualquer modo. Você o inventou no seu sonho. Você inventou os dois. E me obrigou a fazer o mesmo. Tem que se responsabilizar pela sua fantasia. Não é justo que eu tenha que desaparecer.

Ouço uma batida na janela. Costumava imaginar que esse som era do feiticeiro. Tentando se esgueirar para dentro do meu quarto. Tentando subir na minha cama. Tentando me controlar. Foi antes de me dar conta de que o vento às vezes fazia com que os galhos da minha árvore arranhassem a janela. Permanecia deitada, uma menininha, com os olhos fechados, prestando atenção para ver se havia um padrão nos toques. Contanto que fosse aleatório, sabia que era a árvore. Porque, se fosse ele, seriam quatro batidas e uma pausa. Depois, mais duas.

Então ouço com os olhos fechados. E conto. Um. Dois. Três. Quatro. Silêncio. Minha respiração para na garganta. Um acidente, claro. Coincidência. Em seguida, mais uma. Duas. Respiro fundo.

Viro o rosto para a janela.

O feiticeiro está lá. Vai entrar no meu quarto. Na minha cama. Vai me dominar. E eu vou me sentir realizada.

Não preciso levantar para abrir a janela. Ele percebe minha alegria e sabe que está convidado a entrar. Que é bem-vindo.

LÚCIDA

Atravessa o quarto. Senta-se na cama. Sorri da maneira mais incrível.

— Feliz aniversário, linda! — Ele me parabeniza.

Há lagrimas no meu rosto. Mal consigo responder:

— Não é mais meu aniversário.

— Desculpe pelo atraso. Como se sente com 16 anos?

Sorrio de volta. Estou tão feliz que ele esteja aqui. Nem sei o que fazer.

— Quase esqueci — digo. — Tenho 17 agora.

Ele se deita ao meu lado e gentilmente me vira, de modo que ficamos com os corpos encaixados, de conchinha. Todo o medo, toda a loucura, mesmo a dúvida, se evaporam. Estou com Bill. Estou no paraíso. Estamos juntos no mar de estrelas acima de nós. Ele entrelaça os dedos nos meus.

Sussurra:

— Sua mãe não vai ficar brava. Ela só disse que não podia namorar até seu aniversário. Agora todo mundo pode ficar sabendo. Todo mundo já pode saber que eu sou seu, e você é minha. Para sempre.

Beija a parte de trás do meu pescoço. Meu corpo responde, radiante. Meu coração está absolutamente completo. Sei que ficaremos deitados assim para todo o sempre. E é tudo que mais quero. É o pensamento que nunca saiu da minha cabeça nem por um segundo sequer do último ano. Desde que ele morreu.

Que reconfortante finalmente compreender o que é a morte. É a eternidade. E isso não pode ser ruim. Contanto que estejamos juntos. Essa é a resposta. Para o problema angustiante que eu não conseguia resolver. Como viver sem ele. Agora sei. O amor é mais forte que a morte. Mais forte que tudo. Nunca mais ficarei sem ele.

Posso adormecer agora. Posso adormecer em seus braços.

Maggie não me levará. Ao menos, não para longe dele.

Meus olhos se fecham.

— Eu te amo — digo.

CAPÍTULO VINTE E SETE

Maggie

Meus olhos se abrem. Estou deitada de lado, de conchinha no abraço protetor de Andrew. Ele está aninhado em mim. Até adormecido ele me ama.

Com muito cuidado, um centímetro de cada vez, me liberto dos seus braços. Escorrego para fora da cama, me virando por um momento a fim de observá-lo em seu sono tranquilo. Amo tanto esse menino.

Já vestida, deixo um recado. Combinamos de nos encontrar mais tarde. Escrevo *Te amo*. Ainda não disse isso em voz alta. Vou dizer hoje.

Saio para a rua. O céu está da cor de um azul límpido. As nuvens, do mais puro branco, flutuando na brisa suave que limpou todos os resíduos imperfeitos do ar. O sol ilumina os ângulos da cidade com uma precisão e claridade que jamais testemunhei. É extraordinário. Assim como minha vida.

Percorro toda a cidade, admirando tudo, todos. Exatamente como ela, eles o são. Perfeitos. Não preciso da minha imaginação para me proteger de mim mesma.

Subo os degraus do meu prédio, torcendo para encontrar minha mãe e irmã em casa. Já saíram, mas não tem problema. Vou atrás delas.

Enquanto isso, ando pelo apartamento. Reparando em tudo. Tocando em tudo. Uma pessoa cega que foi subitamente abençoada pelo dom da visão. Quero chorar de alegria. E alívio. Estou desperta agora, pela primeira vez na vida. Acordei.

Vou ao armário de mamãe. Pego o estojo da antiga máquina de escrever Olivetti juntando poeira atrás das outras caixas de sapato comuns. Abro-a e corro os dedos pelas teclas dessa relíquia de papai. Pertenceu primeiro ao meu avô, e papai a usava para escrever todas as suas histórias durante a faculdade. Ele me ameaçava dizendo que me obrigaria a usá-la também quando entrasse na faculdade, com o argumento de que escrever cuidadosamente era uma maneira de construir o caráter de uma pessoa, porque erros demoram a ser corrigidos.

Gostaria de ter mais caráter. Talvez isso possa me ajudar.

Decido escrever uma carta de amor endereçada à minha irmã com a instrução de não abri-la até o dia de seu casamento. Um pouco fantasioso, sim, mas estou nesse clima e tenho o dia inteiro. Espero que a máquina ainda funcione. E funciona, embora os buraquinhos nos *e*'s estejam meio gastos.

```
Querida Jade,

Como você está linda de noiva. Que marido perfei-
to escolheu para passar o resto da vida contigo.
Seja qual for o tempo lá fora, o sol brilha para
você. Com ou sem pássaros voando no céu, eles
cantam para você agora. O mundo te ama, como você
merece. E, claro, eu também amo.

No momento em que escrevo esta carta, você tem
apenas 7 anos. É meu desejo mais sincero estar
ao seu lado hoje. Mas, como ninguém sabe aonde a
vida nos levará, é importante que algumas coisas
sejam ditas:

Nunca mude. Tudo o que você precisa ser já está
dentro de você. Vejo todos os dias. Você é curiosa,
```

LÚCIDA

corajosa, sincera e tão cheia de vida. Tão real.
Você ilumina todos os lugares onde entra. Cresce
a cada dia, cada minuto, e vai continuar crescen-
do sempre. É sua natureza e seu dom. Compartilhe
isso com seu marido e seus filhos. Que terão muita
sorte de tê-la como mãe.

Enquanto coloca o vestido e prende os cabelos, estarei com você. Onde quer que eu esteja.
Estarei com você.

Selo a carta em um envelope e a coloco dentro da gaveta da minha
escrivaninha. Afinal, a menina só tem 7 anos. Vai rasgá-lo em um
minuto nova-iorquino.

Pego um táxi para o escritório da *Elle*. Não vou até lá faz um tempo. Jerome fica feliz em me ver. Todos ficam. Irrompo no cubículo da
mamãe enquanto está passando os olhos por um milhão de fotografias.
Anuncio que a estou convidando para almoçar, por minha conta. Estou completamente pronta para não aceitar um "não" como resposta
quando ela diz:

— Ótimo.

Vamos ao Palm Court no Plaza, porque era lá onde costumávamos
tomar chá para espionar Eloise e Skipperdee. Acho que abandonei a
crença em Papai Noel e Coelhinho da Páscoa bem antes de abrir mão
de Skipperdee.

— Uau! — exclama ela depois que o maître nos arranja uma mesa.
— Quanto é o cachê daquele piloto mesmo, hein?

Dou uma risada e digo que ela terá que telefonar para minha agente
e descobrir. Sou uma artista e não me envolvo nesse tipo de questão.

Comemos imensos hambúrgueres desengonçados e nos divertimos
como nunca. Ela pergunta quando vou me mudar para Los Angeles,
e me dou conta de que ainda não paramos para discutir os detalhes

de fato. Parece um pouco melancólica sob o sorriso, e acho que nunca percebi o quanto sentirá minha falta.

Nicole diz que vai tirar as três semanas de férias a que tem direito, mais os oito dias de licença acumulados em caso de doença e que, em vez de viajar para Martha's Vineyard, vamos todos para a Califórnia para me ajudar a me instalar. Lembro a ela que, se a série for cancelada, terei que voltar a Nova York com o rabo entre as pernas. Ela me garante que não tem chances de isso acontecer. Tem plena certeza no fundo do seu coração que esse é meu destino. Esse papel é apenas o início de tudo. Eu me inclino para a frente a fim de lhe dar um beijo.

Ela se engasga um pouco, emocionada. Queria que Benjamin estivesse aqui para ver tudo isso acontecendo. Eu também. Conto que tenho sonhado com ele e sei que ele está presenciando esse momento. Ela balança a cabeça, tentando fingir que acredita e se esforçando para não chorar.

Penso na importância de Andrew para mim. Nosso sentimento instiga uma reflexão sobre como mamãe deve se sentir em relação ao meu pai, a partir de uma nova perspectiva. Nunca conhecemos de fato a relação que nossos pais têm um com o outro. É engraçado, mas não pensamos neles como pessoas de carne e osso nesse sentido. Estendo a mão para envolver a dela com meus dedos. Pondero comigo mesma se devo fazer algum comentários sobre o tanto que ele a amava. Mas ela já sabe. Não precisa que eu diga.

Nosso táxi chega de volta na portaria do escritório. Pouco antes de abrir a porta, ela me fita nos olhos.

— Obrigada — agradece. — Por tudo que você significa na vida de Jade. Significa muito para mim poder contar com você para me ajudar a cuidar dela.

— Não precisa agradecer — digo, tentando disfarçar a importância dessa declaração. Porém, talvez minha voz tenha me traído, pois ela termina me dando um abraço rápido e intenso antes de sair.

Enquanto o táxi segue para a escola de Jade, fico com a impressão de como foi estranho minha mãe dizer aquilo. Nunca fez nada parecido antes, não assim. Como se estivesse se despedindo. Imagino se é por que está sentindo o peso da minha mudança para Hollywood, da nossa separação iminente. E agora o estou sentindo também.

Sento no meio-fio em frente ao colégio montessoriano. Já estive ali um milhão de vezes, mas me parece novo, como tudo mais naquele momento. As crianças correm para os carros à espera delas, as mães e as babás. Parecem particularmente adoráveis hoje, cheias de promessas de lanches pós-escola e saídas com os colegas. Abençoados sejam.

Mãozinhas pequerruchas chegam por trás de mim para cobrir meus olhos. Ela nunca diz "adivinha quem é" durante esses testes à minha inteligência, pois teme que eu reconheça sua voz. Dentre todas as centenas de pessoas com quem faço essa brincadeira regularmente. Começo com a princesa de Gales, como eu e ela decidimos que seria o título de Kate Middeton, mesmo sendo apenas uma plebeia para alguns. Resposta errada. Chuto Lady Gaga. Recebo uma risadinha de resposta, mas estou novamente enganada. Penso mais. Arrisco Sean Connery, uma vez que Jade decidiu que ele é o único autêntico James Bond. Uma voz grave com um terrível sotaque escocês responde:

— Está esquentando.

Sorrio.

— Jade Jameson, claro.

— O júri — declara o sotaque escocês, agora pior ainda — exige uma resposta completa.

— Jade Grace Jameson. — Que é obviamente a resposta certa. Sempre adorei o fato de que Grace também é o nome da mãe de Sloane.

Andamos de mãos dadas até nosso apartamento. Buscamos Boris, que por algum motivo parece quase aceitável aquele dia. Seguimos para o gramado perto do rio Hudson, parando no mercadinho para comprar donuts japoneses, uma guloseima especial. São preparados com um espesso *mochi*, recheados de pasta doce de feijão azuki e cobertos de açúcar de confeiteiro.

É uma das melhores tardes da minha vida. Deito na grama enquanto a maior comediante ainda não descoberta de Nova York me arrebenta de tanto rir. As horas passam. Deixo que transcorram lentamente. Poderia ficar ali para sempre.

O sol vai se pondo. Voltamos para casa, abraçadas uma a outra. Boris não estava incluso no abraço, claro.

Preparo o jantar para ela, porque mamãe só chega depois das 20h. Tento recriar o soberbo espaguete com molho de manteiga. Jade tenta não deixar seu desdém transparecer, mas se refere ao prato como gororoba oleosa. Enquanto ela come, planejamos coisas divertidas para fazer em Los Angeles. Visitas à Disneylândia são mencionadas inúmeras vezes. Talvez um pouco demais.

Depois, para meu espanto, ela me informa que vai se mudar para Los Angeles comigo. Já andou pesquisando; encontrou uma escola montessoriana por lá. Quer minha ajuda para contar a mamãe, porque pelo jeito não existe um escritório da *Elle* na cidade.

Essa parte vai ser difícil. Começo com um sorriso. Explico que uma de nós deve ficar em Nova York para tomar conta de mamãe. Mesmo sendo adulta, ela também precisa de cuidados. Somos jovens: temos a vida inteira pela frente para morarmos juntas em algum outro momento.

Ela reflete. Levanta a mão com o dedinho estendido.

— Jura? — diz.

Beijamos os dedinhos e os entrelaçamos em uma promessa solene de que um dia viveremos juntas outra vez.

Olho fundo em seus olhos.

— Sabe, do jeito que as coisas se organizam, não vamos estar sempre no mesmo lugar.

— Porque você vai ser uma atriz famosa, atrizando pelo mundo inteiro, e eu serei uma renomada vigia de jardim zoológico.

LÚCIDA

— Exato. Mas tem uma coisa que preciso mesmo que você saiba. Você está prestando muita, muita atenção nesse momento?

Nunca coloquei as coisas dessa forma antes, e ela responde fazendo uma careta para mostrar que está, sim, me ouvindo bem.

— Onde quer que eu esteja, permaneceremos perto uma da outra. Seja qual for a distância. Sempre te enviarei todo o meu amor.

Ela assimila minhas palavras. Estava realmente escutando.

— Eu também — responde. E se debruça por sobre o espaguete para beijar meu rosto.

Visto minha jaqueta. Meu estômago vira de cabeça para baixo quando ando em direção à porta. Não quero abandoná-la aquela noite. Sigo em frente. Antes de sair, me viro e ela continua no mesmo lugar. Com o olhar mais estranho que já vi. Perdido e solitário. Estende os braços para que a pegue no colo.

— O que foi? — pergunto.

— Estou treinando — explica. — Para quando você estiver longe, e eu tiver que fingir que estamos juntas.

— Quando isso acontecer — falo para ela —, se acontecer, nós duas vamos ter que nos esforçar muito para entender uma coisa. Não vamos fingir que estamos juntas. Vamos perceber que estamos unidas de verdade de uma maneira mais que especial.

Jade fita meus olhos. Concorda com a cabeça, determinada.

— Ok — afirma. — Vou treinar pra isso.

Tinha pedido a Andrew que me encontrasse em frente à prefeitura, na esquina da Center com Chambers. A noite está tão bonita. Jamais dá para ver as estrelas assim na cidade. Talvez tenha sido eu quem nunca tem olhado com vontade o suficiente. Mas consigo discernir claramente onde estão Órion e Rooibus e El Delicioso. Sinto muita euforia, entusiasmo e amor. Definitivamente amor.

Lá está ele. Tão feliz em me ver. Corro na sua direção, para abraçá-lo, beijá-lo.

— Obrigada por cuidar de mim ontem. Era o que eu precisava. Tive o dia mais incrível da minha vida hoje.

Pego sua mão e seguimos para a Ponte do Brooklyn. Digo que vamos ao Grimaldi comer pizza. Depois ao Ice Cream Factory tomar sorvete. Tudo por minha conta.

Atravessar a ponte à noite é o programa mais romântico que se pode imaginar. A paisagem da cidade descortinada, tanto sobre o rio quanto refletida na água, e a vista do Brooklyn fazem você se sentir tão pequenino. As luzes dançam no rio tão lá embaixo que se confundem entre o brilho das janelas acesas e das estrelas. Andamos em um silêncio tão agradável que parecemos duas pessoas que têm a eternidade pela frente. E temos mesmo.

O clima do restaurante é quente e aconchegante. Não conhecemos ninguém, e ainda assim parece que estamos em família. Dividimos uma garrafa do melhor Chianti da casa, que não é tão bom assim. Dividimos também uma pizza com queijo, pepperoni e cebola extra. Porque ele gosta de pepperoni, e eu, de cebola. Claro que poderíamos ter pedido duas, mas é mais divertido partilhar uma só.

Devoramos os pedaços displicentemente, fazendo a maior bagunça, usando apenas uma das mãos porque não queremos soltar a outra. Ele sugere uma segunda garrafa de vinho. Dou uma risada e pergunto se quer me embebedar. Sorrio e digo que isso mostra falta de confiança da parte dele, que insiste que apenas acabou de virar fã de vinhos de quinta categoria.

O sorvete é perfeito. Peço um de creme com nozes pecã caramelizadas na casquinha. O dele é baunilha, que diz ser prova de que não está mais tentando me impressionar. Respondo que está funcionando.

Voltamos caminhando lentamente pela ponte. No meio do caminho, me detenho. Debruço no corrimão para contemplar o mundo ao meu redor. Ele se aconchega em mim, e seguro sua mão. Forte demais. Não posso evitar.

LÚCIDA

— Tenho que te contar uma história — digo. — Mas tenho que te beijar antes.

E faço exatamente isso. Seus olhos parecem curiosos. Não estou me saindo uma boa atriz nesse momento.

— Era uma vez uma menina que se apaixonou pelo melhor amigo. E ele por ela. Era o tipo de amor mais profundo que podia existir. Do tipo que a maioria das pessoas nunca nem consegue encontrar. Mas eles só tinham 15 anos. E a mãe da menina, que não sabia desse amor secreto, tinha proibido a filha de namorar antes de completar 16 anos.

A noite e Andrew estão muito silenciosos agora. Ambos parecem esperar.

— Então os dois esconderam seu amor secreto do mundo e se deram por satisfeitos com beijos roubados. Como presente de aniversário de 16 anos, tudo que ela queria era ficar com ele. Isso se tornou a promessa que fizeram um ao outro.

Olho para ele pela primeira vez.

— Tudo bem? — pergunto.

Ele balança a cabeça afirmativamente apenas uma vez.

Volto os olhos para a água.

— Na noite do aniversário da menina, ela ficou deitada na cama esperando ele bater na janela. Ela o deixaria entrar, e eles passariam a noite juntos pela primeira vez e depois contariam ao mundo que estavam destinados um ao outro. Mas, quando Bill estava indo encontrar com ela de carro, alguma coisa que nunca vamos saber o que foi aconteceu, e o carro bateu de frente em uma árvore. Dentro de todo seu luto e remorso, a menina decidiu guardar o segredo. Ele tinha sido apenas seu melhor amigo. Em vez do menino com quem deveria ficar para todo o sempre.

— Ela é Sloane — conclui ele.

— E você é Bill.

E quando me viro de frente para ele, constato que é mesmo.

359

Nos admiramos com todo o amor que sentimos. Damos um beijo que vai durar toda a eternidade.

— Você sabe por que estou aqui? — pergunta.

Não sei.

— Porque você acha que foi sua culpa. Porque eu estava me encaminhando para sua casa, para ficar com você. Como se tivesse sido seu amor que tivesse me matado. Mas foi seu amor que deu sentido à minha vida. Meu amor fez isso por você?

— Você sabe que sim.

— Então agora está na hora de me deixar partir.

E deixo. E ele vai.

Caminho de volta para casa por essa cidade que amo tanto.

Entro no banheiro escuro. Acendo a luz.

Ela está no espelho. Eu estou no espelho.

Não precisamos dizer nada.

Quero que ela sorria primeiro. Para que eu possa ir.

E quando sorri, sorrio de volta.

E não estou mais lá.

CAPÍTULO VINTE E OITO

Sloane Margaret Jameson

Abro os olhos. Continuo sorrindo.

Agradecimentos

Os autores gostariam de agradecer a Marty Bowen pela ideia e pela oportunidade. A Isaac Klauster pelas incontáveis contribuições e todo o afeto. A Jenn Joel por ser uma defensora e conselheira tão paciente. A Jocelyn Davies por seu entusiasmo e orientação tão bem fundamentada ao longo desse processo. A GB, Mema e Nessa pelo estímulo e apoio carinhosos. À equipe do Montage por ter-nos tolerado. E é claro, a Mystic, Connecticut, a cidadezinha mais idílica que uma garota poderia chamar de lar.

Este livro foi composto na tipologia Minion
Pro Regular, em corpo 11/16, e impresso em
papel off-white no Sistema Cameron da
Divisão Gráfica da Distribuidora Record.